JN111197

ゆうびんの父

門井慶喜
Kadoi Yoshinobu

幻冬舎

ゆうびんの父

ゆうびんの父

目次

装丁／片岡忠彦　装画／大野博美
カバー表4／「横浜郵便局開業之図」郵便報知新聞第557号（部分）
歌川広重（三代）明治8年　郵政博物館 収蔵

ひとりっ子

母ひとり、子ひとりである。

子はまだ五つである。人恋しいさかりだが、母はこの夜ふけにも働いている。子に背を向け、土間に向かって正座して、糸繰りの仕事をしているのである。

小さな家のなか、きい、きい、と糸車をまわす音だけが響く。

子もまた正座して、じっと母の背を見ている。やがて音がやむ。母は道具を片づけてから、

「房五郎（ふさごろう）」

「はい！」

「よい返事です」

母は振り返り、少し緊張がとけた顔で、

「きょうの仕事は、おしまいです。さあ、お話ししてあげましょう」

と言い、立ちあがった。

部屋のすみへ行き、行李（こうり）から一枚の錦絵を出して房五郎の前の畳に置く。

絵の横をまわり、房五郎の左に、房五郎とおなじ向きで座る。絵はいちおう多色刷りだけれども、

あんまり古いので、ところどころ手ずれで白く剝げていた。

周囲の家臣に何か命じているようである。母はそのひげの上に指を置いて、

「ご覧なさい、房五郎。元亀天正のころの名将、武田信玄公です。そもそも信玄公はおさないころ……」

房五郎はみるみる顔を曇らせて、

「母上」

「なんです」

「謙信公がいい。上杉謙信公の話をしてください」

まわらぬ舌で、必死で主張した。ここは越後である。ふるさとの英雄は謙信である。自分も好きだし近所の大人もみんな好きなのに、わざわざ武田信玄などという仇敵の話なんか聞きたくない。

が、母は、

「なりませぬ。謙信公も立派ですが、信玄公も、何しろ甲斐より出でて信濃、駿河、飛驒などをその手のうちにおさめた偉人中の偉人。学ぶところは山ほどあります」

「で、でも……」

「越後にいるから越後びいきなどと、そんな了簡の小さなことではいけません。お前は越後の房五郎ではなく、日本の房五郎になるのです」

房五郎は半分べそをかいて、

「に、にっぽん」

正直、そのことばの意味がわからなかった。

なるほど頭では理解している。この世にあるのは越後だけではない。越後と同様の「国」というも

のが雪玉のように寄り集まって雪だるまをなし、この雪だるまを日本というのだと。

が、房五郎には、

（無理）

この母と住んでいる高田城下のはずれの地理でさえ、ろくろく知らないのである。親友もいない。そんな自分にいきなり越後をすっとばして日本の偉人になれなどと言うのは、過大な期待というより無理ではないか。

もっとも房五郎は、口下手である。

この違和感の内容をつぶさに訴えられるだけの言語能力はまだない。だからいわば漠然たる抵抗として、うつむいて、

「……謙信公がいい」

母は、

「謙信公のお話は、あすの晩してあげます。今夜は信玄公」

「…………」

「房五郎」

呼ばれて、房五郎は、

「はい」

顔を上げて母を見た。母は、

「旅を」

ちょっとためらい、声を落として、

「旅をしなさい」

「え？」

「お前は、世の中の見聞が足りないのです。だからそんなことを言う」

恐ろしいほどの察しのよさである。房五郎は息を呑んだ。

母も、息子をまっすぐ見ている。目をそらさずに、

「まずは、糸魚川へ行きなさい。あの街には私の弟、つまりお前の叔父にあたる相沢文仲という人がいます。これから手紙を書きますから、渡して指示をあおぎなさい」

（死ぬ）

房五郎は、戦慄した。ここから糸魚川までは街道を十二、三里（約五十キロ）は歩かなければならないし、いまは冬である。

雪が、すでに降っている。

†

翌日の朝、母は急かすようにして房五郎に旅じたくをさせ、家の戸口まで押し出して、

「これを」

竹の皮のつつみを差し出した。

つつみは、あたたかい。ちょっと皮をめくってみると、なかには黄ばんだ丸いだんごが七、八個もあるだろうか。

「くず米を貯めておいたのを、搗いて蒸しました。お腹の足しにしなさい」

房五郎は、感動した。独特の生ぐささがあるのは、量をふやすため大豆のおからをまぜたのにちが

いないが、しかしそれでも白米は白米にちがいなく、めったに口に入るものではない。これをこしらえるとなると、母はたぶん、昨晩はほとんど寝ていないだろう。

「ありがとうございます」

竹の皮を閉じてふところへ入れると、母はこんどは、

「これを」

路銀をつつんだ麻布（あさぬの）をよこし、さらに一通の手紙をよこした。

房五郎は、たちまち感動が失せた。これから自分はこの紙きれを届けるため、それだけのために、大げさでなく命をかけるのである。きっと、よっぽど、

（大事なことが）

房五郎はにわかに息苦しくなった。母が心配そうな顔になって、

「房五郎、やっぱり……」

声をふるわせたので、その次のことばを期待した。やっぱり子供にはまだ無理です。やめにしましょう。

だが母は表情を元に戻して、

「道中、気をつけて」

「はい」

「道がわかれるところでは、かならず道しるべを見なさい。なければ大人に聞きなさい。絶対に独り合点で行き先を決めてはなりません。夜歩きなどはもってのほか」

「はい」

「いいですね。わかりましたね」

と、母はしゃがみこんで、房五郎の左右の肩に手を置いて言うのである。房五郎は、

「行って参ります」

体の向きを変え、足を踏み出した。

母を背にして、お城を背にして、とぼとぼ歩いて行く。

まずは、北へ向かう。

陀羅尼口（だらにぐち）の木戸を抜ければもう城下町の圏外である。にぎわう声が遠ざかり、雀（すずめ）の声しか聞こえなくなった。

高田平野のひろびろとした雪景色のなかの一本道。いわゆる北国（ほっこく）街道である。さいわいこの日の空は曇りで、雪は降っていないのだが、それでも房五郎はおののくような不安とともに体を前へ運んだ。

と。

前方に、房五郎をさらに不安にさせる光景があらわれた。

追分（おいわけ）である。道が二手にわかれているのだ。房五郎はそのわかれ目で立ちどまって、

「これか」

まわりを見た。

道しるべをさがしたのである。きっと石柱や丸太のようなものが立っていて、そこに字が彫りこまれているのにちがいない。

が、

「ない。ない」

房五郎は、泣きそうになった。そのかわりと言っては何だけれども、道から少し引っ込んだところの松の手前に朽ちた木のほこらがあって、そのなかに白っぽい石の板が立っている。

二、三歩、近づいてみた。

どうやらお地蔵様らしかった。板の上に線を刻んで像を描いている。その顔は体に比して不自然に大きく、地蔵像によくある柔らかな微笑をたたえていたが、その微笑も、いまの房五郎には緊張感に欠けることおびただしかった。なお現在もこの地にあたる上越市木田新田には追分地蔵があるけれども、これは二十数年あとの慶応年間につくられたものなので、このとき房五郎が見ているのは、いわば先代ということになるだろう。

地蔵では、役に立たない。房五郎は肩を落とした。

仕方がない。こうなったら誰かに声をかけるほかない。

房五郎は道のはしっこに立った。人の往来はわりあい多いが、房五郎は左を向き、右を向きして見送るばかり。五歳の子が見知らぬ大人を呼びとめるのは、それだけで冒険なのである。とうとう、

「あの」

声をかけた相手は、農家の女房らしい人だった。

城下で野菜を売った帰りなのか、頭にからっぽの籠をのせている。立ちどまって、

「何だい」

「あの」

事情を説明した。すると、

「道しるべは、そこだよ」

ほこらを手で示した。

「え？」

「おいで」

籠をおろし、ほこらに近づき、地蔵の右と左にわずかについた雪を手で払った。

房五郎も近づいて見あげる。右と左それぞれに、こんな字の線が彫りこまれていた。

右かたまち
左かゝかいたう

「あたしは読めん。別の大人を呼んでやろ」

と女房は親切に言い、また道へ出ようとしたが、房五郎はすらすらと、

「右、潟町（かたまち）。左、加賀街道」

と読みあげて、

「ありがとうございます！」

左の道へ飛びこんだ。

歩く速度がみるみる速まる。字が読めるということは、

(何と、いいことか)

それを知ったおどろきで胸が熱くなり、自分自身が好きになった。字が読めれば道が選べる。命まで助かるのだ。

もしもうっかり右のほうをたどっていたら。房五郎はそう思う。自分はやがて日本海につきあたり、右にまがり、そのまま東へ行ったにちがいない。東には潟町の宿（しゅく）があり、その先は柏崎（かしわざき）、新潟、鶴岡、秋田……北の果てまで運ばれてしまう。糸魚川は方向が正反対なのである。

寺子屋、というものがある。

二十一世紀の現在では小学校にあたるか。房五郎は家が貧しいので、そこへ行ったことがなかった。それでも母が仕事の合間にそれこそ錦絵とか、あるいは字尽や国尽といったような子供向けの教科書などを使って教えてくれた。あれはこういうことだったのだ。

「加賀街道。かがかいどう」

口ずさみながら半刻（一時間）ほど歩くと、人が多くなり、ひらけた街に着いた。距離にして家から一里ちょっとか。

道の左右に、お寺のものらしい白漆喰の塀がつづいている。また大人を呼びとめて聞いたところ、

「ここは、直江津じゃ」

房五郎は、

（合ってる）

うれしさのあまり、足で地を踏み鳴らした。道をまちがえなかったこともそうだけれど、それ以上に、

（謙信公の、根城が）

直江津の地名は、これまで母の夜ばなしに何度も登場している。近くには春日山があり、山をまるごと要塞化した春日山城があるはずだった。

上杉謙信はまさにそこで政務を執り、家臣に命令し、そこから兵とともに出て甲斐の信玄と決戦したのである。

「見たいなあ」

房五郎は、つぶやいた。もっとも謙信の死後それは廃城になったので、いまは石垣や空堀くらいしか残っていないかもしれないが、それでも何かしら、行けばほんの一瞬でも謙信の息づかいの余香の

ようなものが嗅（か）げるのではないか。

とはいえやっぱり、

「無理じゃ」

うなだれた。

何しろ時間がない。なるべく早くこの街中（まちなか）をさらに北へ入って、適切なところで左にまがり、西へ行かなければならない。そうして日本海に面した街道をひたすら行かなければならないのである。もちろん、きょうのうちに糸魚川へ入るのは不可能なので、途中、名立（なだち）あたりで宿を取ることになるが、それでも子供の足であす着くことができるかどうか。着いたら着いたで、こんどはその相沢とかいう叔父の家をさがしあてなければならないのである。

すなわち、先は急ぎたい。

だが素通りはしたくない。房五郎は路上でしばらく考えて、

「そうじゃ」

手を打った。思いついたのは、昼めしを食えばいいということだった。

昼めしならば旅の一部である。寄り道ではない。城跡へのぼることまでは無理にしても、この街中で少しでも時間をすごす口実にはなる。あとで母にも説明できる。

房五郎は、また足を踏み出した。

ほどなく左右の寺の塀がつきた。道が広くなり、商家や土蔵が多くなる。

すれちがう人の数もふえた。高田城下ほどの繁華さはないものの、それでも潮のにおい、屋根に積もる雪、狸（たぬき）の足跡、振り売りの魚屋のしゃがれた呼び声……あらゆるものが謙信のたましいの立ち現れであるような気がする。房五郎は興奮の末に、自分もまた謙信公のような、

（偉人に）

その願いが、はじめて胸にきざした。越後の偉人か日本の偉人かはわからない。

街を抜けると、海だった。日本海である。砂浜もある。ただしその手前には黒い土の湿地がひろがり、左右に長い湖があった。

いや、湖というほど大きくはない。せいぜい沼か。もっとも沼というには水はよく澄んでいるようで、その水面は無数の白い点で覆われていた。

房五郎は、近づいた。白い点は生きものだった。

あっあっ
くわ
ほっ
くわくわ
と、空を埋めるほどの鳴き声である。なかには、くわーっと甲高くひきのばすやつもいて、房五郎も、

「わあっ」

母は以前、房五郎に、

「越後とは、潟の国です」

と教えてくれたことがある。

潟とはこの場合、潟湖ともいう。砂州などの発達によって外海から内湾が切り離されて云々という近代的な説明はまだこの時代の人々のものではないが、とにかく房五郎はこの地形の実物を見るのははじめてだったし、その潟に、これほどたくさん白鳥がいる光景もはじめてだった。

白鳥は何百羽、いや何千羽いるのだろう。

いまは師走である。水はよほど冷たいだろうに、彼らは表情ひとつ変えることなく黄色いくちばしを開閉したり、長い首をうしろへまげて身づくろいをしたりしていた。ときどき黒っぽい鴨もまじっている。

水から少し離れた浜に、朽ちた流木が一本打ち上げられている。房五郎は走って近づき、さっさっと雪を払った。

笠を取り、簑を脱いで尻を落とした。潟の空をのぞみつつ二本の足を前にのばし、ふところに手を入れて、竹皮つつみを取り出した。

ひざの上へ置いてみると、まだ少しあたたかい。房五郎がその竹皮を指でつまんでめくろうとしたとき、背後から、

「何じゃ」

「え」

ふりむくと、三人の子供がいる。

みんな年上なのだろう、房五郎より体が大きいけれども、そのうち房五郎から見ていちばん左、いちばん顔のいかついやつが、

「お前、見なれぬ顔じゃのう。名は?」

「上野房五郎」

胸をそらした。名を問われたらかならず姓名ともに答えるよう、つねづね母に言われている。そいつはふんと鼻を鳴らして、

「苗字があるのか。刀がないのに」

「………」

「俺らとおなじ農民が、なまいきに。袴（はかま）まではきおって。どこから来た」

「高田のご城下から。糸魚川の叔父を……」

「ええっ」

と、まんなかの小柄なやつが両手をあげて驚いて、左のやつへ、

「権吉（ごんきち）。権吉。こいつ高田の上野じゃて」

「おい助太（すけた）、そりゃ……」

「婆（ばば）の子じゃ」

「ああ」

と、権吉は目を輝かせて、

「これが、あの」

「婆の子」

「婆の子じゃい」

「じゃーい、じゃーい」

ふたりは雀躍（こおどり）しはじめた。房五郎は、かっとなった。意味はわからない。だが出生に関する極度の貶斥（へんせき）を受けたことはわかる。足を地につけて立ちあがり、

「何を言う」

その拍子に、ひざから竹皮つつみが落ちてしまった。

房五郎はあわてて身をかがめ、それを取ったが、権吉が手をのばして来て、

「それっ」

「あっ」

「何じゃ、色の悪いだんごじゃのう。おからでふくらましとる。苗字御免のお坊ちゃんの口に合いますかのう」

「返せ」

房五郎は腕をのばしたが、権吉はそれを頭上高く持ち上げてしまった。

房五郎は、手が届かない。跳んで流木の上に立ったけれども、その瞬間、助太が足払いをかけたので、房五郎はあたかも失敗しただるま落としのように頭から横ざまに転んでしまった。これでまた悪童どもは、

「じゃい」

「じゃーい、じゃーい。婆の子は弱いのう」

「弱い、弱い」

房五郎。

ゆくゆく前島密（まえじまひそか）と改名し、明治政府の最重要人物のひとりとなり、郵便制度を創設し、「切手」「はがき」などの用語を考案し、いったん官途を退（しりぞ）いたさいには東京専門学校（現在の早稲田大学）の創設に深く関与し、その他のさまざまな分野において日本に近代国家の骨格をあたえることになる。

そうして二十一世紀のこんにちでは一円切手の肖像で人に知られることになる、その房五郎の生まれは高田城下ではなかった。

越後国頸城（くびき）郡下池部（しもいけべ）村（現上越市下池部）という、高田から少し東へ離れた農村だった。

父は、上野助右衛門（すけえもん）という。

豪農の家の当主であり、地域の諸役もつとめたため苗字が許されたものか。助右衛門はみずから鋤（すき）

鍬を取ることもあったけれど、どちらかと言うと読書や思索のほうが好きだったようで、香樹の号を持ち、『論語』を読み、仏書をひもとくことが多かった。

旅人をまねいて酒食を供し、

「ぜひに」

と頭を下げて諸国ばなしを聞くというようなこともあったらしい。このころはもう徳川時代も後半にあたり、全国にいわゆる五街道をはじめとする大小の道路が整備されていたため、下池部のような僻村にもときどき人は来たのである。ことに有益な話をする人となると、三晩も四晩も足止めして宿賃はいっさい取らなかった。

もっとも、房五郎は、この父の顔も声も記憶になかった。房五郎の生まれたのは天保六年（一八三五）一月七日だが、そのわずか七か月後、病気で死んでしまったのである。

母のていは、このとき四十一歳。

すなわち房五郎を生んだのは、この当時としては超がつくほどの高齢出産だった。

いま直江津の潟で悪童どもが房五郎を「婆の子」と呼んでいじめているのは、このことを指すのにちがいなかった。あんまりめずらしい話なので、噂がここまで及んだのである。

ていは元来、都会っ子だった。

三百石取りの高田藩士・伊藤家に生まれた。上級武家の子女である。屋敷はもちろん高田城下、お城の近くにあったけれども、長じて城に入り、藩主・榊原式部大輔政養の奥づとめをしたのは、これもまた名門の令嬢によくあることだった。

この奥づとめが、長かった。

ていがよほど殿様に気に入られたのか、仕事ができたのか、あるいはほかに理由があったのか。

何しろ文字どおり奥向きのこと故、誰も知る者はなかったが、そんなわけで、ようやく身を引き、城を出て、下池部村の助右衛門のもとへ嫁いだときには彼女はかなり年が行っていた。助右衛門のほうは再婚だった。

その助右衛門が、病死した。すなわちていは、生後七か月の房五郎を残して先立たれたのである。そうして上野家には又右衛門（またえもん）という先妻の子がいて、二十歳になっていて、それが次の当主になった。ていは、たちまち家にいづらくなった。

さらに悪いことに、又右衛門は、当主となるや酒を愛しはじめた。その愛の度ははなはだしく、みずから陶々斎（とうとうさい）と号して陽（ひ）のあるうちから顔を赤くしたばかりか、夜にはたびたび城下へ出て茶屋あそびをした。ときに朝まで帰らない。ていは気が強い女だった。ときどき、

「そのお暮らし、改めなされませ」

と直言したけれども、又右衛門は聞く耳を持たなかった。

上野の家は、三百年つづいた家である。

蓄財もある。それがみるみる底をついた。先祖の遺（のこ）した書画や骨董（こっとう）を売り払い、着物や家具を売り払い、がらんとした座敷のなかで、又右衛門はそれでも淡々と酒を飲んだ。

ていも、辛抱しかねたのだろう。四年後とうとう家を出た。そうして郊外の小さな農家を借りて、母ひとり、子ひとりの生活を始めたのである。房五郎は五歳になっていた。

もとより婚家に経済的援助をあおぐ気はない。ていは内職をしはじめた。ほんの何年か前まではお城の奥で殿様のため茶など点（た）てていたその手で湯をぐらぐらに沸かし、繭（まゆ）をゆでて、糸をつまんで引っぱり出して、きい、きいと糸車をまわしたのである。

収入は、それでは足りなかった。機織（はたお）りもやったし、裁縫もした。

しばしば夜ふけまで仕事した。もらったお金は無駄づかいせず、爪に火を灯すようにして少しずつ貯めて、一枚、また一枚と古い錦絵を買っては行李にしまった。

この錦絵が、つまりはみな武者絵だったのである。和漢の英雄豪傑に材を採ったもの。そうして夜の仕事が終わると、決まって、

「房五郎。きょうの仕事は、おしまいです。さあ、お話ししてあげましょう」

これはまた、房五郎の至福の時間でもあった。

房五郎は母が絵のそここを指さしながら上杉謙信の、武田信玄の、あるいは『平家物語』や『太平記』の登場人物たちの事績を語るのを聞いた。

息を呑むような話ばかりだった。房五郎は、

「母上。母上」

と、おなじ話を何度もせがんだ。そんなとき、ていは決して、

「きょうは、もう終わりです」

などとは言わず、房五郎が聞き疲れて眠ってしまうまで、あるいは夜がしらじらと明けるまで、物語をしつづけた。行李は母子の図書館だった。

ときどき昼のうちに暇ができると、ていは往来物（当時の初等教科書）を出して来て、房五郎に字を教えた。墨や紙などは滅多なことでは使えないので、畳の上に指で書かせた。それでも房五郎はあっというまに片仮名をおぼえ、平仮名をおぼえ、かんたんな漢字も書けるようになった。なじみがない土地で友達がいなかったこともあり、房五郎は、昼でも家にいることが多かった。

母上は、

（教育家だ）

というような印象を漠然と房五郎は抱いたけれども、これははたして正しかったろうか。なるほど教育ぎらいではなかったろうが、しかしそこにはもうひとつ、武家の自尊心がなかったろうか。

考えてみれば、ていの人生は、或る時期からは落ちるいっぽうだった。

城中の重鎮でありながら農家の後妻の口に出され、夫をなくし、その先妻の子の放縦なふるまいに蹂躙されたあげく家を出て、ものを食うにも苦しむようになった。

これでもかと言わんばかりに押しつぶされた自尊心。その回復のためには血をわけた幼い息子の未来に賭けるしかなく、それには畢竟、教育しかない。そういういわば消去法の決意ないし願望がなかったろうか。

むろん房五郎は、この時点では、こうした母の胸中をほとんど理解していない。自分をとりまく環境の複雑さに思いを馳せることもない。ただ今回、母が自分にひとり旅を命じたのは、

(何か、意味が)

そのことは、何となく感じている。

竹皮つつみのだんごはその象徴である。房五郎は立ちあがり、また流木の上に立って、

「返せ。返せっ」

手をのばしたが、やっぱり権吉は、

「婆の子、婆の子。じゃーい、じゃーい」

手を下ろさなかったため、房五郎は届かない。助太が赤い舌を出しながら、

「権吉。権吉」

「何じゃ」

「放ってしまえ、そんなもん。人間(ひとさま)の口に入るもんじゃない」

権吉は一瞬ぽかんとして、

「それはええ。それはええ」

残忍な笑みを浮かべると、足を上げ、房五郎の胸をどんと蹴った。

房五郎はまた流木から落ち、尻もちをついた。権吉は、

「こんなもん」

腕を二、三度ふりまわしたかと思うと、それを灰色の空へまっすぐ投げこんだのである。

「あっ」

房五郎は、首をうしろへ向けた。

まるで時の進みが遅くなったようだった。それは回転しながら雲の下をかすめて飛んで行って、竹の皮がめくれて浮いた。

なかの黄色いだんごが何個かずつ固まったまま散り広がり、潟へ落ちた。小さな水柱がいくつか立った。

白鳥たちが反応した。ぎゃあぎゃあと慎(つつし)みのない声をあげて着水点へ集まり、長い首をつっこんだ。

首どうしが縄みたいにこんがらかった。なかには水から顔を出して上を向き、何かを呑みこむしぐさをしているやつがいる。その頭へふんわりと竹皮が舞い降りたけれど、どの鳥も気にとめなかった。

「わは、わは」

「食うとる食うとる」

「うんと太れよぉ」

悪童たちは腹をかかえて体を折り、あえぐほど笑った。房五郎は立ちあがり、体の向きを変え、潟

のほうへ駆けた。

ためらわず踏みこんだ。水が刃のように冷たかった。足が急にやわらかく沈んだが、泥のなかは温かかった。だんごが落ちたと思われる場所まで行ったときには、房五郎はもう腰のあたりまで鉛色の水面に侵されていた。

「やめろ。食うな。やめろ」

叫びつつ、周囲の白鳥を押しのける。押しのけても来る。かえってふえる。

ばしゃばしゃと水をかけても蛙(かえる)の面(つら)に水である。思いきって一羽の首を横抱きにしたけれども、そいつは表情を変えぬまま、するりと脇から首を抜いて翼をひろげた。

空へ、飛んだ。

次の瞬間、まわりの鳥もばさばさと音を立てて水面を蹴った。房五郎の視界はまっ白に染められ、

「わあっ」

上を見た。ただでさえ暗い空がますます彼らの影で暗くなり、そこから雪のように白い羽根が降って来た。

房五郎は一瞬、ほんの一瞬、美しいと思った。その羽根を追いかけるようにして本体の群れがまた降りて来て、着水して、房五郎を遠まきにしたけれども、彼らはもう首を水へ入れなかった。

ただ端然と波にゆられるだけ。房五郎はなおも両手を水に突っ込んで、泥のなかを搔(か)いてまわった。だんごの手ごたえはない。水がだんだん生ぐさくなった。

岸からは、

「何じゃ、あいつ」

「馬鹿じゃや。馬鹿じゃや」

などという囃し声が聞こえて来たが、やがて声音が変わり、

「馬鹿。凍えるぞ」

「上がって来んか」

気がつけば、三人ともいなかった。死なれでもしたら面倒だと思って逃げ出したのにちがいなかった。

房五郎は潟のなかで棒立ちになり、洟をすすった。とうとうだんごは見つからなかった。ただただ申し訳なかった。

（母上）

その刹那、戦慄した。

あわててふところへ手を入れた。路銀をつつんだ麻布。一通の手紙。これは手ごたえが、

「ある」

声が出て、その場にへたりこみそうになった。

危ないところだった。こんなふうに見さかいなく身をかがめて水をひっかきまわしたりして、もしも路銀まで落としていたら。手紙を泥まみれにしていたら。

「ばか！」

自分の耳をうんとひねった。分別を失うというのは、おそらくは、だんごを失うより悪いことなのだ。房五郎は胸を手でおさえて歩きだし、岸へ上がったとたん体がずっしりとした。これからどうするか。いい知恵はない。流木のかたわらで簑と笠をのろのろと身につけ、街へ戻り、とにかく西をさして進んだ。

雪が、降りだした。

房五郎は、気づかなかった。全身ぬれて着物がべったり肌に貼りついているのに、気づいたところで何の意味があるだろう。人家が少なくなり、街道の杉の並木が見えたところで、道ばたから、

「坊や。坊や」

声をかけられた。

ぼんやりとそっちへ顔を向けた。母ほどの年のおかみさんが、

「どうしたんだい、そんな格好で」

「かかかかか」

「歯の根が合ってないじゃないか。潟にでも落ちたのかい」

聞かれるまま事情を話した。口がろくに動かないので最小限のことばで最大の事情を伝えなければならなかった。

おかみさんは、

「やっぱり、あの横町(よこまち)の権吉か。けしからん。うちの便所にも蛇を入れたんだ。そんな姿(なり)じゃ死んじまうよ。お入りよ」

「え、え」

「ここは旅籠(はたご)だよ。案じることない。うーんと親切にしてあげる」

「や、や」

「何だい」

「宿賃は」

「ほかとおなじ」

即座に言って、

「とにかく早く脱ぐんだ、その着物をさ。洗い賃はただにしてやる。雪沓(ゆきぐつ)も乾かせばまだ使える」

房五郎の手を取り、むりやり家のなかへ引っぱり込んだ。房五郎は土間でまっぱだかにされ、かわりに他行中の夫のものだという城壁みたいに巨大な麻の袷(あわせ)を着せられた。

それから盥(たらい)の水で足を洗われ、部屋をあてがわれた。小さな火鉢を抱くようにしていたら眠くなって、起きたら夕方で、めしを食ったらまた寝てしまった。夜半に一度、目がさめたが、恐(こわ)くて便所へ行けなかった。

結局、まる半日を無駄にしたことになる。おかげで翌朝は元気になり、もとの服も乾いていた。雪も、やんでいた。お礼を言って宿を出て、街道に出た。

右手の杉の並木ごしに海が見えるので、糸魚川街道であることは確実だった。大きく見れば北陸道の一部だが、狭い地域ではそう呼ばれる。まだまだ十里以上もあるとはいえ、とにかく道の先に目的地はあるのだ。

昼前から、また雪が降りはじめた。

房五郎は無理をしないことにして、まだ日の暮れぬうちに名立で宿を取った。

足を洗って上がりこむや否や、宿の下男に、

「火鉢をください」

と言ったのは、少し旅慣れたのかもしれない。もっともその晩は、なかなか寝つくことができなかった。二晩目ともなると、話し相手のいないのが、しゃくりあげたいほどさびしいのである。

翌朝、宿を出ると、雪はいっそう強かった。房五郎は足を速めた。のんびりしていたら家へ帰れなくなる。

糸魚川の城下へ入り、道ゆく大人をつかまえて相沢家のありかを尋ねると、そのたびに、

「相沢様といえば、何しろ御典医じゃて。お城近くに立派な屋敷をかまえておられる」

などと欽慕(きんぼ)され、ふしぎそうな目で見下ろされた。

お前のような身なりの子供がどんな用で行くのかと言いたいのだろう。房五郎は何か誇らしくなり、教えられた地区に行った。

道が広く、左右に武家屋敷の塀がつづいている。

屋根の雪まで高級そうである。表札を見ながら歩いたので、相沢家はすぐわかった。たかだかとした門があり、扉が半びらきになっている。

「ごめんください」

声をかけると中間(ちゆうげん)ふうの男が出て来て、扉の隙間から、

「何だね」

押し売りでも見るような目である。房五郎は胸をそらして、

「上野房五郎と申します。この屋敷のあるじ、相沢文仲殿の姉ていの長男です」

事情を告げ、ふところから手紙を出して見せた。

「上野？　知らんな。どれ」

手をのばして来た。房五郎は手紙を抱いて横を向き、

「大事なものです。じかにお渡しします」

「こいつ」

子供のくせに、という顔をしたが、すぐに鼻で笑って、

「旦那(だんな)様は、お留守(るす)じゃ」

「えっ」

「京のみやこに上(のぼ)っておられる。まことじゃ。何でもお医者仲間に会いに行くとかで」

「ならば奥方様に、お目通りを」

「だから、わしが」

「じかに、じかに」

「厚かましい。去(い)ね」

扉を閉めようとした。房五郎は体ごと隙間へ突っ込んで、

「連枝(れんし)ですぞ、連枝ですぞ」

大声をあげた。内心は恐くて仕方ないのだが、ここで手紙をゆだねて帰ったら母が失望する、そんな気がしてならなかった。

男はあわてて首を出し、通りの左右に目をやって、

「馬鹿。騒ぐな」

扉を引いて全開にした。

房五郎は邸内に入り、座敷へ通された。茶も出された。正座したまま待っていると、ほっそりした、母よりは少し年下かと思われる女が入って来て、床柱を背にして座り、

「文仲の妻です。あなたが、ていさんの……」

「長男です。房五郎と申します。これを」

手紙を畳の上に置き、相手のほうに向けて押し出した。奥方はひらりと白い手を泳がせてそれを取り、紙をひらいて読みはじめた。

長いまつ毛を伏せ、しばらく考えてから、

「房五郎。あなたはここに何が書いてあるか、知っていますか」

「いいえ」

「読めないのですね」

「読めます」

房五郎は、むっとした。やや唇をとがらせて、

「読んでいいと言われなかったので」

「そうですか」

と、奥方はため息をついた。ひざの上で手紙をもとどおり折り畳みながら、

「無心です」

「むしん？」

房五郎は、首をかしげた。どんな英雄豪傑の物語にも出て来なかった語である。奥方は、

「お金の無心、つまり貸してほしいということ。日々の暮らしに足りないから」

「はあ」

ぽかんとした。

次の瞬間、頰が発熱した。頭がぐつぐつ煮られる気がした。奥方は眉をひそめ、優しい声音になって、

「ていさんも、罪つくりなことを。こんな子にたったひとりで。よほど私たちに弱みを見せるのが嫌だったのでしょう。母親の勝ち気の盾にされて、こんな小さい父(てて)なし子が……」

「ちがいます！」

「え」

「母はそのような人ではありません。たまたまの手紙の用にかこつけて、私を甘やかさず、世の見聞

を広めさせようと……広めさせようと……」

　それ以上ことばがつづかなかった。両手が袴を握りしめ、目からぽろぽろ涙が落ちた。

　むしょうに家へ帰りたくなった。帰ったら二度と家を出まい、死ぬまで母のそばを離れまいと本気で思った。

　奥方はなお親身な口調で、

「わかりました。当面の費用（ついえ）はさしあげます。お返しには及ばぬとお伝えなさい。旦那様には京から戻りしだい私から申し上げておきます」

「私も」

「え？」

「私にも、お金をください」

　と房五郎は言い、洟をすすって、

「直江津の街で意外のことがあり、一日の余泊を強いられました。帰りの路銀がないのです」

　実際には路銀は皆無というわけではなく、晩めしを出さぬ安宿（やすやど）を選べばどうにかなる程度には残りがあったのだが、ここで嘘（うそ）をついたのは、

（母上ひとりを、罪人（つみびと）にせぬ）

　奥方は、じっと房五郎の目を見返した。と思うと、急に笑顔になり、

「泣くのは、およし」

　ふところから白い懐紙を出し、二つ折りのまま房五郎へ差し出して、

「偉いですね、あなたは」

「え、ええ……」

「将来きっと立派になります。旦那様がおられたら、さぞかしお気に召したでしょう」

それから横を向いて、ぼそりと、

「うちの子も、こうだったら」

「え？」

何か剣呑なことを聞いた気がしたが、そのときちょうど房五郎は懐紙をひらき、涙をぬぐったところだった。

その勢いで、洟まで盛大にかんでしまった。奥方はなお横を見ながら、

「何でもありません」

帰りは、さらに雪が降った。房五郎は道を急いだ。懐中の金子は額が大きいので、念のため、名立では行きとおなじ宿屋に泊まった。少しでも不測の事態に遭う可能性を低くしようと思ったのである。

宿賃は追加の路銀で支払った。あの横町の権吉一味にふたたび会うことを恐れて直江津の街中へは深入りせず、外周をたどるようにして北国街道へ出て、南に向かった。三日前、おなじ道を逆へ行ったときとは沿道の風景は一変していた。もはや田畑のひろがりは見えず、ただ雪の白いふとんが延々と遠くの山へつづくだけ。山も白く粉を吹いていた。

陀羅尼口の木戸をくぐり、城下を抜け、家の近くへ来るころには日が暮れかけていた。見なれた藁屋根の軒先が目に入るや、駆け出そうとした。だが体がくたくたなのと、足を雪に取られたのとで、できなかった。

入口の前に、見慣れた人の影がたたずんでいる。

「房五郎」

母は、怒り顔だった。唇をへの字にして房五郎を見おろし、

「予定より、一日遅かったですね」

「申し訳ありません。じつは」

笠を脱ぎ、直江津でのことを正直に話した。それからふところに手を入れ、相沢家の奥方にもらった赤い袱紗づつみの金子を出して、

「お手紙のご用は、このとおり……」

「房五郎」

と、母は何かに耐えかねたように両ひざをつき、一瞬ためらって、両手で房五郎の頬を挟んだ。

房五郎を見あげて、

「よう帰りました。ええ、ええ、よう帰りました。いい顔になりましたよ。出たときとはまったくちがう」

房五郎は、体の力が抜ける気がした。母の手があたたかい。こんなに優しい声を聞くのははじめてだと思うと、かえってどう答えたらいいかわからず、房五郎はただ袱紗を落とさぬよう右手で握りしめるばかりだった。

雪が、強くなった。母はようやく立ちあがって、

「さあ、お入り。今夜はいっぱいお話をしてあげましょう」

「はい！」

「そうだ。ご褒美に、今度お前の好きな絵を買ってあげましょう。やっぱり武者絵でしょう？　謙信公の……」

「いいえ」

房五郎は母を見あげ、目を輝かせて、

「名所絵を」

「名所絵？」

「京のみやこか、江戸の街か。なければ中山道や東海道などの道中ものでもかまいませぬ。知らない土地が知りたい」

「まあ」

母の顔にほんのわずか後悔の色が浮かんだことに、房五郎は気づいたかどうか。その家では、その晩だけは、糸車の音は聞こえなかった。

医術の家

三年後、雪どけのころ。とつぜん房五郎の家へ武士が来て、戸口のところで、

「ごめんくだされ。ごめんくだされ」

この茅屋(ぼうおく)に対してずいぶん丁寧な呼びかけである。房五郎が戸をひらき、一歩外へ出て、

「何か、ご用……」

言いかけると、

「房五郎か」

「えっ」

「八つになったな」

武士はそう言い、にっこりしてみせた……ような気がした。実際はわからない。房五郎は武士の顔を見あげたが、まだ笠は取っていないし、その向こうの青空では太陽がまぶしく輝いていて、顔をまるごと影にしている。

「房五郎、おぬしは三年前、ひとりでわが屋敷へ来たであろう。口のききようも利発じゃったと、あれから妻女がよく申しておる」

「あっ、もしかして、あ、あいざわ……」

「わしの子になれ」

「へっ」

「わしの子になり、わしの仕事を手伝いながら勉強せよ。糸魚川もまあ何もない土地じゃが、まがりなりにも街中じゃ。ここよりは諸事ひらけておる。どうじゃ」

身をかがめ、顔をぐっと近づけて来た。返事のしようもない。あ、う、とうめいていると、背後から母の声が、

「そういうことは、まず実の親に申しなさい」

武士は背すじをのばし、笠を取って、

「やあ、これは姉様」

「ひとりで来たのですか。文仲」

「ええ」

「どうして前もって手紙をよこさなかったのです。急に来られても、こんな……」

と、母は、おのが身を抱くしぐさをした。浅黄色をした木綿の単衣。このへんの農婦の着物の典型。なるほど医者として一家を成した弟には見せたくない姿だったにちがいないが、かりに予告があったところで装うことなどできたかどうか。

文仲はまじめな顔になり、

「姉様、その着物」

「………」

「もういいではありませんか。糸取り女はおやめになったら」

「お入りなさい」

母はそう言うと、先に家へ入ってしまった。

文仲もつづいて家へ入り、草履を脱ぎ、奥の部屋に正座した。

奥の部屋と言っても黄ばんだ畳が敷いてあるだけ。床の間もなければ床柱もない。母は、

「どうぞ」

畳へじかに茶碗を置き、茶を勧めた。いやちがう、茶碗のなかは白湯だった。その程度の用意もこの家にはないのである。

文仲は白湯を口にして、茶碗を置き、

「姉様、あらためてうかがいます。例の話そろそろ心決めしてくださったでしょうな」

母は、差し向かいに座っている。目を伏せて、

「………」

「どうかここを引き払って、房五郎ともども、わが家へお移りください。食う心配はさせませぬ。女中や中間もおりますし……」

「世間体が悪い、ということですか」

「それもある」

文仲は、はっきり言った。そうして、

「わしはともかく、兄様の名にかかわります。何しろわれわれの兄様、伊藤源之丞様はいまや父上の跡目を継ぎ、三百石の当主となり、高田藩の目付をつとめておられる。他の模範ともなるべき方が、血をわけた妹をいつまでも郊外の村に置いて内職など……」

「あなたに何がわかります」

「たとえば背すじ」

「背すじ？」

母は聞き返し、上半身を微動させた。文仲は手をかざすようなしぐさをして、

「ほら、それじゃ。さっきまで少し猫背じゃった。ふだんそういう姿勢で座業をしておられるのが、いつしか膠（にかわ）のように固まって」

「私は患者ではありません」

「ずいぶん無理を重ねたのですな。もはや若い身でもなし、このへんでひとつ隠居のつもりで」

「そんな年ではありません」

「もう四十八でしょう。世の早い者なら、そろそろ」

房五郎は、となりの部屋に正座している。

襖（ふすま）は開け放しにしてあるので、文仲、母、どちらの姿も目に入る。それぞれが発言するたび首を大きく左右へふり、全身を耳にした。はじめて聞いたことばかりだった。

実際のところ房五郎は、さっきから、のどがからからだった。

（行きたい）

胸がはちきれそうだった。行李のなかの錦絵や往来物はとっくのむかしに頭へすっかり入っている。毎晩の母の物語ももう諳（そら）んじられるくらいになったので、大好きな上杉謙信のときですら寝息を立てることがしばしばだった。房五郎にとって、この家には新しいものはないのである。

と同時に、房五郎には、家の外の友達もなかった。おなじ年ごろの子供はたいていい寺子屋へ通っている。二年前だったか、一度だけ勇気を出して、

「母上。私も」

と言ったことがあるけれども、母は即座に、

「なりませぬ」

「でも……」

「お金がないからではありません。寺子屋というのは百姓の子の通うところです。あなたは武士の子です」

きつい口調だった。房五郎は、

（うちも、農家じゃろ）

口に出すことはできなかった。

出したら母との仲がこじれそうで恐かったのである。だが今回はちがう。文仲叔父の仕事を手伝いながらの勉強ということは、よくわからないけれど、寺子屋ではなく、何かしら侍向けの塾のようなところへ通わせてくれるのではないのか。そこには友も師もいるのではないか。

（行きたい。行きたい）

文仲は、

「姉様」

母は文仲の顔を見て、きっぱりと、

「糸魚川へは、参りません」

「姉様！」

「今後もここで暮らします。人の世話にはなりません」

房五郎はこの刹那、

（母上）

顔をゆがめた。

隠しきれなかった。前途が冥(くら)く閉ざされる、その扉の音をまざまざと聞いた気がして、手で耳をふさぎたくなった。

文仲は、引き下がらない。腕を組んで、

「姉様はそれでいいかもしれん。一生ここで慎(つつ)ましく暮らす。だがそれでは、房五郎はどうなります」

母は、

「…………」

うつむいてしまった。文仲はちらっと房五郎を見てから、

「もう八歳になったというのに、まだ漢籍は読んでいないのでしょう？　このままでは手遅れになる。いや、もうなりつつある。どれほど利発な子であろうと、鴻鵠(こうこく)のこころざしを持つ子であろうと、いつまでも畳へ指で字を書かせられてはどうしようもない。長じては無為無能の徒となるほかない」

「…………」

「姉様」

「房五郎」

と、母は急に顔を上げ、こっちを向いて、

「あなたは、どうします」

「えっ」

「この叔父の家へ参りますか。参りませんか」

「え、あ」

房五郎は、ことばが出なかった。

どう答えるのが正しいのか。行きたいと言えば人生がひらける。母の意に背く。

房五郎は、母の顔を見た。

怒っている、ように見えた。唇は強く引き結ばれて白くなり、左右の手はそれぞれ膝頭をしっかりとつかんで節々（ふしぶし）が浮き上がっている。

房五郎は目をそらし、文仲を見た。こちらはふしぎな感じの顔だった。顔そのものは痩せているにもかかわらず、耳が大きく、耳たぶなどは雪玉のごとく垂れ下がっている。

まるで頬の肉をそっくり耳へ移したかのようである。一種の福相なのだろうが、その福相も、いまはまっすぐ房五郎を見返して真剣そのものである。房五郎は下を向いてしまった。じっと畳を見ながら、乾いた雑巾をしぼるように声をふりしぼって、

「参りません」

それから少し息を吸って、

「糸魚川には参りません。ここでずっと、母上と、母上と……」

あとは、ことばにならなかった。ひざの上にぽつぽつと円い濡（ぬ）れあとができはじめて、あわてて袖で目をぬぐった。

泣いてはいけない。泣いてはいけない。自分へそう言い聞かせれば言い聞かせるほど目玉がぐしゃぐしゃになった。静まり返った家のなかで、房五郎の声だけが延々と空気を濡らしつづけた。

母は、

「わかりました」

ふかぶかと息を吐いて、

「文仲」

「何です」

「お世話になります。房五郎ともども、よろしくお願い致します」

（あっ）

房五郎が顔を上げると、母は三つ指をつき、頭を下げている。絵のように美しい所作だった。文仲もまた手をついて、

「お聞き分け、かたじけのうござりまする」

身を起こし、これもまた絵のように房五郎へ首を向けて、

「きょうからわしは、おぬしの父じゃ。もののたとえではない、じき正式に嗣子（しし）としよう。わが奥方も賛成しておるぞえ」

「は、はい」

優しい口調だった。房五郎は、
この自分が、ゆくゆく、

（医家の、あるじに）

夢ではないのか。

「ただし」

と、文仲はにわかに顔を曇らせて、

「わしは体が強くない。持病もある。あまり長生きはできぬ故、一刻も無駄にせず勉強せよ。なるべく早く一人前の医者になるのじゃ。そうして衆生の病苦を癒やせ」

「はい！」

と返事して、その勢いに房五郎自身びっくりした。母はまだ体を折っていた。

†

春がすぎ、夏になると、母子ふたりは家を売った。

糸魚川へ行き、相沢文仲の屋敷に入った。門の様子は三年前、房五郎がひとりで訪ねたときと変わりなかったが、あの門番じみた中間はいなかった。

房五郎と母は座敷へ通され、まず文仲の奥方へ挨拶した。挨拶がすむと奥方がみずから立って家内をひととおり案内してくれた。診療所は別のところにあるらしく、総じて静かな屋敷だった。

奥方は、最後にふたりを一室へみちびいた。簡素な八畳間だが、東側の障子戸をあけると、廊下を挟んで中庭がある。奥方は、

「朝のうちは、ことに陽の入りのさわやかな部屋です。房五郎もこころよく目ざめられましょう。行李はまだ届いていないようですね。届いたら置きに来させます。なかには何が入っているのです?」

聞きかたに邪気がない。衣類や手回りの品が入っていると思ったのだろう。母はうつむいてしまったが、房五郎は、おなじくらい無邪気な調子で、

「二十三枚の錦絵と、四枚の名所絵と、三、四冊の往来物が」

「まあ」

しばらくふたりでゆっくりしていると、文仲が帰って来たという。母子ともども、また座敷へ出て挨拶した。

文仲は、この前会ったときよりも顔が小さくなったようだった。もっとも口調は明朗で、

「房五郎、よう来たな。おぬしには三人の師を用意したぞ」

ひとりめは、医者仲間である銀林玄類(ぎんばやしげんるい)。これは漢籍担当で、みっちり素読から教えてくれるよう頼んである。ふたりめは竹島穀山(たけしまこくざん)、書法担当。墨も紙もぞんぶんに使ってよろしいが、じつは藩の重役なので粗相のないように。

「最後にときどき、曹洞宗直指院(そうとうしゅうじきしいん)の老和尚」

「和尚様?」

「茶事のたしなみを学ぶのじゃ。一家の主人となったら人づきあいも大切じゃからな。慣れたら座禅を組ませてもらうのも精神の修養になるであろう」

房五郎は、感動した。自分のために学校がひとつ出来たようなものではないか。文仲は、

「束脩(そくしゅう)(礼金)の支度もしておこう。明日からさっそく通うがいい」

「はい!」

翌日から、房五郎の通学が始まった。

まず銀林玄類の家へ行った。素読の授業を受けるためである。ふたりっきりで玄類と向かい合って、書見台を置き、本をひろげる。

玄類のほうには書見台はないが、彼は胸を張り、朗々と一文を唱した。すべて暗記しているのだ。房五郎はそれにつづいて、本を見ながら声を出す。玄類が次の文を読む。房五郎がつづく。黙読という習慣のないこの時代には、これが一般的な初学の方法だったのである。

はじめは何度も、

「声が小さい」

と叱られたものの、二、三日もすると、やや大きくなった。読みかたの法則がわかりだして間違い

が減り、自信がついたのである。

さらに二、三日すると、

（あれ）

房五郎はようやく、この授業は、

（世間尋常の風とは、ちがう）

その疑いが胸にきざした。読んでいるのは『傷寒論』である。中国漢代に書かれた古典ではあるが、病気のいろいろな症状とそれに対する治療法を説く医学の専門書なのだ。これでいいのか。ふつうは『論語』や『孟子』のような自己修養の本から取りかかるものではないだろうか。

でもまあ、これは、

（医家だから）

房五郎はあっさり納得してしまった。根が素直なのである。日々『傷寒論』とつきあって、ひととおり最後まで行くと最初に戻ったが、玄類はもうお手本の朗誦をしてくれなかった。ただ房五郎が音読するだけ。読みが正しければ何も言われず、誤りならば制止され、正しい読みを告げられた。

おもしろいのは、内容の解説はいっさいやらないことだった。それでも先へ先へと進むうち、房五郎は、おぼろげながら病態の区別や薬草の効果について知るところがふえた。読書百遍、意おのずから通ずとはこういうことかと思った。

何度目かの通読が終わって、玄類に、

「上達したな、房五郎。少し別なのも読んでみよう」

と言われたときには、

（『論語』かな）

わくわくしたが、玄類の選んだのは『医方大成論（いほうたいせいろん）』、元代中国の医学書だった。

房五郎はまた、竹島穀山の屋敷へも通いだした。こちらは読み書きの「書き」の時間である。穀山はまるで手指のように筆を操る人で、楷書、草書はもちろん、房五郎の見たことのない書体まで意のままに書きこなした。

房五郎はここでも懸命だった。やはり、

（自分は、人に遅れている）

その意識がつねに頭にあった。素読で読める字であっても書くとなると案外細部があいまいなもので、最初のうちは苦労した。しかし或る時期からは複雑な漢字もどんどん書けるようになった。

漢字というのは、字であるとともに語である。つまり語彙（ごい）もふえることになる。語彙がふえると世界が広がる。世界が広がると小さな自分を肯定できる。房五郎は休まず通いつづけた。もっとも穀山は、天気のいい日はしばしば筆を置いて、

「散歩へ出よう」

ふたりは郊外の川へ行き、丘をのぼり、ときには白馬（しろうま）連峰をのぞむ野原へも足をのばした。

穀山には、ただの散歩ではないらしい。興をもよおすと腰の矢立を取り、ふところから手日記を出して何かしたためるのが常だった。

発句（俳句）が大好きなのである。思いついた句でも控えているのだろう。ときには寺の瓦塀の上でちんまり丸まっている猫の姿をちょこちょこ絵に描いたりして、これがまた上手だった。そのあまりの本物らしさに房五郎は目をみはって、

「すごい」

こんなとき穀山は、筆の尻を噛み、少し照れくさそうに、

「楽しいかえ」

「はい」

房五郎は、大きくうなずいた。嘘ではなかった。絵を見ることもそうだけれど、やはり八歳なのである。ほんとうは机に向かうより屋外で草を踏み、花を愛で、無害な動物を見るほうが心が躍るに決まっているのだ。

穀山は、房五郎をひどく気に入ったらしい。二、三か月も経つと、

「おぬし、運座に出てみぬか」

と言いだした。

運座とは、こんにちでいう句会である。同好の士が定期的に穀山の家へ集まって、俳句の実作を披露し合い、批評し合い、ときに歌仙を巻いたりしているという。口ぶりから察するに、穀山はほかの何よりもそれを楽しみにしているようだった。

或る日、房五郎は行ってみた。

もちろん客としてではない。湯茶の給仕をするのである。湯茶ならかねて三番目の師である直指院の老和尚にいろいろ仕込まれている。房五郎が機敏に立ち働くので、何度目かのとき客のひとりが、

「房五郎。おぬしも一句詠んでみよ」

「え」

とつぜんのことで、房五郎は頭が停止してしまった。これは悔しいことだった。次の回では房五郎はみずから短冊を一葉、乞い求めて、

夕鴉(ゆうがらす)しょんぼりとまる冬木立

としたためて見せたところ、客たちはそれを順ぐりに見て、

「ほう、なかなか」

「素直な詠みぶり」

「これは末恐ろしい子ですなあ」

「字も結構」

なかには身をのりだして、

「この鴉は一羽かな。それとも数羽かな」

と聞いて来る人もあったし、

「褒美を取らせよう。ほうれ」

と赤漆塗りの印籠(いんろう)をくれさえする者もあった。房五郎は天にも昇る気持ちだった。二、三日前たまたま見た光景を五七五の字にしただけでこれほど大人に好かれるとは、文事とは何とよいものだろう。

その晩は、帰る足どりも軽かった。文仲夫妻に挨拶をして自室に引き取り、

「母上」

その出来事を報告し、褒美の印籠を手渡した。母はそれを見おろすと、

「ふん」

ころりと畳へ投げ出した。房五郎は、

「は、母上……」

「房五郎!」

母の顔は、仁王のようになった。

「房五郎。世には幼くして文事を解し、書をよくし、人の賞賛を受ける者があります。しかしそういう者はえてして成長したら凡庸の徒となって嘲りを受けるようになるものです。あなたもその類ではありませんか。うぬぼれて将来を誤ってはなりませぬ」

房五郎は、うつむいてしまった。たしかに浮かれていたと思ういっぽう、

（認めては、くださらんのか）

そのことが不満である。

（母上は、世の中が狭いのだ）

とさえ思った。家計の責任から解放され、めし炊き、薪割りは下男にまかせて日がな一日何もせずこの部屋でひとり時を過ごしている。ひょっとしたら房五郎が他人の家で成長するのを、

（妬んで）

もっとも房五郎自身、それから三月も経つと、

（ぬるい）

退屈をおぼえるようになった。母の叱責のせいでもあるまいが、

（糸魚川は、ぬるい）

まず思ったほどの都会ではなかった。むろんそれまで住んでいた郊外の農村よりは大きいが、高田城下ほどではなかったし、だいいち糸魚川には城がなかった。

むかしはたしかにあったけれども、破却されたのだという。そのかわり陣屋が建てられたものの、これは行政庁舎にすぎず、にもかかわらず人々はそれを惰性と見栄で「お城」と呼んでいるにすぎなかったのだ。

しかもその「お城」には、藩主はいなかった。藩主・松平出雲守直春は定府、すなわち参勤交代を免除されて一年中江戸に滞在する身分だったからである。

こっちは一年中留守宅状態。これでは藩士の気が引き締まるはずもなく、たとえば藩の重役である竹島穀山がみずから房五郎ひとりに書法の稽古をつけてやったり、天気のいい日に野山を歩いて詞藻を養ったりしているのはこの弛緩した空気をよくあらわしている。叔父・相沢文仲にしても、いくら典医と言ったところで、町医者とあまり変わりないわけだった。

そのくせ糸魚川では、町人は金を持っているのである。なぜならその街は、海を上にした地図で見ると、北陸道によって横につらぬかれている。姫川によって縦に刺し通されている。

この姫川を――厳密にはそれに寄り添う松本街道を――内陸へさかのぼるのが、信濃への最短の道なのである。すなわち糸魚川にはまず北陸道を通じて日本海の左右から物産が集まる。集まったらボッカ（歩荷）と呼ばれる人夫がそれを背負ってのしのしと信濃へ歩いて運び入れる。

その物産とは、おもに塩である。あるいは塩漬けの魚介類である。信濃の住民にとっては生命維持に必須でありながら自国生産が不可能なので、買わないという選択肢はない。塩というのは需要のきわめて安定した、手がたい商品なのである。

すなわち糸魚川には殿様がおらず、武士の気風がのんびりしていて、町人は生活の不安がない。これでは教育はさかんになりようがない。字が読めるとか読めないとかは、ここでは人の一生を左右しないのである。房五郎はときどき街のなかを歩きながら、同世代の町人の子がどんなふうに暮らしているか観察した。

手紙か何かを届けるとか、街はずれの井戸へ水くみに行くとか、家の仕事に使われている者が多かった。寺子屋へ行っている者もいるようだが、そもそも子供の数に対して寺子屋が少ない。就学率はそう高くないのではないか。

(世間とは、こんなものか)

拍子抜けする反面、

(これは、いかん)

房五郎は、焦りだした。自分も例外ではない。何しろ『傷寒論』も『医方大成論』もすっかり暗記して理解したのに銀林玄類はまだおなじ本で素読をやる。竹島穀山はゆくゆく房五郎を運座の一員としようと言っている。みんな好人物なだけに、

(俺も、こんな一生を)

房五郎はもともと門地(もんち)も家産もない。母子家庭に育ったことの負い目もある。それだけに将来何(なに)になるにせよ、自分がすべてだ、自分の頭と体だけが飯の種だという観念がしみついている。その頭と体を腐らせていいのか。

(脱けねば)

糸魚川を。この優しい大人たちの街を。

夏がすぎ、秋になった。

雪が降りだした。例年より早いようだった。これから半年、また物理的にも精神的にも四方を高い白い壁に鎖(とざ)されるのかと思うと房五郎は急に憂鬱(ゆううつ)になった。

或る日、外出を怠けた。母とふたり、部屋でぼんやり過ごしていると、下男が来て、文仲のことばを伝えた。

「房五郎様。先生がお呼びです」

房五郎が腰を浮かして、

「あ、はい」

と言うと、下男はさらに、

「お姉様も」

「私も？」

と、母はちょっと首をかしげた。母子どちらも呼ばれるなど、この家に来てはじめてではないか。ふたりで文仲の書斎へ行った。襖の手前で声をかけ、なかへ入ると、おどろいたことに奥方もいて、ならんで正座している。

「何用にて、ござりましょう」

と問うと、文仲はその痩せた頬をざらりと撫でて、

「房五郎、どうじゃ。この糸魚川に骨を埋めぬか」

「えっ」

「そう泡を食ったような顔をするな。前から申しておったことじゃぞ。わしの養子になれ。ゆくゆくこの相沢の姓を継ぐのじゃ」

「………」

房五郎は、横の母の顔を見た。母は逃げるように顔をそらす。文仲はつづけて、

「この数か月のおぬしの学びぶり、玄類殿や穀山殿からうかがった。ふたりとも良器、良器とほめておられた。わしもおなじじゃ。医術の仕事もまちがいがない」

「はあ」

と、房五郎は間の抜けた返事をした。医術の仕事と言っても文仲の弟子に命じられるまま湯を沸かしたり、生薬を選んで薬研でゴロゴロすりつぶしたりするだけ。できないほうがどうかしている。

「やはりわしの目に狂いはなかったな。あとはおぬしの心ひとつじゃ。わしと姉様で話をまとめるのは簡単なことじゃが、わしは、おぬしの意思を重んじたい。おぬしの口が『はい』と申すのを聞きたい」

房五郎は息が苦しくなり、鼻の穴が乾いた。文仲はなお優しい目で、

「女房殿も賛成しておる。のう」

「ええ」

と、奥方もうなずき、房五郎へ、

「いかがですか」

「…………」

房五郎は、とうとう下を向いてしまった。はいと言ったら糸魚川の文化人になれる。外の世界は夢になる。しばらくの静けさののち、母が、

「文仲」

「何です、姉様」

「この話、その……文徳(ぶんとく)様はご存じなのですか」

言い終わらぬうち、襖がひらく音がした。

房五郎は顔を上げ、そちらを見た。若い男がひとり廊下で正座している。年のころは二十あまりか。顔は肌が白く、下ぶくれで、饅頭(まんじゅう)に目鼻がついているように見える。その饅頭が紅(あか)い唇をひらいて、

「お呼びですか、父上」

「遅いぞ、文徳」

と、文仲は腕を組み、熊の胆(い)でも食わされたような苦い顔で、

「おぬしはいつもそうじゃ。万事ぐずぐず、もったりと。大切な話じゃと伝えさせたであろう」

「申し訳ありません」

と男は頭を下げ、膝行(しっこう)して来て、襖を閉め、それっきり中空へ視線をさまよわせた。あまり切迫したしぐさではない。

相沢文徳。文仲と奥方の実の子供。

長男である。耳のかたちなど父親そっくりで、大きい耳たぶが落ちそうだった。世の常識で考えれば、家を継ぐのは、

（この人）

房五郎はこれまで、この人と何度か話したことがある。いずれも時候の挨拶程度だったが、いつも表情がとぼしいので明確な記憶がない。そのかわり悪い印象もない。

「姉様」

と、文仲は母のほうへ向きなおって、

「いまのお尋ねに対して申し上げます。文徳にはもう話してある。実の子であっても家は継がせぬ。のう、文徳」

「はい」

と、文徳はあっさりうなずいた。

文仲はつづけた。

「姉様。わが子文徳は、残念ながら凡庸に生まれつきました。この年であまり読書も進んでおらず、薬の名もおぼえられれぬ。じき他家へ出すことになりましょう」

実子を養子に出し、かわりに他家から養子を取るというのだ。もっとも、房五郎はこのとき知らな

かったが、一見酷薄なこの措置も、全国的に見れば医術の家では珍しくないものだった。

なぜなら医者というのは、貴人の脈を取ることがある。万が一の失敗があれば家名はたちまち断絶となり、身分も俸禄も剥奪(はくだつ)される。

そういう事態を避けるための、これはなかば自衛策なのである。ましてや相沢家は典医であるし、文仲自身、この家へは養子で入っている。純血主義の意識ははじめから薄く、この点では、この医家に生まれ育った奥方もおなじなのだろう。結果的にそこにあるのは近代的な実力主義、またはそれに近い何かだった。

「そうですか」

としか、母は返事できなかった。文仲がまた、

「どうじゃ。房五郎」

こちらへ身をのりだして来て、上目づかいに房五郎をにらんで聞いて来る。房五郎はつい身をそらした。あくまで文仲は房五郎自身に「はい」と言わせる気なのだ。房五郎は、

「え、え」

口ごもり、ちらっと文徳のほうを見た。血をわけた両親に見捨てられ、自分のような来て間もない子供に家を乗っ取られる気分はどうなのだろう。

文徳は、視線に気づいたか。こっちを向いて、人のよさそうな笑みを浮かべた。房五郎もつられて愛想笑いした。文仲はこの様子を見て、一種の遠慮と受け取ったらしく、

「気にするな、房五郎」

「はい」

「よろしゅう頼むぞ。な、な」

強く出られて、房五郎はとうとう、

「はい」

言ったとたん、動物的なよろこびが胸にみちた。これまで同年代の子供にさんざん「父なし子」と揶揄されたことを思い出したのである。

もう父なし子ではないのだ。その安堵はわれながら意外なほど深く、房五郎はことばがつづかなかった。

江戸へ

その後もやっぱり房五郎の、

（糸魚川を、出たい）

気持ちは変わらない。

変わらぬまま三年がすぎ、十一歳になった。もはや師から学ぶことはなく、俳句にも飽き、新しい刺激を欲して久しい或る日のこと、

――高田のご城下に、若い先生が来た。

そんな噂を耳にした。

房五郎は、すぐに反応した。旅人や行商人をつかまえては質問した。話をまとめるとその先生はどうやら医者ではなく儒者のようで、倉石侗窩（くらいしどうか）というらしかった。

侗窩は、号である。名は成憲。俗称は典太（てんた）といい、もともと高田の商家の生まれだという。おさないころから頭がよく、長じて江戸へ出て、安積艮斎（あさかごんさい）の塾に入門を許された。

安積艮斎は、当代随一の学者である。奥州二本松（にほんまつ）藩の出身ながら徳川幕府大学頭（だいがくのかみ）・林述斎（はやしじゅつさい）の門人となり、のちに艮斎みずから神田駿河台（かんだするがだい）という官学色の強い地域に塾をひらいて弟子を取った。

こんにちでいうと最難関の公立高校くらいの感じだろうか。倉石はつまりその駿河台の弟子のひとりというわけで、それが江戸での学びを卒えて高田へ帰郷したというのだから、

(行きたい)

しかも倉石の塾は藩校や寺子屋とはちがい、基礎的な素養は必須であるものの、あとは学ぶ意思とお金があれば誰でも入ることができるという。武士も町人も農民も机をならべて受講するのだ。房五郎は文仲の部屋をおとずれ、思いきって、

「高田へ、参りとうござります」

「高田へ?」

文仲は嫌な顔をした。房五郎はうなずき、必死で説明した。

「ここでの先生たちのご教授には、心から感謝しております。ただご存じのとおり私はもともと母ひとりの手で養育を受けた上、ここへ来ていきなり医書を学びましたので、知識にかたよりがあります。儒家や史家の手になる一般的な漢学の素養にとぼしいのです」

文仲は、ここ一年で急激に痩せている。

肌の色が悪くなり、そのぶん目玉がぎょろぎょろと白く大きく動くのが表情の主体をなしている。唇も血の気がない。その唇を薄くひらいて、

「おぬしは医者になるのじゃぞ、この家で。医書を学べばじゅうぶんじゃ」

これに対しては、房五郎はあらかじめ答えを用意している。すらすらと、

「おっしゃるとおりです。ですがその医者というのも、結局は漢方医のはず。とすれば弱年のうちに孔孟や『春秋』に親しんでおくことも意義があるのではないでしょうか。漢学はあらゆる学の基とも申します」

内心、やや良心の呵責を感じないでもない。文仲はしばらく沈黙したが、息を吐いて、

「よし、わかった。おぬしの申すのも一理ある」

「は、はい！」

「その塾の学費も出してやろう。少なくとも、わしの生きているうちは心配するな。まあ高田ならここから近いし、せいぜい精のつくものを食いながら、おぬしの帰りを楽しみに待つとしようよ。姉様とともに」

「えっ」

房五郎は、絶句した。文仲の顔をうかがいながら、

「あ、あの、母上も私と……」

「ならぬ」

と文仲はきびしく言い、それっきり横を向いてしまった。

（しまった）

にわかに後悔の念が湧いた。母とともに行くつもりだったのである。当然ではないか。こっちはまだ元服もしていないのだし、高田には母の実家がある。

三百石取りの上級藩士・伊藤家である。その現在の当主・伊藤源之丞は母や文仲の実兄であり、地理的にも倉石の塾から近いという。母子ともども世話になりつつ通学するのが自然だろう。

が、文仲のいま言ったのは、母をこの家に留め置くということである。聞きようによっては人質である。万が一にも房五郎が高田に居着いてしまうのを防止するための担保物件。つまりはそれだけ文仲も、

（必死なのだ）

ともあれ、許可は出た。房五郎は文仲に礼を言って部屋を出て、自室へ引き取った。

自室には、母がいる。手をついて帰宅の挨拶をして、顔を上げ、

「じつは」

いまの文仲とのやりとりを、つつまず明かした。母にとっては別れの通告である。房五郎は正直なところ、

(反対してほしい)

強い感情に襲われている。母が行くなと命じれば、それを理由に自分は今後もこの部屋ですやすや眠れるのである。だが母は、

「行きなさい」

即答だった。ふだんと変わりのない顔で、いや、むしろ笑顔を見せて、

「よろこばしいことではありませんか。お前はこれまでひとりでした。ひとりで母の手ほどきを受け、ひとりで師たちの家へ通いつめた。でも」

そこでいったん口をつぐんだ。壁ぎわの手簞笥(てだんす)へちょっと目をやってから、

「でも塾はちがいます。こころざしをおなじくする人々とともに学ぶことができる。それはお前に学問のほか、世の処しかた、がまん強さ、競争する心をも教えるでしょう。ときに学問以上に重要なものを」

「で、でも、母上はここに……」

「お前はその年で、まだ母親に甘えたいのですか」

「いえ」

顔の前で手を振ろうとして、房五郎はどきっとした。

母は、こちらを正視している。あいかわらず笑顔である。だがその下のまぶたには、まるで石のくぼみに雨がたまるようにして透明な何かがたまっていた。

その何かは急にふくらみ、かたちがくずれ、ひとすじの流れとなって頰へ落ちる。笑顔のまま、

「房五郎」

「はい」

「房五郎……房五郎。よく健康に、よく勤勉に」

そのとたん、房五郎も目の辛抱ができなくなった。頰がべたべたと熱くなった。必死で母から目をそらさぬようにして、

「肝に銘じます。よく健康に、よく勤勉に」

「待っていますよ」

「はい」

半月後、房五郎は糸魚川を出て高田に向かった。

奇しくも五歳のときの旅とおなじ道をたどって、名立の宿に入った。あのときの旅籠はもうなかったので、別のところで一泊して、また旅立つ。秋の終わりの、雨のしめやかに降る日だった。房五郎は道の悪さに悩まされたが、雪よりはましである。高田の城下に着くや、武家町に入り、母の実家である伊藤家を訪れた。

当主・伊藤源之丞に挨拶した。房五郎には伯父にあたる。だが源之丞は、

「文仲め」

房五郎の前で不快そうに鼻にしわを寄せて、

「面倒事を、押しつけおって」

「………」

じつのところ房五郎は、前もって文仲に、

「兄様は、おぬしを歓迎しないだろう」

そう警告されている。

文仲いわく、源之丞は、藩政において目付の要職に就いている。

目付とは他の藩士の監督役であり、そうである以上は自分も他の模範とならねばならない。あるいは他に揚げ足を取られてはならない。源之丞は病的なまでに失脚を恐れる人である。その生活態度はおのずから保守的というか、なるべく身辺から不確実な要素を排除するといったような臆病なものになりがちである。

「名家の長男に生まれてちやほやされ、そのまま家を継いでしまうと、人間はかえって自分が信じられなくなるのだな。おかわいそうに」

というのが文仲の評価だった。おのれの才と努力によって医家の地位を得たと自任している弟にいかにもふさわしい言いようではある。

ともあれ源之丞。舌打ちして、

「まあよい。房五郎とやら、来たからには励め。かまえて人の嘲りを受けるな」

「はい」

「今後は、刀も差すように」

源之丞はそう言い、手ずから大刀と脇差をくれた。

これもやはり武家として世間体を憚(はばか)ったものだろうが、房五郎はこれで、はからずも、見た目の上では侍になった。武士の身分を獲得したのだ。

その大小を腰に帯びて、房五郎は、翌日から倉石侗窩の塾へ通いだした。

歩いてすぐのところにあるのは便利だったし、勉強仲間ができたのも新鮮だった。師も若かった。文化十二年（一八一五）生まれというから三十一歳で、房五郎は、はじめの七、八日ほどは授業が楽しかった。

十日もすると、

（うーん）

これでいいのか、と思いはじめた。

生徒の程度が低いのである。基本は四書五経を学ぶわけだが、なかには素読すらもあやしいのがいて、倉石もそれに配慮する。

最後のひとりがわかるまで全員に音読を繰り返させて、先へ進まないのである。ようやく音読が終わり、解釈の講義に入るころには講義の時間は終わりに近づいている。

房五郎にとっては、この終了まぎわの片時のために大部分がむなしく費消されることになる。あくびのひとつも出てしまう。房五郎は或る日、ふだんよりも早く教室に入って、

「先生、私だけ特別に稽古をつけてくださいませんか。一対一でお話をうかがいたいのです」

思いきって願い出た。倉石は人のよい笑みを浮かべて、

「それでは他の者に不公平になる。これでよいのだ」

房五郎は、このころ多少鋭敏になっている。師のこんな発言の裏に、ほんのわずか、

（処世か）

その腐臭を嗅ぎつけた。

教育よりも師自身の生活の平穏を優先するというような。商家の出身であることが、多少なりとも、

この武士の多い城下町における師のふるまいに制限を強いたのかもしれなかった。ついでながら倉石侗窩はこういう郷士の温厚な知識人のまま維新をむかえ、明治九年（一八七六）、六十二歳で死去した。晩年はたいへんな尊敬を受けていたという。著書に『大学集説』『春秋左氏伝集説（しゅんじゅうさしでんしゅうせつ）』がある。

とはいえ、右のやりとりがあってから、房五郎はときどき講義のない日に呼び出された。そういうときは、生徒は房五郎ひとりだった。倉石は、

「来たか」

にっこりして、蔵書の虫干しとか、草稿の整理などを手伝わせた。雑用なら不公平にならないという配慮だったのだろうが、この雑用は、房五郎には楽しかった。さらに楽しかったのは、仕事のあと、縁側で茶を飲みながら倉石の雑談を聞くことだった。

倉石は、よく江戸での思い出ばなしをした。最初に房五郎が驚愕（きょうがく）したのは、

「江戸は、雪が降らない」

と言ったときだった。

よほど激しい反応だったのだろう、倉石があわてて、

「いや、房五郎、そんな顔をするな。まったく降らぬわけではない。この高田のごとく地面から屋根の上にまで積もりはしないという意味じゃ。そのかわり、からっ風という乾いた風が吹き荒れるから、火の元には注意せねばならん」

「ははあ。火の元ですか」

越後から出たことのない房五郎には、そもそも冬の火事というものが想像できない。何だか唐天竺（からてんじく）の話を聞かされている感じだった。

その次におどろいたのは、ゆくゆく房五郎が医家を継ぐと知って、

「医学というのは、漢方だけではないぞ。蘭医もある」

と言ったときである。房五郎は、

「蘭医？」

「蘭学、つまりオランダ人の学問によって病気を治す。鍛冶橋あたりには大家が二、三氏あるそうじゃ。わしには医術はよくわからぬが、何しろ人体のしくみを究めるため、人体そのものを切って開くというのじゃから仮借ないのう」

「人体を」

「むろん、生きた者をではない。死罪に処された骸を引き取るらしいが」

「………」

房五郎は、蘭学の存在自体は知っている。だが一般に当時の学問の世界では朱子学のみが正学とされ（倉石侗窩も朱子学である）、そのほかはおなじ儒学の仁斎学派、徂徠学派ですら異学とされて何となく学ぶのが憚られる雰囲気だった。

ましてや蘭学などは異学をこえて邪教に近く、もちろんこの高田には蘭学塾など存在しない。倉石は顔をしかめて、

「まあ、あの連中のやることはわからん」

とつぶやいて、口のなかへ入った煎茶の葉をぺっと吐き出した。房五郎はしかし、

（それ、やりたい）

胸のなかの青空に、白雲がむくむくと湧き出した。

なるほど鉄砲のしくみを知ろうと思えば鉄砲を分解するのが早道である。その蘭医たちの人体解剖というのもまあ鉄砲の分解のようなもので、乱暴だけれど、実効性の点ではこれほど確実なものもな

い。その知見をもとにすれば、診療所での治療の効果も、

（高まる）

房五郎は、そんなふうに思ったりした。少なくとも『傷寒論』などという千五百年以上前の漢籍の権威をふりかざして高価な薬を処方するよりははるかに役立つのではないか。これはもう何が何でも、

（江戸へ）

房五郎の、悪い癖である。

むやみやたらと「ここではないどこか」へ行きたがる。向上心といえば向上心だが、軽率といえば軽率だろう。実質的にはまだ蘭学について何も知らないにもかかわらず、房五郎の魂はもう、冬のからっ風に吹かれつつ、瓦屋根ひしめく江戸の大道を闊歩（かっぽ）している。

ところで、房五郎がこの蘭学の話を聞いたのは、高田に来て半年くらい経ったころである。

この時期になると、房五郎には信頼できる人がいる。その人の家へ行って、

「どうしたら、いいでしょう」

と聞いてみたら、その人は、

「そりゃあいい」

ひざを打って、赤い頭をゆらゆらさせながら、

「江戸へ行けるなら、行くに越したことはない。うん。学問はできるときにしておかねば、うん、或る日とつぜん取り返しがつかなくなる。とつぜんじゃぞ」

その家の場所は、高田の郊外。

いや、高田城から東へ一里ほども離れているので、もはや単なる一集落というべきかもしれない。頸城郡下池部村、ひときわ広壮な豪農の家。

房五郎の生家である。

文字どおり、ここで生まれた。

房五郎が生まれた七か月後、父が死んで、先妻の子の又右衛門が家を継いだ。この又右衛門が度をこえて酒好きだった。みずから陶々斎と号して昼から飲み、夜も飲み、房五郎の母と対立したあげく、母のほうが家を出て、五歳の房五郎とともに母子ふたりの暮らしを始めたことはすでに述べたが、その又右衛門と、どういうわけか、いま房五郎は気が合うのである。

腹ちがいとはいえ、まがりなりにも兄と弟の仲だからか。それとももっと具体的に、いつも又右衛門が酔っ払っているので逆に話しやすいのか。房五郎は、

「でも、兄さん」

と、わりあい気安く呼びかけて、

「江戸というのは、遠いでしょう」

「うん」

「物価(しょしき)も、高いでしょう」

「無理だね」

「えっ」

「金がない」

又右衛門はそう言って、膳の上の杯を取った。ぐっと飲んで膳へ置いて、お銚子(ちょうし)でどっぷり注(つ)ぎながら、

「うちは出せんぞ。恥ずかしながらこの上野又右衛門、酒色のために先祖伝来の書画骨董も家財道具もさっぱり売ってしまいました」

「わかります」

と、房五郎は周囲を手で示した。座敷のなかはがらんとしている。

かろうじて床の間に牧谿（もっけい）ふうの水墨画がかかっているくらいで、あとは何もないのである。人もいない。女中もいないし下男もいない。妻子はどこかにいるらしいが房五郎は見たことがない。ほとんど唯一の調度というべき黒塗りの膳から又右衛門はまた杯を取り、口もとへ運んで、

「伊藤家にしても、相沢家にしても、そこまでお前の面倒は見んだろう。藩主（とのさま）に『行け』と言われれば公金が出るが、言われる理由はお前にはない」

「…………」

「ま、しばらく大人（おとな）しくしとくんだな。うん、うん。もしも天がほんとうに大事を遂げさせる気なら、お前はいずれ、かならずその機を授けられるよ」

横を向いて、盛大にげっぷをした。

その後、機は来なかった。

二年がむなしく過ぎ去った。房五郎は高田での三度目の秋をむかえた。

越後の人間には、秋は焦りの季節である。雪が降ったら半年間の雪隠（せっちん）詰め。どこにも出られぬ文字どおり灰色の日々に押しつぶされる。いまのうちにできることはしておかねばと、身も心も落ち着きをなくすのである。

（行こう）

房五郎は、決めた。

年をこえたら十四歳になる。天の機など待っていられない。自分の機は自分でつくらねば寿命のほうが尽きてしまうのだ。房五郎という人間は、父の顔を知らないからか、自分も長く生きられないと

天から思いこむところがあった。

決めたらもう、矢も楯（たて）もたまらぬ。倉石塾の授業がたまたま早く終わった日、まっすぐ伊藤家へ帰ることをせず、下池部村の生家へも寄り道せず、そのまま糸魚川へ走った。

とにかく文仲に言うだけは言おう。そう思ったのである。十中八九、許しは出ないにちがいないけれど、江戸ゆきの目的をひとまず蘭方（らんぽう）医学に置いている以上、ほかに支援の頼み先はない。

道のりは、熟知している。走りに走って、その日のうちに相沢家に着いた。

夕方だった。女中に聞くと文仲は外出していて、戻るのは深夜だろうと。房五郎は母の部屋へ行った。挨拶して襖をあけると、房五郎は、

「あ」

どきっとして、思わず胸に手をあててしまった。

部屋のなかが、がらんとしている。

前回ここを出たときには、壁ぎわに手箪笥があった。床の間には小さな青銅の香炉も置いてあった。

それがすべてなくなっているのだ。

あの昔なつかしい、錦絵や名所絵や往来物をしまいこんだ行李もない。房五郎は下池部村の生家を思い出した。あっちはそれでも床の間に軸物があったけれど、それも消え失せている。

まさか母も、

(酒に)

全身の毛が、逆立った。

母は、部屋のまんなかに正座している。

顔が夕闇に沈んでいる。身をこちらへ乗り出したのか、顔がぼんやり浮かび出て、

「まあ。房五郎」

頬は赤くない。酒は飲んでいないようである。房五郎は手をついて、

「母上。じつは」

腹中をすっかり打ち明けた。母はぱっと目を輝かせて、

「行きなさい」

「えっ」

「よく決意しました。お見事です。いやしくも大成しようとすれば、人間、師とすべき人を師としなければなりません。僻地に屈してはならないのです」

こうまで熱心に賛成されると、房五郎はかえって落ち着かない。両手を組んで、ひざの上で揉むようにして、

「……でも、お金が」

「ありませんね」

母は強くうなずいて、

「文仲に出してもらえれば何よりですが、出さないでしょう。お前が高田へ行くのさえ渋ったくらいです。ましてや江戸では」

「は、はい、やはり……」

うつむきかけたのへ、

「私が」

「えっ？」

「私が、出します」

言うや否や、帯のあいだへ手を入れて、木綿の布のつつみを出した。

房五郎の前の畳に置いた。そうして、

「あらためなさい」

房五郎は、畳に置いたまま布をひらいた。なかには一分金(いちぶきん)、一分銀(ぎん)、豆板銀(まめいた)があたかも小石の山のようである。

「江戸へ持ちこめば、ぜんぶで三両と少しにはなりましょう」

と母が言うのへ、

「ど、ど、どのようにして、こんな大金……」

息あらく言いかけて、

(あっ)

また部屋を見まわした。手簞笥がない、香炉がない。軸物がない。

どれも元来は高田の伊藤家の所蔵物で、この家で暮らすにあたって母に贈られたと聞いたことがある。古道具屋はよろこんだにちがいなかった。房五郎がまた下を向くと、畳の上で、二朱金(にしゅ)の角(かど)がきらりと夜空の星のように光った。

房五郎は顔を上げて、

「行李も?」

「ええ」

と、母はそのとき、ほんの一瞬だけ、さびしそうに目を細めて、

「お前には、もう必要ないものです」

房五郎は、まぶたがふくらんだ。

視界が熱くゆがんだ。おさないころのように胸にすがって泣き出したいという衝動をかろうじて体内へ封じ込めた。

天は何もしてくれないが、母は何でもしてくれるのである。それにしても母はなぜ自分がここへ来るとわかったのか。江戸に行きたいと言い出すことを察知したのか。

その疑問が顔に出たのか、母は少し笑って、

「お前のことなら、私には何でもわかりますよ。そろそろ来ると思っていました。二年前とつぜん『高田に行きたい』と言ったのもこの季節でしたから」

「は、母上……」

「もちろん、これでは不足でしょう。あとの学資は江戸で稼ぎなさい。うんと勉強の実を挙げなさい。そうすれば文仲も後押ししてくれる」

「わかりました」

房五郎が袖で目を拭ったとき、式台のほうで戸が鳴った。文仲の声がする。用事が早く終わったのだろう。房五郎は腰を浮かして、

「それでは、先生にご挨拶して参ります。あすから旅の支度を……」

「いけません」

「え？」

「黙って行きなさい、いますぐ。江戸へ。高田に戻る必要もない」

母は、もとの厳しい顔である。房五郎は、

「そ、それでは義理を欠くことに。文仲先生にも、伊藤源之丞様や倉石先生にも……」

「言ったら止められるに決まっています。私がとりなしておきますから、お前は、さあ、裏木戸から。

さあ、さあ」

言いながら腕をのばし、手早く布で金をつつんだ。

そのつつみを、房五郎の胸にトンとぶつけた。房五郎は両手で受け取り、おしいただくしぐさをしてから、

「では」

あたふたと立った。

母の部屋を出ると、厨へまわり、杉戸をあけ、裏木戸を押して路地へ出た。

世の中は、ほとんど夜闇の支配下にある。房五郎は目をこらしつつ、大きい道を避けて糸魚川をあとにした。まるで悪いことをしているみたいだった。

まわりの景色が見えないので、慣れた道を行くしかない。海ぞいの道を東向きに。名立で——またしても名立だ——旅籠をさがしあて、戸を叩いて泊めてもらう。

翌朝、我に返った。

旅程の選択をまちがえた、そう思ったのだ。これは高田へ帰る道である。知人にばったり会ってしまう。房五郎はそのまま旅籠を出ず、もう一泊して旅の支度をととのえてもらい、その次の日、来た道を引き返した。

糸魚川の街の外周をたどるようにして姫川に出て、川を南へさかのぼる。

厳密には、それに寄り添う松本街道を。あの信濃への最短の道。かなり急な上りだった。峠で立ちどまり、振り返って笠を取る。

眼下に、平野。

こちらから姫川が青く遠ざかって海へそそぐ、その河口のささやかな平野。そのなかで板屋根のひ

しめきが油を塗ったように光っている。

糸魚川の街である。そこから道が左右にのびる。房五郎はふと、

「えちご」

その国名を、口に出した。

出してみると、それ自体が詩のようだった。

えちご。えちご。子供の名のように愛らしい。しかしどこか物哀(ものがな)しい響き。

「越後」

それは自分を満足させなかった。医者の相沢文仲も、『傷寒論』の銀林玄類も、習字の竹島穀山も、儒学の倉石侗窩も、みんな生煮えの汁そのものだった。

だから自分は旅立つのだ。食い終わった魚の骨をそうするように、故郷を邪険に捨て去るのだ。何の後悔もない。何の未練もない。だがそれなら、どうしてこんなに、

（涙が）

房五郎は笠を頭にのせ、振り返って駆け出した。この道はこれから松本を通り、諏訪大社(すわたいしゃ)をかすめ、甲府(こうふ)の城下を抜けて江戸へ入る。先は長い。駆けつつ房五郎は指で胸を三度打った。ふところに金のあるのを確かめたのである。

迷走

十四日後。

房五郎は江戸に到着し、人生の迷走が始まった。

まずは赤坂溜池（ためいけ）の糸魚川藩邸（厳密には藩ではないので松平家上屋敷）に行き、典医・相沢文仲の弟子と名乗り、かたっぱしから家臣をつかまえて、

「江戸には蘭医の大家があると聞きました。氏名と住所を教えてください」

誰ひとり知る者はなかった。房五郎は内心、

（これだから、糸魚川は）

舌打ちしたい気分だったが、そう言う房五郎だって氏名も知らないのだから同罪である。ようやくひとり、御使番格の武士が、

「奥州一関（いちのせき）藩の都沢亨（とざわとおる）という人が大家らしいぞ。わが幼君の師であった」

「おお！　ぜひご紹介を……」

「儒学だがな」

房五郎はこういうとき、頭で考える人間ではない。まず体を動かす。とにかく動けば、動く前より

は、

（事態は、よくなる）

そのことが、肌身に沁みている。

どこにいるかわからぬ蘭医より、手近な儒者を足がかりにしよう。紹介状を得て訪ねて行くと、その都沢先生はずいぶんな威張り屋で、

「仕方ないのう。ではこれこれの束脩をおさめ、筆紙をこれだけ用意せよ」

と言うので、そのとおりにしたら母にもらった金はだいぶん消えた。やはり江戸は物価が高いのである。それだけしても塾への住みこみは許されず、

「家中の者なら、屋敷から来い」

藩邸から通学しろ、というわけである。できないことはないけれど、房五郎は、糸魚川を夜逃げ同然に飛び出している。藩邸での寝泊まりは肩身が狭い。

結局、この塾は早々にやめた。そうして上坂良庵という本銀町の開業医のところへ行って、弟子にしてもらうよう頼んだ。上坂はにこにこと、

「住みこみでいいよ。都沢先生のご紹介なら」

漢方ながらとにかく医者なので、目標に一歩近づいたことになる。

上坂家での生活は、すぐに房五郎を失望させた。薬づくりの仕事もなく、患者への応対の仕事もなく、ただ薪をくべ、湯を沸かし、めしを炊くだけの日々。

要するに下男である。なるほど住みこみでいいはずだった。それでも通常の塾生なみに束脩は求められたため、房五郎はここで金がつきた。あの母のすべてというべき貴重な資本は、この江戸では、この程度の身代にしかならなかったのである。

（これで、世に出られるのか）

房五郎は、心が鬱した。

だが体は動かしつづけた。手抜きせず下男でありつづけた。房五郎はこの家ではじめて江戸の冬をむかえたが、なるほど倉石侗窩の言ったとおり、雪らしい雪は降らない。

くるぶし程度に積もっただけで、大人までもが、

「大雪じゃ、大雪じゃ」

などと騒ぎ立てる都会の風景には呆気に取られた。江戸では雪というのは娯楽の対象なのである。

そのかわり、からっ風はおそろしかった。火をつけるための付木など、ちょっと指の力を抜くと火がついたまま鳥のように飛んで行ってしまう。近所の家の屋根に落ちたらボヤくらいではすまなくなる。

実際、江戸は火事が多かった。そのたび故郷なら祭礼のときしか聞かないような大音量でジャンジャン半鐘が鳴りひびく。房五郎は焼死者も見た。子供も犬も黒こげだった。焼け出された人が餓死した話もときどき聞いた。

房五郎は、きわめて神経質になった。師に命じられずとも、一日に何度も家のなかを見てまわった。竈の薪や炭はもちろん、炭壺の消炭も、蠟燭も、行灯も、いちいち無事をたしかめた。

どこかの寺の火事の原因が線香だと聞くと、師の部屋へ行き、

「これからは線香は立てずに焚くようにと、そう家中へお達しください。何本かに折って寝かせれば風で倒れることもないし、どのみち香りはおなじです」

師は唇をへの字にして、

「そこまで、せぬでも」

「いけません。ほんとうは焚くこと自体を禁じたいほどです」

こんなふうに家事にいそしみつつ、房五郎は、蘭学のほうもあきらめなかった。

家へ来る師の友人へ挨拶をするとか、ときには糸魚川藩邸へ顔を出すとか。ごくごく単純な人脈づくりである。しかしこの地味な運動が、翌年の春、からっ風の去るころ実を結んだ。

上坂師は、酒好きである。

酒器に凝っている。古手のものをよろこぶので、骨董屋が出入りする。この骨董屋がちょっとした待ち時間の世間ばなしで、

「蘭学？　ああ、紅毛人の流儀ですな。そういえば手前の父の伯父だったか、いとこだったかが耳から膿を出しましてなあ。どの医者も治せなかったのを、みごと治された方が」

「そ、それは」

「はあ、何でも乱暴なやりかただったらしいですよ。明るい部屋へ寝かせて、耳の穴をのぞきこんで、瘡があるからって言って糸みたいな小刀をさしこんで切り取っちゃった」

「…………」

房五郎は、かたずを呑んだ。そんな手術は漢方医はしない。身をのりだして、

「その方は、どこに」

「亡くなったって」

「え」

「何しろ二十年前の話ですから。いまはその子が家を継いで……」

「どこ、どこの家です」

「ちょっと、そんなに顔を近づけないでくださいよ。鼻息鼻息。うん、たしか鍛冶橋だったかなあ。

いまの代のお方の名は……」

「名は？」

「えーと、添田……そうそう、添田玄斎殿」

と骨董屋はその名を思い出したことで一瞬目を輝かせてから、気の毒そうな顔になって、

「お弟子になる気ですか。無理です」

「どうしてです」

「千石取りのお旗本ですよ」

「うわ」

房五郎は、のけぞった。

旗本とは将軍直属の武士である。徳川一門および譜代大名を除けば最高の格式を誇る。将軍に謁見する権利もある。典医というわけではないにしても、その添田玄斎という人、国家の大医であることはまちがいなかった。おそらく「千石取り」というのも禄高がぴったり千石という意味ではなく、千の位をもって数えられるということではないか。三千石かもしれないし、八千石かもしれない。どっちにしろ雲の上の人である。骨董屋はまるで言い訳するみたいに、

「手前の店も父のころは儲かってましたから、おそらく父がお金を出して、そんな名医にも診てもらったのでしょうが……」

「それで」

と、房五郎はなお聞きたいことがあったけれども、そのときちょうど誰かが呼びに来たので、骨董屋は行ってしまった。

房五郎は翌日、上坂師に紹介状を書いてもらって、その添田玄斎の屋敷へ行った。

遠慮や躊躇などができるような贅沢な身の上ではないのである。玄関を上がって、次ノ間に通され、

「何用ありてか」

と、中年の武士の応対を受ける。

添田家の家臣なのだろう。房五郎は紹介状を差し出して、

「学僕として、ご奉公いたしたく」

これまでの人生を打ち明けた。懸命に話せば話すほど、相手は目を伏せ、露骨につまらなそうな顔をする。それはそうだろう。蘭学の学歴は皆無なのである。

(これは、だめだな)

あきらめ気分で、つい余談をした。越後から出て来たのは昨秋であること。江戸の火事の多さにびっくりしたこと。

上坂師に線香を立てて焚かぬよう建言したらしぶしぶ容れられたこと。と、ここで相手ははじめて目を上げて、

「えー、そこもと……」

「上野房五郎です」

「上野殿はつまり、この一冬、火を出さなんだか」

「はい」

「そうか」

その日はそれで終わったが、翌日、添田家から使いがあり、

「来てみよ」

との口上を得た。面接試験は合格だったのである。

出郷から半年。こうして房五郎はとうとう念願である蘭学への入門を果たした。

何だか学問よりも下男の才を認められた感がないでもないが、合格は合格である。身のまわりの品を持って、添田屋敷に移り住んだ。

問題は、束脩だった。お金がない。だが添田家の家臣からは、

「気にするな。工面がついたらでよい」

無料でいいと言われたようなものである。まことに鷹揚（おうよう）なことで、房五郎はちょっと信じられなかった。大身の旗本というのは私塾の先生とちがって、それを生活の資にはしないからだろうか。とはいえ未納は未納である。房五郎は心おぼえをして、添田玄斎に挨拶をして、翌日から病院へ通いはじめた。

開業医としての玄斎は、どうやら純粋な蘭医ではないらしかった。

漢蘭折衷というべき方式だった。診察には西洋の道具をもちいるのだが、薬は漢方のものを出す。そのほうが廉価だし患者が安心するのにちがいない。このため房五郎の仕事は、そのほとんどが、糸魚川の相沢家にいたときとおなじになった。

患者から症状を聞き取ったり、薬室で薬の調合をおこなったり。われながら体がなめらかに動いた。弟子仲間が知ったかぶりの患者につかまって、

「かの『傷寒論』には」

うんぬんと長講一席を強いられたときには、立って行って、

「そこのところ、誤りですね。正しくは発熱があって悪寒あるのは陽の気、発熱なくして悪寒あるのは陰の気という分類（おおわけ）です」

と言って話を打ち切ってやった。房五郎は故郷に感謝した。越後の教育水準は決して低くなかった

のである。

一か月、二か月と仕事するうち、

(ここで、わしは飛躍できる)

そう思った。

(迷走は、終わった)

房五郎の働きぶりは、どうやら玄斎の耳にも届いたらしい。家臣を通じて、

「あすの朝、貴人の往診に罷り出る。同行するように」

という命があった。

房五郎は、天にも昇る心地になった。自分はよほど信頼されている。ひょっとしたら、

(今後は薬室づとめを免除して、おそばに置いてくださるか)

翌朝、跳ねるようにして玄斎のもとへ行った。玄斎はにっこりして、

「来たか。よし。参ろう」

房五郎に手さげの薬簞笥を持たせ、母屋を出た。

が、門は出なかった。母屋をぐるりと北へまわり、竹垣の戸をあけ、離れの家へ入る。

「玄斎、参りました」

座敷へ上がると、夜具。

房五郎は、目を疑った。仏壇の手前に夜具がのべられ、女がひとり、こちらへ体を向けて横たわっている。

上掛けがないので、結城縞の着物がはっきり見える。夜具にしわがないところを見ると、そこで一晩眠ったのではなく、朝になってから敷かせたものにちがいなかった。

玄斎は、慣れている。さっさっと歩いて行って、枕もとへ正座して、

「お体のお具合、いかがですかな」

甘えるような声である。女は横たわったまま、

「ずいぶん遅かったじゃないかえ。お前」

と、さらに甘え声だった。玄斎は、

「ごめんなさい」

「このごろ腰が痛うてのう。腰がのう」

「お年を召せば、みなそういうものですよ。どれ、ひとつお揉みしましょう」

「頼むえ。揉んでおくれ」

女はゆらりと立ちあがり、帯を解いた。

房五郎は正面に突っ立っているのだが、目に入っていないのか、着物を肩からすべり落とし、白い襦袢一枚の姿になった。

また横になり、うつぶせになった。玄斎がさりさりと膝行して行って、腰に手をあて、揉みはじめる。

「あっ。ああ」

と、女が感に堪えたような声をあげる。房五郎は啞然として、

(これは、診察か)

ただの按摩ではないか。静かな部屋のなか、衣ずれの音のみがささやきをつづけている。それに間々、

「あっ」

「……うん」

女の低いうめき。庭から小鳥のさえずりも聞こえて来ないのは、まさか遠慮しているのか。

玄斎の技は、たくみだった。ときに指先を川のように流し、ときに両の手のひらを重ねて体重をかけて押しこんで行く。

「あっあっ。玄斎。いい、いい、そこがいいのじゃ」

女の顔は、苦悶（くもん）しているようにも見える。のけぞると喉仏（のどぼとけ）のふくらみがあらわになり、尻の丘がせりあがった。房五郎は頭に血がのぼった。なぜだろう。これまでにない異変が体の奥に生じている。

（美しや）

房五郎は、女が誰か知っている。

玄斎の母である。名は知らぬ。添田屋敷ではみんなが、北の方（かた）、北の方と呼んでいるからだ。母屋の北に住む人というほどの意味なのだろう。

出身は、大名家である。越後新発田（しばた）藩五万石の前藩主・溝口伯耆守直諒（みぞぐちほうきのかみなおあき）の姉という。溝口家からここへ嫁いで来て、夫に先立たれ、寡婦（やもめ）となったものにちがいない。

寡婦といえば房五郎の母もそうであるが、彼方（かなた）と此方（こなた）では、

（ずいぶん、ちがう）

まずは髪がちがう。こちらの女のそれが油を塗ったように――実際塗っているのか――なめらかで、つやつやしく、そのつやが庭の陽光とじゅうぶん張り合っているのに対し、あちらの母のそれは、やぶがらしの蔓（つる）のように茫々（ぼうぼう）としている。白髪（しらが）も多い。それにこちらは顔に化粧をしていて、唇の紅さときたら、ほとんど血塊のようなのである。

年齢は、どうなのだろう。

玄斎はもう中年というべき年まわりなので、その親である北の方は、房五郎が高齢出産の子であることを考えに入れてもなお房五郎の母より年上かと思われるが、しかし見た目には、こちらのほうがはるかに若い。

いや、若いというか、人間の自然を超越している感じだった。早い話が、あちらの母はこんなに子に甘えたりしない。

粘膜の糸を引くような声で「揉んでおくれ」などと言ったりしない。房五郎は、この目の前の女が、自分とは別の生きもののように見えた。

揉みが終わると、北の方は、ものうげに身を起こした。

その顔は、湯あがりのように上気している。玄斎へ手をさしのべて、

「ああ、ほれ、ほかほかじゃ」

玄斎はそれを両手で上と下から挟むようにして、

「ほかほか」

「ほかほか」

それから玄斎は、房五郎へ、

「おい」

「はい」

房五郎はうなずき、玄斎の横へ行き、手さげの薬簞笥を置いた。

小さな引き出しを縦三段、横四列にしつらえた木製のものである。玄斎はその上から二段目、右から二列目の把手(とって)を引き、指先ほどの大きさの白い丸薬をつまんで出して、

「どうぞ」

だが北の方は手をひっこめて、

「これは、嫌じゃ。くさい、くさい」

「それはまあ、辛子の種をすりつぶして油と蠟で固めたものですからな。少しあたためてお腰へ塗れば、お腰が熱くなり、痛みもよほど和らぎましょうが」

「嫌」

と、襦袢の袖で鼻を隠して顔をそむける。そうして房五郎へ、はじめて気づいたという体で、

「誰じゃ?」

「上野房五郎と申します」

玄斎が苦笑いして、

「越後者とか」

「おお、そうか。越後のどこじゃ」

と目を輝かせたのは、同郷人を見たうれしさのせいか、それとも嫌いな薬から話をそらすことに成功した無邪気な満足のせいか。房五郎は、

「生まれは、下池部」

「知らぬのう」

「育ちは、高田と糸魚川のご城下で」

「おお、おお、わらわは新発田じゃ。なつかしい訛りじゃのう。子供のころ屋敷でよう聞いたわ。さあ、房五郎、こっちへ寄れ」

「はあ」

房五郎は玄斎と入れかわった。北の方はおどろくほど顔を近づけて来て、

「いくつじゃ」

「十四です」

「可愛(かわゆ)やのう。肌がのう」

と、細い指ですーっと房五郎の目尻をなでながら、

「次からは、おぬしが揉んでくれような」

「何をです」

「わらわの、体を」

房五郎は、顔から火が出た。どう答えたらいいかわからない。北の方が口もとに手をやり、くっくっと笑って、

「可愛や、可愛や」

玄斎が早口で、

「房五郎は利発な子です。よきおなぐさみになりましょう。それでは、わしはこれで」

と言うと、薬を畳に三粒置き、自分でひょいと薬篚笥を持って、さっさと部屋を出て行ってしまった。玄斎もこの母の相手をするのは多少厄介だったのかもしれない。

房五郎は、取り残された。

顔を急いで女から離すと、にわかに夜具が気になった。左右を見て、

「女中は、おりませぬか。呼んで片づけさせましょう」

「房五郎」

にんまり笑って、

「あすからは、毎日来やれ。いいことを教えてやるほどに」

翌日、重い足取りで参上すると、北の方は、

「来やったか」

この日は、夜具はなかった。

そのかわり黒っぽい着物を着て、紋つきの黒っぽい羽織を着た男がふたり、部屋の横にならんで正座している。

ふたりとも、年齢は北の方とおなじほどか。ひとりは見台を前に置いているけれども、その上の本は、ふだん房五郎が読んでいるのとはたたずまいがちがう。紙がさわさわと毛羽立っていて、読むというより使いこまれている感じである。

もうひとりが太棹の三味線をかまえて、
てん
てん
と、撥で弦を弾きだした。それに合わせて北の方が、これも目の前にある見台の本へちらっと目をやりながら歌いはじめる。ふだんの声とは別ものだった。

人一盛り。夢の世や。浮名の端の種油。独り娘と寵愛の。お染が思ひ日に千度。行つ戻りつ蝶々の。縫の模様を振袖に。包むとすれど娘気の。迷ふ心を一筋に。座摩の宮居に歩み来る。

房五郎は、ようやく事情がわかった。男ふたりは師匠なのだろう。北の方はこのごろの江戸の貴人がしばしばそれをやるように、彼ら玄人を定期的にまねいて義太夫節の稽古をしているのである。

ヤア誰もないわいの。外から襖は恋の塒。サア此間にちゃっといのと、手を引き主従三世相。二世を兼たる妹背鳥。忍び入るこそわりなけれ。

意味はわからない。わからないが健全年少の男子が聞いていい話でないことは何となくわかる。いたたまれない気分になる。それにしても何とまあ澄んだ渋い声だろう。これは都会にしかない声だ。が、見台の男が、

「御前」

と口を挟むと、三味線の音がとつぜん止まって、

「御前、けさはお声の調子がよろしくありませんな」

「そうかえ」

「特に『忍び入るこそ』のあとのところ、節の尻が重うございます。ここは一上がりに上げて……」

講義しだした。北の方はふんふんと素直に聞いていたが、講義が終わるや、

「房五郎、おぬしやれ」

「えっ」

「さっきから、何をぼーっと突っ立っておる。それ、早うこっちへ来やっしゃれ。お染久松は存じておろう。座摩社の段じゃ。堺町界隈でも名人と呼び声の高い竹本堀江太夫に教わる機会はなかなかあらぬぞえ」

「はっ」

房五郎はお染久松も、竹本某も知りはしない。が、

北の方のとなりに正座して、素直にやる気になったのは、

（なんだ。これがいいことか）

やや安心したからだった。いや、理由はもうひとつある。

（嫌われたら、家を追い出される）

この恐怖は、つねに房五郎をとらえているのだ。

何しろ学僕といえば聞こえはいいが、束脩もおさめていないのだから事実は単なる居候である。出て行けと言われたら抵抗のすべはない。

家の主人に――この場合は主人の母だが――「やれ」と言われれば何でもやらねばならない身の上なのである。その日から、房五郎は紘歌漬けになった。

毎日、北の離れを訪れた。北の方はよほど好きらしく、三味線までも習っていたので、稽古はしばしば暮れ方におよんだ。そんなときは房五郎がめしを炊いて、お菜の支度の手伝いもして、北の方や師匠たちと夕食をともにしたりもした。

酒もあたためて出した。北の方はしきりと、

「房五郎、飲みやれ。越後の子なら、たんと飲みやれ」

そう言われれば、断れない。房五郎が酒の味をはじめて知ったのはこの添田家においてである。

（なかなか、うまい）

飲んだところで酔いもしない。竹本堀江太夫は感嘆して、

「この子は、大酒飲みになりますよ」

房五郎は、けっこう義太夫節が上達してしまった。やっぱり手抜きができないのである。そうして上達するとますますおもしろくなるのがこの種の芸事で、北の方にも気に入られる。師匠たちの来ない日にも彼女は房五郎を呼び出して、体を揉ませたり、あるいは灸を据えさせたりした。

房五郎は、病院から足が遠のいた。こんな風流な明け暮れのうちに夏がすぎ、秋がすぎ、房五郎は江戸での二度目の冬をむかえた。

年があけ、また春になり、夏がすぎ……ようやく秋になって玄斎は、少しは悪いと思ったのか、弟子を通じてこんなことを言ってよこした。

「来る霜月十日、お城へ上がることに決した故、供をせよ」

二日後である。

何でも若年寄だか何だかの偉い人が、多年、脇の下の瘤に悩んでいたところ、玄斎が舶来の薬で治したので、同役への完治の報告かたがた茶菓を呈したいということだった。

要するに玄斎はお城へ茶を飲みに行くだけなのだが、とにかく名誉の招待である。房五郎は、

「そのお供を、こ、この、わしが」

腰が抜けそうになった。お城とは江戸城である。将軍まします徳川の家、天下の中心。

もちろん房五郎は、城中までは入らないだろう。そのことはわかっていた。大手門の手前で玄斎を見送り、日暮れまで待機して、下城をむかえる。ただそれだけ。

にしても抜擢であることはまちがいないので、これを機に、もしかしたら、

(北の方のお守りを、免じられる)

その期待が、高まった。ここは一番、何としても玄斎の心に留まらなければならぬ。普通以上の仕事をしてみせなければならぬ。

「しょ、承知、つかまつりました」

房五郎にとっては、この秋もまた、焦りの秋になってしまった。

†

ところが椿事というのは、重なるときは重なるものである。この話を受けた翌日、糸魚川から手紙が来た。

差出人は、桶屋の柿太だった。

柿太は、じつはこの物語にすでに登場している。房五郎が五歳のとき母に命じられ、たったひとりで糸魚川の相沢文仲邸へ旅したとき、途中で悪童三人組に出会った。

あれは直江津の街だったか。いや、その街はずれの潟のほとりだった。房五郎は母のこしらえただんごを取られ、白鳥や鴨のひしめく潟のなかへ放りこまれ、「婆の子」などと囃し立てられた。実際はこのとき房五郎をいじめたのはふたりだけで、あとのひとりは何もしなかったのだが、房五郎は六年後、この「あとのひとり」と再会したのである。

場所は、曹洞宗直指院だった。

おたがいすぐに相手がわかった。名前は柿太だという。

「あのときは、まったく相済まなんだ。悪いことと思いつつも、逆らったら自分もいじめられるので、つい黙ってしもうた。いや済まなんだ」

柿太は素直に頭を下げ、房五郎は柿太に好感を持った。

それから話を聞いたところ、柿太の両親はもともと直江津で陶器商をいとなんでいたものの、売れないので糸魚川へ引っ越して、新たに桶屋を始めたのだという。

引っ越しと同時に、柿太の父親は、柿太をつれて直指院に参じるようになった。前から禅に凝って

いたのである。そうして直指院ではかねて房五郎が茶事を学んでいたので、この再会となり、柿太の父をして、

「これはまことに、如来の機縁にほかならぬのう」

と言わしめたというわけだった。

房五郎と柿太は、その後もときどき会って遊んだ。虫釣りをしたり、海で泳いだり。もっとも親友というほどでもなかったので、房五郎が江戸へ出てからは特に交渉はなく、手紙をもらったのも今回がはじめてである。

(何かが、起きた)

房五郎は、急いで手紙をひらいた。

案の定だった。読みながら息が上がるのがわかった。内容はおおむね以下のとおり。

――相沢文仲殿が亡くなった。持病が悪化して京で治療を受けようと旅に出たが、途中、越中滑川(えっちゅうなめりかわ)の地で力つきたという。もう一か月以上前のことだけれども、貴君はいまだ帰郷しないから、ひょっとしたら知らないのではと案じてお知らせする。

房五郎は、

「……文仲殿」

手紙を持ったまま、両手がだらりと垂れた。

自分を最初に認めてくれた人。最初に勉強らしい勉強をさせてくれた人。

頑健でないことは承知していたが、こんなに早く逝ってしまうとは。まだ五十くらいではないか。

奥方はどんな気持ちで暮らしているのか。

こんなことになると知っていたら、家を出るとき絶対に挨拶していたのに。夜逃げ同然に駆け出し

たりしなかったのに。そもそも文仲の死を早めたのは自分ではないのか。自分の出奔で文仲は気落ちして、がっくりと病が進んでしまって……。

(恩知らず)

が、そういう感慨とは別に、

(おかしい)

と、房五郎は判断した。

そう、これは不自然な話なのだ。ほんとうに文仲が死んだなら誰よりも先に母が手紙をよこすはずである。あるいは文仲の妻がよこすはずである。

かといって柿太が嘘をつくとは思えない。要するに確実なのは相沢家に何かがあったということだけ。はたして何かがあったとすれば、そこに起居する母の身は、

「無事か」

つぶやく声が、われながら弱くかすれている。

(帰ろう)

そう決めた。帰らねばならぬ。あわてて学僕部屋に帰って自分の行李に手をつっこんで、ごそごそ旅に必要なものを物色しているとき、襖がひらいて、

「おお、房五郎」

振り返ると、玄斎。曇りのない笑顔で、

「体調はどうじゃ。支障(さわり)ないか」

「あ、はい」

「あすの登城、よろしゅう頼むぞ。わしもなかなかない機会じゃ。手を出せ」

「え？」

「出せと申したぞ……ほれ」

と玄斎は、房五郎が差し出した手のひらの上に、じわりと渋く光るものを置いた。

「え」

房五郎は、目をみはった。一朱銀ひとつ。銭二百五十文に相当する。玄斎は、兎が菜っ葉を見つけたような艶のある目になって、

「おぬし、わしを見送ったら、ゆっくり大手門まわりを見物するといい。ほかにも似たような主待ちのお供がたくさんいる故、それめあての掛け茶屋だの、屋台の寿司屋なんぞがある。そんなものを食いながら他家の話を聞くのも勉強のうちじゃ。おぬしなら無駄金にはせんじゃろう」

「あ、か、かたじけなく……」

「今夜は早く寝ろ。では」

玄斎が襖を閉てて行ってしまうと、房五郎は、冷水をあびた心持ちになった。

（帰らぬ）

強い思いが、よみがえった。

そうだ。何を血迷ったか。待ちに待った機会ではないか。一年半ものあいだ唄だの節だの三味線だのと脇道をさんざん歩かされた挙句、ようやく学問の本道に戻れる唯一の好機。ふいにするなど考えられぬ。

（待てよ）

房五郎は、思案した。これは両立不可能に見えて、じつは容易に解決できる問題ではないか。

そうだ、そうだ。目の前が明るくなったような気がした。あすの登城が終わってから、それから玄

斎に仔細を話せばいいのだ。玄斎は帰国を許すだけでなく、何なら同情のひとつもしてくれるかもしれない。

いや、やはり、

「だめだ」

と、房五郎は口に出し、ため息をついた。事情が事情である。故郷の土を踏んだが最後、二度と出られぬ恐れがある。

早い話が、もしも文仲の遺志のとおり相沢の跡目を継いだらどうなるか。房五郎は一家の当主になれるかわり、もう江戸の学僕にはなれぬ。死ぬまで糸魚川の文化人であらねばならぬ。患者をあしらい、句会に参加し、ときに茶会など催してみる。お世辞と談笑と贈答の世界。甘茶蔓の葉をもそもそ嚙むような毎日。房五郎はぞっとした。何としても嫌だった。登城の前だろうが後だろうが、決して江戸から離れてはならぬ。石にしがみつかなければならぬ。

(江戸は、いい)

それは、掛け値のない思いだった。江戸では何でも売っている。筆ひとつ取っても馬、鼬、狸、鹿、栗鼠、貂などいろいろの毛のものがあるし、それらを適宜まぜたものもある。彼らの売るのは筆ではない、書き味という名の微細な多様な感覚なのである。

何より江戸には、人がいる。語るに足る相手がたくさんいる。これが房五郎には大きかった。全国から無数の人々が集まって来て、玉砂利をじゃらじゃら洗うようにして競い合い、励まし合って、たがいの肌を光らせている。

人間を研ぐ最高の砥石は人間なのである。田舎にもその砥石はないではないが、よほど探して一粒、二粒しか見つからないのだ。

房五郎は、行李の蓋を閉めた。

旅の支度をやめた。かわりに登城の準備をした。ただし診察に行くわけではないから、借りた袴をたたんで夜具の枕もとに置いただけだが。

誰かが行灯の火を落とした。房五郎は枕の上に頭を置き、目を閉じた。ほどなく寝息を立てはじめた。

幽閉

翌日、未明。

房五郎(ふさごろう)は、甲州街道を西へ西へと向かっている。

お城の半蔵門(はんぞうもん)に背を向けて、内藤新宿(ないとうしんじゅく)方面へひた走りに走っている。江戸へ来たときと逆の道すじを辿(たど)って、

「……母上。母上」

糸魚川(いといがわ)をめざしている。

ゆうべは一度は寝入ったものの、やはり目がさめてしまった。さめると母の顔ばかりが思い浮かんで、寝返りを繰り返し、夜具のなかで足が浮いた。

とうとう夜具をぬけだして、下男にそっと裏木戸をあけさせ、こうしてひとりで馳駆(ちく)しているのだ。姿(なり)は、武士である。腰の刀が邪魔である。ほんの一日、ほんの一刻の遅れで母の身に何かが起きたら、

(わしも、生きられぬ)

その思いに勝てなかった。

いまごろ添田家は大さわぎだろう。玄斎は激怒しているだろう。いや、しょせんは陪従の仕事である。かわりの弟子はいくらでもいる。意外と冷静かもしれぬ。どっちにしても房五郎は、

(終わった)

蘭学の道は閉ざされた。ほかの誰のせいでもない。学問よりも情を取るような弱い人間であることによって、自分自身で閉ざしたのだ。それにしてもこれは何という不格好な人生だろう。決して帰らぬと決めて故郷を出奔した人間が、いままた江戸を出奔して故郷へのこのこ顔を出そうとは。

どこまで、駆けたか。

背後の江戸から陽が昇り、往来に人がふえるころには足が疲れた。とにかく時間が惜しいので、宿場で早駕籠をひろって、

「この銭のぶん、走ってくれ」

そう言って一朱銀を手渡した。玄斎にもらったものである。早駕籠は次の宿場で別の早駕籠に房五郎を引き渡したため、概して速度は落ちなかった。引き渡しのたび銭は減った。なくなってからはまた自分で走った。

こうして江戸へ行くときには十四日かかった道のりを六日で走破して、糸魚川に入り、その建物のまばらな光景を見て、

(変わらぬ)

その変わらなさが忌々しかった。この街はこの二年のあいだ、いったい何をしていたのか。

相沢家までの道順は、体がおぼえている。

陣屋近くの武家屋敷の街。道の左右に塀がつづく。ときおり塀がとぎれて門になったが、その門のひとつに、相沢と記した表札があった。

時刻は、午前である。以前の習慣のとおり名乗りもあげずに半びらきの扉に手をかけ、内側へ押し出そうとした。と、内側からひょっくり顔なじみの中間が顔を出したので、

「おお、仁蔵さん、ひさしぶり……」

仁蔵は、血相を変えた。

くるりと背を向けて屋敷へ飛びこんだ。屋敷のなかでバタバタと音がして、ほどなく仁蔵とともに出て来たのは二十代の男だった。

顔の肌は白く、下ぶくれで、文仲にそっくりの大きな耳たぶが左右でゆれている。房五郎は、

「文徳様」

なつかしさが、心にきざした。

文仲の実の子であり長男。ただし父親にはっきり凡庸と言われ、この医家を継ぐ能力なしと見られ、いずれ他家に出すと決められた。

性格は温和というより不活発で、いつも無表情だったけれども、いまは眉をつりあげ、眼球が飛び出しそうなほど目を見ひらいている。

その右手で、槍のように長い棒を立てている。その棒をドンと道に突いて、

「房五郎。ようもまあ、この家へおめおめと顔を出せたな！」

「あ、あの……」

「くにぬけ」

「え？」

「お前は、脱藩人じゃ。とっとと去れ」

「く、く」

房五郎は、ひるんだ。まさか自分の身の上にそんな重罪の名がふりかかるとは。

脱藩（くにぬけ）とはこの場合、みずから藩籍を放棄することである。藩主とのあいだの君臣関係の一方的な破棄であるからして、もしも房五郎がそれをしたなら、なるほど罪（つみ）万死に値する。封建制度の根本的否定。

「どうして、わしが脱藩人ですか」

「江戸へ出るとき、父上に挨拶（あいさつ）しなかった。夜逃げじゃ」

房五郎は、

（ははあ）

少し心が落ち着いた。言っていることが支離滅裂である。なるほど文仲の前に顔を出さなかったことは事実だけれども、母が弁明したはずで、厳密には夜逃げとは事情がちがう。

だいたい脱藩と言うからには前提として房五郎が藩士でなければなるまいが、しかし房五郎は結局、文仲とは正式に養子縁組しなかった。

あくまでも房五郎はおもてむき農家の上野（うえの）房五郎のままであり、江戸でもそれを名乗ったのである。

文徳はなおも動物的にわめいて、

「房五郎、おぬしはこの家を乗っ取る気なのじゃろう。だが残念じゃったな、わしがお上（かみ）に申し出て、相続の手続きもつつがなく済んだ。それはそうじゃ、わしは実の子なのじゃからのう！　おぬしは二度と姿を見せるな。二度と縁者面（づら）するな。強いて踏みこむ気なら」

と、また棒をドンと突き鳴らして、

「これを、用いるのみ」

通行人が、さっきから来ない。みんな足を止め、遠まきに見物しているのだ。房五郎はそちらへ目

をやって、ひとつ深呼吸してから、

「文徳様、まずうかがいます。文仲様が亡くなったとは、まことですか」

「まことじゃ」

「なぜ知らせてくれませなんだ」

「おぬしが知る必要はない」

「母は」

と、これが最大の関心事である。

「わが母上は、いかがおすごしか。まがりなりにも文仲様の姉にあたる故、ゆめゆめ粗雑なあつかいは……」

「幽閉した」

「ゆ」

「わしの相続に異議をとなえたる故、わしが謹慎申し付けたわ。女子(おなご)がああも強情では、命をちぢめるほかないのう」

房五郎は一歩近づいて、

「どこに」

「来るな！」

文徳は棒をかまえ、こっちへ突き出した。見るからに慣れない手つきだったが、房五郎はうしろに跳んで避けた。

着地のしかたが悪かったらしい。房五郎は体勢がくずれ、片ひざをついた。その姿勢のまま文徳を見あげて、

「どこに押しこめた！」

「自分でさがせ。婆の子が」

房五郎は、かっとした。姿は、武士である。腰に刀がある。

房五郎は元来、好戦的な人間ではない。

世間に離れて育ったからか、そもそも人間とは争うものだという常識自体が理解できないところがあり、自然、人を憎む力が薄い。このため母は、子供のころから、

「房五郎、お前はお人好しにすぎます。これで世の中が渡って行けるかどうか」

などと不安がったものだけれども、その房五郎が、このときは、

（憎い）

頬が砕けそうなほど歯を食いしばった。

右手がそろりと刀の柄をめざした。刀は高田の伊藤家でもらったもので、竹光ではなく、切れ味のある真剣である。高田にあっても、江戸にあっても、房五郎はいわば湯屋で体を洗うことを怠らぬのと同様にこの手入れだけは怠らなかった。

つまり、斬れる。

右手がさらに刀の柄に近づいた。わずかでも触れたら抜かねばならぬ。それが武士の作法である。抜けば文徳は棒を出して来るだろう。それを右か左へ跳んで避けて……。

（棒）

房五郎は、にわかに血が落ちたようになった。

頭の熱が取れ、目の前の情景がくっきりした。そうだ。棒だ。この人は刀を帯びていない。

むろん、所持はしている。屋敷のどこかにあるはずである。だがさっき仁蔵から注進を受けて急い

でここへ出て来たときには、それを取ることはしなかった。

　そんなこと思いつきもしなかったのだろう。かわりの得物はただの棒で、武士の魂でも何でもない。不倶戴天の敵に相対しようという瀬戸際に、この人は、自分でお上に申し出て相続を済ませたその相続のあかしを身につけることをしなかったのである。房五郎は、

（かわいそうじゃ）

　泣きたくなった。

　文徳がではない。死んだ文仲がである。あまりにも哀れで仕方なかった。実子であるという以外に何の取柄もない、こんな益体もない人間にみすみす家を継がれてしまった。あれほど大事にしていた医術の家を。

　房五郎は、もう戦う気はなかった。右手を刀から遠ざけた。わざと地面に両手をついて、牛のようにゆっくりと立ちあがり、

「文徳様」

　ぱんぱんと手の土を叩き落として、

「ここは退きます。生家の兄と相談して、しかるべき筋より話を通します。事によったら公事（訴訟）になるやもしれませぬが、そのときは堂々たるお振舞いを」

「勝手にせい」

「では」

　一礼して去った。見物人の人垣を割るときには、

「失礼します」

　と、ことさら丁寧に頭を下げた。

†

房五郎はその足で糸魚川を出て、下池部村へ向かった。生家の上野家は前とおなじ場所にあったが、座敷はやっぱりがらんとしていて、以前はかろうじて牧谿ふうの水墨画をかけていた床の間もいまは何もなく、ただ古畳が積みあがって埃をかぶっている。

ひょっとしたら、この畳も売りしろになるのかもしれない。房五郎はそう思った。例の黒塗りの膳もなかった。又右衛門は座敷のまんなかで腕を枕にしてあおむきになり、高鼾をかいている。戸外はまだ陽が高いのである。

「あの」

声をかけると、目をひらき、ごろんと頭をこっちへ向けて、

「おお、房五郎か。江戸へ行っておったのではないか」

「それが」

と事情を説明すると、

「そりゃ、まことか」

身を起こし、あぐらをかいて、手を合わせるしぐさをして、

「文仲さんもか。人の命は、はかないのう。南無南無」

酒のにおいは、相変わらずである。房五郎はみょうに安心して、安心のあまりか、にわかに屈辱が思い出されて、

「わしは、文徳様に指一本ふれませんでした」

「ふうん？」

「何もせず背を向けて去ったのです、兄様。亡き文仲様の身にあまる恩顧にもかかわらず、一刀を佩する身でありながら」

唇がゆがみ、声がふるえた。自分は冷静さを口実にして、ほんとうは逃げたかっただけではないのか。戦う勇気がなかっただけではないのか。その思いは消えなかった。

又右衛門は、腕を組んだ。

しばらく眠ったようになっていたが、顔を上げて、

「房五郎。おぬし人を斬ったことは？」

「ありません」

「斬るなよ」

と、急に威圧的な口調になって、

「今後も斬るな。誰も斬るな。思案が血まみれになる」

「思案が、血まみれ……」

「そうじゃ。ぬるぬるして働きを失う。人間っていうのはな、気に入らんやつが目の前にいるから、どうしても死んでくれないから、ものを考えるんだぜ。馬鹿息子だろうが金平娘だろうが、殺して花実は咲きゃあせん」

「はあ」

房五郎は、目をしばたたいた。それを言うなら「死んで花実は」ではないかと思ったけれど、口には出さなかった。又右衛門は照れたように、

「そんな顔するな。たまには俺だって良いことを言う。おぬしのその弟子っ面を見るとつい言いたく

なっちまう」

「そんなことより、母上は」

ひざを進めて、又右衛門の衿を取らんばかりの勢いで、

「母上は幽閉されたのです。ゆくえに心あたりは」

「あるわけないだろ」

房五郎の胸を突き飛ばし、痰でも吐きそうな声を出して、

「どっちかって言うと俺ぁ、そこは文徳さんに賛成だね。うちでもそうだった。女子のくせに強情張って、こっちの話には耳も貸さんで。自業自得さ」

「兄様！」

「冗談だよ冗談。そんな顔するな」

又右衛門はにやにや笑いを引っ込めたが、しかしなお軽口を叩く感じで、

「あの女のいどころなら、やっぱり糸魚川で聞くほうが早いだろうな。何しろ小さい街だからな。相沢家のような名のある家で押込さわぎが起きたなら知ってるやつはきっといる」

「失礼します」

房五郎が一礼して腰を浮かしかけたのへ、又右衛門は、

「まあまあ。今夜はここに泊まれ」

と、房五郎の左右の肩に手を置いて、むりやり下へ押しこんだ。そうして子供をあやすような口調で、

「路銀は余ってるか？　余ってるなら酒を買うて来い。な。な。おぬしも少しは江戸で味をおぼえたのじゃろう。顔でわかるわ。今夜は再会の宴といこうじゃないか。な。干魚も買おうか。公事なら明

日にでも川浦の代官所へ連れて行ってやるよ。見知りの役人もいるし……」

「失礼します」

房五郎は、急いで生家を出た。きょうのうちに糸魚川へ戻りたかったが、日が暮れてしまったので名立で一泊して、翌日の朝、糸魚川へ入り、七間町の桶屋をめざした。

桶屋の名は、春日屋。子供のころから何度も行っているので迷うことはない。裏通りに面した店の土間には、竹の箍の外れかけたやつ、円い底板の抜けたやつ等、故障品が整然と置かれていた。

職人に言って直させるのだろう。その奥の、一段高い畳敷きのところに、同年代の友の顔があった。小さな机に覆いかぶさるようにして、筆を握って、いっしょうけんめい帳面へ書きものをしている。

「柿太」

呼びかけると、友は顔を上げ、目を輝かせて、

「おお。房五郎か」

「手紙ありがたく受け取った。このたびは……」

「存じておったか?」

「知らなんだ。大いに助かった。聞きたいことがある」

「中村じゃ」

「え?」

「おぬしの母は、根知におる」

話が早い。早すぎる。房五郎が目を丸くしていると、柿太はなお、

「おぼえておるか。むかし鮎釣りに行ったじゃろ。姫川をさかのぼると根知川との分岐点があるが、そこから少し根知川をさかのぼったところじゃ」

「わしが母上をさがしておると、柿太、どうして……」

「わかるに決まっとるわい。子供のころから野原へ花摘みに行っても、海へ泳ぎに行っても、おぬしはいつも『暗(くろ)うなったら母上が案じる』なんぞと言ってさっさと家に帰りおったからのう。まだ陽も黄(き)じゃのに」

「そりゃあ、まあ」

房五郎は頬がひどく熱くなり、右手をハタハタと扇にした。柿太はからかうような視線のまま、

「中村の、浦辺(うらべ)という家だそうじゃ」

「農家か」

「そうじゃ。姿を見た人もおる。たしか文徳の姪(めい)だか従姉妹(いとこ)だかの嫁ぎ先のはずじゃ」

「ありがとう。すまぬ、柿太、ゆっくり話したいが……」

「とっとと行けい」

「かたじけない」

だが店を出ようとすると、背後から柿太が、

「房五郎」

「何じゃ」

立ち止まり、振り返った。柿太は筆を置き、身もだえして、

「江戸は、どうじゃ」

「どう、とは……」

「ええのう」

二、三度口をひらきかけて閉じ、思いきって口をひらいて、

「おぬしは、ええのう。わしも旅がしたいわい。一生に一度は越後の外が見たい」

心の叫びなのだろう。が、いまの房五郎には応じる余裕がない。

「じゃあ」

店を出た。根知への道をたどりつつ、内心、

（ほんとうか）

首をかしげた。ほんとうに母はそこにいるのか。いくら頭の足りない文徳であっても、姪だか従姉妹だかの嫁ぎ先などというわかりやすい場所に相続関係の重要人物を隠すだろうか。隠すならもっと遠く、もっと人のいないところを選ぶのではないか。

根知の地は、おおむね根知川にそった谷である。

民家は岸から等距離のところに線状にならんでいる。どれもあまり大きくなく、たいてい崖の影を背負っているので、いかにも人の監禁にふさわしい感じではある。房五郎は川で野菜を洗っている女に声をかけて、浦辺の家のありかを尋ねた。

教えられたのは例外的に川から遠い、小高い場所にある一軒の家で、ゆるやかな坂をのぼって門をくぐると、入口の戸があけっぱなしである。その戸を入り、薄暗い土間に足を踏み入れて、

「御免」

声をかけたら、つつましい足音を立てて出て来たのが、

「あ」

母だったのはびっくりした。見たところ傷や痣のようなものはなく、顔色も悪くないようである。

「あ、は、母上……」

「房五郎」

きっとして、板敷きの廊下から房五郎を見おろして、

「江戸の学問はどうしました。なぜ来たのです。まだ修めもせぬうちに、修めもせぬうちに……」

あとは語にならない。わらわらと目鼻の位置がくずれて、ひざをつき、房五郎の肩にしがみついて、

「ああ。房五郎。房五郎」

声を放って泣きだした。

房五郎は、両腕をだらりと垂らしている。

突っ立ったまま呆然(ぼうぜん)としている。母の歔欷(きょき)の音(ね)が鼓膜を低くふるわせるのを感じながら、まっ先に思ったのは、脂粉の香(か)が、

(せぬ)

これまであんまりしすぎる人といっしょにいたせいだろうが、それ以上に、何かしら、無香無臭ということ自体に一種のおぼつかなさを感じたのである。この人は、偉大な母ではない。ひとりの弱い女にすぎない。

(守らねば)

房五郎の手は自然にその背をなでて、

「母上。だいじょうぶ。もうだいじょうぶですぞ。わしが来たからには」

それにしても母の背は、こんなに小さなものだったか。房五郎は母を離し、框(かまち)に腰をおろして、

「この家で、乱暴を受けたりは？」

母は正座し直し、指のふしで涙をぬぐって、

「いいえ」

「牢込(ろうご)めや縄掛(なわが)けは？」

「ありません」

「めしや菜や汁は？」

「一日二度」

「はあ」

房五郎は、首をかしげた。むしろ客扱いではないか。母はその疑念を察知したらしく、

「この家の人々は、わりあい私によくしてくれます。文徳には食事もさせるなと言われたようですが、そんな無体なことはできぬと」

「その人々は？」

「栗を取りに」

「ならば」

と、房五郎は言いかけた。ならば逃げ出しましょう、いまのうちに。

が、口をつぐんだ。逃げたところで母には行き先がないのである。高田の実家には疎まれているし、下池部の上野家でも又右衛門に嫌われている。

さしあたってはここにいるのが最善ではないか。とはいえここも文徳の勢力圏内である。文徳がその足りない知恵でまた何をやりだすか知れぬ以上、なるべく早く手を打ちたい。

「わかりました」

房五郎はことさら余裕ある笑みを見せて、

「ではわしは、不本意ながら、きょうはこれで失礼します。上野の兄様と相談してまたお迎えにあがります故、いましばらくのご辛抱を」

母は、

「頼みます」

子供のように大きくうなずいてから、ななめ下を向いて、少女のようにかぼそい声で、

「変わりました」

「え？」

「声が。お前の」

「はあ」

変声期という意味なのだろうか。自分の声は自分ではわからない。房五郎は顔を赤くして、

「では」


房五郎は根知を出て、糸魚川の街を素通りして、また下池部の生家へ行った。そうして又右衛門とともに東へ半里ほど歩いて、川浦の代官所に行ったのである。

下池部村は、越後国頸城(くびき)郡に属する。

頸城郡はそのほとんどが幕府直轄領である。なので郡を支配する役場も代官所という幕府の出先機関であり、頸城の場合、それは川浦の地にあったわけだ。

いわば国家機関である。諸事やかましい。房五郎たちは草履(ぞうり)を脱いで上がろうとして、門番の武士に居丈高に、

「おいおい、百姓どもは中庭へまわれ。中庭へまわれい」

まわったところ中庭は白砂を敷いたお白州で、薄い筵(むしろ)が敷かれていて、その上に正座するよう命じられた。

正面には、たかだかと濡(ぬ)れ縁がある。その上に裃(かみしも)をつけた代官が来て、又右衛門と房五郎は、ひた

いを地につけて平伏しなければならなかった。頭がよければ百姓の子でも継がせようという医家もあるこの世の中で、

（ばかばかしい）

平伏したまま、房五郎は事の経緯を述べた。なるべく客観的に述べたつもりだった。代官は、

「うむ」

これまで何百回も言っているのであろう滑らかな調子で、

「すみやかに裁定する。しばし待て」

あとで又右衛門が顔をしかめて、

「房五郎、おぬし馬鹿じゃのう。ああいうときは是が非でも相手が悪いと言い通すものじゃ」

その後、代官からは何の沙汰もなかった。房五郎は下池部の生家ですごした。本格的な冬が来た。房五郎には二年ぶりの越後の冬である。毎日のように往来の雪かき、往来から家につづく路地の雪かき、屋根の雪おろしをした。それだけで一日が終わってしまって、翌朝にはまた雪が積もっていた。天気のあまり悪くない日に、二、三度、川浦の代官所へ様子うかがいにも行ってみたけれど、役人に、

「松平（まつだいら）ご家中（糸魚川藩）との塩梅（あんばい）もある。しばし待て」

と邪険に言われるばかり。

そのうち、代官所へ足が遠のいた。あんまりうるさがられて裁定が不利になってはと危惧（きぐ）したこともあるけれど、よりいっそう大きいのは、やはり雪中一里の往復をおこなうことの大儀さだった。根知の母を訪ねることもできなかった。

生家には、読む本もない。この雪では貸本屋も来ない。房五郎はただ為（な）すところなく座敷で又右衛

門と顔を合わせるばかりで、

（江戸が、いい）

その決意が強くなった。越後ではこの倦怠が六か月つづく。江戸よりも一年が六か月短いのである。春になって、雪どけ水がさらさらと川の流れを軽くするころ、ようやく代官所の裁定が出た。又右衛門とふたりで代官所へ行くと、代官から申し渡されたのは、おおむね次のとおり。
一、房五郎は脱藩人ではない。故に罪に問われるべきではない。
一、房五郎を相沢家の正式な後継者と認定する。文徳はただちに家督を放棄して房五郎を主人と見なすか、または他家へ養子に出なければならない。
一、ただし双方直接の談義で合意が成立した場合には、処置は右に限るものではない。
「おお」

房五郎はお白州の筵の上で、又右衛門と抱き合ってよろこんだ。完全勝訴である。こちらの言い分はすべて通り、文徳のそれは却下されたのだ。

あとで役人に聞いたところ、決め手となったのは文仲の生前の行動だった。文仲はあるいは実の息子がこうした暴挙に出ると予期したのかもしれぬ。親しい糸魚川藩士の何人かに、つねづね、

「わが業を継ぐのは房五郎じゃ。文徳ではない」

明言していたのだという。その人たちの証言がこの裁定の根拠になった。特に筧某という人の証言は激しく、

「文徳が継いだら、糸魚川の教養世界は崩壊する」

という意味のことまで言ってくれたという。房五郎とは一面識もない人がである。

もっとも、勝訴したとなると、房五郎は相沢家を継がなければならない。当然至極の話である。江

戸遊学など、もってのほか。又右衛門はしきりと、

「なあ、もういいじゃないか房五郎。ここに住めよ。越後の大先生になれ」

と言うけれども、

（どうかな）

数日後、当の文徳から使いが来て、

「和解したい。ついては拙宅まで内々ご足労ありたし」

又右衛門は、

「おいおい。こりゃ罠だ。お前がのこのこ門のなかへ首を突っ込んだところをすっぱりやる気にちがいないよ。ひとりで行くな。藩庁に話を通して、役人を立ち会わせて、陣太鼓叩いて入城するんだ」

だが房五郎は、

「行きます」

散歩にでも出る感じで糸魚川へ行った。

勝者の油断だったかもしれない。相沢家の門をくぐり、座敷へ上がると、文徳は床柱の前に分厚い座ぶとんを敷いて待っていた。

「よう来た、房五郎。ささ、これへ」

とその座ぶとんを勧め、自分は鼠のように下座へまわって、

「このたびは、相済まぬことをした」

平伏した。ほとんど畳のへりに向かって話すようにして、

「わしが悪かった。まことに悪かった。父のこころざしを踏みにじった恥さらしと、お役目の方々にも思うさま叱責されたわ。だが継ぎたい」

さらに頭を低くして、

「わしはこの家を継ぎたいのじゃ。おぬしには金輪際わからんじゃろうが、わしは、わしは、ひとたび長男の身に生まれながら他人を主とあおいで部屋住みに甘んじるなど絶対に嫌じゃ。生きる甲斐がない。ましてや養子に出て見知らぬ父母に仕えるなど、考えるだけでもぞっとする」

「…………」

「わしはこの家を継ぎたい、いや、どうか継がせてくだされ。お願いします、房五郎殿。どうか、どうか、このとおり」

頭の上で手まで合わせて見せたのである。

心からのふるまいなのか、それとも必死の芝居なのか。房五郎はどう答えたらいいかわからず、

「奥方様は、どのように」

「わが母上か。もちろんわしに賛成じゃ。いまはまだ父上を亡くした心痛が癒えず、別室にて床に就いておられるが、くれぐれも房五郎殿に聞き分けていただくようにと申しておった。むろん」

と、文徳はそこで突然うしろを向いて手を叩いた。

前もって示し合わせていたのだろう、下男が来た。下男は白木の三方を両手で捧げ持っていて、房五郎の前に正座して、その三方を畳に置いた。

房五郎の前へずいと押し出す。そうしてまた立って出て行ったのだが、この間、文徳はしゃべりつづけた。

「むろんお上のお裁きが出た以上、ただでとは申さぬ。おぬしが相応の見返りを求めることは当然予期しておったからの。ささ、その三方の上の赤い袱紗づつみ、結び目を解いてみよ。なかのものは、おぬしのものじゃ。そのかわり相沢のことは忘れ去って、下池部の上野房五郎として生きて行かれる

がいい」

房五郎は手をのばし、言われたとおりにした。

袱紗がはらりと四方へひろがると、なかには白い懐紙にくるまれてもいない、ただ帯紙が巻かれただけの小判の束が三つ山をなしていた。下段にふたつ、上段にひとつ。

「三百金なり。まあ譲り賃じゃて」

(こいつ)

房五郎は、文徳をにらんだ。腰を浮かして、

「見くびるな！」

一喝しようとしたけれども、文徳の得意顔には、

――貴様のような貧乏人には、過ぎた額じゃろ。

その文字が、石碑になるくらい大きく書いてあるようだった。

(こいつは、ばかだな)

腰の力が抜けて、みょうに冷静になってしまった。見くびられるのは癪だけれども、実際には、すでにして正義の名分はこっちにある。金を手にしたところで何の恥でもなく、ただ実が取れるだけ。江戸で学ぶ資金ができる。

(江戸で)

房五郎は、心の余裕がある。謹厳な顔で、

「継ごうかな」

「えっ」

文徳が、まっ青になった。房五郎はふっとほほえんで、

「いや、やはり、わしには過ぎたお話です。おっしゃるとおりに致しましょう」

赤い袱紗を結び直し、まとめて袂へ入れた。文徳はにじり寄ってきて、三方を押しのけ、房五郎の手を取り、

「いや、さすがは房五郎じゃ。天下一の大賢者じゃ」

房五郎はもう聞いていない。内心、

（文仲様に、詫びをせねば）

それともうひとつ、この三百両の用途について、

（あれにも、使おう）

相沢家を出て、文仲の墓へ詣でた。それから今回自分のために証言をしてくれた藩士をひとりひとり訪ねてお礼を言った。

特に筧氏の屋敷へ行ったときには、上がって行けと勧められたので、そのようにした。筧氏は文仲とおなじくらいの年格好で、つくづくと房五郎の顔を見て、

「そうか。おぬしが房五郎か。これはなるほど利発そうじゃのう。文仲が見こんだ理由がわかるわ」

「あの、その」

房五郎は、目を伏せた。心にうしろめたさがある。筧氏はずばりと、

「江戸へ行くのじゃな。相沢家を捨てて。糸魚川を捨てて」

「…………」

筧氏は茶をすすり、茶碗のなかを見つめながら、

「おなじじゃ。文仲と」

「え？」

「文仲は終生、京に出たいと申しておった。死ぬときも京の医者にかかりたがった。さだめし物足りなかったのであろう。文仲がもう少し若ければ、あるいはもう少し無鉄砲だったら、きっとおぬしとおなじようにしたにちがいない。房五郎」

「はい」

「おぬしは、負い目を感じることはないのだ。あいつのぶんも学べ。京も長崎もとっくりと見よ。それで報恩になる」

「はあ、長崎……蘭学の根城の」

「うむ」

房五郎は筧氏の屋敷を辞し、根知へ向かった。母を引き取り、上野の生家につれて行って、床の間の前へ雛人形(ひなにんぎょう)よろしく又右衛門とならんで座らせ、

「母上は、もはや相沢家へは戻れませぬ。ひとり暮らしは物騒です。これからはこの家で、兄様と……」

「嫌です」

「冗談じゃやねえ」

ふたりとも、即座に拒絶した。敵意ある顔を向き合わせ、同時に口をひらいたのへ、

「やめてください。衣食に入用(にゅうよう)のものは、これ」

と、房五郎は袖の下から赤い袱紗づつみを出して畳の上に置き、結び目をほどいた。ふたり同時に、

「まあ」

「うわっ」

「一金三百両、文徳様にいただきました。家名の譲り賃だそうです。仲よく暮らすと約束してくださ

るなら、三人できれいに分けましょう」

ひとり百両。又右衛門がのどを鳴らして、

「約束しなかったら？」

「わしひとりが、ぜんぶ江戸へ持って行きます」

「そりゃいかん」

又右衛門はむやみやたらと頭の上で手をふって、

「おぬしのような年端のいかぬ子が、それ、江戸は物騒じゃ、わざわざ盗賊に襲ってくれいと。いかんいかん」

ことばの脈絡が通じていない。あげくの果てに、

「このわしが、大切にあずかって進ぜよう」

袱紗のすみっこを指でつまんで、全額ずるずる引き寄せた。その手を母がぴしゃっと叩いて、

「酒代（さかて）にする気でしょう」

「何言ってんだ渋紙婆（しぶがみばば）ぁ。こいつは訴訟費だ」

「訴訟費？」

「そうだ。わしゃ今回の代官所への訴えのために、高田のご城下の質屋・桝屋白右衛門（ますやしろえもん）から金を借りたんだ。それで諸方の役人へ付け届けをした。房五郎のための借金ぞ。なあ房五郎」

房五郎はうなずいて、

「二十五両でした」

借金の話そのものは、又右衛門の言うとおりだった。この時代、訴訟というのは清廉潔白で勝てるものではない。

もっとも又右衛門は、急に庭のほうを向いて、

「あ、いや……ちがう」

「え？」

「二十五両じゃねえんだ、白右衛門に借りてるのは」

立ちあがり、うしろを向いてつま先で立ち、床脇の天袋の戸をひらいた。

左右の手をつっこんで、砂でも搔き寄せるようにする。紙がはらはらと雪のように落ちた。又右衛門はしゃがんでその紙をひろって一束にした。
四、五十枚もあるだろうか。もとのところに正座して、その束を房五郎へ差し出した。房五郎は受け取ろうとしたけれど、横から母の手がひょいと来て、
「これは、証文ではありませんか。二両。一両五分。三両。三両……」

一枚一枚めくって金額を読んだ。又右衛門は制止しない。そっぽを向いて苦い顔をしている。母が最後の一枚を読み終えると、房五郎は暗算の結果を口に出した。

「ぜんぶで、九十七両あまりです」

今回の二十五両を合わせれば百二十二両になる。母がさらに指をなめ、紙をめくり直して、

「いちばん古いのは、これですね。辛丑の年の神無月。ということは……」

「九年前。天保十二年」

房五郎はそう受けて、背すじが凍った。もちろん相手が質屋ならば又右衛門は家具だの壺だの掛軸だのを質草にしているはずだが、これだけ長いあいだ返済していないと、利息の額もかなりになる。総額は二倍をこえるのではないか。

「なんで、こんなになるまで」

と、さすがに口調も非難めく。又右衛門は、

「いや、まあ」

横を向いたまま、しかし目はちらちらと畳の上の三百両をうかがっている。いまこのとき糾弾不可避と知りつつ証文の存在を明かしたことで又右衛門が何を期待しているのか、疑う余地はない。

「最低」

母が、つぶやいた。又右衛門がぼさぼさの頭を掻きながら、

「面目ない」

「わかりました」

と、母はひざを叩いて、

「房五郎、私は決めました。ここで又右衛門殿と暮らします」

「え！」

「又右衛門殿の見張り番になります。そうしなければゆくゆく借金取りが江戸まで行って房五郎に返済を求めないとも限りません。あってはならない。お前の学問の妨げだけは」

「は、母上……」

房五郎は、自分がそれを求めたくせに、どう答えたらいいかわからない。

「そのかわりと言っては何ですが、お前の申し出のとおり、このお金はふたりぶん頂戴します」

小判は百両ごとに帯紙を巻かれ、横に三つ並んでいる。母はそのひとつを引き寄せて着物の帯の内側へ押しこみ、もうひとつ同様にした。畳の上から二百両が消えた。

「おいおい、俺のぶんだ」

と又右衛門が着物の帯へ手をのばしたが、母はまたその手を高らかに打って、

「あなたに渡したらお酒になるでしょう。いまからこの家の家計は私があずかります。借財の返済も私みずから出向く。文句は言わせません」

その声は、凛々と（りんりん）している。頰に赤みがさしていた。母のような天性の教育家にとっては、身近なところに手のかかる子供がいるのは生きる張り合いになるのかもしれない。又右衛門も、

「無茶だよ、おい」

と口では言いつつも素直に手を引っ込めたところ、自分ひとりでは生活が永遠に好転しないことはわかっているらしい。房五郎はくすっとして、

「おふたりとも、お聞き分けありがとうございます。しかし二百両ではなお足りません。私には大金は必要ない」

最後の一束の帯紙を切り、五十両ずつの山に分けて、片方を母のひざへ押し出して、

「お取りください。これで返済も済む上、少しは母上のため新たな家具も買えるでしょう」

母がお金と房五郎を交互に見て、

「ふ、房五郎……」

「この残りの五十両でさえ、わしには多いくらいです」

と房五郎が言うと、

「なら、もうちょっとくれ」

又右衛門が手をのばす。母がピシャッとやろうとしたが、こんどは手を引っ込めてかわし、

「勘ちがいするな。まだ訴訟がらみで入り用なんだ。その筧とかって人をはじめ、糸魚川で証言してくれた人には反物か何か届けてやらにゃならん。房五郎はひとまず礼は言ったようだが、それだけじゃあ、今後また文徳の馬鹿が何か言い出したとき助けてもらえんからな」

一理ある。房五郎は五十両の束をさらに三十両と二十両にわけて、三十両のほうを押し出した。又右衛門はもう手を出さず、母へ、

「取れ」

母は、そのとおりにした。房五郎は二十両を袱紗でつつんで結び目をつくり、袂へ入れた。ずいぶん軽くなってしまった。又右衛門はおごそかに、

「道中、盗られるなよ」

翌日、房五郎は江戸へ発った。江戸に着いても頼るあてはない。罪人が奉行所へ出頭するような心持ちで添田屋敷の門を叩き、座敷へ上がり、添田玄斎の前へ出た。

必死で事情を述べたけれども、玄斎は表情が硬いまま、

「どんな経緯があろうとも、無断で姿を消していい理由にはならぬ。おぬしには失望した」

返すことばもない。房五郎は袖の下に手を入れ、例の赤い袱紗づつみを出して置き、

「お納めくださいい、どうか、どうか。わしはまだ入門時の束脩もさしあげておりませんし、今回のことも……」

袱紗のなかには、十八枚の小判が入っているはずだった。二枚は旅のために使ったからである。玄斎は中身をたしかめもせず、袱紗ごと無造作につかんで懐中に入れ、

「あすから、励め」

次の朝、命じられたのは、北の離れへの挨拶だった。北の方は、

「まあまあ。よう帰ったのう。よう帰った」

歓迎してくれた。それから来る日も来る日も義太夫節の稽古、三味線の稽古、酒肴の支度、ときに北の方のやわらかな体の揉み療治。

玄斎からは、いっさい声をかけられなかった。このまま飼い殺しにされるのだと房五郎はわかった。

ペリー来航

嘉永六年（一八五三）六月三日、浦賀鴨居沖に外国船四隻があらわれた。いわゆる黒船来航である。一報はただちに江戸にもたらされ、上下大さわぎになった。

何しろそれらは、それまで日本に来たものとはまったく異なっていた。まず商船ではなく軍艦だった。船体は総鉄張りのように見え、甲板上にずらっと大砲をならべつつ、風向きに関係なく海上を移動することができた。

さらに悪いことに、その乗組員は民間人ではなかった。

太平洋の向こうのアメリカ合衆国がはるばる正式に派遣した使節団だった。その団長にあたる東インド艦隊司令官マシュー・C・ペリーは来航の目的が日本との国交樹立にあることを初手からはっきり宣言し、幕府最高位の役人との面会を要求した。

幕府の国是は、鎖国である。こんな話には応じたくない。

「当国では、外国船の応接はすべて長崎でおこなっている。そちらへ回航せられよ」

と回答したもののアメリカ側は聞く耳を持たず、ボートを江戸湾（東京湾）内に悠々とすべりこませて測量など開始した。

測量自体も重要だったろうが、この場合はむしろ、その気になれば自分たちは城へ砲弾をぶちこんで将軍の寝床を吹っ飛ばすこともできるのだ、江戸の街を火の海にすることもできるのだと脅迫してみせる意図のほうが大きいことは明らかだった。

江戸のさわぎは、日ごとに倍した。

――わがままな異人だ。けしからん。

――いや、ご公儀（幕府）のほうが腰抜けなのだ。

――こんなときこそ御三家に兵を出させて、黒船に火をかけて、ペリーとやらの首を取れ。

――旗本や諸大名の家中も何をしておる。何のために刀ぶらさげて威張って街を歩いておるのじゃ。

国政批判、社会批判の領域である。とにかく物言いに憚りがない。

日本史にいわゆる世論というものが生まれたのはこの瞬間かもしれないが、幕府がこれを統制しなかったのは、市井の言論を重んじたが故ではむろんなかった。ただその余裕がなかっただけである。

もっとも、こんな蜂の巣をつついたような喧噪のなか、ひとり静かに、

（見る）

そう心に言い聞かせている人間がいる。

役にも立たぬ舌一枚をひらめかせる暇があったら、まず実際そこで何か起きているかを、

（見たい）

房五郎だった。浦賀なら江戸から近い。行くこと自体は容易ではないか。

もっともこの場合、問題はその手段だった。ただ浜に立って小手をかざして黒船を眺めるだけなら物見遊山とおなじである。当事者として接近しなければ意味がない。

街には、無数の情報が飛び交っている。ほとんどは信用できないか益体もないかだけれども、その

なかにあって、

――ご公儀は、外国人との交渉掛として、浦賀奉行・井戸弘道様を浦賀に派遣することにしたらしい。

というのは注意が引かれた。浦賀奉行というのは本来、浦賀の港湾取締りを担当する役人である。それが浦賀へ行くということは、井戸様とやら、ふだんは江戸在勤なのにちがいない。

（これじゃ）

つまりは急な出張である。中間・小者のたぐいを雇わねばならぬ。のんびり声をかけている暇はないから、おそらくは人材派遣の専門業者である口入れ屋を使うのではないか。

房五郎は家を出て、手近な口入れ屋に飛びこんで、

「井戸殿の話は、来ておらぬか」

「ああ、それなら本郷の富屋さんが一手に引き受けておられますよ」

房五郎はその足で本郷へ行って、

「井戸殿の話は」

富屋のあるじ松右衛門は、極端に肥満した男だった。まるで骨董屋が壺でも見るような目でじろじろと房五郎の頭から足の先まで何べんも見たあげく、腰の刀に目をとめて、

「お侍ですか」

「いや、まあ」

「ご経歴をうかがいたい」

（こいつ）

房五郎はむっとしたが、表情は変えず、

「わしは、越後の生まれじゃ」

これまでの人生をかいつまんで話した。幼少のころは越後の各地ですごしたが、蘭学を望んで江戸に出て、いろいろな家で世話になったあげく蘭医・添田玄斎のもとに身を寄せた。

が、添田氏は蘭学の勉強をさせてくれず、もっぱら母親のお守りをさせた。母親は義太夫節が大好きだった。蘭学の本を読むかわりに義太夫節の床本ばかり見せられる日々を送るうち、自分が腐るような気がして、思いきって辞した。

それでも「添田家にいた」というのは、多少の学歴にはなった。人に紹介してもらった先は長尾全庵方、これは漢方医ながら代々幕府の典医をつとめる家柄。

まずは一流どころとはいえ、ここでも房五郎は食客でしかなかった。要するに住むところと最小限の食うものを与えられたにすぎず、そのくせ月謝はきびしく支払わされたから、まあ体のいい下宿屋のようなものか。

支払えなければ追い出される。無宿流亡の民になる。房五郎は内職をしなければならなかった。幸いにも近くの日本橋四日市町には達磨屋という古本屋があって、そこに出入りするうち、主人の五一というのが、

「お若いのに、なかなか勉強ずきですな。どうです、うちの仕事をやってみますか」

仕事とは、筆耕だった。或る本を一冊まるごと書き写して、もう一冊の本をこしらえる。ときには十巻にも二十巻にもおよぶそれを房五郎は達磨屋に納入し、達磨屋は客に売るのである。

この時代、書物の世界には、刊本というものがある。

木版刷りによる大量印刷、大量販売の方式である。しかしながらこれは人手も原価もかかるため多数の読者が見こめる場合にしか採用することができず、読者の少ない学術的な本、趣味的な本、その

他特殊な本については「手で写す」という原始的な複製法のほうが一般的だった。

達磨屋はつまりその写本の販売にも手を染めていたわけで、広義の出版業といえようか。ときには客のほうから原本を渡されて「写してくれ」と依頼されることもあったというから、注文生産もやっていたわけだ。

房五郎は、持ちこまれた仕事は何でもやった。漢籍も写した。仏典も写した。王朝和歌の注釈書も写したし、下総かどこかの庄屋の日記をちまちま写すこともあった。房五郎の仕事はしっかりしていた。

字はいちいち丁寧だし、誤字や脱文はほとんどなかった。納品の日もかならず守ったから達磨屋五一にいたく信用され、依頼はふえるいっぽうだった。昨冬などは夜ふけまで仕事が終わらず、あまりの寒さで右手のふるえが止まらなかったのを左手でおさえて筆を動かしたくらいである。この納品のさいには、さすがに達磨屋が、

「いやあ、申し訳ありません」

と何度も頭を下げたけれど、房五郎は、

「なあに。どうせ夜具に入ったところで寒くて眠れないのだ」

みょうな強がりを言ったりした。

この仕事は、房五郎に些少の筆耕料をもたらした。がしかし、それより大きなものをもたらした。知識である。本のなかには蘭学関係のものも多かったのだ。

房五郎は自分の小さな机の上で、オランダの字をおぼえた。世界の国々の場所と名前をおぼえた。種々の薬草の姿かたちをおぼえた。コーヒーの原料と淹れかたをおぼえた。人体の内臓の配置をおぼえ、兵隊の隊列の型をおぼえ、軍艦の基本的な構造をおぼえた。

そうしてそれは丸暗記ではなかった。写すというのは、ただ読むのとはわけがちがう。目で読む以上に手で読む。知識は全身に叩きこまれ、血や肉と化す。

文字どおり「身につく」のである。房五郎にとって書物は最高の師だった。どんな有名な塾も、どんな地位ある学者も教えてくれなかったことを気前よく教えてくれた。小さな机はそっくりそのまま丸まって玉になり、一個の地球になった。

房五郎は一日の仕事を終えて床に就くとき、確実に、具体的に、一日ぶん賢くなったことがわかった。これには何より心みたされた。空腹がまぎれたわけではないけれども、まぎれたような気にはなった。

こんな生活が、三年つづいて現在に至る。いまは十九歳である。こと蘭学に関しては江戸では二流を下らぬつもりだが、

「それはやはり、書物の知識じゃ」

房五郎はそう言って、顔を曇らせた。

「書物の知識?」

口入れ屋の松右衛門が首をかしげるのへ、房五郎は、

「ああ、そうじゃ。そんなのはしょせん絵に描いた餅。いくらためつすがめつしても本物の餅にはならぬ」

だから、見たい。そう言った。まずは西洋人の実物を見たい。そうして軍艦はじめ西洋文明の現品が見たい。見れば今後の勉強がいっきに進むだろう。ちょうど本物の餅を一度食えば、絵の餅のよしあしもぐっと理解できるように。

「そのためにこそ、わしは井戸殿に雇われたいのじゃ。雇われれば浦賀へ行ける。物見遊山の客では

なく当事者として」

「ご立派です」

と松右衛門は太った体を左右にゆすったが、房五郎の腰のあたりへまた目を走らせて、

「が、だめ」

「えっ」

「何しろ募集は町人だけ。近ごろのお侍には町人あがりの物知らずも少なくないからいちおう経歴を聞きましたが、あなたはお侍でしかも学者だ。まずいちばん気位が高い。刀なんか放り出して、知識も書物もすっかり忘れて、主家のお仕着せを着て、よろこんで下働きでもやるようじゃなきゃあ」

「そうか。わかった」

房五郎はさっさと腰から両刀を脱し、鞘ごと松右衛門に差し出して、

「あずかってくれ」

「えっ」

と、こんどは松右衛門がおどろく番である。房五郎は表情を変えず、

「下働きというのは、草履取りか？　馬の口取りか？　そんなら何でもない」

松右衛門はしばらく口をぽかんとあけていたが、ようやく刀を受け取って、

「紹介しましょ」

日本史の年表ふうに言えば、

嘉永六年（一八五三）六月九日
ペリー、久里浜村に上陸。幕府応接掛・戸田氏栄および井戸弘道にアメリカ大統領M・フィルモ

アの親書を手渡し、翌春回答を求めることを通達。

ということになる事件の現場に、こうして房五郎は立ち会うことになった。戸田氏栄は浦賀在勤の浦賀奉行。久里浜村は浦賀に近く、上陸に適当な浜があった。

†

当日は、雲の多い晴れだった。

房五郎は砂の上で、仲間とともに、ひざを抱えてうつらうつらしている。

「もうじき、アメリカの連中が上がって来る」

と上役の武士に言われてからもう半刻(はんとき)(一時間)はすぎただろうに、沖の黒船には動きがない。

「眠いな」

「眠い」

という声が、まわりからも聞こえた。なかには大の字になって鼾をかいているやつもいる。無理もないことだった。房五郎たちはこの日まで三日二晩ぶっつづけで肉体労働をさせられたのである。

房五郎の場合、最初の仕事は木の柱だった。

砂浜にいくつも穴を掘って、柱を刺して埋め戻した。ペリー一行をむかえるにあたって紅白の幔幕(まんまく)を張るためのものだと説明されたけれども、地面がやわらかいので柱はなかなかしっかり立たず、作業の進みは遅かった。

なるほど松右衛門の言ったとおり、侍や学者の仕事ではなかった。一昼夜かかってようやく全部や

り終えたら、今度はぺしゃんこの麻袋が無数に運びこまれて来て、上役の武士が、

「砂をつめろ！」

房五郎たちは、這うようにして両手で砂をかきあつめて袋へ入れた。

丸く太った砂袋を積みに積んで、見あげるような山にした。何に使うかは言われなかった。それでも房五郎はましなほうかもしれなかった。会見に使う応接所の建物を建てる大工たちは、やはり一睡もしていないのだろう、屋根からぽろぽろ落ちていた。外交的儀式どころではない。みんな戦争の直前のように急がせられ、罵声をあびせられていた。

そんなわけで、房五郎は眠い。ほかの仲間もくたびれはてている。さらに半刻がすぎたあたりで、誰かが、

「あ」

沖を指さした。

黒船にようやく動きが出たのだ。かぞえきれぬほどの短艇が下ろされ、白い服を着た水兵を満載して、浜へ向かって来たのである。

短艇は、あたかも蟻が飴に集まるように埠頭のまわりへ集まった。

埠頭は臨時に設置したもので、四、五本、海へ突き出ていたけれど、これこそ房五郎たちが文字どおり地を這って太らせた砂袋をずらりと沈めたものだった。

水兵はその埠頭を次々と硬そうな靴で踏み荒らして、この極東の小国の領土をはじめて侵した。極東の小国にとってみれば、古き良き時代が強制終了させられた瞬間だった。

水兵のうちの何人かは楽器を持っていて、上陸するや、整列して吹き鳴らした。房五郎は、

「トロンペット、ホールン、ファゴット、トロメル（ドラム）」

と小声でひとつひとつ名を呼んだが、これはあくまでも蘭学の本の情報であり、演奏ははじめて聞いたので、

(意外に、粗野な)

失望した。船長なのか、それとも特別な上官なのか、やがて黄色い房つきの黒っぽい礼服を着た者たちが上陸しだすと、楽隊はいっそう音を大きくしたようだった。

「ようだった」というのは、じつのところ、房五郎はこの光景をかなり遠くから見ているのである。湾曲した海岸線のこちらと向こう、駆けてもゆうに五分はかかる距離。それはそうだった。雇い主である井戸弘道にしてみれば、突貫工事が終わった以上わざわざ汚い人足どもを近づけて日本の印象を悪くするには及ばないのである。

角度によっては、楽隊も、

(見えん)

房五郎はひざを抱えて座ったまま、背中をのばしたり、体を左右へかたむけたりした。ほかの仲間も同様である。しばらくそんなふうにしているうち、房五郎はふと、

(わかった)

思ってしまった。

まわりの連中はまだ、

「どれがペリーかな」

「あれだ。偉そうだ」

「いや、まだ沖を出てねえんじゃねえか」

「こっちの戸田様と井戸様は」

「あれだろ。あれ」

などと荒っぽく言い合っている。それを含めて何もかも馬鹿馬鹿しくなった。そうして一足飛びに、

(旅)

その思いつきが、脳裡で星の輝きになった。

房五郎は、すっくと立った。

背後から、

「座れ。見えん」

と声が飛んで来た。房五郎はそっちへ、

「達者でな」

「えっ?」

「旅に出る」

尻の砂を払って駆け出した。誰かの声が追いかけて来て、

「おい、お前、まだ給金もらっとらんぞう」

(しまった)

と思ったが後の祭りである。海に背を向け、アメリカと日本のあいだの外交的儀式に背を向けて、坂を上がり、街道に出て、いっさんに江戸をめざした。

本郷の口入れ屋・富屋松右衛門方で両刀を引き取り、長尾全庵屋敷内の長屋に戻ると、夜具も敷かず、畳の上へうつぶせに倒れて、そのまま二日間眠りつづけた。

水も飲まず、小用にも立たず、目がさめたときには三日目の朝だった。房五郎には一晩の感覚しかなかったので、おなじ長屋の中年の浪人に、

「きのうは、まず晴れましたな」

と言って変な顔をされた。きのうは土砂降りだったのである。

そんなわけだから結局、房五郎は、ペリーその人を見たかどうか。その後なお二、三日のあいだ体のふしぶしが痛かったのは、これはやはり、ふだん本ばかり読んでいるところを急に酷使されたからにちがいなかった。

†

それにしても房五郎は、この期に及んで、どうして旅を決意したのか。

その理由は、あるいはこんなふうに説明できるかもしれない。日本の無力さを見たからだと。そうしてその無力さを解決するには自分もまた無力であると知ったからだと。

そう、彼我の差はあまりにも大きかった。房五郎は久里浜村を駆け出す直前、あの砂浜に、戸田氏栄と井戸弘道の姿を見た。

裃に袴（はかま）の立派な服装からしても、あるいは周囲を多数の侍に守られていた様子からしてもまちがいあるまい。彼らの態度はどうだったか。アメリカの連中にどんな身ぶりをして見せたか。

埠頭から船長級だか特別な上官だか、例の黄色い房つきの黒い礼服の者がひとりずつ砂浜へ上がって来るたび、ぺこぺこと、悪いことでもしたかのように頭を下げたのである。

あまつさえ戸田氏栄と井戸弘道は背後に、つまり海と反対のほうの砂と土の境目あたりに、あらかじめ木の香の立つような応接所の建物を建てている。祭礼よろしく紅白の幔幕をめぐらしている。これは何という歓迎ぶりだろう。いや卑屈さだろう。

むろんこの卑屈は、戸田と井戸のそれではない。日本国全体のそれである。その日本の無力を解決するためにこそ房五郎は旅に出て、まずは自分が無力を脱しようと決めたのだ、うんぬん。

が、この説明は、いくぶん理に落ちるようである。

実際には、房五郎はそこまで考えていない。もっと単純に、つまるところ、居ても立ってもいられなくなった。

さながら興奮した犬がとつぜん走り出すようなものか。いまに始まったことではない。四年前、叔父・相沢文仲の訃を聞いて矢も楯（たて）もたまらず越後へ駆けたのも、それ以前にそもそも蘭学がやりたいなどと言い出して金もないのに江戸へ出たのも同種の衝動からだった。房五郎という人間は、いうなれば、考える鉄砲玉なのだろう。

とはいえ今回は、ただちに飛び出したわけではない。それくらいの分別はつく年齢になっている。筆耕の仕事もある。新しい依頼はもう引き受けることはしなかったが、すでに引き受けたものは変わらず進めた。ぜんぶ終えるまで半年あまりもかかったのは、房五郎、やはり手を抜くことができなかったのにちがいない。

†

旅立ちの日が来た。房五郎は宿主（やどぬし）である長尾全庵に挨拶をして、部屋を引き払い、その足で日本橋四日市町の達磨屋を訪れた。

主人の五一は、店にいた。

「行く先は、どちらです」

と聞かれて、房五郎は、

「長崎」

半年間、熟考して決めた目的地である。蘭学の根城。五一はうんうんとうなずいて、

「結構ですな。あそこには佐賀藩の設けた砲台もある。海防の現状を見るには打ってつけです」

「いかにも」

と房五郎は応じたけれど、別の理由がある気もする。

文仲である。相続問題について房五郎のために証言してくれた糸魚川藩士の筧氏が、

――房五郎、おぬしは文仲のぶんも学べ。京も長崎もとっくりと見よ。

と言ってくれた、その声がどういうわけか何年も頭蓋のなかで余響の尾を引いている。優秀な頭脳と合理的な判断力を持ちながらとうとう糸魚川の一名医で終わってしまった文仲の供養というか、弔い合戦というか、そんな感情も房五郎にはあるようだった。

五一がぽんぽんと名残り惜しそうに房五郎の二の腕を叩いて、

「帰ったらまた顔を出してくださいよ。仕事はたんとある」

「ありがとう」

房五郎は、破顔した。これまでの生活に対する最大の肯定だろう。

「では」

点頭し、店を出たところで、

「あっ、いた！」

房五郎は、声のしたほうを向いた。道のまんなかには足をひらいて仁王立ちになり、こっちを不躾に指さしている青年ひとり。房五郎はおどろいて、

「柿太……柿太か?」

青年は、こっちへ走って来た。房五郎の前で急停止して、

「いかにも糸魚川七間町の桶屋・春日屋の柿太じゃい。房五郎、その格好、いままさに出立する気じゃな。まったく危ないところじゃった。何しろ長尾全庵様のお屋敷へ行ったら、たった いま引き払ったばかりじゃ、さだめし旅立ちの前に日本橋の達磨屋へ立ち寄るじゃろうと言われてのう。あわてて来てみれば……ああもう、日本橋の街はなんでこんなにごちゃごちゃしとるんじゃ。十二、三人には道を尋ねたぞ」

柿太もまた、旅装である。道ゆく人々がじろじろ見ている。房五郎は、

「おぬしは、どこへ行くのじゃ」

「どこへ行くと聞いたか? 決まっておるわい。房五郎、おぬしの行くところへじゃ」

「わしの?」

「唐天竺(からてんじく)でもついて行くぞ」

声の勢いがいい。自立的なのか依存的なのかわからない。房五郎はつい、

「なんで?」

柿太はくやしそうに地団駄(じだんだ)を踏んで、

「決まっておるわい。決まっておるわい。黒船じゃや。あれで世は一変したのじゃや。もはや親といっしょに馬桶(うまおけ)、風呂桶、天水桶なんぞ直している場合ではない。諸国をめぐり歩いて見聞をひろめ、日本という桶を直さねばならん」

「はあ」

「ただし、ひとりでは心もとない。そこで思い出したのがおぬしじゃや、房五郎。おぬしなら国難に接

して安閑と家で寝ころんでいるはずがない。わが旅の良き先達になる。そこでわしは親にも言わず……」

「柿太さんとやら」

と割って入ったのは五一である。柿太はそっちへ、

「何だい」

「話は聞かせてもらったが、おふたりは、どうやら昔なじみみたいだね」

「そのとおりさ。子供のころには鮎釣りや花摘みを」

「旅の夢がかなってうれしいようだが、親御さんには、書き置きなんかもしなかったのかい」

年長者らしい、やわらかく諭すような口調。柿太は顔をそらして、

「字を書くのは苦手じゃ」

「つぶれるよ。その桶屋さん」

「えっ」

柿太は五一を見た。五一は淡々と、

「親ってのは、そういうもんだ。子供だけが生きがいなんだ。何も言わずに家出されたら仕事も手につかなくなる、長生きしようとも思わなくなる」

「まさか」

と言いつつ、柿太はしきりと舌で唇をなめまわした。目が泳いでいる。五一は、

「まあ、旅先から手紙を出しなさい」

「字を書くのは……」

「苦手でも書くんだ」

五一は語気を鋭くして、

「何なら房五郎さんに代筆してもらってもいい。あたしは本屋をしているがね、人間はみんな体がひとつしかない。身二つに分かれることはできない。でも字を書けば、その字のぶんだけ、もうひとりの自分をこしらえることができる。字ってのは偉いもんだ。知り合いに書けば手紙になる。未知の人に書けば本になる」

柿太は、感動したらしい。五一をまじまじと見て、

「あんた、いい人だな」

「だから店が大きくならない」

「わしの親とおんなじだ」

「手紙を書きなさい」

「うん、そうする」

あっさり柿太はうなずくと、

「よし、出立だ。ところで房五郎、どこへ行く」

「長崎」

「遠いな」

「唐天竺よりは近いぞ」

「道すじは？　いや、これはもうお定まりだな。この日本橋から江戸を出て、東海道、山陽道を進んで馬関（下関）へ行く。馬関から九州へ渡って、小倉、博多と行って長崎へ……」

とすらすら言うところを見ると、桶屋の柿太、どうやら多少は日本地理の予習をして来たらしい。

けれども房五郎は、

「馬関以降はそうなるかもしれんが、その前はちがう。山陰道をまわる」

「山陰道」

柿太の顔色が、さっと変わった。房五郎は気づかぬふりをして、

「この旅には、主題がある。海防の現状を目睹する。そのためには瀬戸内よりも外海じゃ。まずは海（日本海）沿いの北陸道へ出て……」

「どこから出る」

「もちろん、越後から」

下池部の母に挨拶して行く、ということである。柿太は肩を落として、

「わかったよ。わしも家に寄る」

達磨屋五一は、ほほえんでいる。房五郎はもういちど礼を言って出発した。

下池部へ行ったら生家が寺子屋になっていた。座敷へ上がると十人ほどの子供が机をならべて習字にいそしんでいる。

先生は、ふたり。又右衛門と母。おどろいて声も出ない房五郎へ、又右衛門が、

「何しに来た、ばか。おぬしのせいで俺はまっ昼間から酒も飲まずに餓鬼の相手させられてるんだ」

「口をつつしみなさい」

「うるせえ、渋紙婆ぁ」

子供たちは、くすくす笑っている。又右衛門が手近な子供へ、

「黙れ。その字は横棒が一本多い」

意外と優しい声だった。

西への旅

母上
　先日は早々のうちにお暇（いとま）してしまい、たいへん失礼しました。あのとき申し上げたとおり、私は、北陸道を西へと向かう旅の途次にあります。いまは越前国（えちぜん）、敦賀（つるが）の近くの大桐（おおぎり）という村におります。

　大桐には、見るべきものはありません。ただ山ばかり。なのにもう五日も滞在しているのは、庄屋の松兵衛（まつべえ）というのが私を足止めして、毎夜毎夜、話をせがむからでした。昨晩あたりでいちおう話も尽きたのですが、松兵衛は、

「明日からは客を呼ぶので、また一から話してください」

　大桐に限らず、私がこの旅で痛感するのは、田舎には田舎の勉強家がいるということです。松兵衛はそのひとりです。彼らは江戸や京から書物を取り寄せ、それを読み、同好の士どうしで集まって茶事や酒宴を催していますが、しかしそれだけでは、狭い村のこと、おなじ話の繰り返しになる。たとえ黒船来航というような大きな事件があったところで、江戸のように次々と知らせが入って来るわけでもなく、考えを深めようにも材料がない。

　そういう環境が物足りないから旅人をつかまえて話をさせるので、それが彼らには何よりの学問で

あり、慰安であり、また心を高く保つための拠りどころでもある。どうもそうらしいのです。

私はさながら、その勉強ずきの蜘蛛の網にかかった一匹の蜻蛉でもありましょうか。何しろ江戸を知っている。西洋の知識がある。さらにはアメリカと日本のあいだで交わされた儀式の実景をまのあたりにしている。

もちろん私にも利益はあります。何といっても食事や酒や夜具の用意をそっくり持ってもらえるのはありがたい。これまでは出立の日に当座の路銭ももらえることが多かったので、今回もそうなるのではないでしょうか。旅というのは、意外にも、お金がなくともつづけられるものなのです。

なので、母上はどうか安心して子供たちの手習いを助けてあげてください。江戸で世話になった本屋の主人は「字を書くとは身二つになること」と言っていましたが、はたしてそうなら、母上はその分身の術を教えている。世にも尊いお仕事だと思います。

兄様とは仲よく。今後も印象深い土地に出会ったら手紙を書きます。

房五郎

†

母上

私たちの旅も江戸から二百里、高田から百里、ついに鳥取まで来てしまいました。

鳥取は、いい街です。武家屋敷が多いので落ち着きがあるし、そのくせ袋川という街いちばんの川にかかる鹿野橋の両詰では、青物やら、干豆やら、諸道具やらの市がにぎわっていて暮らしに不便がない。大人がものを考えるのに適した街です。

実際、この街には有識の人が多い。そのうちのひとり、扇子問屋・京屋のあるじ三五兵衛という人の家にいまは厄介になっています。

もっとも、私はここでは大人の考えよりも、むしろ童心のほうがそそられる傾きがあるようです。

理由は景色です。名高い砂丘もおもしろいけれど、私はしばしば街の西にある、土地の人に「湖山池」と呼ばれている場所のほとりに立っています。見ていて飽きない。何となく「池」というより、越後の潟を思い出させるのです。

柿太もおなじことを言っていました。実際はこっちのほうがよほど広く、ところどころ小島まで浮かんでいるのですが、海が近いせいか、

「においが、潟じゃ」

鼻をひくひくさせています。冬には白鳥も来るそうです。ただし話を聞くかぎり、越後ほど多くないようですけれども。

ところで、この小島。

私は二度目に行ったとき、はじめて二種類あることに気づきました。ひとつはほんものの島。太古のむかしから土が盛り上がって草を生やし、木を生やし、何なら人を住まわせることも可能であろう世間普通の水中の陸。

もうひとつは人工の島です。人の手で大小の石をごろごろと放りこんで陸にしたもの。

地元の漁師は「石釜」と呼んでいますが、なるほど遠目には釜を伏せたような形状のそれが、たぶん百はあるでしょう。池の南のほとりに立って見ると、左半分、すなわち西半分に集中しているので、まるで水面そのものが黒と青に塗り分けられたように見える。こんな光景は、全国どこを探しても見られないのではないでしょうか。

この「石釜」、石の島の正体は何か。じつは漁具なのでした。水面下には石の隙間が無数にできる。魚が住みつくようになる。

漁師たちは島の上に立って、細い棒を持って、じゃぶじゃぶ隙間へ突き下ろす。魚を刺すのではありません。ただ突き下ろすだけ。じゃぶじゃぶじゃぶじゃぶ。これを何度もやりつつ石釜のはしっこから中央へ、中央から反対側のはしっこへと歩いて行くと、魚もだんだん追い寄せられる。

追い寄せられた先には、あらかじめ木箱がひそませてあるので、箱のなかは魚であふれ返ります。そこで落とし戸をストンと落とせば魚はすっかり閉じこめられる。

もう逃げられない。あとは漁師が上から手網(てあみ)をさしこんで魚の群れを悠々と桶へ移すだけ、というわけです。

一見、無駄なことをしているようですが、そのじつ冬の鮒(ふな)など一度で何百匹も取れるので、船を出して網を投げるより、よほど効率がいいそうです。昨年は特に豊漁だったとか。柿太など、

「また冬に来よう。そのさまを見よう」

しきりと言って聞きません。漁師たちが、

「雪のなかの仕事じゃぞ」

と戒めても、もとより越後者には何の効き目もないのでした。私が、

「旅に『また来る』は禁句じゃ。いま見えるものが見えなくなる」

と助言したところ、柿太はこんどは、

「なら越後に帰ったら、この石釜をやってみよう」

私は、首をかしげました。越後の潟は水が深いし、手ごろな石も得られるかどうか。正直むつかし

いことと思いますが、まあ、やる前に『できない』と言うのも人生の禁句。ここはひとつ期待しておきましょう。

鳥取なのに、魚取り(うおと)の話になってしまいました。申し訳ありません。もっとも、豊漁のあおりでしょうか、滞在している扇子問屋・京屋で毎晩毎晩、鮒ずしが出るのは、さすがに少し飽きています。あんまり口のなかが酸っぱくなったので、家の女中に、

「らっきょうの漬物に、蜜をかけてくれ」

と要求したら、

「しゃつかがない」

と言い返されました。この土地のことばで「常識がない」の意味だそうです。私は一瞬、オランダ語かと思いました。

房五郎

†

母上

長門(ながと)国の馬関は、私のこの旅で見た街のうち、おそらくもっとも賑(にぎ)わしい街でしょう。とにかく船、船、船の景色です。沖には数十石積みから千石積みまで、たくさんのベザイ船が帆をたたんで浮かんでいて、そのあいだを無数の小舟が行き交っている。荷物や人の上げ下ろしをしているのです。まあ柿太は、

「ふん。日本の船なんぞ、要するに桶の大きいやつにすぎん」

などと強がりを言っていますが、とにかく西国一の大湊。それはそうです。馬関の海はあたかも西洋人の使う砂時計の首のごとき位置にあって、船という船は、およそ瀬戸内に用事があるかぎり、みなこの狭い水の道を通り過ぎなければならない。そうして瀬戸内の奥座敷には「天下の台所」、日本中の品物が集まって値段をつけられる大坂の街があるのです。

しかしながら、これはまた、馬関が日本の最大の弱点でもあることを意味します。なぜなら外国船がここを砲撃して焼け野原にしたら、あるいは大挙して海そのものをふさいでしまったら、それだけで日本中の人々の暮らしが成り立たなくなるからです。

じつは弁慶の泣きどころ。だからここには外国船打ち払いのための在番衆という番兵が置かれています。きのうきょうの話ではなく、何とまあ百年以上も前、第八代将軍・徳川吉宗公の時代からだとかで、その早手まわしをよろこびたいのは山々ながら、かつてその役をつとめたという年寄りに話を聞いたら、

「萩から来て、魚食って、萩に帰った。それだけじゃ」

つまり、ろくに警備の仕事をしなかった。物見遊山に来たのと変わらないわけです。同役の数も少なかったようで、私はつい、

「この街を治める長州藩は、どうして百年ものあいだ安逸をむさぼっていたのか。いまごろあわてて砲台を設置すべしなどと言っているのは怠惰の辻褄合わせにすぎぬ」

むろん実際には長州藩はまだしも在番衆を置くだけましだったとも言えるので、こんなことからも、この藩がとにかく海防ということに関して肌を刺すような実感を持っていることがわかります。

ひょっとしたら、今後は異彩を放つかもしれない。そんなことを感じました。

房五郎

†

母上
本州を離れ、九州へ上がると、気のせいか一段と陽があたたかい気がします。

現在、肥前国唐津のご城下におります。もう十日くらい前になりますが、来て早々、地元の人々が「ひれふり山」と呼ぶ山へのぼってみました。

頂上からの眺めの美しかったこと！　旅の目的も忘れてうっとりしました。足もとでは虹の松原がくろぐろと着物の帯のように横にのび、その向こうには入江が白く輝いている。

入江は大海となって水平線になる。その水平線の手前に陸がかすんで見えましたので、山案内のじいさんに、

「あれは朝鮮か」

と尋ねたら、じいさんは鼻で笑って、

「みんな、おなじことを尋ねおるがのう」

「じゃあ対馬か」

「それもちがう。もひとつ手前、壱岐の島じゃ」

どうも人間というものは、知らぬ土地へ行くと、海に対して過大な期待を抱くもののようです。

きのうまでは、名護屋の城跡へ出かけておりました。さっきの「ひれふり山」からの眺めで言うと、入江の左をぐっと奥へ突き出させた半島の先にそれはあります。かつて豊臣秀吉が朝鮮へ出兵したさいの根城だそうで、当時は山のてっぺんに天守のそびえる本丸があり、周囲に家臣の屋敷があり、さ

らにその周囲には全国から来た大名の屋敷がひしめいていたというから壮大なものです。石田三成も前田利家も伊達政宗も、みんなここに馳せ参じていた。むろん家康公も。上杉景勝公も。ひょっとしたら大坂城や江戸城をすらしのぐ規模だったのかもしれませんが、いま行ってみると見る影もありません。狭い平地はことごとく水田と化していましたし、山は藪に覆われています。城番の姿が見えないので、その藪をかきわけて足を踏み入れれば、とつぜん見あげるほどの石垣に出くわしたりします。石垣は隙間だらけで、いまにも崩れて降って来そう。その上には分厚い森がのっかっています。崩れれば命は助からないでしょう。

柿太がたわむれに、

「逃げる稽古じゃ」

と言って、くるりと体の向きを変えて、二、三歩でひっくり返ったのは最初に行った日だったでしょうか。

地を這う蔓に足をひっかけたのですが、それでかえって蔓の下に石段らしきものを見つけました。私たちはそれを選んで斜面をのぼり、少しひらけた場所へ出ると、立ち木のあいだにちらちら海があらわれました。

かつて本丸だった場所なのでしょうか。翌日から私たちは何度もそこへ行き、木にもたれて、朝鮮は見えぬか対馬は見えぬかと手を目の庇にしたのですけれども、やっぱり壱岐しか見えないのでした。

昨日もそんなふうにして海を眺めて、さて帰ろうと石段を下りたとき、めずらしく男がひとり上がって来るのと出くわしました。

年のころは三十なかばか。腰に刀はありません。いきなり、

「どこの者だ。何しに来た。わしは」

と、自分から名乗りました。せっかちな性質（たち）なのでしょう。名前は忘れましたが、仕事は焼物師で、ふだんは唐津のご城下で茶碗や水指（みずさし）をこしらえているとか。いわゆる唐津焼の陶工なのでしょう。柿太が、

「われらふたりは、越後者じゃ。こっちは江戸ぐらしが長いがな。先般における黒船来航の国難にかんがみ、全国の海の守りをつぶさに目睹する旅の途上にある。ここへは豊太閤（ほうたいこう）（豊臣秀吉）の気宇（きう）の大きさを感じに来た。なぜなら彼は、海防どころか、進んで海攻めをおこなったからである。現今もっとも学ぶべき事績であろう」

　という意味のことを述べ立てると、

「わしの先祖は、その出兵のとき連れて来られた朝鮮人じゃ」

「それはよかった。朝鮮は未開野蛮の国じゃからのう」

「そうか」

　陶工はにこりともせず、

「ペリーもそう思って来たのだろうよ」

　お願いがあります。私たちは数日中に唐津を発ち、いよいよ長崎に向かいます。長崎では西浜町（にしはまのまち）の浜名津屋（はまなつや）という旅籠（はたご）に滞在する予定ですので、ここあてに、私が家に置いて出た蘭学の本をまとめてお送りくださいませんか。おりよく通詞に会えたら聞きたいことがあるのです。

房五郎

†

房五郎と柿太が、陸路、長崎に着いたころには、季節はもう夏のさかりをすぎていた。

予定どおり出島近くの西浜町・浜名津屋にわらじを脱いで、もう五日目である。この日はことに暑かった。夕方になると房五郎は湯を浴び、湯かたびらを身につけ、自室へ戻った。

縁側に腰かけ、女中に借りた支那（しな）ふうの円形のうちわを左手に持ってハタハタあおいだ。いくらか涼しいようだった。

あおぎつつ、右手で筆を走らせた。

腿（もも）の上には白い巻紙を広げているのである。うしろから柿太がのぞきこんで来て、

「また手紙か」

「ああ」

「おぬしもつくづく親離れできん男じゃのう。こんどは何じゃ。わしの悪口はよせよ。どれどれ……昨日みやげもの屋が持参した鼈甲（べっこう）細工がことに美しく、櫛（くし）の一枚も買うてさしあげたいと思うたが、貧楽の境涯ゆえご容赦ありたし……けっ」

房五郎のうなじを肘でぶって、

「なじみの芸者が相手じゃあるまいし。もはやおぬし、母親と婚儀をあげたらどうじゃ」

房五郎はうなじを手でおさえ、柿太をにらんで、

「おぬしこそ、一通くらいは書いたらどうじゃ。江戸で達磨屋にあれほどきつく言われたに」

「出がけに会って話したじゃろ」

「それはそれ、これはこれ」

「わしは……わしは、頭が良うない」

と、柿太の声がにわかに沈んだ。立ったまま房五郎の左右の肩へ手を置いて、

「おぬしのように頭が良うない。いや、聞け、まじめに話しておる。この旅でつくづく悟ったのじゃ。わしには手紙を書こうにも、書くことがないということをのう」

「書くことが、ない？」

「ああ、そうじゃ。どこへ行っても人とおなじものしか見られぬから、人とちがうところに目がつけられぬから、書くに及ばぬ。わしは生涯、大器にはなれぬ」

「………」

「おぬしは、なる」

「え？」

と房五郎が問い返すと、柿太は真剣な顔のまま、

「房五郎、おぬしは大成する。まちがいなく歴史に名を残す。ならばわしは、生涯、おぬしの世話にまわろうではないか。世話したやつが大成したなら、それは自分が大成したとおなじじゃからのう」

「おかしな理屈じゃ」

と房五郎が言うと、柿太は房五郎の肩から手を離して、

「涼みに出よう。とっとと手紙を書いてしまえ」

ふたりはほどなく、街へ出た。もう夕暮れではないが夜でもなく、濠(ほり)の水面(みなも)、灯籠(とうろう)の竿(さお)、櫓(やぐら)の屋根、飛ぶ鷺(さぎ)のくちばし、あらゆるものが深紫(ふかむらさき)の羅(うすもの)を身にまとうひとときは、また大人のなかの童心がいちばん芽吹く時間でもある。

ふたりは辻から辻へ、町から町へ、ただ話しながら歩きつづけた。

どうでもいいことばかり話しつづけた。それで楽しかった。長崎は急な坂道が多く、ひとつ上ったり下りたりするたび景色が変わるのも疲れを忘れさせた。

夜闇(やあん)が来た。ふたりの足は、おのずから明るいほうへ向いた。

長崎最大の遊郭、丸山町(まるやままち)に出くわした。その門をくぐるだけの金も度胸もないので、門から少し離れたところに立って、まだまだ語った。

「これから、どうする」

房五郎は問うた。柿太は、

「すっかり暗くなってしもうた。そろそろ宿へ帰って寝(ね)じたくを……」

「そういうことではない。今後の旅をどうするかじゃ。どの街をたどって江戸へ行くか」

「おいおい、房五郎」

柿太はあきれ顔になり、

「まだ長崎に来て五日しか経(た)っとらんのじゃぞ。佐賀藩がこしらえた新式の砲台とやらも見ておらぬのに、もう」

「話すくらいはよかろう」

「毎度せっかちなやつじゃなあ。まあいい。どうせ短い人生なら、せっかちなほうが濃くなる道理じゃ。おぬし何か腹案(はら)はあるのか」

「うむ。長崎を出たら、やはり九州の西海岸ぞいに南へ行きたいところじゃが、薩摩(さつま)はよそ者の立ち入りを禁じておる。その手前の熊本あたりで東へ折れて、日向(ひゅうが)へ出て、佐賀関(さがのせき)（豊後国(ぶんごこく)）から伊予(いよ)へ渡るのがいいと思うが」

「なるほど、四国か」

柿太は立ったまま片方のひざを前に出し、それを手で叩くことで賛意を示してから、

「四国を出たら？」

「それはやはり、淡路島(あわじしま)から播磨(はりま)へ行って、大坂、京を見なければ……」

「つまらん。大坂や京など誰でも見る。そんなところより紀伊(きい)に行こう」

「紀伊？」

「たしか鳴門(なると)の撫養(むや)から和歌山のご城下へ、渡し船が出ていたはずじゃ。和歌山は、うまいぞ」

「何がうまい」

「西瓜(すいか)が」

「すいか？」

「おう、そうじゃ。おぬしのような朴念仁(ぼくねんじん)は知らんじゃろうが、果物の一種でな。全体のかたちは、こう、大砲の砲丸(たま)を横にのばしたごときもので、黒い厚い皮に覆われておる」

「そんなに大きいのか」

「大きい。そうして棒か何かで叩き割ると、おつゆが滝のように落ちるのじゃ」

「滝のように！」

房五郎は、驚愕(きょうがく)した。柿太は鼻を天に向けて、

「そうじゃ、そうじゃ。味はまあ、真桑瓜(まくわうり)のうんと甘いものと思えばよろしい」

「ま、まくわうりの」

この世のものとは思われぬ。のどを猫のように鳴らして、

「して柿太、お、おぬしはその西瓜とやらを……」

「食っとらん」

しれっとして、

「和歌山へ行ったこともない。聞いた話じゃ」

「何だ」

房五郎が肩を落としたので、柿太は房五郎の背中を叩いて、

「何だとは何だ。まあ聞け」

柿太の語るところによれば、何年か前、糸魚川の柿太の家にひとりの行商人が来た。

行商人は紀伊の出身で、この地特産の紋羽という綿布を売りに来たのである。分厚く織った上で松葉や釘をもちいて起毛してあり、寒さをよく防ぐ。

おそらく越後は冬の寒さが格別と見て、期待して来たのだろう。ただこの男はそれよりも何しろ話がうまく、

「手前の故郷には、紀ノ川という川がありましてな。太すぎず細すぎず、橋がなく、それはそれは空のように青い川でしてな。綿花の畑はその川すじに広がっております。秋の末には実綿でいちめんまっ白になること雪のごとし」

などと多色刷りの錦絵でも目の前へ広げるように話すものだから柿太の父がすっかり気に入って、幾晩も引き止めた。その何晩目かに柿太もたまたま同席して、西瓜の話を聞いたのである。

「まあ結局、わが父は、その紋羽とやらは買わなかったがのう。それにしてもその紀ノ川の青い水面に上流から無数の吉野杉の筏があたかも黒豆のごとく流れて来るさまときたら……」

と柿太が見て来たように話しつづけるのへ、

「そんなに、いいか」

挑み声がした。

柿太は身をねじり、そっちを向いた。ちょうど遊郭の門から四人の男が出て来るところで、四人とも腰に刀を帯びている。そのうちのひとりが、

「そんなにいいか、和歌山は」

目が、すわっている。

酔っているらしい。ひいきの妓に薄情なあつかいでもされたのか、怨念のこもった口ぶりで、

「このご時世に、のんびり野遊山談議とはのう。意識が低い」

「はあ？」

「黒船襲来によってわが国がどれほど危殆に瀕しているか、その自覚がないと言うのだ。われら志士の爪の垢を煎じて飲め」

房五郎が、

――志士。

という語を耳にしたのは、これが最初である。もちろん『論語』その他にときどき出て来るから、厳密には、はじめてではない。

がしかし、そういう漢籍ではこの語はおおむね「仁者」、すなわち心が広く他人を愛する人という意味で使われているのに対し、いまこの武士はむしろ逆。いちはやく高邁な理想にめざめた者という意味で使っているようだった。心の広い人というのは、そんな傲慢な自称はしないのではないか。

柿太は、腹が立ったらしい。片足でうしろへ砂を蹴るようにして、

「何を申すか。わしらはまさにその自覚の故にこそ旅の途上にあるのじゃ。現にこいつなど、あえて久里浜まで行って……」

「よせ」

房五郎は、柿太の背中をひっぱった。そうして柿太の前へ出て、

「失礼しました。少々声高にすぎたようで」

お辞儀をした。この世で何が不毛といって、路上の言い争いほど不毛なものはない。だが武士はなお話を蒸し返して、

「和歌山にろくな者がおらんことは、いまの無駄話でもわかる。冬あたたかな紋羽をまとい、夏さわやかな西瓜を食むような安閑たる土地がどうして国難に立ち向かう名君を生み出すものか」

(名君)

その語が出たので、房五郎はようやく、

(ははあ)

真の主題を理解した。この武士は要するに、江戸城の将軍継嗣問題について論じたいらしい。

将軍継嗣問題とは、その名のとおり、次の将軍を誰にするかの問題である。現在その職にあるのは第十三代・徳川家定だが、この人は元来あまり頭が良くない上、風邪ひとつで枕があがらなくなるほど病弱で長寿が見こめず、子供もいない。天下周知の事実である。次代には養子を取らなければならぬ。

養子候補は、ふたりいる。

ひとりは御三家のひとつ紀州和歌山藩の藩主である徳川慶福であり、もうひとりは御三卿のひとつ一橋家の当主・一橋慶喜である。

慶福は、当年九歳。血統的には第十一代将軍・徳川家斉の孫にあたり、尋常の世ならばすんなり襲職できるところだろう。しかしながら現在は、尋常の世ではない。西洋人がむりやり日本と通商条約を結ぼうとし、その対応をめぐって国内政治が混乱する、未曽有の非常時代である。

それに立ち向かうには幼君ではだめだ、次の将軍は前例や血統よりも人間的能力で選ぶべきだというそれこそ未曽有の意見が越前藩主・松平春嶽、薩摩藩主・島津斉彬あたりから出て、天下に大きな

共感を得ている。その能力のもちぬしとして彼らが担ぎ出したのが一橋慶喜だったのである。

慶喜は、もともと水戸藩主・徳川斉昭の第七子だった。

だがその利発さと弁舌の才は早くから知られ、生前の第十二代・徳川家慶にも愛されて、一橋家の当主につけられていた。将軍候補という含みがある。もしも家慶が六十一歳で病没せず、もう少し長く生きていたら、あるいは凡愚で虚弱な実子・家定よりもこちらのほうを第十三代将軍としたのではないか。

慶喜の年齢は、現在十八歳。九歳の慶福よりは適格だろう。伝統に従うか改革に踏み出すか、慶福派と慶喜派はそれぞれ後世において南紀派、一橋派などと呼ばれることになるが、いずれにせよこの武士はおそらく一橋派のほうに属している、または強い共感を寄せているので、それで和歌山のすべてが悪く見えるらしい。ひょっとしたら、

(水戸者か)

柿太も、同様の推測をしたらしい。口をひらいて、

「おぬしら、水戸の家中か」

と聞いた。

その聞きかたがよくなかった。終助詞「か」kaの子音のほうに力を込めて「つか」kkaに近くする、いかにも挑発的な口調である。自分が賞賛した風土を貶されたことで、まるで自分自身が侮られたかのように感じたのだろう。相手の武士は、

「おう」

「水戸からはるばる、何しにこの長崎へ来たのじゃ。人の話を野遊山などと申すからには、ご当人はさだめし三蔵法師様さながらの清らかな苦行の途上にあるのにちがいない。ん？　あれ？　おぬしら

はいまどの門をくぐって出て来たのじゃったかな」

　彼らの背後には、丸山遊郭の門がある。房五郎が顔をしかめて、

「よせ。よせ」

　柿太の背中をまた引っぱった。武士は鼻を鳴らし、仲間の顔をちらっと見てから、

「この丸山は、むかしから毛唐の客を取っておる。その実態がどのようであるかを検分するのも、また志士の仕事である」

　柿太は即座に、

「くだらん」

「何？」

「そういう様子のいい名目のもと、要するに旅先で羽目を外しただけじゃろうが。志士なぞ人間の下手物じゃ。ただの時勢の便乗者じゃ。この男はちがう。きわめつけの上手のすじぞ」

「さっきから貴様、そっちのやつのことばかり。おい、そっち、名乗れ」

「上野房五郎と申します。名乗れと言われた故、名乗りましたが、大した者ではございませぬ。さ、柿太、もういいじゃろ。宿へ帰ろう」

　と、さらに強く引いたのがいけなかった。指がすべり、着物から剝がれ、柿太が前のめりになった。うつぶせに倒れるのを防ごうと右足を出した、その足が、相手の足を踏んでしまったのである。踏んだといっても、白足袋の外側が少し砂で汚れた程度。相手は横へ跳んで、甲高い声で、

「いい覚悟だ」

　刀を抜いた。

　しゃあっと小気味いい音がした。道ゆく人々が悲鳴をあげつつ、潮の引くように房五郎たちから離

れた。それでいて彼方へ去ることはせず、遠まきにして袖を引き合う。どうやら長崎の男女はなかなか物見高いようだった。

柿太も、腰に二本さしている。この道中では、房五郎の形に合わせたのだ。鞘に手をかけた瞬間、房五郎がその手に手をかぶせて、

「抜くな」

「房五郎！」

武士が鼻で笑って、

「腰抜けめ」

この時代の男子にとっては最大級の陵辱の語である。房五郎もさすがに体内の血管という血管がふくれあがったが、口では冷静に、

「人を斬るのが、志士なのかな」

相手の武士には、三人の仲間がいる。三人とも刀を抜いている。そのうちのひとり、いちばん奥にいるやつなど、これまで猫背だったのがにわかに背すじを伸ばしたので、夜空を突くほどになった。何を食えばこんなに大きくなれるのか。先頭の武士が、

「抜け」

挑発する。房五郎は、

「抜きませぬ」

「抜かせろ、房五郎」

と柿太は歯を犬のようにむきだしている。柿太は剣術の稽古などしたことがないのだから、抜いた瞬間、その首はうしろへ五間もすっとんでいるはずである。

房五郎もまた、したことがない。するだけの身分も環境もなかった。

（なぜ）

おのが出自を呪った。

門の向こうからは女の嬌声が聞こえ、男の爆笑の声が聞こえる。小憎らしいほどの平生ぶり。房五郎は我に返った。この「なぜ」は無意味だ。ないものを悔やむ暇があったら、あるものを利用するほうがいい。

房五郎の場合は、剣のかわりに、

（筆）

まわりを見た。棒きれでも落ちていたらと思ったのである。だが長崎の人はきれい好きでもあるらしく、小枝一本なかったので、柿太に、

「抜くなよ」

念を押してから、

「よいしょ」

自分の脇差を抜いた。

「む」

相手の四人全員、いっせいに腰を沈めた。臨戦態勢である。ただし房五郎は白刃をあらわしてはいない。黒塗りの鞘ごと帯から出したのだ。

「房五郎、おぬし何を……」

柿太が問うのには答えず、脇差を右手で持ち、身をかがめ、鞘尻を地に押しつけて、

「水戸は、どこに」

「何じゃと？」

武士たちが不審顔をするのへ、

「拙者は江戸にいたころ、糊口のため筆写の内職をしておりまして。なかには文よりも図のほうが多い本もありましたなあ」

鞘尻を動かしはじめた。とともに右へ跳び、左へ跳びして、大きく体の位置を移す。路上の砂にながながと引かれた線はあるいは屈曲し、あるいは伸展して、道いっぱいのかたちになる。

達磨屋という江戸一流の書肆にみっちり仕込まれただけあって、そこにあらわれた日本列島の地図は、即興のものとしてはかなり正確なものになった。

さすがに蝦夷地（北海道）の北のほうは曖昧だけれども、本州、四国、九州の形状はまるで鳥になって見おろしたかのよう。房五郎は脇差を持ち直し、その北関東へ歩いて行って、

「水戸は、ここ」

海に臨むところへ点を打った。そうして、

「仙台は、ここ。わが越後の新潟はここ」

どんどん点を打って行った。敦賀、鳥取、馬関、長崎。四国へまわって南海にのぞむ高知。大坂。東海道ぞいの名古屋。おしまいに、

「江戸は、ここ」

江戸湾の奥に点を打ち、武士たちを見て、

「これが何を意味するか、わかりますか？」

武士のひとりが眉をあげて、

「刀とは、もののふが命を賭ける戦いの具ぞ。絵道具に使うとは」

房五郎はため息をついて、

「わしはいま、海防の話をしております。全国民の命のかかった戦いの話です」

刀の鞘の鐺（こじり）についた砂を親指でこすって落としてから、

「この図を、よーく見てください」

人間というのは、かんたんな行動を命じられると意外とやってしまうものである。このときの武士たちもそうだった。刀をかまえたまま首をのばし、日本を俯瞰（ふかん）した。誰かの声が、

「みな、陸の際（きわ）じゃのう」

別の者の声が、

「だからどうした」

柿太までが房五郎の横へ来て、じれったそうに、

「いったい何がしたいんじゃ、房五郎」

ささやいた。房五郎は武士たちへ、

「そのとおりです。点はみな陸の際にならんでいる。すなわち、わが日本の国においては、主要な街はたいてい海ぞいにある。水戸も仙台も新潟も敦賀も鳥取も馬関も長崎も高知も大坂も名古屋も江戸も、みんな浜街（はままち）にほかならぬのです」

武士たちは合点が行くような行かぬような、微妙な表情をしている。房五郎は声を励まして、

「ここまで申して、まだお察しありませぬか。裏を返せば日本の街はたいてい海から滅ぼすことができる、軍艦に積んだ大砲でどんどん弾（たま）を撃ちこめば万事足るということです。みなさん海防海防と申しますが、そもそもわが国は、海防向きには出来あがっておらぬのです」

「砲台がある」

と、武士のひとりが反論した。かすかに切っ先を下げて、

「それぞれの街に砲台をならべて撃ち返せばいい。いくら異国の軍艦でも、穴をあければ沈むことは江戸大川の猪牙船とおなじじゃ」

「それだけの砲台が、いまのわれわれに造れますか」

「造れる。これから一番奮励して、十年、いや五年かけて……」

「その十年なり五年なりのあいだに向こうはもっと性能のいい大砲を積んで来るでしょう。こっちがいくら撃っても相手には届かず、しかし相手の弾はどかどか城の御殿をやぶる、寺や商家の屋根に落ちる。この差は埋まりませぬ。異国の者も一番奮励するのです」

武士たちは、釣られだしたか。ちらちらとおたがいの目を見ている。

（よし）

房五郎が脇差を腰にさしこんだとき、相手のひとり、例の大男が、びっくりするような低い声で、

「移転」

「え？」

「内陸の、艦砲のどうでも届かぬところへ街を移すのはどうじゃ」

「ほう」

房五郎はそいつを見直した。正直、思いつかなかった。そもそも日本の主要な都市がみな臨海部にあるというのは、書物から得た情報ではない。

この旅をしながら徐々に考えが固まった、いわば体得的な知見である。ほんとうはもっと固まってからまず柿太に話そうと思っていたので、この案は、まだ生煮えの汁へ新たな実を入れられたようなものだった。にわかに目を輝かせて、

「おもしろいですな。そのご案、究極的には遷都の案になりましょうな」

「遷都？」

こんどは大男が聞く番である。房五郎はうなずいて、

「はい、そうです。大樹様（将軍）には江戸を離れて、京や奈良へ動座いただく。地理的に近いのは甲府あたりか。おもしろい案とは思いますが、しかし現実的ではないようです」

二歩さがり、日本地図から距離を取って、

「なぜなら内陸には江戸ほど広い土地はありませぬし、だいいち米や塩や酒や諸色（各種商品）はみな大きな海船で運ばれて来るものです。これが川船や荷馬になるのでは、積み高に限りがある。多くの人口を養うことができなくなって、街そのものが痩せ細ります」

これもまた、旅をして現実の各地を見たからこその見識だったろう。大男は子供のように唇をとがらせて、

「じゃあ、どうする」

「艦隊です」

房五郎は、断言した。

「艦隊？」

と聞いたのは柿太である。房五郎はそっちへ目をやらず、武士たちを見たまま、

「ああ、そうじゃ。わが国もこれから黒船を何十隻も、いや何百隻もこしらえて、それを沖に」

そう言うと右足を出し、日本の下にザザッと音を立てて横線を引いた。

高知沖から江戸湾あたりまで、軍艦の列の防衛線。

「そ、それは」

全員、声から毒気が抜けたので、房五郎は意を強くして、

「艦砲ならば舵取りたくみに近づけばいいので、射程の問題はなくなります。陸上の砲台などいらないし、街を移す必要もない。これからは船です。しんじつ船の世になるのです」

ぴたっと語尾を止めて、

（決まった）

確信した。

反論の余地はあるまいと思った。現にほら、水戸者たちは、柿太まで、あんぐり口をあけてこっちを見ているではないか。

房五郎はこの刹那、

（未来）

きらきらしい自画像が見えている。

この妙案が建言となり、幕府に採用され、自分は出世する。老中か、側用人か、あるいは臨時の政事職か。何でもいい。事によったら将軍へ直接ものが言えるようになる。

そうなったら精勤また精勤、建言に次ぐ建言。人を動かし、制度をつくり、この国を病から救おう。もちろん身分という障害はあるけれども、なーに、乱世というのは誰もが創意に飢えている時代である。むしろ世間のほうが自分を放っておかないのではないか。

ずいぶん長い沈黙ののち、大男が、

「……おい、房五郎」

「何ですかね」

「おなじ」

「え？」

「そりゃ、こいつの案とおなじじゃ」

仲間のひとりを目で示した。ほかの三人がいっせいに、

「おなじじゃ、おなじじゃ」

「陸の砲台の案とおなじじゃ。陸の砲台はこっちが造る間に異国がもっと造ると貴様さっき申したぞ。それなら船も、こっちが百隻こしらえる間に二百隻こしらえる」

「あ」

「そもそも造り賃はどうするのだ。ご公儀や諸藩にそんな金があるか。金があっても資材があるか」

「貴様は越後の出なのじゃろう。越後の側にもおろしあ（ロシア）があるぞ。そっちの海へも船ならべるのか」

「長崎沖にも」

「三陸沖にも」

「日本をぐるりと取り巻かねば。いったい何百隻どころか、何千、何万隻になるか」

ことばの膾切りだった。房五郎は顔から汗が噴き出して、

「か、柿太」

助けを求めたが、柿太もまた肩を落として、申し訳なさそうに、

「わしも、そう思う」

「わっ」

と、笑いが起こった。

笑ったのは、武士たちだけではなかった。観客もまた芸者が転ぶのを見たような顔をしている。拍手しているやつもいる。房五郎は、赤面した。言われてみればそのとおりだった。こんな簡単なことにどうして気づかなかったのだろう。いや、気づかないというより、そこまで思案の手がのびていなかったのだ。

やっぱり考えが固まってから口にすべきだった。房五郎はいま、自分だけならいいけれど、柿太にも、ひょっとしたら越後の住民全員にも恥をかかせたのかもしれなかった。

武士たちは、満足したのだろう。

「もういい」

刀をおさめ、嘲(あざけ)りの口調で、

「よい旅を」

背を向けて行ってしまった。

観客も、みるみる減った。斬り合いを防ぐという目的だけは果たしたといえる。房五郎はうつむいて、

「……柿太」

「どうした」

「帰ろう」

「え?」

「江戸へ帰ろう。もう長崎の砲台なんぞ見んでもいい」

柿太はあわてて房五郎に寄り添って、二の腕をなで、

「怒ったのか。いや、ほれ、悪かった。うっかり口がすべってしもうて」

「ちがう」

顔をあげ、苦笑いして、

「おぬしの言うとおり、いまのは短見じゃった。わしはまだまだじゃ。何の妙策も見つけておらぬ。そのかわり」

少し間を置き、手のひらで自分の胸を叩いて、

「わし自身の生きかたは、見つけたぞ」

「おぬし自身の？」

「船じゃ」

房五郎は跳躍し、さっき足で引いた沖の線の上へ下りた。砂けむりが立った。そうして柿太のほうへ体を向け、立ったまま両手をひろげて、

「わしゃ、船乗りになる」

「ええええええっ」

と柿太が馬鹿声をあげたので、房五郎は顔をしかめ、耳をふさいで、

「落ち着け。柿太」

柿太は片足をあげ、子供のように何度も地面を踏んで、

「落ち着けと申したか、房五郎。これが落ち着いていられるか。何じゃと？　船乗りになる？　おぬしはいつもそうじゃ。何の前ぶれもなく人の意の外へ出て、それが当たり前のような顔をして。ちっとはわしの頭に合わせろ。一から説け」

またぞろ見物人が集まりそうな気配である。房五郎はあわてて柿太の肩を抱き、

「わかった。すまん。説明する」

歩きだした。めざすは逗留（とうりゅう）先の浜名津屋である。さしあたりは思案橋（しあんばし）をめざすべく川端へ出て、柳の木のならぶ川ぞいを歩きつつ、

「なるほどあれは愚説じゃった。軍艦を沖にならべて防衛線を張るなどと、水戸者どもが笑うのも無理はないな。ただわしは、未練なようじゃが、船へのこだわり自体はまちがってはおらぬと思う。どのみち日本は島国なのじゃ。幸も不幸も海から来る」

「こだわるあまり、自分で乗ると？」

「おお、そうじゃ。あたかも日本の海防を考えるためこの旅の空へ出たように、船のことを考えるにも、やはり自分で……」

「それとこれとは、ぜんぜんちがうぞ。旅はしょせん一時（いっとき）の苦楽、船乗りは一生の生業（なりわい）じゃ」

「たしかに」

と、房五郎はあっさり首肯してから、

「だが思い出せ、ペリーは政治をやりに来たのじゃ。もともと一介の船乗りにすぎぬやつが、大統領の親書を持ち、日本へ来て、国をひらけと強要したのじゃ。すぐれた船乗りは船乗りを超える」

「その意気は大いに買うが、房五郎、実際医業はどうするのじゃ。これまでせっかく何年もかけて、蘭方を学んで……」

「うん、やめる」

「それで一から経歴を積み直すのか。遠道（とおみち）ではないか。おぬしはもう二十歳（はたち）なのだぞ」

「仕方がない」

と、房五郎、ここのところは声を落とした。さすがに不安がある。人生五十年とするならば、その四割はもう消費してしまって取り返しがつかないのである。残り時間は長くない。まだ何事もなして

いない。

が、房五郎はもういちど、

「仕方がない」

わざと明朗につぶやいた。もともと自分には何もないのだ。生まれつきの身分もなく、大藩の人脈もなく、引き立ててくれる師もない。

世に出る方法は、ただ自己教育しかないのである。そうして教育というのは元来、近道が望めないというより、望んだ瞬間それでなくなるような何かだろう。たとえ遠まわりとわかっていても、房五郎は、やろうと決めたことをやるしかない。あたかも鬱蒼（うっそう）たる森の木を一本ずつ抜くようにして地を拓（ひら）き、畑を耕し、種を埋めることでしか収穫は得られないのである。

ふたりは、しばらく無言で歩いた。

思案橋へ出た。橋のまんなかへさしかかったところで、

「わかった」

柿太が立ちどまり、房五郎の顔を見て、

「わかったよ。好きにしろ。江戸に帰ろう」

「感謝する」

「紀州を経てな。西瓜は食いたい」

と言ってから、柿太はハタと手で橋の欄干（らんかん）を打って、

「通詞は？」

「え？」

「母上に手紙で申しておったではないか。蘭学の本を」

「あっ」

そうだった。おりよく通詞に会えたら聞きたいことがあるので家に置いた本をまとめて長崎へ送ってほしい、そう書いて出してしまった。

手紙が母のもとへ届き、母が荷を送り、その荷がこっちへ着くには順調に行っても一月はかかる。あのときはまだ長崎の諸所をゆっくり見てまわる気でいたが、こうなると、資料を引き取るというそれだけのために滞在をつづけるのは時間が惜しい、というより人生が惜しい。柿太が、

「そもそも何なのじゃ、聞きたいこととは」

と怒ったように聞いて来たので、

「さあ」

「さあ？」

「忘れてしもうた」

ほんとうだった。船乗りになると決めた瞬間、きれいさっぱり脳裡から消えている。房五郎は小首をかしげた。わがことながら、この生きかた、ひどく前のめりにすぎる。

「どうする」

「どうする」

「どうしよう」

「どうしよう」

房五郎と柿太は、思案橋で思案をはじめた。ふたりとも足をとめたままなので、行き交う人々が迷惑そうな目を向けている。

†

翌日、房五郎と柿太は、浜名津屋を出ることにした。

旅じたくを手早く終えて、宿代を支払う段になったら番頭が来た。ただしこれは多忙らしく、お金の受け渡しが終わると挨拶もそこそこに部屋を出て行ってしまったので、かわりに女中のうち、いちばん信用できそうなのを呼んで、

「名は、何と申す」

「そのです」

「おその。ひとつ、頼まれてくれぬか」

「何なりとどうぞ」

歯ぎれのいい口調だった。房五郎よりも年下、おそらく十六、七あたりだろう。房五郎はかくかくしかじかと事情を話して、

「これは、越後のわが母あてじゃ」

畳の上に一通の手紙を置いた。そうして、

「このなかで、わしは母上にこう申しておる。『前便で申し上げた件ですが、もしまだ書物をお送りになっていないようでしたら取りやめとし、ひきつづき手もとに置いてください。もしも発送してしまっていたら、こちらで何とか致します。ご放念ください』と」

「は、はい」

おそのが不安そうな顔をした。房五郎は身をのりだし、いっそう熱をこめて、

「そういうわけで、この宿にはもしかしたら本の荷が届くやもしれぬ。届いたら、わしに手紙をくれ。わしは江戸におる。住まいは決まっておらぬけれども、決まったら、すぐにおぬしへ手紙を書く。おぬしはそれで宛先を知る」

「あ、あの、もういっぺん」

「うむ」

房五郎は、おなじ話を繰り返して、

「手を出せ」

「え？」

「手を」

おそのがおずおずと差し出して来た右の手のひらへ、房五郎は、一朱銀（いっしゅぎん）ふたつを置いた。鳥取で世話になった扇子問屋・京屋のあるじ三五兵衛が、

「旅というものは、長い旅でも短い旅でも、かならずお金の使いどころがありますから」

と言って渡してくれたものである。

「おぼえたか、おその。頼んだぞ。わしには大事な本なのじゃ」

手のひらが、ひらいたままである。房五郎はつい指を無理に折って握らせて、

「痛っ」

おそのが、手をひっこめた。

「あ、す、すまん」

おそのの顔は、困惑というより、親の死に目にでも会ったかのように鬱（うつ）している。これほど複雑な業務を委託されたのははじめてなのかもしれない。

（だいじょうぶか）

が、ほかに手段はなかった。それにしても若い女の手がこんなに脆いものだとは、そうしてこんなに匂いやかなものだとは、どの医学書に書いてあったか。おそのは右手を頰にあてて、しばらく身をすくめていた。

浜名津屋を出てからは、房五郎と柿太は、あらかじめ話し合っていたとおりの道程をたどった。佐賀関から四国へ渡り、四国から紀伊へ渡り、西瓜の赤い汁で口のまわりをべたべたにして、伊勢から東海道に入った。

しかしそのまま江戸には入らず、道をそれて伊豆半島の先端近くの下田へ達し、下田から海路を採って浦賀水道を経由して江戸湊へ入ったのだから最後の最後まで海防にこだわっている。

船を乗りかえて日本橋あたりで下り、当面の宿をさがそうという段になって、柿太が、

「房五郎。別れじゃ」

「え？」

「わしはこのまま糸魚川へ行く。家へ帰るわい。おぬしと四六時中いっしょにおったせいで、こっちまで母親の顔を見とうなったわ」

「そうか」

房五郎はにっこりした。柿太は、

「次の旅も、きっと声をかけろ」

「ははは。わかった」

「きっとじゃぞ」

ふたりは別れ、房五郎はひとり、なつかしい都会の風景を見て歩いた。人が多い。誰もこっちを見

ない。自分は無力な学僕に戻ったのだと思った。

北への旅

しかし房五郎（ふさごろう）は、無力ではなかった。

旅の前には日本橋四日市町（よっかいちちょう）の書肆（しょし）・達磨屋（だるまや）に筆耕の仕事をもらっていたことは既述したが、その筆耕仲間である西村という同年代の武士に会って、

「誰でもいいから、旗本をひとり紹介してくれ。以前の長尾全庵（ながおぜんあん）様のお屋敷でのように厄介になりたい。雨露（あめつゆ）しのげれば何でもする」

と頼んだら、

「それなら、うちへ来い」

と言って来たのが、何とまあ千四百石取りの旗本・設楽弾正（しだらだんじょう）だった。

大身（たいしん）である。しかもその待遇は、雨露しのぐどころの話ではなかった。はじめて挨拶（あいさつ）へ出たときにはもう設楽弾正その人がみずから座敷へ出て、

「房五郎。おぬしは諸国を歴巡したのじゃな」

まだ二十代、房五郎の兄のような年齢の人である。

「は、はい」

「これからしばらく、三、四日に一度、その視聴したところをわしに講ぜよ。ゆくゆくわしがご公儀枢要の職に就いたあかつきには公務上の意見も求めるであろう」

と言うのだから単なる居候ではない、一種の相談役である。正式な家臣ではないにしろ、いや、或る意味では家臣以上の存在になったわけだ。房五郎はつくづく、

（ここにも）

そう思った。ここにも世の情報に飢えている人がいる。房五郎が時代を必死で学んでいるように、時代もまた、どうやら房五郎を学ぼうとしはじめているらしかった。

設楽弾正は、まじめな人だった。

きっちり三、四日に一度、房五郎の話を熱心に聞くばかりか、場合によっては関連の本を例の達磨屋に持って来させて買い入れたりした。

何でも弾正は幕府直轄の学問所・昌平坂学問所の長だった林述斎の孫（娘の子）にあたるのだそうで、いわば生まれつき血管のなかで書巻の気がぶつぶつ泡立っている感じがある。まじめな人だけに、

「房五郎、いずれ家臣にしてやろう」

と言ってくれたのは房五郎のほうがびっくりした。千四百石の旗本の家臣なら、江戸ではそうとう威張って暮らすことができる。生活の心配もない。田舎者の一生としては大成功の結末だった。

が、だんだん、

（これでは、だめじゃ）

と思いはじめた。

いつもの向上心、または悪い癖である。なるほど最初のうちこそ偉い人の知恵ぶくろという地位は房五郎を満足させたけれども、旅の話など、しょせん過去の話である。弾正の勉強にはなっても自分

の未来への準備にはならない。なので翌年、弾正に、

「お世話になりました。ついては系図調御用・江原桂介殿のところにご厄介になりたいので、ご紹介いただきたく」

厚かましさは、成長したかもしれない。弾正があわてて、

「あれは、六百ぞ」

と言ったのは、かなりの格落ちという意味である。江原家は六百石取りの旗本なのである。房五郎は畳の上に両手をついて、

「承知しております。が、噂によれば江原殿はちかぢかご転任となり、船手頭に就かれるとか。わしは軍艦に乗り組みたいのです」

船手頭とは幕府機構の一職で、家康のころから存在し、幕府所有の船舶の保管と運用を担当する。そこには最近、はじめて西洋式軍艦が加わった。オランダ国王ヴィレム三世より外輪式蒸気船スンビン号の献呈を受けたのである。

日本がはじめて所有した蒸気船ということになる。スンビン号は長さ約五十メートル、幅約十メートル。百五十馬力の蒸気機関一基を設置し、三本マストの帆と合わせて順風時には最高五ノットの速さで走ることができる。

艦砲六門を装備している上、船齢も五年とまだ若い。これを幕府は「観光」と改名した上で、長崎に係留し、練習艦としているという。新しく着任する船手頭は、当然のこと、その「観光」の乗組員についても強い決定権を持つだろう。

設楽弾正は、

「わかった、房五郎。元気でおれ」

と、あっさり応じた。貴人の情(じょう)の薄さだろうか。あるいはもはや聞くべきことは聞いたというような感情だったか。

房五郎は身辺を整理し、江原家へ行った。当主の江原桂介は壮年で、ごく鷹揚(おうよう)に、

「そうかそうか。それでは当家に滞在するがいい。わしにも旅の話を聞かせてくれ」

房五郎は、

(わしの人生、上げ潮か)

有頂天になった。だが潮は上がらなかった。ほぼ確実視されていた江原の船手頭への就任が、とつぜん取りやめになり、別の人が就いたのである。

江戸城内のつまらぬ派閥あらそいの余波なのだろう。江原は房五郎を呼び出してそのことを告げ、

「このたびは残念じゃったが、ま、いずれ就くこともあるだろう」

淡々たるものだった。どうやら役人の人事とはそういうものらしいが、房五郎はその「いずれ」が嫌なのである。

いずれ、いずれで白髪(しらが)になるのは耐えられぬ。現在の系図調御用という役目がどんなものか知らないが、おおよそは徳川家や旗本や諸大名の系図を厳密に調査して書き残すというようなものだろう。そんな後ろ向きの仕事をつづける人のもとには一日も長くいられない。房五郎はまた身辺を整理したが、しかし家を出るのは、こんどは躊躇(ちゅうちょ)した。短いあいだに何度も寄寓(きぐう)先を変えるのは、それはそれで好ましくない。飽きっぽいとか、堪(こら)え性(しょう)がないとかの評判が立ってしまっては元も子もないのである。

仕方がなかった。房五郎はしばらく江原家で無為の日々を送った。今回ばかりは判断を、

(誤った)

一日に十度、後悔した。自分の頭を殴る日もあった。だが或る日とつぜん、

(正しかった)

ひとりの客が来たからである。房五郎がたまたま外出しようと門を出たとき、背は低いが見るからに筋骨の発達した、それでいて鋭敏そうな目をした男とすれちがったのである。

年は、四十前後か。あとで門番に、

「あれは、誰じゃ」

と聞いたところ、

「竹内卯吉郎殿ですよ。ときどき見えます」

「た、たけのうち」

房五郎は、天にも昇る心地がした。人生が、

(変わる)

直感した。

竹内卯吉郎という名を、房五郎は、じつは長崎にいるとき何度も耳にしている。

一種の超人の名だった。剣術においては神明武信流の免許皆伝、柔術においては良移心当流の免許皆伝。学問においては長崎在住の高名な国学者・中島広足門で国学と和歌を修めて成績きわめて優秀とされ、さらには高島秋帆という、ペリー以前から西洋式を研究している銃砲の大家の門下となり、ここでも技術の習得が抜きん出ていた。

文武両道というか、和洋兼用というか。

家業である長崎奉行の地役人(土着の役人)の職は兄が世襲した。卯吉郎自身は次男なので本来ならば就けぬにもかかわらず特例をもって就いたときわずか十六歳。役は船番役だった。

房五郎は柿太（かきた）と、

「そんな人なら、会いたいのう」

「会ってくれるかのう」

などと例の浜名（はまな）津屋（つや）で話し合ったものだが、このときは気おくれがして、会わずに帰って来てしまった。

その神童が、何とまあ向こうから来てくれたのである。いまは四十をすぎているから元神童というべきか。房五郎は、つま先で飛ぶようにして廊下を行き、江原桂介の前へ出て、

「いま門番より、竹内卯吉郎殿がおいでになったと聞きましたが」

「おう、房五郎か」

と、桂介はこの日もにこにこしている。とにかく好人物なのである。

「きょうはもう帰ったが、しばらく江戸におるらしいぞ。何でも長崎でとうとう日本人だけで蒸気機関の木製の模型（ひながた）をこしらえることに成功したとかで、その模型を、水戸（みと）のご老公（水戸藩前藩主・徳川斉昭（なりあき））に披露しに来たとか。ご老公は江戸ご定府（じょうふ）じゃからのう。この屋敷へは、ついでの用じゃ」

「か、か、か」

「どうした？　痰（たん）でも吐くか？」

「『観光』で？」

房五郎は、その一点に関心があった。もしも軍艦「観光」で来たのなら、それはいま江戸湾に浮かんでいるはずである。この目で見に行くことができる。

桂介はほのぼのと爆笑して、

「『観光』が江戸に？　そんな馬鹿なことはありはせん。何しろ日本人だけでは本物の蒸気機関は動

かせんのじゃから、長崎に係留しっぱなし、まあ蟄居謹慎みたいなもの。竹内殿はてくてく東海道を歩いて来たのじゃ」

「なんだ」

房五郎は、落胆しない。やっぱり熱のこもった口調で、

「で、その、このお屋敷へのついでのご用とは？」

「ああ、まあ、ただの挨拶じゃ」

「はあ」

「わしもいずれは船手頭のお役に就くであろうから、いまのうちに顔をつないでおこうと、本人がそう思ったのか、あるいは長崎奉行に言われたのか」

「次はいつ見えます」

「さあ。他の大名のもとへも行かねばならぬと申しておったが……」

「ぜひぜひ、お招きを」

房五郎はひざを進め、痰どころか心臓まで吐き出しそうな勢いで、

「そうして酒食をさしあげ、寝床も用意して、幾晩でも話を聞かせていただく。わしにも陪席をお許しください！」

地方の篤志家の気持ちがわかったような気がした。桂介は身をそらし、目をぱちぱちさせて、

「お、おう」

半月後、竹内卯吉郎は江原家へ来た。

桂介が晩めしを用意して、房五郎にも陪席を許したので、房五郎はついに伝説の人と口をきくことができた。

はじめは緊張したけれども、めしには酒がついている。房五郎は手酌でどんどん飲んで、求められるまま旅の話をしたり、久里浜にペリーを見に行った話をしたりするうち、気が楽になった。長崎の丸山楼門外で水戸者にからまれた話をすると、

「ああ。それは」

と、竹内は、ふところから懐紙を出すような自然さで事態の背景を解説した。

「水戸のご老公は、現在、ご公儀の海防参与の職にあられるのでな。複数の藩士を派遣して様子を調べさせている。たちの悪いのもいる」

まことに、情報の時代である。このころには桂介は酔いつぶれてしまっていて、床柱にもたれて首を折り、くう、くうと上品な鼾をかいていた。

房五郎は、竹内卯吉郎とさしで飲むかたちになった。竹内は九州者だからなのか、それとも海の男だからなのか、いくら飲んでも口調を乱さず、

「ご老公はまあ、勉強熱心ではあるな。もっともこれは他の大名もおなじじゃ。譜代と外様とを問わず、多くの名家がわしに蒸気機関の模型を作製して献上せよと言って来る」

「よいことで」

「くだらん」

と鼻を鳴らしたのは、多少、房五郎に気を許したのだろうか。

「わしは木彫り屋ではない。海兵じゃ。万が一、異国の船が攻めて来たら、オランダにはオランダの都合がある。助太刀してくれるかどうかはわからない。日本の軍艦はわしが操るしかない。そのわしにこんなことで時間をつぶさせて、ほんものの蒸気機関の運転の稽古をさせぬなど亡国のしわざではないか。その人も」

と熟睡中の桂介を手で示して、

「性格はいい。平和な世ならお釈迦様だ。だがそれだけに事態の切迫の度を理解できぬ。この前もそうじゃった。ゆくゆく船手頭になろうという方ならぜひ江戸に海軍の学校をこしらえてほしい、ご公儀に金を出させてほしいと根まわしを懇望したのじゃが、何か、どうしても、役人流の挨拶に来たとしか思われぬ」

「………」

房五郎は何も言えない。ぐいぐい杯を干していると、

「まあ、これは、江原氏だけではない。江戸の旗本の通弊じゃ。こんなことでは国が滅びる」

「酒を持って来ます」

立ちあがって竹内の膳から、そうして自分の膳からも、お銚子をすべてお盆に移して台所へ行った。厨じたくは、お手のものである。お湯を沸かして燗をつけ、お盆にのせて、塩豆を盛った小皿ものせて、火元をたしかめ、座敷へ戻る。

それぞれの膳にふたたびお銚子の林ができる。もっとも、この間、

(こうなったら)

房五郎は、或る決意を胸に秘めている。

自分の席につき、しばらく黙って酒を飲み、塩豆をかじった。何かの会話の流れをとらえて、いっきに、

(ぶつける)

房五郎は、機会をうかがった。

竹内も、淡々と杯を上げ下げする。ようやく少し笑って、

「おぬし、強いな」

房五郎は、

「越後者なので」

「長崎もその方面の猛者は多いが、わしについて来る者となると、五年、いや十年ぶりか」

（長崎）

来たと思った。杯を置いて、正座し直し、竹内に正対して、

「竹内殿、お願いの儀が。わしをこれから……」

「ならん」

「え？」

竹内は杯の手をとめず、塩豆をひとつぶ口のなかへ放りこんで、

「わしをこれから長崎へ連れて行ってくれ、そう言いたいのじゃろう？　そうして出島に係留している『観光』で操船の手ほどきをしてくれと」

そのとおりだった。房五郎は目のまわるような心地がして、

「なぜ、おわかりに」

「顔にでかでかと書いてあるわ。だがわしの見るところでは、房五郎、おぬしはものを考えているようで考えておらん。さっきの旅の話にしても、ペリーを見に行った話にしても、あんまり行動が唐突にすぎる。兵は拙速を尊ぶというが、おぬしのはただ拙いだけじゃ」

「そ、そ」

房五郎は、舌がもつれた。

首から上が燃えあがった。人生の態度をここまで否定し去るなど、郷里の母にもされたことがない。

竹内は声音を変えることなく、

「がまんは出世の基本じゃぞ。おぬしはここで江原氏に仕えよ。六百石の脛（すね）をかじれ。そうして芯から江原氏の役に立つのだ。いずれ船手頭になれるように」

これに返事するかのごとく、桂介が、

「ぐう」

鼾をひとつ高鳴らせた。と思うと首をいよいよ深く垂れ、ぽろっと落ちんばかりになる。そこからは涎（よだれ）がひとすじ、ゆっくりと、銀色の蜘蛛（くも）の糸のように降りて行った。

房五郎は、納得できない。また竹内を見て、

「それでは竹内殿、さっきと言っていることがちがうではありませんか。さっきは江原氏は亡国の徒と」

「江原氏ひとりを亡国の徒とは申しておらぬ。世の旗本はたいていそうだと申したのじゃ」

竹内が静かに首をふると、房五郎は、

「そんなの言いのがれです。わしはもう若くない。こんなところで居候同然に……」

「六百石の居候ぞ。尋常の者が得られる立場ではない。よいか、房五郎、おぬしはいま、おぬしの思う以上に出世しておるのじゃ。わざわざ捨てることはない。ここはみだりに小機に飛びつかず、じっくり大機の来るのを待つのが吉ぞ」

「わしはどうしても『観光』に乗り組みたいのです。それには長崎へ……」

となお食いさがろうとする房五郎へ、

「わからんのか」

竹内は杯を置き、人さし指の爪でコンコンと膳のふちを打って、

『観光』なら、この江戸で待て」

「え？」

「おぬしが長崎へ行かずとも、わしが長崎から持って来てやる。約束する」

房五郎はこの瞬間、

（あっ）

延髄が痙攣した。

「先生」

正座したまま四、五尺ずりずり後退して、平伏し、

「弟子になります」

「おい」

「いや、まこと、わしを弟子にしてください。おことばのとおり毎朝毎夕ここにおります故、またぜひお越しください。いつでもお迎え申し上げます。燗もつけます」

竹内は苦笑いして、また杯を口へ運びつつ、

「声が大きい」

桂介のほうを手で示した。桂介はくにゃりと前へ体を折って動くことなく、覚醒のきざしはない。

竹内は、

「よし」

たてつづけに三杯あおって、

「なら燗をつけろ。塩豆をもっと持って来い。ここからは相撲酒じゃ。わしが師じゃとて遠慮は無用」

「はい！」

結局、その晩、ふたりでどれほど飲んだものか。房五郎は四十本までは数えたが、あとはよくわからず、目ざめたとき竹内はいなかった。

†

房五郎はそれから二年、がまんした。二年間逼塞した、と言ってもいい。房五郎は実のあることをしなかった。江原桂介の使いっ走りをしたり、酒の相手をつとめたり、城へ上がるさいのお供をしたりと他愛ない仕事のみ。

江原家そのものは居心地がいいだけに、

（こんなことで、だいじょうぶか）

その疑問が日ごとに増した。やっぱり飛び出してしまおうと思ったことも何度もあったけれども、房五郎にとって幸いだったのは、この間、世の中もほとんど前へ進まなかったことである。世相の芯というべき日米関係が膠着状態になったのだ。

そもそものペリー来航から説くならば、ペリーは結局、二度来日した。房五郎が久里浜でその上陸をまのあたりにしたのが一度目であり、その半年後、黒船を三隻ふやし、合計七隻でもって江戸湾にあらわれたのが二度目だった。

二度目のときにペリーは幕府とのあいだにいわゆる日米和親条約を結ぶことに成功し、満足して帰った。正式な国交の開始だった。これ以降、幕府はイギリス、ロシア、オランダとも同様の条約を結ぶことになるが、先行者たるアメリカは意外にも次の行動が遅かった。日米和親条約の締結から二年あまりも後になって、ようやっと公式の外交官を送りこんで来たのである。

初代駐日総領事タウンゼンド・ハリスである。彼の目的は幕府に貿易をやらせることだった。そのためには新たに通商条約を結ぶ必要があるので、下田に駐在し、折衝を開始した。

これが長びいた。幕府がわざと長びかせたのである。そんな条約を結んだら異人ぎらいの世論の逆上をまねくと恐れたからでもあるが、もうひとつ、ハリスがこれに打ち添えて、将軍との会見を要求したことも大きかった。そんな非常識なこと――国際的には常識であるが――できるはずがないではないか。

ハリスは、下田で無為の日々をすごした。それは一年三か月にもおよんだ。よくまあ忍耐したものであるが、もともと彼は初等教育しか受けておらず、働きながら独学で数か国語を習得したという刻苦勉励の人であり、しかも敬虔なキリスト教徒だった。よほどの自制心のもちぬしだったらしい。

とにかく、ハリスと幕府の暗闘は表沙汰にはならなかった。世間はいちおう太平楽、房五郎も人生の猶予をあたえられた。もっとも、房五郎自身はそんなふうには思えない。一刻も早く、

(船に乗りたい。船に乗りたい)

そのことばかり考えている。

江原家には、たまに竹内卯吉郎が来た。来るたび桂介と密談して、それから房五郎を呼んで酒になった。

(何か、ある)

その気配は、房五郎も感じている。酒の席のつど急きこむようにして、

「『観光』はまだですか。まだ江戸に来ませんか」

ふたりは顔を見合わせて、

「まあな」

ことばを濁すばかりだった。それはそうだろう。これは単なる船ひとつ回送するしないの話ではない。まがりなりにも一国の海軍に関する機密事項に属するのである。

そのかわり竹内は、例によって酒に弱い桂介が寝てしまうと、西洋船について教えてくれた。和船との構造のちがいから始めて、蒸気機関のしくみ、操船のしかた、乗組員の職位制のありかたまで、ときには絵や図まで描いてくれた。房五郎は毎回わくわく聞き入ったが、しかし何といっても座学は座学である。こういうことはやっぱり、

（実地で）

或る時期から、竹内が江戸に来る頻度が急に上がった。多いときには三月（みつき）に二度も来た。

（こいつは）

房五郎の胸が期待にふくらみ、江原家の庭の桜のつぼみもふくらんだ三月のはじめのよく晴れた日に、房五郎は桂介に呼び出されて、とうとう、

「長崎を出たぞ」

と言われたのである。房五郎は、

「竹内先生が？」

「ああ、そうじゃ」

桂介はにやっとして、

「『観光』に乗ってな」

「え！」

「おそらく月末(つきずえ)には着くであろう。そうしたら『観光』は練習艦になる。生徒は江戸で募り、築地(つきじ)に集めることになる」

「築地に？」

房五郎が首をかしげると、桂介はひざを叩(たた)いて、

「おう、そうじゃ。築地には軍艦教授所ができるのじゃ、ご公儀の賜金(しきん)によってな」

朗報に次ぐ朗報である。房五郎はすぐに両手をついて、

「ならば、その教授所にぜひこのわしを……」

「入れろと申すのであろう？　房五郎。知れておったわ。正式には直参(じきさん)の旗本、御家人しか生徒になれぬが、おぬしひとりなら紛れこませることができる。大いに学べよ、この江原桂介の顔でな」

「顔？」

「わしも就任が内定したのじゃ。船手頭に」

世に、このような幸福があるだろうか。房五郎は目が痛くなった。自分の人生もまたこの狭い湾から大海原へ乗り出そうとしている、その手ごたえがあった。

「かたじけのうございます。かたじけのうございます」

ほかのことばを思いつかなかった。桂介は鼻を天井へ向けて、

「いやはや、長らく内緒にしておったがのう。城内のお偉方への工作(しこみ)は苦労したわい」

安政(あんせい)四年（一八五七）三月二十八日、「観光」江戸品川沖着。

房五郎は、走って見に行った。

水平線の上に船があらわれ、ゆっくりと大きくなった。ぐいっと旋回して左舷(さげん)を見せ、そのまま停止する。房五郎はその三本マストや、外輪や、煙突の黒い煙や、船首の先にのびる槍状(やりじょう)の斜檣(しゃしょう)をすっ

かり視野におさめたが、しかし感動はしなかった。それまで竹内にさんざん聞いていて、絵まで描いてもらったとおりの形状だったからである。

「観光」から短艇が下りる。次々と左のほうへ漕ぎだして行く。そっちに船着き場があるのだ。船着き場は隅田川河口付近の西岸、徳川家の別荘である浜御殿に設けられたという。或る意味、江戸第一等の港である。

あの短艇のどこかに、

(竹内先生が)

房五郎は、その姿が見える気がした。竹内はさだめし海風を受け、胸を張って立ち、きびきび船員を叱咤しているのだろう。その声は船将らしく、よほど、

(堂々と)

だが「観光」に通いはじめて、房五郎は、

(こんなものか)

失望した。

まず船長が竹内ではなかった。もっともこれは多少予期していた。竹内は長崎の地役人である。「観光」はいやしくも将軍が保有する唯一の西洋船であり、いざとなったら御座船にもなるからには、その船長はもとより船員もすべて直参であるべしという幕府の基本思想に照らせば適任ではない。

実際、船長は、矢田堀景蔵という旗本だった。江原桂介いわく、

「矢田堀は、できるぞ」

だそうだが、何でもまだ二十代とのこと、

(しょせん、お飾りか)

房五郎はそう疑っている。竹内の地位はその下働きというか、せいぜい機関長といったところで、それでも破格の抜擢なのだ。

房五郎もまた同様のあつかいだった。操船の稽古こそ江原の顔で参加させてもらえたが、正式な軍艦教授所の生徒——やはり直参の旗本と御家人しかなれない——ではないので、築地の校舎での授業には列席を許されなかった。

授業のなかには、化学や数学といったような基礎科目もふくまれる。座学も重要なのである。

（けっ）

房五郎は、腹が立った。

生徒のなかには明らかに意欲のない者があり、たいてい態度が横柄だった。ときには「観光」での稽古中、船付きの中間か何かと思ったのだろう、

「おい、貴様。のどが渇いた。茶を沸かせ」

などと房五郎に言う者もあった。

房五郎は何も言い返さず、そのとおりにした。何かの拍子に喧嘩になったら下船させられるのは房五郎のほうなのである。ほかにおなじ境遇の者はなく、房五郎には友達がひとりもなかった。

こんな日がつづくと、思考も視界も偏狭になる。「観光」自体がみすぼらしく見える。なんだ、こんなからくた船。全長も全幅もあのアメリカの黒船とくらべると少し小さいようじゃないか。国王が威信をかけて贈ってよこした船がこの程度ということは、オランダなど、じつは大した国ではないのではないか。日本のお手本にはならんのではないか。

それに加えてもうひとつ、房五郎には、竹内の存在もまた負担になった。

師の竹内卯吉郎。軍艦教授所ができてから、この人は、急に人間の発光量が乏しくなったのである。

秋の蛍を見るようだった。房五郎が船に来ると、しきりと、

「房五郎、房五郎」

手まねきしてくれる。

ほかの生徒をさしおいて、房五郎だけにボイラーの蒸気圧が下がったときの臨時的な対処法やら、帆の洗濯のしかたやら、船酔いしない茶の飲みかたまで手とり足とり教えてくれる。

「うまいぞ、うん。うまいぞ」

ほめて伸ばそうとしてくれる。房五郎も最初は単純にうれしかったが、しだいに、これは、

（ちがうな）

一種の依存心というか、同病相憐れむというやつではないか。そう思うようになったのである。

なぜなら竹内も、生徒に見下（みくだ）されていた。わかりやすいのは、ことばだった。「観光」船上では、基本的には航海用語はオランダ語ないしオランダ語ふうの日本語を使う。船長はスケップル、旗役はフラッカマンという具合である。

竹内は、これらを口にするときも長崎なまりが抜けなかった。一般にこの地方の方言では母音oがuになりやすく、たとえば「小路」はシュージになる。

このため彼のオランダ語も、アンカルゴーキ（楫役（かじやく））がアンカルグーキになり、マタロース（水夫の帽子）がマタルースになった。生徒はみな旗本か御家人である、ということは舌のよくまわる江戸っ子である。竹内が来ると、

「ああ、ほれ、マタルースが来たぜ」

聞こえよがしに言っては笑うのである。かりにも教授である人に対してこの態度。身分意識と都鄙（とひ）感情の打ち重なった、人間という動物のどうしようもない醜悪な一面にほかならなかった。

或るとき房五郎が、いつものように、

「竹内先生」

と呼んだら、竹内は肩を落として、

「わしは、師ではないよ」

蛍の火が消えた。自尊心の重要な部分が息絶えたのだ。

つまるところ、竹内は生まれるのが早すぎた。その生涯の頂点はおそらく「観光」を操り、波を割って江戸湾に入った瞬間だったろう。この時点で四十五歳、海の男としては体力的に限界だったのかもしれない。竹内はこののちまもなく軍艦教授所をやめ、故郷長崎に引っ込んで和歌に熱中した。人にも手ほどきしたらしい。本人はこちらのほうも操船に負けず上手だと思っていたふしがあるが、どうだったか。余生は案外長くなく、文久三年（一八六三）に死んだ。五十一歳だった。

竹内卯吉郎という人物の歴史的意義は、何といっても、日本の近代海軍をいちばん基礎的なところでゼロからイチにしたことにある。それだけで一代の大才を消費しつくし、矢田堀景蔵、勝麟太郎（海舟）、榎本釜次郎（武揚）といったような次世代の偉人を準備した。縁の下の力持ちといおうか、貧乏くじを引いたといおうか。

いや、竹内の功績はもうひとつある。封建的身分制度という巨大な堤防に小穴をあけたことである。竹内は軍艦教授所の教授だった。長崎の地役人がとにかくも地役人の身分のまま江戸の旗本や御家人を指導する立場になったわけで、これが一種の先例になった。

軍艦教授所は開所から二年後、安政六年（一八五九）一月には組織を一新し、軍艦操練所と称し、陪臣の入学を認めるようになった。優秀であれば直参でなくても生徒になれるよう規則を改めたのである。その意味では、ひょっとしたら房五郎もまた時代の魁だったのかもしれない。もっともそのころには房五郎もこの学校をやめ、江戸を去っていたけれども。

†

話を、もとに戻す。軍艦教授所へ入所してから半年ほど経って、房五郎は決意した。

江原の家に竹内が来て、例によって三人で飲んでいるとき、杯を置いて、

「わしには、向きません」

自主退学の意志を示した。桂介は腰を浮かし、早口で、

「それはいかん、房五郎。せっかくここまで来たというに、投げ出しては勿体ない」

竹内は、何も言わない。

うつむいて杯を重ねるのみ。桂介はさらに声を大きくして、

「房五郎、おぬしの感情はわからぬでもない。直参ならぬ身ではいろいろと不愉快な目にも遭うのであろう。が、それで退いても面白うないわ。な？　な？　いじめられて逃げ出したと思われるのでは、おぬしの面目にもかかわろう」

この好人物にも、この程度の人間観察はできるらしい。房五郎は点頭して、

「そのおことば、まことにありがたく存じます。だがわしがいちばん遺憾なのは、じつはほかの生徒に対してではない。『観光』そのものに対してなのです」

「『観光』そのもの？」

「はい」

「わしはもう、すっかり身につけました」

房五郎は、説きあかした。自分は「観光」の帆も張れるしエンジンも動かせる。舵のしくみも理解した。あとは海に出るだけ。もはや海に出なければ未知のものに出会うことはなく、学ぶ対象は得られないのだ。

ところが、船は錨を下ろしたまま。微動だにしない。

「これでは『観光』は船ではない、ただの水座敷です。わしは座敷守になりたいのではない。せめて江戸湾の湾内だけでも乗りまわわせたらと思うのですが、江原殿、江原殿のお力で何とかならぬものでしょうか」

「それは、なかなかむつかしいのう」

と桂介は首をふって、

「わが船手頭の仕事はあくまでも船の管理のみ。動かす動かさぬを決めるものではない。特に『観光』に関しては老中の裁可をあおがねばならぬが、老中はさだめし渋るであろうな。湾内は荷船（和船）がひしめいておる。未熟な生徒の操る船をうっかりぶつけて沈めでもしたら、またぞろ世が大さわぎになる」

「それならば、わしはもう築地には向きません」

築地に用はない、と言い放ったに等しい。見かたによっては暴言であるが、

「房五郎」

と桂介は、肩が落ちるほどため息をついて、

「おぬしはやっぱり、堪え性がなかったのう。せっかくおぬしの身では達し得ぬほどの厚遇をしてやったのに」

「……お詫びします。申し訳ございませぬ」

房五郎、これは本心から言って平伏した。つまるところ自分の人生は、思ったりした。誰かに見こまれて場をあたえられ、そうしてその場をみずから捨てる。恩知らずの繰り返し。向学心を言い訳にして。

（これの、連続だな）

桂介がまたため息をついて、

「で、房五郎、これからどうする」

と聞いたとき、竹内がようやく、

「長崎へ行くか？」

口を挟んだのは、長崎にも海軍伝習所があるためだろう。そこでは新造の「咸臨（かんりん）」が係留されて練習艦になっているし、オランダ人にじかに教わることもできる。じつは築地よりも程度が高いのだ。

房五郎は頭を上げて、

「いいえ。長崎のそれも、生徒はやはり直参のみと聞いております。ちがいますか」

「まあな」

「それより、箱館（はこだて）（函館）」

「箱館？」

桂介と竹内が、同時に目を丸くした。

長崎とは方角がまるで反対ではないか、と言わんばかり。房五郎は、

「はい」

説明を始めた。自分はこの件に関して、じつのところ、一か月ほども前から江戸中の知り合いという知り合いをつかまえて情報を集めている。そのなかで耳寄りなのは、仙台藩士・桜井某から聞いた

ものだった。

それによれば、箱館には箱館奉行というものがある。これは幕府がロシアとの和親条約締結を受けて蝦夷地の警備および開拓のため設置したもので、その下に諸術調所という部局があり、これはいわば総合研究所である。箱館奉行の職務遂行に必要な学術調査いっさいを引き受ける。

調査の分野は、多岐にわたる。兵学、航海学はもとより鉱山学、冶金学、各種外国語……房五郎にとって重要なのは、この研究所がまた教育機関としての性格も持ち、生徒を取ることだった。

練習艦も、あるという。しかもその生徒になるには直参の身分は必要なく、たとえ陪臣であっても、試験に合格して学力を証明しさえすればいいのだという。

「はて」

桂介が首をかしげ、竹内もまた、

「諸術調所？」

眉をひそめた。これには房五郎、

「おふたりとも、存じませぬか」

意外だという顔をしてみせたが、実際は、なかば予期していた。箱館奉行は最近設置（厳密には再置）されたものであり、それ以前は蝦夷地の管理は松前藩がほとんど一手に引き受けていたからである。

いまでも江戸や西日本の人々にとっては蝦夷地は松前のものという印象が強く、房五郎自身、桜井某に聞かなければ箱館奉行の存在すらも知らぬままだったろう。桂介は、

「まあよい。蝦夷には蝦夷の事情があるのじゃろう。ただしわしは、何といっても、その『試験だけで』というのが信じられぬのう。そんな粗雑な話があるじゃろうか」

「学頭・武田斐三郎氏のお考えによるところが大きいそうですが」

「武田……ああ、あの洋学者の」

と、これは竹内が知っていたようで、箸で昆布巻きをつかんで口に入れると、

「たしか兵学を中心に研究していると聞いたことがあるが、武田氏もついこのあいだまで伊予大洲藩の藩士、すなわち陪臣じゃった。何か考えがあるのでしょう」

と、最後のことばは桂介へ向けたものである。桂介はそれでも、

「試験だけでのう。まことかのう」

首をひねったが、やがて膳のふちを手で叩くと、

「房五郎、紹介状を書いてやる」

「えっ」

「やはり世の常道は、人と人とのつながりじゃ。たとえ試験を受けるにしても、あって損はないじゃろう。もっとも、わしの名など、蝦夷のような蛮地では知る者はおるまい。数で勝負せい」

「数で勝負？」

「おぬしも江戸中を駆けずりまわって、ありったけの紹介状をかき集めるのじゃ。いくさでいえば後備え。わしからの最後の助言じゃ」

「え、江原殿……」

房五郎は、感動した。こういうことは思いつかない。江原は照れもせず、にっこり房五郎の顔を見て、

「達者で励めよ」

†

半年後、房五郎は江戸を出た。

逆にいえば半年ものあいだ江原家にとどまりつづけたわけだが、これは季節のせいだった。それでなくても冬期の旅は凍死や吹雪倒れの危険がある。ましてや行き先は蝦夷地なのである。

雪どけを待って、まずは越後へ行った。下池部の実家へ挨拶し、それから糸魚川に行く。七間町の桶屋・春日屋をめざす。裏通りに面した店の土間へ足を踏み入れると、一段高い畳敷きの上で、柿太が誰かと差し向かいでにこにこ話を交わしていた。

どうやら客との商談らしい。房五郎は店を出て、戸外で待ち、客が出て行ったのと入れかわりに店へ入った。柿太は腰を浮かせて、

「おお、房五郎！　久しいのう。十年ぶりか」

「三年半じゃ」

房五郎はそう言って、畳に腰かけ、これから箱館へ行くことを告げた。柿太はうんうんと何度もうなずいて、

「そうか、そうか。おぬしも懲りんのう。気をつけて行けよ」

「え？」

「何じゃ？」

「おい、あの、みちづれ」

前回の旅の別れのとき「次もきっと声をかけろ」と言ったのは柿太である。その声かけのために房

五郎はわざわざ来たのだ。柿太は眉をひそめて、

「みちづれ？　戯れ言もたいがいにせい。春夏は水桶がよう売れるんじゃ」

「はあ」

「それにな。おーい」

身をひねり、奥に呼びかけた。がたがたと襖がひらき、そこには赤ん坊を抱いた女が正座していて、抱いたまま房五郎へお辞儀をした。柿太は自慢そうに、

「わしの女房じゃ。娘はおぬしの名をもらって、おふさと名づけた。どうじゃ、かわいいじゃろ？　女房そっくりじゃろ？」

目尻が、とろとろに溶けている。これはもう手のつけようが、

（ない）

房五郎は苦笑して、

「それはそれは……万福万福」

「房五郎、おぬしももう旅がらすを気取る年でもなかろう。そろそろ越後で腰を落ち着けたらどうじゃ。嫁の口なら、わしが何とか」

その表情、世俗の誠実にあふれている。房五郎はあわてて立ちあがり、

「また来る」

いったん江戸へ戻り、あらためて出発した。ひとり旅である。船頭を雇って安房国まで小舟で行き、上陸して北行した。

前回同様、海ぞいの町や村をたどりつつ、常陸を抜け、仙台をすぎ、石巻の港を見たら、

（金華山に、のぼろう）

その意欲が、むらむらと性欲のように湧いた。金華山とは太平洋に浮かぶ島である。そのてっぺんに立って、南北にのびる日本の海岸線を見渡したい。

金華山の島は、本州とは「山島の渡し」と呼ばれる幅一キロの海峡で隔てられるのみ。まあ川の対岸みたいなもの。房五郎はそれを船でまたぎ、山道をのぼった。

夏のさかりのような暑さだった。蟬まで鳴いている。房五郎は水を持って来るのを忘れ、しかしながら、どういうわけか腰に下げた竹筒には酒がたっぷり入っていた。がまんにがまんを重ねたけれど、渇きに負け、とうとう太陽に向かって立ったまま一気にごくごく飲んでしまった。

一瞬で、体に酒が浸み透った。

干し草が豪雨をあびるようなものだった。左右の足の先まで燃えたようになり、房五郎は、

「天道め、こうじゃっ」

ばさっと諸肌ぬぎになった。すずしくて気持ちがいい。両肩と胸をさらしたまま大声で歌いつつ道を上がり、金華山の山寺にたどりついて蒼白になった。

財布がない。諸肌ぬいだとき落としたのにちがいない。いや、このさい財布よりも大事なのは七通の紹介状のほうだった。

江原桂介のそれが一通、あとの六通は房五郎が江戸で集めたもの。あれがなければ箱館へ行っても入学が許可されぬかもしれない。されなかったらまた下男働きから始めなければならない。

房五郎は、寺の小僧に泣きついた。小僧は、

「うちの和尚は漢詩が好きで、詩家なら無料でお泊めすることがあります。貴殿はお上手ですか」

「上手です」

即答した。ほんとうは人なみを出るものではないけれど、それでも住職に気に入られ、数晩、客の

もてなしを受けた。房五郎は石巻へ帰り、ふたたび北行して南部(なんぶ)藩領に入り、津軽(つがる)に入り、海を渡って箱館に入った。

面接試験

箱館は、津軽海峡に面した港町である。

四年前、日米和親条約で開港が決定してからは急速に港が整備され、街や道路が整備されつつある。

ただしこの時点では、港はまだ貿易港ではない。日本と諸外国とのあいだに通商条約が結ばれておらず、あくまでも薪（まき）、水、食料、石炭などの補給所であるだけなので、街にも異国の雰囲気はない。

最初に足を踏み入れたとき、房五郎は何となく、

（直江津（なおえつ）かな）

そんな感想を持ったほどだった。あれより少し大きいかもしれない。とにかく道の左右には、よくある板庇（いたびさし）や瓦屋根がまばらにならんで、行き交う人も和服の男女ばかり、潮風までが日本語で吹いているような感じだった。

行政の中心は、箱館奉行所である。

地理的には街の南西の山の斜面に建っていて、どこからでも振り仰ぐことができる点では、一種、箱館城のおもむきがある。ただし建物は城どころではなく、これまたよくある木造の陣屋にすぎなかった。房五郎のめざす諸術調所はその陣屋のなかにあるのだ。

房五郎は坂道をのぼり、何度か訪問した。そのつど学頭・武田斐三郎は留守だった。何でも正式な所員は武田ひとりで、関係業務をすべて背負い込んで多忙をきわめるのだという。何度目かのときは、役人に、

「武田先生はおられるが、きょうは会えぬと。何やら急いで図面を引いておられる様子じゃったぞ」

このままでは、埒があかぬ。房五郎は一計を案じて、

「先生は、お酒には親しまれますか」

「ん？　ああ、召し上がるが」

「ありがとうございます」

一礼し、奉行所をあとにした。

その足で、山之上町の遊郭をめざした。山之上町は街の西のはずれ、地勢的には奉行所とおなじ山地のふもとにあるが、行くにはいったん街へ下りなければならない。

街へ下り、また坂をのぼり、目的地に着いた。時間にして半刻にもみたぬ。まことに箱館とはおどろくほど小さなところだった。

この日は、曇天ながら陽が高かった。

気温も汗ばむほどである。房五郎は遊郭の門を通った。いったいに遊郭の建物というのは狭い区域のなかで容積を最大限確保しようとするため、屋根つきの箱のようになることが多く、昼間に見ると官庁街のように殺風景である。

出入りするのも食材や酒、雑貨などの業者がほとんどだった。それでも房五郎は、かたっぱしから声をかけて、

「諸術調所の武田斐三郎先生は、どの店を根城にしておられるか」

聞きに聞いた。房五郎には目算があった。遠国に派遣された幕府役人はしばしば妻子を江戸に置き残す。

つまり、単身赴任である。晩めしは店でということになりがちだし、しかもこの山之上は幕府公認の遊郭である。武田にとっては来やすいのではないか。案の定、

「武田先生？　ああ、あれは雪屋さんの客だ」

「仕事で根つめてるのか、夜ふけに来ることもあるらしいがね。とにかく雪屋さんだよ。二丁目の通りの」

意外だったのは、豆腐屋からの情報だった。豆腐屋は天秤棒を肩にかつぎ、棒の両端にそれぞれ豆腐の入った桶を下げて、水をちゃぷちゃぷちゃぷさせながら、

「武田先生は、何しろ」

下卑た目になり、

「妓どもに、ようもてるからねえ」

房五郎はその「雪屋」に行き、店の者に頼んで物置で待たせてもらうことにした。

最初の晩は、首尾なしだった。二日目、三日目も待ちぼうけ。四日目の晩、女中が、

「来たよ」

と告げたので、物置を出て、教えられた二階の小さな座敷へ行った。武田斐三郎、三十を二つ三つすぎたくらいの男ざかりと耳にしたが、

（よほどの、色男か）

なぜか過度に緊張しつつ、なかに入り、手をついて礼をした。

「おくつろぎのところを申し訳ありません。このたびは先生のもとで学ばせていただきたく、はるば

る江戸より参りました。どうか入門のお許しを」

　武田の声は、

「姓名は？」

　コトリと音がした。杯を置いたのだろう。房五郎はすらすらと、

「巻(まき)です。巻退蔵(たいぞう)と申します」

　この時点で、じつは名を改めている。江戸を出るとき船手頭の江原桂介がもうひとつ助言してくれたことには、

「おぬしの、その名じゃがな。上野(うえの)房五郎ではいかにも百姓くさい。江戸では気にする者はないが、田舎ではいらぬ侮りを受けるばかりか、その武田氏、事によったら、農家の子は採らぬなどと申すやもしれぬ。人間、権威は大事なものじゃ。姓名ひとつも宣伝の材ぞ」

　房五郎はもっともだと思い、自分に命名した。ここへ来るまでの旅でも巻退蔵の名乗りで通したのである。ただし本稿では混乱を避けるため、いましばらく上野房五郎のまま話を進めることにしたい。

「房五郎よ」

　と、武田の声は、そう冷たくもない口ぶりで、

「ここまで訪ねて来るほどなら、すでに存じていますな。私は入門希望者には試験を課します」

「は、はい」

「試験は後日あらためてと申したいところだが、何しろ取り込み事が多うて。いつ暇が得られるか知れません。いま、ここで応じてもらうが、よろしいかな」

　口頭試問ということだろう。房五郎は、

「よろしくお願いします」

と答えつつ、

(よかった)

やはり紹介状は必要なかったと思ったとき、

「とはいえ、これまでの人はみな紹介状を持って来ましたが。あなたのも預かりましょう。学力を見る参考にはなる」

「え、えー……」

「いま、ここで」

「あ、いや」

「ないのですか」

「それが」

「まあ、まず面(おもて)を上げなさい」

そう言われ、房五郎は身を起こして、

(え)

房五郎は、意外だった。三日前の昼、豆腐屋がうらやましそうに「妓にもてる」と言った人の顔は、何というか、

(冴(さ)えぬ)

色男どころの話ではない。何しろ目は細く、八の字なりに垂れ下がって、そのわりに唇が平板に厚い。

醜男(ぶおとこ)なわけではないけれど、まるで絵師が手抜きで描いたようだった。肌の色もよくない。なのに武田の左右にはふたりずつ妓がついていて、武田が杯を手に取ると、競うがごとくお銚子を持った腕

が集まるのである。

これは一体どういうことなのか。もっとも彼女たちは、邪魔になると思ってか、武田へ話しかけることはしないけれども。

「紹介状」

と、武田がまた言った。房五郎は我に返り、仕方なく、正直に、七通のそれを金華山でなくしたことを告げた。武田は目を見ひらいて、

「なんで七通も」

と、むしろそっちが気になるらしく、

「その書き手の名と、あなたとの関係を聞きましょう」

「はい」

房五郎は、そらで挙げた。そのうちの四人は添田玄斎、長尾全庵、設楽弾正、江原桂介。いずれも一度は師としたか寄寓先の主人とした人である。添田は蘭方医、長尾は漢方医。設楽と江原は医者ではないが旗本としては好学的な人。これだけでもう房五郎は江戸出府後の人生をかいつまんで語ったことになるのだ。武田はあきれて、

「房五郎、あなた、教え甲斐のない人ですねえ。そんなにいろいろ渡り歩いたということは、私のところも長つづきしない道理ではありませんか」

房五郎、これには答えを用意してある。ひざを進めて、

「そのご懸念はごもっともと思います。が、憚りながら、わしは向こうから『出て行け』と言われたことはありません。世に言うごくつぶしではないつもりです。転居の理由はつねに自分の向上心にある。武田先生のもとでなら……」

「長つづきする？」

「そんな気もします」

武田は垂れ目をますます垂らし、長い息を吐いて、

「まあ、試験を」

武田の質問は、かんたんなものばかりだった。現在の日本をとりまく国際情勢に関するものふたつ、西洋船の構造および動力に関するもの五つ。

最後にふたつ、三角関数についてのもの。具体的な数字を挙げて計算を求められもしたが、房五郎はこれも、筆紙を使わず明快に答えてしまった。

「ふむ、さすが築地にいただけあります。年齢は？」

「二十四です」

「ならば、ひとつ条件があります」

と言われ、房五郎が顔を赤くして、

「束脩（そくしゅう）ですか。それはちょっと……」

口ごもると、武田はくすっとして、

「諸術調所は、私の家塾ではありません。幕府組織の一部です。束脩などは必要ない。そのかわり食事や家の面倒も見ないが」

「承知しました。かたじけなく」

「塾頭に」

「え？」

「いや、塾ではないのに塾頭はおかしいが、ほかに適当なことばも思いつきません。要するに、いま

三十数人いる学生たちの親分になってほしいのです。そうしてあなたのその知識を、惜しみなく与えてやってほしい」

おどろくべき話だった。房五郎が二の句が継げないでいると、

「房五郎、あなたは若いつもりかもしれないが、ふつうに見れば、もう人生の半分ほどを食ってしまった。平目のように上ばかりを見る時代は終わったのです。これを受け入れるならば入門を認める。いかがかな」

「わかりました」

と言うほかない。ひょっとしたら自分はいま言質(げんち)を取られ、

(足に、鎖をかけられたか)

人を率いる立場になれば責任が生じ、そうそう出奔できなくなる。残りの人生をそっくり箱館の土に埋めることになる。

(それは)

と何かを思いかけた、その機先を制するかのように武田がぽんと手を叩いて、

「さあ、こちたき話はおしまい、おしまい。お前たち、房五郎にも膳の支度を。今夜だけはご馳走します。ただし房五郎、くれぐれも飲みすぎてはいけませんよ。またぞろ諸肌ぬぎで箱館山にのぼらぬよう」

「きゃあっ」

妓たちの笑い声が、低い天井によく響いた。

†

国立(こくりつ)箱館奉行諸術調所附属高等専門学校、とでも訳せばいいだろうか。とにかく房五郎は、その新入生であり学生代表である日々を始めた。

決まった学舎などはないから、学生が集まるのは、いつも箱館湾に係留してある練習艦「箱館」である。これは西洋船ながら日本人の手でつくられたもので、エンジンのない、二本マストの純然たる帆船だった。

船体の規模はおおよそのところ、築地の「観光」の三分の二というところか。房五郎にははっきり、

（格落ち）

しかも学生は、七、八人しかいなかった。武田斐三郎は三十数人と言っていたけれど、どうやら武田がちっとも教えに来ないので登校しないか、あるいは失望して箱館の地を去ったものと見える。

要するに、武田が塾頭を欲したのは、代稽古をさせたかったのである。自分のかわりの教師役。それに任じられた房五郎としては、

（学生たち、言うことを聞くかな）

だがこれは杞憂(きゆう)だった。彼らのほとんどは、どこかの藩の藩士すなわち武士だったけれども、ただちに知見の差を感じ取ったらしく、この新参者を、

「上野先生」

だの、

「房五郎殿」

だのと、呼称の上でも尊敬の意をあきらかにした。

房五郎は、座学をやることにした。狭い船室のなかへ彼らを座らせ、オランダ語や、数学や、蒸気機関の操作法などの講義をしたのだ。

彼らがみな真剣な目で房五郎を見あげて、

「なるほど」

などと嘆息をもらすのは日を追うごとに愉快だった。ひょっとしたら自分は、

（人の上に立つこと、向いてるかも）

もっとも、逆にいえば、座学しかやることがなかった。上甲板へ出て帆の操作を教えようとしたら、彼らはすでに完璧にできる。

それしかやることがなかったのだろう。座学もしだいに飽きられたか、房五郎が来てから一か月後、学生のなかの窪田要蔵（くぼたようぞう）という出羽庄内藩（でわしょうない）出身の者が、講義のあとで、

「上野先生。船を出したい」

と言いだした。

房五郎、もちろん賛成である。

「わかります。帆の横木（ヤード）ひとつ動かすにしても、止まった船でやるのと、航行しながら風に応じてやるのとでは雲泥の差がある。かく申す私自身、いまだ海に出たことがなく、それを求めて箱館に来たのですから」

と答えると、生徒たちは歓声をあげ、要蔵などはもう涙ぐんで、

「われわれもこれまで何度も武田先生にお願いしたのですが……上野先生のご意見なら、きっと武田先生も耳を貸します」

「わかりました」

その晩、房五郎は、また山之上の雪屋へ行った。妓たちの見守るなか、願いのすじを言ったところ、武田はあっさり、

「無理です。動かすお金がない」

「はい」

翌日、学生たちへ伝えると、窪田が庄内なまりを強くして、

「無理なはずはありませぬ。この箱館の街は日本海防の北の最前線、ご公儀はふんだんに資財を投じておられると聞く。いくら西洋式とはいえたかだか帆船一艘、なんで錨を上げられぬか。武田先生のご存念を承りたい」

「わかりました」

その晩、また雪屋へ行った。こんどは姿がなかったので、妓のひとり、虎乃という武田お気に入りの年増に話を聞くと、

「あら房五郎さん、ご存じないの。先生は亀田へ行かれましたよ」

「亀田？」

「ここから北のほう、一里ちょっと内陸へ入ったところ」

虎乃によれば、箱館奉行は、いまそこに新しい庁舎をつくっているという。現在のそれが簡易で手狭で、しかも山肌へむきだしで建っていて敵襲に対して無力だからである。

新しいものは亀田の広野に建てられ、周囲を土塁で囲まれる。土塁のかたちは上から見ると星形をしていて、その五つの尖端それぞれに砲台を据える。

土塁の外側には濠もめぐらし、敵兵の侵入を食いとめる。武田はこの日本最初の洋式城郭の設計お

よび施工管理をたったひとりで担当しているのだ。房五郎は、

「星形ですか」

目をみはった。本では読んだことがあるが、まさかこの日本で現実のものになろうとは。

もっとも、話の主題はそこにはない。虎乃はうなずいて、

「武田先生はいちど亀田へ行ったら、二、三日、帰らないことが多いみたい」

「わかった。行ってみる」

去ろうとすると袖をつままれ、

「まあまあ、房五郎さん、今夜くらいは骨を休めなさい。あんまり食べてないんでしょう。お代は武田先生につけてあげる」

にっこりした。何やら意味ありげな笑顔だった。

その晩、房五郎は武田斐三郎になった。

つまり武田とおなじように多数の妓に囲まれ、何本もの細い腕に酒をさされ、放談と嬌声のうちに夜を更かした。

まったくほかほかしたひとときだった。むかし取った杵柄というべきか、房五郎は一ふし、二ふし、義太夫節まで唸ってみせて満座の拍手を得たのである。

そうして武田がもてる理由もわかった。もともとこの店の客は、人足や沖仲仕のたぐいが多い。この店にというより、箱館そのものに多いのだ。四年半ほど前、開港場に指定されて以来すべてが急いで建設されているこの港町では、彼ら労働者がいちばんの威張り屋であり、賃銀も高く、それでさかんに遊郭へのぼる。

妓たちから見れば、何しろ気の荒い者ばかりである。暴力もふるう。彼らよりも幕府役人のような

人々のほうが相手がしやすいし、気楽でもあるのだが、しかし役人は役人でねちねちしている。労働者とはまた別の意味で態度が大きい。それで武田のような役人でしかも物腰やわらかな人間は、それだけで人気が出るのである。ということは、

（なんだ）

房五郎は、急に心がさめてしまった。

いまの房五郎も右におなじ。人物そのものの魅力よりも単なる希少価値によって、

（もてる、か）

不愉快なような、逆に安心したような。ほどなく房五郎はまた酒がうまくなり、体があたたかくなった。住まいは箱館奉行調役（しらべやく）・山室（やまむろ）某の屋敷である。居候の身にもかかわらず、そのまま座敷で寝てしまったので、あとで山室にくどくど叱られることになった。

翌朝めざめて、房五郎は亀田へ行った。

亀田の地は、雲に手が届きそうなほどの曇天だった。のちに五稜郭（ごりょうかく）と呼ばれることになる星形の土塁を築くべく、現場では、もっこをかついだ人足がさかんに右往左往している。馬や牛も動員されている。

武田はその光景と、手もとに広げた図面を見くらべて、かたわらの武士とあれこれ話している。その背後から房五郎は、

「武田先生」

「おっ。房五郎」

「じつは」

かくかくしかじかと訴えた。武田は顔色を変え、めずらしく語気を荒らげて、

「そんなことを言いに来たのですか」

房五郎が弁明しようとすると、武田はその声に声をかぶせて、

「え、いや」

「何ですって、ご公儀がふんだんに資財を投じている？　房五郎、目の前の景色を見てわかりませんか。箱館および蝦夷島全土の支配の根城たるこの郭でさえ計画は縮小に次ぐ縮小、いまのままでは五稜の先端に砲台も置けない、土塁のまわりに濠も掘れない。五稜郭どころか五稜堂です」

「…………」

「たかだか帆船一艘とあなたがたは言うが、出すなら短距離というわけにはいかないでしょう。船員の煮炊きにも金がかかる、よその港を使うにも金がかかる。そもそも」

と、悲しそうな顔をして、

「そもそも房五郎、あなたの考えはどうなのです。子供の使いじゃあるまいし、あなたはこの前から、ただ話を取り次いでいるだけじゃありませんか」

「わ、わしの考えは……」

「とにかく箱館に帰りなさい。学生たちには航海など『断じて不可なり』と言いなさい」

房五郎はそのとおりにした。窪田も呆れて、

「で、上野先生は、おめおめ引き下がったわけですか。子供の使いじゃあるまいし」

「すまん」

房五郎は恥ずかしさに赤面しつつも、

（なるほど）

またひとつ何かを得つつある。つまりはこれが、

（人の上に立つ、ということか）

何となく、その実体がわかりだした。ならば自分はその能力を欠くのではない、単に慣れていないだけではないか。慣れれば意見も言えるだろう、独自の案も示せるだろう。

翌日、房五郎は授業を休みにして、たったひとり箱館山にのぼった。

箱館山はほとんど禿(は)げ山だった。街の建設にともなう厖大(ぼうだい)な薪や木材の需要が原因らしく、房五郎はまるで丘をのぼるようにして頂上の広(ひろ)っ場(ぱ)へ出られた上、そこからの見はらしがすばらしかった。

北を向けば箱館市街、南を向けば津軽海峡。房五郎はふと、

（海防）

例の関心を思い出して、南のほうを見おろした。

足もとで、灰色の海が横に広がる。

行き交う船はけっこう多い。漁船だろうか。その奥には下北(しもきた)半島と津軽半島があって、それぞれこっちへ突出しているはずであるが、この日は霞(かすみ)がかかっていて、先っぽの沿岸部しか見えなかった。

いまの自分は、

（この、海だな）

房五郎はそう思った。足もとはよく見える。遠くに何かがあることもわかる。だがはっきり見えない。

「さて、どうするか」

口に出した。例の西洋船「箱館」の問題。出航を許すと武田に言わせるためには、房五郎が、自分の頭で、その理由を編み出さなければならない。

「うーん」

考えあぐねて、その場にあぐらをかいてしまった。

土ぼこりが立ち、かすかに雨のにおいがした。そもそも「自分の頭で」とはどういうことなのだろう。人間の頭脳など何ほどでもないのだから、それは畢竟、自分の「経験で」とおなじことなのではないか。

だとしたら、自分の経験には何があるか。ほかの人より多少したことといえば、

（旅、かな）

この左右の目は、とにかく越後も鳥取も馬関（下関）も長崎も和歌山も常陸も金華山もその視野へおさめたのだ。なるほど一得。そういえばこの津軽海峡というやつ、本州のはしっこの海峡で、もう一方のはしっこは……。

「うわっ」

房五郎は、にわかに立ちあがった。

まわりには誰もいないので、人目を気にすることはない。裾をからげ、石がころがるようにして山を下り、まっすぐ亀田の地に行った。

五稜郭の普請場には、武田はいなかった。もう街へ帰ったというので、取って返して、箱館奉行の武田の部屋に飛びこみ、

「わかりました」

武田は畳に大紙を広げ、何やら筆で書きこんでいた。何かの図面のようだったが、図の全体が星形ではなく、将棋の駒のような五角形なので、五稜郭とは別なのだろう。

身を起こし、ぴしゃっとした口調で、

「何です、いきなり。仕事の途中です」

「旅をしました」

「え?」

「わしはこれまで二度、長い旅をしました。一度目は長崎へ、二度目はこの箱館へ、どちらも諸州の海岸をたどりながら。路銀が足りぬので、道中はいつも金を得ることばかり考えたものです」

「だからどうしたと」

「だから」

房五郎はその場に正座して、図面ごしに武田の目を見つめて、

「金がないなら、航海しながら稼げばいい」

「……………」

「ここは蝦夷地です、武田先生。『箱館』の船倉にたんと昆布(こんぶ)を積みこんで、馬関で売ればよいのです」

馬関。本州のもう一方のはしっこ。房五郎は四年前そこへ行ったとき、あまりに多くのベザイ船が帆をたたんで浮かんでいたので息を呑(の)んだものだった。

あそこでは、あの西洋人の使う砂時計(ザンドローパル)の首のごとき海峡では、いったい一日にどれくらいの荷物や人が上げ下ろしされているのだろう。

見かたを変えるなら、どれくらいの金が受け渡しされているのだろう。

「どうです、武田先生」

「だめです」

武田は筆を置き、虫を払うようなしぐさをして、

「忘れたのですか、房五郎。『箱館』はご公儀のものなのですよ。建前の上では上様(うえさま)の船。商人(あきんど)のま

ねをするわけには……」

「商人ではありません。なぜならこの場合、昆布は商品ではない」

「どういう意味です」

「昆布は、船具の一種です」

房五郎は、説明をつづけた。おのが舌の焼けるように熱いのを感じながら、

「武田先生には釈迦に説法ですが、船というのは、和船洋船を問わず、航行時の安定をよくするため底荷などと申して石や水を積むものです。そのおもりを昆布でやる。おもりは当然、時に臨んで増減させなければなりませんが、その増減の手伝いを、ちょっぴり港の商人にも手伝わせる。これでどうです。これならば侍が利を追うなどと世間にうしろ指さされずにすむ。上様うんぬんなどというのは、要するに世間の目の問題なのでしょう？」

「ふむ」

武田はあごに指をあて、しばし考えて、

「おもしろい。お奉行に話してみましょう」

「お願いします！」

房五郎は頭を下げたが、

「誰の案です」

と問われると、顔を上げ、

「わしです。わしが」

自分の鼻をつつくようにしてしまった。さだめし満面の笑みだったのではないか。武田は苦笑して、

「国士というのは、手柄顔はせぬものです」

房五郎は奉行所をあとにして、船に行き、学生たちには仏頂面で伝えた。彼らもよろこんだ。

その後「箱館」は出航と決まり、箱館奉行から少々の賜金が出た。房五郎たちはその金を持って松前へ行き、昆布を買って運ばせたが、いざ船倉に積んでみると重さが足りぬ。底荷としては不十分である。学生たちは、

「どうせなら上野先生、ほかにも砂金とか、干し鮭とか、干し鮑とか、蝦夷地の名物も満載しましょう。そうして行く先々で値を見て高く売る」

房五郎は冷静に、

「いや、われらは商売には素人じゃ。利口にやろうとすると失敗する。まずは昆布の一念をつらぬこう」

「はい！」

安政六年（一八五九）七月、この純国産の西洋式帆船は錨を上げ、纜を解き、箱館湾をあとにした。めざすは、日本一周。

日本一周

七月は、航海に適した季節である。

日本海は総じて風がおだやかで、昼に吹かず、朝夕に吹くリズムのようなものがある。帆船というのはよほどの向かい風でないかぎり、風さえ吹いていれば前へ進めるものなので、このリズムはまた水夫(かこ)たちの労働と休息のはずみにもなり、船内の雰囲気は良好だった。

航海中、房五郎は、

「いや、これは、歩いて行くより速いのう」

と当たり前のことを何度も言ったが、それもこれも、

(船乗りになった。船乗りになった)

その興奮のせいだった。「箱館」は目立った嵐にも遭わぬまま、佐渡(さど)、隠岐(おき)と島をたどり、馬関に着いた。

昆布の半分は、ここで売った。残りの半分は長崎で売った。船倉にだいぶん空きが出たので、

「かわりに、何を積みましょうか」

武田斐三郎の問いに、房五郎は、

「石炭がいいでしょう。九州にはむかしから炭坑が何本もあり、良質のものを産出する。値も安い」

「おやおや」

武田はおどろいた顔で口笛を吹き、

「この『箱館』は帆船です。石炭はいらない」

「ですから、船では燃やしません。箱館へ持って帰ってイギリス人にでも売りましょう」

「頼みましたよ」

と、このへんは武田も房五郎の言いなりである。武田はこのとき船長格。房五郎は演習という名目で乗船を許された三人の学生のひとりにすぎず、地位には大きな差があったけれども、世間智(せけんち)の点では、最近はむしろ房五郎のほうが先を行っている感があった。

ふたりはいま、上甲板にいる。

停泊中には特段の仕事もないのだが、この日は朝から長崎奉行配下の役人が七人、がやがやと弁当持参で見学しに来たので、その案内をしていたら夕方になった。

役人たちが帰っても何となく上甲板にたたずんで、こうして海に陽の落ちるのを見ながら話しているあたり、師弟とも、結局は船が好きなのだ。房五郎は少しためらってから、

「ところで、先生」

「何です」

「石炭を積むあいだ、しばし船を離れてもよいでしょうか」

武田は二、三度、目を開閉させて、

「かまいませんが、どこへ行くのです」

「その……或る旅籠(はたご)へ」

「旅籠？」

「ほんの数日」

と房五郎の付け加えたのが意味ありげに聞こえたのだろう。武田はみょうに納得顔になって、

「ああ、そうですね。長崎（ここ）はあなたの曽遊の地でしたね」

「恐れ入ります」

「虎乃には黙っておきましょう」

と、箱館の盛り場の芸妓（げいぎ）の名を挙げて、にんまりとした。房五郎はあわてて手をふって、

「いや、そんな」

「帰らなくてもいいですよ。出港の日まで」

「ちがいます」

†

翌日、房五郎は、ひとりで長崎の街に出た。

会いたい人がいて、その人が女であるという点では武田の邪推は正しかった。五年ぶりだが地図は足がおぼえていて、迷うことなく西浜町（にしはまのまち）の旅籠・浜名津屋ののれんを割った。

「失礼」

声をかけ、なかへ入ったら、それだけで女中がひとり出て来た。土間へ下り、しゃがみこんで手桶（ておけ）をかたむけ、盥（たらい）へじゃっと水をそそいで、

「さあ、どうぞ」

早着きの旅人とでも思ったのだろう。じっと水面を見つめて客の足を待つ、その白いうなじへ、

「すぐそこから来た。足をすすぐ必要はない」

「えっ？」

女中が顔を上げる。房五郎は笠を取り、くすっとして、

「久方ぶりじゃのう、おその」

五年前、この旅籠に柿太といっしょに泊まったとき、いちばん印象に残った女中。

当時はまだ十六、七だったけれど、受け答えのたしかさ、はたらきぶりの活きのよさ、まるで彼女自身がこの宿泊施設の一部みたいで、いまでも辞めていまいと見て来たのは正しかった。房五郎はもういちど、

「久方ぶりじゃ」

「まっこと。まっこと」

と立ちあがって目を輝かせたあたり、彼女もこっちをおぼえていた。彼女の顔は、いくぶん頬がふっくらして、目鼻がまんなかに寄り集まったようである。

おそのは房五郎に、

「お連れの方は？」

「おうおう、柿太のことじゃな。大きに元気じゃ。ただあいつは故郷の越後で嫁を取って、かわいい娘も生まれて、もう家を出る気概はないようじゃな。わしはこのたびは漂泊の旅ではない、れっきとしたお役目上の出張じゃ。いまや箱館奉行殿の腹心ぞ」

やや誇張して言った。事実は奉行の顔も知らない。おそのは頬に指をあてて、首をかしげ、

「まあ、じゃあ、箱館から」

「うん」

うなずいて、房五郎はまわりを見た。ほかに客はいない。上がり框に腰をおろし、非難の口調にならぬよう注意しつつ、

「聞きたいことがあってのう、おその。あのときの本はどうなった」

この五年間、いつも気がかりだったのである。

あのとき……柿太といっしょにこの宿を出るとき、房五郎はこの女中にひとつ頼みごとをした。もしかすると越後の母から書物の荷が届くかもしれぬ。届いたら自分に送ってくれ。自分は江戸にいるだろう。いまは住所はわからないけれども、決まったら書いて知らせるから。

おそのにすれば、最初の仕事は本を待つこと。が、

「それが」

と、やはり立ったまま、戸惑い顔で、

「結局、荷は来ませんで」

「そんなはずはない」

房五郎は語気を強めて、

「わしはあれから越後へ帰った。箱館へ行く前にのう。そのとき下池部の母にも会うたが、母はたしかに『本は送った』と申しておったぞ」

「え、でも、そう言われても……」

「まちがいないのじゃ」

おそのは顔をまっ赤にして、

「でも、ほんとうに、来てないものは来てないんです。あ、そのお顔、あたしが盗ったと思ってます

ね？」

「あ、いや」

「お金ほしさに本屋に売り飛ばしたって、そう思ってますね？　そんなことしてません。この旅籠では、届いた荷をほどくのは番頭さんの仕事だって、むかしから決まってるんです。あずかりものも多いので。もちろん番頭さんも盗りませんよ。もう二十年もここで働いてるんです。ほんとうに房五郎さんあてに本の荷が来ていたら、きっとあたしに言ってます」

目に、涙がたまっている。房五郎はひるんだが、しかし聞くことは聞かねばならぬ。

「では、わしが江戸から出した手紙は？　わしは江戸へ帰ってから、まず旗本・設楽弾正殿の世話になり、ついで江原桂介殿の世話になったが、どっちの屋敷に入ったときも、まず宛先を書いてここに出したぞ」

「それは、来ました」

「二通とも？」

「どちらのときも、ちゃんとお返事を書きましたよ。『本はまだ着いてません』って。もっとも、あたしは字が書けないから、それも番頭さんに書いてもらったけど」

「わしは二通とも受け取っておらぬ」

「そんな」

おそのは房五郎に相対して、着物の袖で涙をぬぐって、

「わかりました。そこまで疑うんなら、あのときいただいたお金は返します。一朱銀（いっしゅぎん）ふたつでしたね。ちゃんと取ってあるんです。お望みを果たさないうちはって、弟の病気（やまい）のときも使わず」

体の向きを変え、式台へ上がろうと片足をかけた。房五郎は土間に立って、彼女のほう、つまり店

の奥のほうへ向かって両手を突き出して、

「いや、わかった。ようわかった」

言いかけて、背中をどんと叩かれた。

「何だっ」

振り返ったら、そこには侍がひとりいて、

「何だじゃねえや、おうおう。善良な商家の店先で、かよわい下女っ子つかまえて騒ぎ立てるたぁ男の風上にも置けねえやつだ。どこの苦情屋だ。表へ出ろ。俺が相手してやらあ。議論の相手でも結構だが、剣でもいいぜ」

背が、低い。

房五郎は、子供をそうするように見おろした。顔も片手でつかめそうなほど小さいが、年齢はたぶん武田斐三郎より上、四十がらみの感じだった。何より特徴的なのは、舌を巻くような江戸ことばである。

「何だい、どうしたい。鰹が塗り壁にぶっつかったみてえな面しやがって。何か言ったらどうだ、でくのぼう」

房五郎は、頭にきた。ことさらに背すじをのばして、

「拙者は箱館奉行麾下諸術調所学生、上野房五郎。軍艦『箱館』にて箱館を出港し、ただいま日本周回の途上にある。苦情屋とのそしりは撤回してもらおう」

「『箱館』?」

と、相手の男は首をかしげて、

「そんな軍艦あったっけ」

「まず名乗られよ」

「あっ」

しまったと言わんばかりに首のうしろへ手をやった。案外そそっかしいらしい。無造作に、

「俺は、軍艦操練所教授方頭取・勝麟太郎」

（えっ）

この時期の幕府の海軍界というか、軍艦学の分野では、長崎が他を圧倒していることは前に述べた。質量ともに人材が豊富で、オランダ人士官の直接指導をあおぎ、練習艦も「咸臨」「朝陽」「鵬翔」「長崎」の四隻をかぞえる。

その次に大きいのが江戸築地、練習艦は例の「観光」一隻。箱館はようやくその次に来るので、厳密にいえば、そこに所属しているのは武田斐三郎ひとりである。

オランダ人どころか日本人の指導も受けられぬ有様で、長崎とは本店と支店以上の差がある。その長崎で教授方頭取ということは、事実上、日本海軍界の頂点にあると見ていい。

（この小男が。長崎の教授）

勝はまだ首をひねって、

「箱館に、軍艦がなあ」

房五郎を挑発した、のではない。ほんとうに知らない感じだった。房五郎はいよいよ腹が立って、

「そんなことも知らんで、よく教授方が……」

「まあまあ」

おそのが割って入って、

「勝先生、ちがうんです」

と、事情を手短に話した。勝は憑きものの落ちたような顔になって、

「要するに、本を取りに来ただけと」

「はい」

「悪いのは飛脚じゃねえか」

おそのは鈴をふるように笑って、

「そうですよ。おふたりとも蘭学のお仲間ですよ」

「面目ない」

と、勝は房五郎に向かって点頭して、

「俺の早とちりだ。よくやるんだ」

「わかれば結構」

と、房五郎もあとくされがない。おそのへ、

「弟御は?」

「弟?」

「病気だと」

「あ、ええ、すっかり元気になりました。いまは万屋町の鍛冶屋で見習い奉公を」

「ならば快気祝いじゃ、金は返す必要はない。本もあきらめることとしよう」

笑ってみせると、おそのは素直に、

「ありがとうございます」

「いやいや、邪魔をした。ときに」

と、房五郎はこんどは勝のほうを見て、

「勝先生、ここで会うのも何かのご縁。ひとつお願いが」

またぞろ胸のなかで好奇心の蛇がむっくりと鎌首をもたげた。

「何だい」

「『咸臨』を、見せてはいただけませぬか」

軍艦「咸臨」の名はいま、全国の海軍関係者のあいだで一種、神格化されている。

房五郎自身、その噂は江戸でも聞いたし、箱館でも耳にした。日米和親条約の締結から間もない嘉永七年（一八五四）七月、幕府がオランダに発注した二隻のうちの一隻で、全長四十九メートル、幅八・五メートル、百馬力の蒸気機関一基をそなえる。

大砲も左舷六門、右舷六門の計十二門を積んでいて、あらゆる点で「箱館」を上まわるのはもちろん、築地の「観光」をもしのぐ。

おなじ蒸気機関式でも「観光」は前時代的な外輪船、こちらは最新式かつ推進力のよりいっそう高いスクリュー船なのである。まずは幕府所有の艦船のなかでも最強の船のひとつだろう。

「勝先生のお口添えで、ぜひ。じつはわが武田斐三郎先生も長崎奉行を通じて申し入れたのですが、だめだと言われましてて」

「うん。だめ」

「どうして」

「『咸臨』は、長崎にはないもの」

房五郎はおどろいて、

「『咸臨』が、ない？　どこにあるのです」

「江戸」

と勝はあっさり言うと、肩でも凝ったのか、片腕をぐるぐるまわしながら、

「ついでに言うと、『咸臨』の姉妹艦の『朝陽』も、やっぱり江戸でぷかぷかしてる。長崎は、まあ、何だ……留守宅みたいなもんかな。火が消えたようになっちまったよ、石炭船だけに」

腕をまわすのをやめ、下を向いてくっくっと笑った。よほどおもしろいことを言ったと思っているらしい。房五郎は何となく、

「それはまた、勝先生もおさびしいですな」

と話を合わせたら、勝は笑うのをやめ、ふしぎそうに房五郎を見あげて、

「さびしい？　どうして」

「それはもちろん、先生もいろいろ教えづらいでしょうし……」

「おいおい。何か勘ちがいしてねえか。こっちは軍艦操練所教授方頭取だ。軍艦操練所ってのは、築地の軍艦操練所だよ」

「えっ」

房五郎の古巣ではないか。勝はつづけて、

「たしかに俺は、長いこと長崎の海軍伝習所で勉強してたよ。成績もよかった。でも、ことしの一月、上様の『格別の思し召し』ってやつを受けちまってね。いまは築地の師範様だ」

「じゃあなんで、この長崎に」

「荷物を取りに来たんだ。一月に置き残した」

「荷物？」

「あんたとおなじさ。本だよ」

にやりと笑って、

「おい、おその」

「はあい」

おそのは店の奥へ行き、ふたたび来たときには胸の前に風呂敷づつみを抱えている。大きさのわりに重いらしい。勝はそれを受け取ると、框の上へコトリと置き、風呂敷の結び目を解いて、

「おお。これこれ」

なかには平らな、四角い桐箱がひとつ。

ふたを取り、中身を出して横へ置いた。中身は畳紙（たとうがみ）でくるまれていて、かさかさと剝（は）ぐと、あらわれたのは、たしかに一冊の書物だった。前もって想像していたような薄い和綴（わと）じの本ではなく、西洋造りの本。

房五郎は、胸が高鳴った。

西洋で出版されたいわゆる洋書をじかに見るのは、じつははじめてなのである。これまでに見た西洋の本は、翻訳書にしろ解説書にしろ、刊本にしろ写本にしろ、みな日本人の学者がしたためた和本だった。

（これが）

うっかり手をのばし、指でふれてしまいそうだった。何しろ表紙が硬そうである。まるで戦争のとき身につける防具のように革でなめされていて、防水薬でも塗られているのか、透明な光沢がある。

表紙の文字はもちろん横書きのアルファベット、一点一線にきらきら金箔（きんぱく）が押しこまれていた。よほどの趣味人が装丁させたのだろう。

「これはオランダ人ミュセンブルクの書いた『ベギンセルス・デル・ナチュールクンデ』って本だ。あんたにゃ言う必要はねえだろうが、日本語では『自然科学の原理』くらいの意味だな。打ち割った

とこ大したことは書いてねえが、それでも俺には大事なもんだ。飛脚にいじらせるわけにはいかねえんで、じきじき取りに来たってわけさ」

「……」

房五郎は、痛烈な批判を受けた気がした。勝は本を畳紙でくるみ、桐箱に入れて風呂敷でつつむと、

「じゃあな、おその。ありがとうよ」

背のびして、おそのの頭をくるくると手でなでてから、体の向きを変え、出て行こうとした。おそのがあわてて、

「あっ、勝先生、番頭さんがご挨拶を……」

「いいって、いいって」

「次はいつ来られます？」

「何しろ遠くへ行くしなあ。しばらく来ねえよ」

房五郎も、

「あっ、あの」

「まだ何か用かい」

勝は眉をひそめてから、しまったというふうに目をつぶって、

「ああ、そうだ、吹っかけたのはこっちだったな。詫びのしるしだ。見学の件は伝習所の連中に言っといてやるよ。もっとも伝習所は、うん……行きゃわかるさ。とにかく『咸臨』はないけど、ほかの船なら船底(ふなぞこ)のねずみ一匹にいたるまで隠さず見せるよう言っといてやる。しっかりやれよ。じゃあな」

勝はせかせかと出て行ってしまった。房五郎はその背中を見ながら、ぼんやりと、

（もしも築地を飛び出さなかったら、いまごろは、この人の指導を受けていた）

そのほうが自分にとって良かったのかもしれぬと考えたりした。もっとも築地にいたとしたら、房五郎は下っぱのまま。とても日本一周などという経験はできなかったにちがいないが。

†

四日後、房五郎は、長崎奉行所の招待により、武田斐三郎らとともに長崎の海軍伝習所を見学した。

「咸臨」はなかった。「咸臨」の姉妹艦である「朝陽」もなかった。

「鵬翔」も江戸へ行ってしまったというし、残っているのは「長崎」のみ、しかしこれは房五郎たちの乗って来た「箱館」よりさらに小さな帆船だった。隠さず見せてもらったところで何の勉強にもなりはしない。

いや、それより何より、実際には伝習所そのものが存在しなかった。

房五郎は、これには呆然（ぼうぜん）とした。留守宅どころの話ではない。何とまあ半年も前にもう閉鎖命令を受けていて、学生たちは江戸へ帰り、オランダ人教師団も帰国したのだという。房五郎はもとより、武田ですら、この事実をまったく知らなかった。武田はさびしそうに首をふって、

「箱館というのは、つくづく耳が遠い土地ですね」

もっとも、この場合は、別の事情もからんでいた。房五郎はあとで知ったのだが、どうやらこの閉鎖措置の背後には江戸城内のすさまじい権力闘争があるらしく、逮捕者や処刑者まで出ていたので、誰も彼も、うっかり余計なことを口走ったら累（るい）がおよぶと恐怖したのだ。

そういえば武田と房五郎は数日前、長崎奉行所の役人たちの「箱館」見学の案内をしたが、あのと

き彼らは「咸臨」のことも、伝習所閉鎖のことも口にしなかった。

例の口の軽い勝麟太郎でさえ、ことばを濁したくらいである。役人の自衛本能というべきだろう。とにかく房五郎はこのとき海軍伝習所を見ることができず、かろうじて残されていた修船工場だけを見て満足するほかなかった。収穫は無に等しかったのである。

いや、収穫は、強いて言えばひとつあった。その修船工場の見学のとき、案内役の役人に、何気なく、

「勝先生は遠くへ行くと言っておられましたが、どこへ行かれるのです」

「アメリカですよ」

「えっ」

房五郎は、つい声をあげてしまった。役人はあわてて、

「えっ？ ご存じなかった？」

「勝先生は、アメリカに行くんですか。『咸臨』でですか」

詰め寄ったら、ため息をついて、

「わしが言ったと言わんでくださいよ。たしかに『咸臨』らしいです」

事情は、こういうことだった。昨年七月、日本とアメリカは日米修好通商条約を結んだ。幕府はずいぶん交渉を長びかせたが、最終的には、アメリカ側の駐日総領事タウンゼンド・ハリスの粘り勝ちになった。

ところで条約とは、結べば発効というものではない。まず双方の主権者の確認をもらう、いわゆる批准の手続きをして、この批准書を交換する必要がある。

交換のためには今度はこっちが人をアメリカに派遣しなければならず、そのための船はアメリカが

軍艦ポーハタン号を出してくれることになったが、日本としても、いくら何でも一隻も出さないのでは威信にかかわる。

　そこでポーハタン号の護衛という名目で——子亀が親亀を護衛するようなものだが——「咸臨」を出すこととし、その艦長に、勝麟太郎を任じたのである。成功すれば太平洋を自力で横断した最初の日本人ということになる。

「勝先生が」

　房五郎は、ぼんやりとつぶやいた。あの口も軽いが腰も軽い、越後者とは正反対の人間が。いや、むしろ、口も軽く腰も軽いからこそ壮挙にふさわしいのかもしれない。

（自分は、どうか）

　役人は、

「わしが言ったと言わんでください。頼みます」

　と、そっちばかり気にした。武田も何か不得要領な表情をしている。ふたりは修船工場をあとにして、それっきり伝習所のことは話さなかった。

「箱館」出港の日取りが決まると、房五郎はその準備に忙殺された。例の石炭の積み込みはすっかり終わっていたけれども、船倉へ下りると、石炭の樽(たる)がだいぶん足りない。空きがある。このままでは航行が不安定になる。

「石炭が、思いのほか高値でして。もう金がありません。どうしましょう。先生」

　と窪田要蔵に泣きつかれて、房五郎は、

「そういえば寺町通(てらまちどお)りの何とか寺が、庫裏(くり)か何かの取り壊しをしてました。屋根瓦の割れたのが散らばっていたから引き取ってはどうですか。あれなら行く先で不要になっても海中へ捨てられる」

「それはいい」

要蔵は他の学生とともにそこへ行き、大工たちと交渉した。大工たちは片づけの手間がはぶけたと言って逆によろこんで、少々の引き取り料までくれたのである。

「先生、さすがだ。先生」

要蔵の尊敬は頂点に達したが、房五郎は無表情で、

「出発しましょう」

長崎を出た「箱館」は、鹿児島沖をまわり、伊予国長浜に停泊した。長浜は大洲藩加藤家六万石の港町で、大洲藩は武田の故郷である。武田は陸(おか)へ上がってしまうと、数日間、戻って来なかった。故郷の英雄たることを満喫したのかもしれない。

それから船は瀬戸内に入り、兵庫、堺(さかい)を経て、太平洋へ出て、遠州灘(えんしゅうなだ)にさしかかったところで風が絶えた。

船は、完全に停止した。

十月なかばの午後である。房五郎は上甲板へ出た。手をのばせば届きそうなところに浜名湖の白い湖面が見え、富士山までもが見えているのに、港へは近づけず、水夫たちもあくびをしている。

(蒸気船なら)

と、房五郎は思わざるを得ぬ。

(蒸気船なら、走れる)

要蔵を呼んで、

「鰹が食いたい」

とつぜん言いだした。要蔵は目を剝(む)いて、

「えっ？」

「鮪でもいい。短艇を出してください」

ほどなくして、房五郎ひとりを乗せた短艇がロープで海面に下ろされた。房五郎は仲間たちを見あげて、

「じゃあ」

手を差し上げると、オールで漕いで本船から離れ、釣り糸を垂れた。

鰹には、やや季節がすぎている。鰯などの生き餌もまいていないし、糸の先の針につけたのは堺で買った奈良漬である。

釣れるわけがない。もっとも万が一、獲物がかかったりしたら、短艇はひっくり返るかもしれない。

房五郎の目的は魚ではなく、人と離れ、たったひとりで考えることにあったのである。

波のない、無邪気に明るい海面を見つめながら、思い出すのは、

(勝先生)

すなわち、勝麟太郎。あの浜名津屋の土間でのやりとりは、その後もずっと心の一等地を占領していた。

さながら宿題の宝庫のような経験だったが、その宿題の第一問は、

(本)

書物に対する態度の差だった。房五郎が本を越後から送ってもらうよう母に頼んで、途中でおそらく盗まれたか紛失されたかしたのに対し、勝はわざわざ自分で江戸から来て、無事に受け取りを果たしたのである。

むろん勝にとって長崎はかつての職場ともいえるわけだから、他の用事も、たとえば残務整理とい

ったようなものもあったのだろう。だとしても、この点、勝はたしかに尊敬できる。しかしながら逆にいえば、勝ほどの人がこんなことに時間を割くというのは、この国の社会が何か重大な欠陥を抱えていることを示唆してはいないだろうか。

遠隔地間の物品の送達という基本的な事業において、日本は未熟なのではないか。物品だけではない。

（手紙も）

手紙には、房五郎はこだわりがある。

あるいは古い因縁がある。五歳のとき母が書いたそれを抱いて雪のなか糸魚川まで旅したことは、こんにちにいたるまで強い自恃と自信の源になっているし、また、その内容がじつは生活費の無心だったと知ったときの屈辱の念も、忘れようにも忘れられない。

手紙というのは単なる紙ではない。人の心がどこへ向かって走る要因にもなる、いわば帆船にとっての風なのである。

いや、心だけの問題ではない。長じて江戸へ出てからも、房五郎は、ひじょうに具体的な意味において、手紙で窮地を脱することができた。糸魚川の旧友・柿太が送ってよこした一通のそれが叔父の相沢文仲の死を知らせたことで、房五郎は急いで帰郷して母を幽閉先から救い出し、あわせて相続に関する正当な権利を主張することができたのである。

もしも、である。もしもあの手紙が届いていなかったらどうだったか。母はどんな仕打ちを受けていたか。

房五郎はそれを思うと、いまでもぞっとする。これは決して妄想ではない。実際にその後、房五郎は、柿太と西への旅をしつつ、大桐から、鳥取から、馬関から、唐津から……たくさんの手紙を母へ出したが、あとで母に聞いたところでは、その半数は不着だった。途中で消えてしまったのである。そういえば師の武田斐三郎も、箱館から故郷・大洲へ送った手紙はしばしば同様だったと言っていた。帰郷して判明したのだ。

勝麟太郎ではないけれど、たしかに「悪いのは飛脚じゃねえか」。この国ではどうやら、手紙というのは、その価値にふさわしい丁重なあつかいを受けていないらしいのである。

（困る）

もっとも、現時点では、房五郎の最大の関心はそこになかった。最大の関心はやはり自分の将来にあった。いまの自分は、

「船乗りじゃ」

口に出した。

人生の夢は、かなったのだ。そうして帆船「箱館」は、このぶんなら九分どおり無事に箱館へ帰港できる。西洋船での日本一周の達成はおそらく史上初の快挙であり、夢にはおまけまでついた。が、

「今後は、どうする」

口に出したとたん、

——知るか。

と、まるで即座に応じるかのごとく水面（みなも）で小魚がちゃぽんと跳ねた。

海は、変わらず凪（な）いでいる。

釣り竿（ざお）の先はぴくりともせず、小魚の波紋もやわらかく消えた。房五郎は盛大に息を吐いた。一生船乗りでいい、とはもう思えなかった。目を上げれば水平線がある。あの向こうには、

（アメリカ）

日本人がそこへ行く。自分で蒸気船を操船して……正直、衝撃的だった。これまでは海防ばかり気になって、言いかえれば向こうが来ることばかり気になって、こっちから行くという可能性にはほとんど思いが及ばなかった。

しかも勝がそれをする理由は、条約批准書の交換だという。正確にはその随行にすぎぬらしいが、それでも房五郎には目がくらむほどの理由である。すぐれた船乗りは船乗りを超えるとかつて旧友の柿太へうそぶいた房五郎が、その超えるところをまざまざと見せつけられた。

ひるがえって、

(自分は)

房五郎は、陸のほうへ首を向けた。富士山があった。その頂上は薄く雪をいただいていて絵に描いたように美しく、また絵に描いたように、

「……退屈じゃ」

口から、語がもれた。

陽はまだ高かったけれど、房五郎は竿を上げてしまった。針には奈良漬がついていた。はずして食ったら味がなく、ぐにゃぐにゃ奥歯へねばりつく。顔をしかめ、海に吐いた。

†

「箱館」はそれから浦賀に入り、宮古(みやこ)の鍬ケ崎(くわがさき)の港に入った。

ときに十一月初旬である。にわかに天が黒く濁り、風雪が激しくなったため腰を落ち着けることに決め、年を越した。

翌年（安政七年）一月下旬、天気晴朗になり、風もやわらいだので船を出した。まっすぐ箱館に到着して企図完遂、遊歴期間は約七か月だった。

箱館奉行・堀織部正利熙には目通りを許され、

「格別、賞賛に値する」

との賞辞をあたえられた。

それだけだった。記念品もなし、武田以外は給金もなし。房五郎以下はみな元の無一文に戻ったのである。

洋行失敗

帰港して間もなく、房五郎は箱館奉行の庁舎内、武田斐三郎の部屋をたずねた。武田は航海前と同様、畳の上に図面を広げて何か仕事をしていたが、

「武田先生。わしは箱館を去りとうございます」

いきなり言うと、身を起こして、

「でしょうね」

「わかりますか」

房五郎は、目を見ひらいた。武田はちょっと眉をひそめて、

「どうして聞くのです？　これまで何度も師を換えた人が或る日から急にふさぎこんで、浜松沖でひとり釣り糸を垂れたりした。わからないほうがどうかしています」

根気がない、と言われたに等しい。房五郎は、

「すみません」

頭を下げるしかないが、武田は責めるふうでもなく、

「異国へ渡りたいのでしょう」

「そこまで、お察しに」

「私もそうでした」

伏し目がちにほほえんで、ひとつの逸話を披露した。七年前、ペリーが黒船四隻をひきいてはじめて浦賀に来たとき、武田は江戸深川にある洋学者・佐久間象山（しょうざん）の塾の門人だったが、何しろ象山という人はかねて西洋砲術に関心の深い人だっただけに、

「来るべきものが来た。どの程度の兵装なのか、この目で見ねば」

武田たちを引き連れて浦賀へ行き、近くの岬（みさき）に上陸して、望遠鏡でつぶさに目睹（もくと）した。

結局はまあ目睹以上のことはできず、江戸へ引き返したわけだが、このときの門人のうち、長州出身の吉田寅次郎（とらじろう）（松陰（しょういん））という若者は、ペリーが翌年ふたたび来たとき、独断でさらに大胆な行動に出た。

何とまあ黒船まで漕ぎ寄せて、水夫相手に、

「アメリカへ、連れて行ってくれ」

と申し出たのである。

黒船側は拒否。これがきっかけで吉田は長州の萩（はぎ）へ送り還（かえ）され、投獄され、それから自宅謹慎となったものの、なおも自宅に若者を集めて「孟子（もうし）」などの講義をやり、さらには彼らをけしかけて過激な政治運動までさせた。

世間はこの反社会的な師弟の集団を「松下村塾（しょうかそんじゅく）」と呼んだ。

「二度目のときは」

と武田はふっと笑って、

「二度目にペリーが来たときは、私はたまたま所用で長崎にいました。私もアメリカを見たかった。

江戸にいたら吉田さんとともに行動していたでしょう」

口調の静かさが、かえって房五郎を戦慄(せんりつ)させる。吉田寅次郎はその後、幕府の忌諱(きき)にふれ、江戸伝馬町(てんまちょう)へ送られて処刑されたのが昨年十月。まことに極端な人生だったが、それならば目の前の武田も、ひょっとしたら吉田と同様に首を斬られていたかもしれない。

箱館の技術者兼教授になるかわり、故郷大洲の卒塔婆(そとば)となっていたかもしれない。みんな時代の子なのだ。

「房五郎、あなたも危ない」

武田はやや口調をきびしくして、

「あなたも黒船を見に行っている。たったひとりで久里浜へ、雇われ人足にまで身をやつして……あなたのほうが始末が悪い。なりません」

「え？」

「箱館を去ることは、この私が許しません」

「そんな」

房五郎は図面を押しのけ、膝行(しっこう)して武田に近づき、

「そんな、ご無体な。わしはもうやるべきものはやりました。ここにいても成長はない。一日も早く江戸へ帰って異国ゆきの好機をうかがうべく」

「その江戸が、いま血で荒れているのです。あなたも知っているでしょう」

「はい」

と、房五郎、ここは首肯せざるを得ない。日米修好通商条約締結からこのかた、江戸の人々は、いや日本中の人々が、いわば物狂いになってしまった。

具体的には政治論である。論の中身はたいていおなじで、尽忠報国、尊王攘夷、要するに「西洋人を排除しろ」。なかには条約締結の責任者にして開国政策の推進者である大老・井伊直弼を暗殺せんと公言する者もあるくらいで、

「そんなところへ飛びこんで行ったら、あなたのような人は病気を伝染されかねない。房五郎」

「はい」

「私は、あなたを第二の吉田松陰にしたくないのです」

房五郎はすごすごと武田の部屋を出て、それっきり箱館奉行には近づかなかった。

港からも足が遠のき、本も読まず、酒も飲まず、雨の日などは一日中神社の軒下に突っ立ってぼんやりした。まったく無為の日々だった。が、或る日、武田に呼び出されて、久しぶりに箱館奉行へ出頭すると、武田はほほえんで、

「私は、まだあなたの師ですか」

「もちろんです」

「ならばこれは師の意思です。『箱館』に乗り組んで、もういちど日本一周の旅に出なさい。箱館奉行の堀様がぜひ当地の昆布を馬関あたりで売り捌きたいと……」

「いやです」

房五郎は、即答した。遺恨ではない。ひとたび達成したものを繰り返すのは徒労でしかない。武田はため息をついて、

「そう言うと思いました。けれども今回は、少しく事情がちがうのです。まず私は同船しない」

「え？」

「それから」

と、武田は次々と条件を出して来た。船長は形式的にひとり立てる。房五郎はその部下の測量役という職に就く。つまり学生ではない。ほかの学生は乗り組まない。

「いやいや、武田先生、測量なら前回もわしがやったではありませぬか。航海日誌まで書いたのですから……」

「わかりませんか」

武田は房五郎を指さすようなしぐさをして、

「あなたはご公儀によって、正式に役職をあたえられる。すなわち武士の扱いを受けるのですよ」

(武士に)

房五郎は一瞬、泣きそうになった。あわてて空唾(からつば)を呑んで、

「え、え」

それほど甘美な話だった。

これまでの身分は、曖昧(あいまい)きわまるものだった。腰に刀はさしているし、巻退蔵などという侍らしい名乗りをしてもいるが、正味のところは農夫である。農夫が嫌なわけではないが、自分で自分がわからないのは落ち着かない。およそ人間というものは、何が不安といって、社会との距離の取りかたが一定せぬほどの不安はないのである。

それが、解決する。がしかし、それ以上に感慨深いのは、

(母上)

房五郎は、故郷の母ていの顔が思い浮かんだ。母はれっきとした武家の女だった。三百石取りの高田藩士・伊藤家に生まれ、名門の子女のつねとして藩主・榊原政養(さかきばらまさきよ)の奥づとめをした。それが上野の家に嫁して農民の身分になったばかりか、夫の死によって家を出て、母ひとり、子ひとり、深夜まで

糸車をまわすような暮らしを余儀なくされた。

その子がふたたび武士になる。厳密には武士待遇といったところだが、それでも、

（どんなに、よろこばれるか）

さっそく手紙を書こうと思った。ちゃんと着くかどうかはわからないが。房五郎は平伏して、

「失礼しました。つつしんでお受けいたします」

武田はおだやかな声で、

「航海中は、士官室もあずけましょう。あなたひとりの部屋です。本を読むなり物思いにふけるなり、自由にお使いなさい」

「はい」

房五郎はこの瞬間、箱館へ来てよかったと心から思った。われながら現金なものだった。

†

三か月後、「箱館」は初夏の風を帆に受けて、またしても箱館を出港した。

少しでも売りしろを稼ぐため、房五郎は、士官室まで昆布で埋めてしまった。馬関では値がつかなかったので長崎で二割ほど売り、残りの八割は大坂で売りきった。

三か月という前回の半分以下の期間を経てふたたび箱館へ入ったが、利益は少ししか上がらず、結局は、

（武士がいくら馳駆(ちく)しようと、手なれた商人にはかなわん）

そのことを思い知った。

箱館奉行・堀利熙も同様に考えたのだろう、房五郎を呼んで、じきじきに、

「もう船はよい。江戸へ帰れ。江戸ではおぬしのような洋学と外国語にくわしい者を必要としている」

「はい」

房五郎はさっさと荷物をまとめて、最後の晩、なけなしの貯金をはたいて山之上町の雪屋で盛大に飲んだ。

この宴会には、武田もまねいた。武田はあいかわらず芸妓たちに人気があった。めずらしく深酔いして、

「私も、いまの仕事が一段落したら江戸へ呼び返されるでしょう。ええもう、呼び返されるでしょう」

その口調は、意外にも明るいものではなかった。

よほど箱館が気に入ったのかもしれぬ。あるいは何か幕府の組織上の機微があるのかもしれぬ。翌朝、房五郎は窪田要蔵とともに箱館を発った。窪田とは青森へ渡ったところで別れたが、別れぎわ、

「わがふるさと、出羽庄内はいいところです。いずれぜひ来てください。米を食うようにだだちゃ豆を食わせてあげます」

「うん」

房五郎は、ひとりまっすぐ南下した。野心のほか何もなく江戸を飛び出した房五郎が、幕命を得て江戸に帰った。

†

帰るや否や、武士としての活動が始まった。

といっても、べつだん江戸城で身分証明書を交付されるわけではなく、公務をあたえられるわけでもない。旗本や御家人ではないので俸禄ももらえない。結局こっちから動いて仕事の口をさがすしかない点において、房五郎の境遇は、前と変わるところがなかった。

友人知人を訪ね歩き、情報を集める。慣れたものである。耳寄りな話をひとつ仕入れた。旗本の小松某という人が長崎奉行の調役だか何だかに任命され、赴任が決まったため、旅の従者をさがしている、うんぬん。

さっそくその小松氏の屋敷へ行ったところ、小松氏は、

「従者は三名を要する。着くまでに現地および諸外国に関する知識を習得したいが、貴殿はそれを教えられるか」

「問題ありません」

「では、頼む」

大した仕事ではない。要するに旅をしながら講義するだけ。ただこのとき従者仲間に瓜生寅（うりゅうはじめ）という福井藩出身、七つ年下の学者がいて、しきりに、

「これからは、オランダ語の時代ではありません。英語の時代です」

と主張したばかりか、実際にその初歩を小松に授けている。房五郎も、教わった。この旅の最大の収穫だった。

江戸へ帰ってまもなく、幕府を震撼させる事件が起きた。ロシア軍艦ポサードニク号（乗員三百六十名）が対馬浅茅湾に侵入して尾崎沖に停泊。艦砲を発射して水兵たちを上陸させたのである。彼らは勝手に畑の野菜を掘り、牛を奪い、木を伐り、ロシアふうの家を建て、井戸を掘りはじめた。誰がどう見ても永住する気だった。

対馬は、日本の領土である。

江戸の将軍とのあいだに君臣の礼を結んだ宗氏が代々はっきり治めている。当代の藩主・宗義和に対して、艦長ビリレフは、

「船体が損傷している。修理しなければ出られない」

と見えすいた主張をした上、

「芋崎付近の土地の租借を要求する」

事実上、くれと言った。幕府は事件発生から三か月後にようやく外国奉行・小栗忠順を派遣して退去を要求したけれども効果はなく、宗氏も業を煮やし、幕府に対して、

「九州への移封を希望する」

と前例のない職務放棄の願書を提出する始末。実際、対馬藩は、番兵をロシア水兵と衝突させて死者まで出していたのである。

幕府は、なすすべを知らなかった。さらにむなしく二か月がすぎ、支配の既成事実が積み上がった。解決を申し出たのはイギリスだった。公使オールコックが横浜から軍艦二隻を急行させ、ビリレフに抗議したのである。

対馬問題は、まるごと露英問題になった。

幕府も二度目の外国奉行派遣を決定する。今回は野々山兼寛という人物であり、ほかにも目付・小

笠原広業、勘定吟味役・立田正直といったような重役どころが選ばれた。

野々山の部下のなかには、組頭・向山栄五郎という人がいた。号は黄村、素養は漢学にあり、維新後に駿河国府中の地名変更の儀がもちあがったさい「静岡」と親しく命名したほどの声望があったが、この向山がかねて房五郎とは見知りの仲だったので、

「いっしょに来てくれ」

と人を介して依頼され、房五郎は、

(政治じゃ)

翼が生えたような気になった。箱館で武田斐三郎に聞いた吉田松陰の逸話を思い出して、

(わしもこっそり、イギリスの軍艦に乗せてもらうか)

とまで思いを馳せた。ただちに向山の屋敷へ行って、

「その対馬ゆき、ぜひお供させてください。海防はわが年少のころよりの強い関心の対象なのです。草履取りでも何でもします」

「そんなことはせんでいい。ロシアは箱館と近い。道中、箱館で得た知識を授けてくれ」

「承知しました。事態は急を要しますな。さだめしご公儀は、アメリカ帰りの『咸臨』あたりをまた出すのでしょうな。出港はいつですか。三日後ですか」

向山は、見るからに肉体労働には向いていない感じの小さな頭を横にふって、

「出立はまだ先。このたびは陸路じゃ」

「陸路？　ああ、では東海道……」

「中山道と決した」

「はあ」

房五郎は、空足を踏んだような気になった。中山道は東海道より距離が長い。ずいぶんのんびりした話だが、なお身をのりだして、

「ならば対馬へは、どの港から。大坂かな」

「長崎になろう」

一か月後、江戸を出ると、外国奉行・野々山兼寛の行列はみごとなものだった。先駆けの槍持は巨大な赤い鶏羽の飾りをつけた長槍を掲げ、つづいて鎧兜に身をかためた野々山自身の騎馬姿。そのうしろには小姓、弓隊、茶坊主までいる。

みごとに悠々閑々としていた。房五郎ははるか後方を歩きながら、ひそひそ声で、

「何です、これは」

と向山に問う。向山は馬の糞でも見たように顔をしかめて、

「ご公儀の秘策だ」

「秘策？」

「さだめし長崎では長逗留になるであろう。なじみの女がいるなら流連していいぞ」

ここまで言われて、房五郎もようやく察しがついた。野々山はわざと現地到着を遅らせている。着くころには露英間で話がついて、ロシアが撤退しているだろうと、それを期待しているのだ。

幕府は紛争解決の実利を得て、しかもその解決には自分たちが関わったと国内に対して誇示することができる。房五郎は腹が立って、

「姑息にすぎる」

「声が大きい」

向山も声を沈めて、

「わしもな、何度もそう申し上げたのじゃ」

行列は大坂を経て長崎に達した。ほんとうに完全に陸路だったので、これだけで四十日以上を費した。

路次、すでにしてロシア撤退の一報を得ている。

それでも野々山は足を速めず、引き返すこともせず、長崎でも向山の言ったとおり為すところなき長逗留。もとより房五郎は「なじみの女」などはいないので、ときどき浜名津屋でおそのを相手に晩酌しただけだが、それでも話がつきてしまった。

薩摩藩に蒸気船「天佑」を出させて乗船し、対馬厳原に上陸したのは文久元年（一八六一）十月下旬。ロシア撤退から二か月後だった。野々山は宗義和に案内させて全島をめぐり、向山と房五郎もこれに随従した。

ロシア側がほしがったという芋崎の地へ行ってみると、そこは島の中部、浅茅湾に突き出た岬の先っぽだったが、いまだにロシアふうの家屋や馬小屋が建っていたし、山の上には見張り所まであった。軍事基地にするつもりだったのだろう。向山が胸をなでおろして、

「いや、これは危なかったのう。じゃがもうこれで対馬は安泰、日本も安泰じゃ」

と無邪気な笑みを浮かべたのには、房五郎は内心、仰天した。

(正気か)

ロシアは対馬をあきらめたのではない。ただ単にイギリスとの砲戦を避けたにすぎないし、そのイギリスにしたところで好意で追い払ってくれたわけではなく、すきあらば自分が奪るつもりなのである。当たり前ではないか。日本海には船をつけられる島は少ないので、ここを得られれば、大陸支配にも日本支配にも大いに益があるのだから。

もちろん房五郎は、かねて海防に関心が深かった。旅も重ねている。日本海とその沿岸地域の海防については全国随一の知見を持つはずだが、しかしその差があるにしても、向山のごとき物のわかった人物ですらこの理解の浅さである。「故意の遅刻は卑怯」という世俗道徳以上のものを持つことなく、外交に好意が存在すると思っている。

太平気分が脱けていないという点において、向山栄五郎も、あの赤い鶏羽の野々山兼寛も、房五郎の目にはおなじだった。十二月下旬、一行は熊本藩の船で対馬を離れ、呼子に渡り、そこから唐津、博多を経て江戸に帰った。

たかだか江戸と対馬の往復だけで、かつて「箱館」で日本一周したよりもはるかに多くの月日を費したことになる。ほかならぬ外国奉行という、日本の外交一切をつかさどる機関が。

(いいのか)

外国人よりも、房五郎はむしろ幕府のこの立ったまま居眠りをしているような姿のほうが恐ろしかった。

†

ただしポサードニク号事件は、房五郎の処世には役立った。江戸に帰るや、各藩から、

「うちに来てくれ」

という依頼が来たのである。

特に日本海側の大藩が多かった。やはりロシアの動向に対しては敏感たらざるを得ないのだろう。

房五郎は生まれてはじめて雇用主を選べる立場となり、最初は出雲松江藩、ついで越前福井藩の世話

になった。

どちらも仕事は似たようなものだった。松江藩は「八雲」、福井藩は「黒龍」、外国から購入した蒸気船の機関士長。房五郎はそれを動かすというより、むしろ藩士へ動かしかたを指導することを期待されたふしがある。まずは練習艦の教授といったところで、しかもときどき藩の依頼によって洋学がらみの学術調査もやったので、或る意味、箱館における武田斐三郎とおなじ身になったわけだ。

実際、房五郎は、若い学生に話しかけられると、つい、

「何です」

と、武田さながらの丁寧な口調になってしまう。自分はよほど影響を受けているのだと思い知らされるのはこんなときである。学生はどちらの藩もだいたい態度がまじめだった。頭のいい者もいた。ただ、命じられて学んでいるからか、創意工夫の念にとぼしく、また房五郎に向かって、

「先生、もっと船を出しましょう」

と食ってかかるような者もいない。これはやや物足りなかった。

物足りないといえばもうひとつ、このころ、彼らにオランダ語を教えつつ、心のなかで、

（オランダは、だめじゃ）

見切りをつけてしまっている。

とにかく存在感が低下している。特にここ一、二年のそれは目を覆うほどで、かわって燦然としているのは、何といってもイギリスだった。

房五郎はその輝きを、例のポサードニク号事件で痛感した。

何しろあの対馬で狼藉という狼藉をつくし、聞く耳をまったく持たなかったロシア艦をたかだか軍艦二隻と抗議ひとつであっさり退散させてしまったのだから、いうなれば「こらっ」と一喝しただけ

で熊を追い払ったようなものである。その秘密は、目の前の軍艦というより、

（国力、そのもの）

そこにあると房五郎は見た。圧倒的な軍事力、圧倒的な経済力、そうして何より人材の豊富さ。

おそらくそれは一朝一夕に得たものではなく、十六世紀以来の冒険と戦勝、それと支配の実績によるのだろう。彼らはアイルランド、北アメリカ大陸、インド亜大陸、南アメリカ大陸、オーストラリア大陸、中近東、中国大陸等々、およそこの世界で少しまとまった土地と見ればかならず手を出した。そうして、ときに隠微に、ときに平然と、宗主国としての統治を企図した。いまもしている。なかには北アメリカのように独立を許した地域もあるとはいえ、この地球は、大英帝国を中心にして回転しているのだ。

その回転に、日本も巻きこまれている。武州(ぶしゅう)横浜の地などは開港以来、着々と外国人がふえているが、人数の上ではイギリス人が多くを占めて、あとのフランス人、アメリカ人、ロシア人等はぜんぶ合わせてようやく比肩できるかというところ。必然的に、英語が公用語のようになっている。

オランダ語など、影もかたちもないという。逆にいえば、房五郎としては、英語ひとつを学べばどの国の人間とも或る程度は意思の疎通ができるようになる見込みがある。

（なりたい）

その欲が、夏雲のように湧きあがった。そういえば箱館にいたころ、山之上の遊郭でも、外国人で羽振りがいいのはイギリスの船乗り連中だった。

しかしながら松江や福井では、どう努めても、英語を学ぶすべはなかった。たとえば長崎への旅をともにした英語びいきの瓜生寅など、福井出身なので帰省して来ることもあったけれども、たかだか数日教わるだけでは、語学というのは趣味の域にも達しない。

或る日、房五郎は決意した。福井藩主・松平茂昭（まつだいらもちあき）の側近である中根雪江（ゆきえ）に目通りを願い出て、

「退任を、お許しいただきたく」

中根はおどろいて、

「まだ半年も働いておらぬではないか。殿様（とのさま）はおぬしに手ずから短刀を賜わったのじゃぞ」

「ほんとうに申し訳なく思っているのです、中根様。ただわしは、オランダの無力を知ってしまった。知りながら学生にその言語を魁らしく伝えるのは、さらに申し訳ない。貴藩のためにもなりません」

「外国へ行きたい、とも申しておったが」

「はい。そのためにも一日も早く英語をわがものとし、日本国に貢献いたしたく」

十日後、中根はこれを受理した。

一国に有益な人材をたかだか北陸一藩に閉じこめるのはいかがなものか、という親藩の理性の故だったか。それともただ単に、房五郎の頑固さに匙（さじ）を投げただけだったか。房五郎は数宵を徹して機関学とオランダ語文法、二冊の教科書を書きあげ、学生にあたえて、

「みんなでこれを写してください。新しい先生の言うことをよく聞いてください」

旅じたくを始めた。

（どこへ行こう）

行き先も、選ぶことができる。

江戸か、長崎か、大坂か。それとも案外に箱館か……第二の故郷が多すぎる。結局、

（長崎）

西をめざして歩きだした。理由はいろいろあったけれども、江戸や大坂は、

（時局臭が、強すぎる）

それを嫌ったのである。

大都市は政治の、というより政治論の波をかぶりやすい。尊王攘夷、尊王攘夷とお題目のようにとなえて血刀ふりまわす過激な浪士とどこで出会うか知れたものではなく、出会えば房五郎のような洋学派は、ポンと首が飛んでしまう。

現に大老・井伊直弼は飛んでしまった。井伊はかねてから各国との通商条約の締結やその後の開国政策の推進、反対派の弾圧などによって過激な志士たちの敵意を買っていて、安政七年（一八六〇）三月三日の雪のなか、桃の節句の賀詞のため登城しようとしたところを桜田門外で襲撃された。下手人のほとんどは脱藩した水戸藩士、徳川御三家の臣である。江戸はもはや安全な街ではなくなったのである。

その点、長崎ならば街そのものが洋学に対して寛容で、おっとりしている。

要するに常識がある。房五郎は例の浜名津屋に荷を置き、英語の先生をさがしはじめた。わりと容易に見つかった。

長崎にはC・M・ウィリアムズやG・H・F・フルベッキといったようなアメリカ人宣教師がいて、布教こそ幕府によって禁じられていたものの、自宅を塾にしていたのである。

房五郎は特に後者の家へ通った。フルベッキは五つ年上の三十四歳。アメリカ人ながら生まれはオランダで、したがってオランダ語と英語をどちらも使うだけでなくフランス語もできるし、ドイツ語もできるし、さらに房五郎たちへ、

「日本のことば、おもしろいです。私にも教えてください」

としばしば日本語で言った。一種の異能の人だった。

ほかにも学生は、けっこういた。幕府のオランダ通詞もいたし、西国各藩、特に佐賀と薩摩から人

が来ていた。たいていは微禄の藩士だったけれども、それを言うなら房五郎は無禄である。すぐに打ちとけた。もっとも房五郎は、内心では、

（なぜ、彼らが）

佐賀は、わかる。前藩主・鍋島直正（閑叟）がひじょうに開明的なのである。ペリー来航前から自分で何度も長崎へ足を運んで西洋の文物を見分し、藩士たちに学習を命じるほど。

何とまあ大砲鋳造用の反射炉まで――繰り返すがペリー以前に――完成させているあたり、ほとんど近代化が藩是である。

だが薩摩のほうは事実上の藩主・島津久光が特に西洋好きなわけでもなく、家臣の士風も土俗的で、藩そのものが極度の鎖国政策を敷いている。

西洋どころか他藩の日本人すら出入りするのを拒んでいる。なのに、

（なぜ）

とにかくこうしてフルベッキの塾では、幕臣系と薩摩藩士が、机をならべてABCの合唱をすることになった。いまや京のみやこでは中央政局の主導権をめぐって激しく対立している両勢力の関係者がである。やはり、つくづく、

（長崎で、よかった）

房五郎のこの塾通いは、しかし長くつづかなかった。

江戸から募集が来たのである。内容は要するに、

「求む、外国へ行きたい者」

いわく、このたび幕府は「鎖国の儀」を以て使節をヨーロッパに派遣することになった。ついては長崎奉行支配定役格、英語稽古所学頭・何礼之を以て通訳に任じる予定であるが、通訳には従者一名

が必要であり、これを募るものである。意志ある者は名乗り出よ、うんぬん。

房五郎にとっては、

（来た来た来た）

待ちに待った好機である。その役宅へ駆けて行った。

何礼之は、若い。

噂では、まだ二十四だという。房五郎より五つ年下である。会ってみると頭部の形状が異様だった。耳から上が極端に大きく、ひたいが広く、目鼻が下方に寄り集まっている。その目めがけて、

「従者にしてください」

と言おうとしたが、それよりもまず、

「そのお年で、なぜ英語の達人に」

尋ねてしまった。

何礼之はその大きな頭をゆらゆら前後に動かしつつ、

「もともと私の父は、唐通事でして。長崎へ来る唐人（中国人）相手の翻訳方をつとめていたので、私も十五歳で清国のことばを会得しました。私の姓名はほんとうは『が・のりゆき』と読み、れっきとした日本人ですが、おかげでみんな唐ふうに『か・れいし』と」

「ええ、ええ」

「その後、ご公儀が条約を結んで、この長崎にもひんぱんに西洋の軍艦が来るようになったので、ぜひ彼らの言語も読み書きしたいと。六、七年前かな」

「六、七年前？　そのころ英語の塾は……」

「ええ、ありません」

「どのように勉強を」

「独学で」

何礼之は、にこにこしている。言われてみると中国人ふうの笑顔かもしれぬ。房五郎としてはその独学の中身こそが知りたいので、ひざを進めて、

「どのように」

何礼之は事もなげに、

「英語から清国語、清国語から英語。この二冊の辞書を唐人から買って、百読千読しただけです」

(何と)

房五郎は、呆然とした。日本の英語学習史のあけぼのとは、このように無茶で単純で直截(ちょくせつ)で、しかし合理的といえば究極的に合理的な方法によるものだった。

何かお伽話(とぎばなし)を聞いている気がする。我に返って、

「それじゃあ、フルベッキ先生が来られたころは……」

「もう読み書きはできましたね。先生には発音だけ教わりました」

房五郎がまた絶句し、この大きな頭にはどれほどの英単語がつまっているのだろうなどと思っていると、

「それで、ご来駕(らいが)の用件は？」

「あ、そうだ。ご公儀の使節の従者にしてください。わしのような初学者では物足りぬかもしれませんが……」

「いいですよ」

「そんなに、あっさり」

「ほかに応募者がいないのですよ。あなたが最初。ご公儀の通詞はたくさんいるのに、海を渡るのが恐いのでしょう」

「わしなど、渡りたくて仕方がありませんが」

「私もそうです。もっとも、用事は至極つまらんものです。横浜鎖港の交渉ですので」

「鎖港？」

「無理に決まっています」

何礼之はため息をつき、説明した。このごろ世間の尊王攘夷病はますます発熱の度を加えていて、諸国の大大名はおろか、京の朝廷までもが政局にくちばしを入れている。

幕府はそれを無視できず、かといって彼らの言うとおり外国人を追い払うことは軍事的にも信義の上からも不可能である。なので、

「せめて横浜開港を撤回して、それでもって攘夷を実行したことにしようと。今回の使節はその交渉のため無理を承知で欧米諸国をまわるのだから、率直に言って、恥をかきに行くようなものです」

房五郎は、

「要するに、国内向けの芝居ですね。姑息にすぎる」

と声を荒らげつつ、前にも似たようなことを言ったと思った。幕府がこんな体たらくで、その役付たる自分はどうなるのか。何礼之は肩の力を抜くしぐさを見せて、

「まあ私たちの仕事はあくまでも通訳。どんな用事でも変わりません。ご公儀がわれわれの勉強のために船を出してくれるのだと、そう思うことにしませんか」

ふたりの仕事は、まず出航までに江戸に行くことだった。出航は一か月ほど先、十二月二十九日の予定である。

「陸路にしましょう」

と、何礼之が提案したところ、長崎奉行の役人は、

「陸路は日数が読めぬ。海路にせよ」

一般論としては正しい。山陽道、山陰道とも海ぞいを通るということは川の下流をまたぐということで、上流部の天気しだいで川止めになる。何礼之は、

「いまは冬ですよ。台風はないし大雨もない。海路のほうが信用できない」

と反対したが、

「すでに福岡藩に対して、同藩所有の『大鵬』を出すよう命じている。撤回はできん」

つまりは幕府の体面である。何礼之と房五郎は長崎で「大鵬」に乗りこみ、江戸をめざした。だがこの元来アメリカで建造された蒸気帆船は、出港後まもなく蒸気機関のボイラーに水漏れが見つかり、出力が大きく落ちた。高温で金属壁の接合部の一部が紙のように剝がれたのである。

船の両舷の外輪は、人が乗れそうなほどゆっくりとまわった。操船担当の福岡藩士はこぞって房五郎に助力を求めたが、

「相談するなら、どうして運転前にせぬ！」

房五郎は、めずらしく激怒した。藩士たちは哀れなほど小さくなって、

「上野先生、この御用が終わったら当藩でご指導を……」

「知るか」

最後の頼みとばかり二本マストに帆を張っても、こんなときに限って風は吹かぬ。「大鵬」はのろのろと、陸の亀のように東へ歩いて行ったのである。

房五郎はもう船のことは考えず、士官部屋にこもり、ひたすら何礼之に英語を学んだ。あっという

まに上達した。ひとつにはオランダ語の基礎があるせいだろうし、もうひとつには、じき本国で使うという緊張感があるからだろう。

結局「本国で」はなかった。江戸への到着は期日に遅れ、幕府の使節船はもうフランスに向けて横浜を出て行ってしまったのだ。

福岡藩の大失態である。だが特に幕府が叱責もしなかったのは、じつのところ、何礼之をさほど必要とも思っていなかったのにちがいない。幕府としては使節船を「出した」という事実があればよく、通訳の能力など二の次だった。

「だめでしたね、房五郎さん」

「ええ、先生」

ふたりとも、さばさばと話した。まじめに怒るにはあまりにも馬鹿馬鹿しすぎる結果だった。江戸には用はない。また長崎に向かった。帰りは陸路だった。みちみち何礼之は、

「塾をやりましょう」

と言いだした。

「え？」

「英語の塾を、長崎で。なぜならこのたびの私たちの屈辱は、畢竟、日本に英語の通詞が少ないことが原因だからです。幕府はオランダ通詞を多く抱えている。彼らで訪問国すべてをまかなえると思っているのです」

話の中身は悲愴だが、話しかたは清国人のように飄々としている。房五郎は、

「賛成です」

「そこで房五郎さん、あなたにお願いがある」

「承知しました。最初の生徒になれと」

「塾頭に」

「えっ」

房五郎は、足を止めた。いきなり校長になれと言うのか。何礼之も立ちどまって、

「私もいちおう、長崎奉行の隷下にありますから。公然とやるのは憚りがある」

「うーん」

天をあおぎ、迷った末、

「ひとつ、条件が」

かくかくしかじかと話した。何礼之は顔を曇らせて、

「むつかしいなあ」

「できますよ。やらせてくれるなら塾頭を引き受けます」

「わかりました」

何礼之は即座に言って、また歩きだした。

何礼之と房五郎は東海道をくだり、大坂に入った。

大坂は、房五郎には親しい街である。これまでも旅の途中で立ち寄ったり、西洋船「箱館」による日本一周の航海中に寄港したりしている。基本的な印象は、

（巨大な、馬関）

というようなもので、とにかく大坂湾という小さな水たまりに船がひしめいて無数の水夫たち仲仕たちが出入りしているさまは、何度見てもわくわくする。さすがの馬関もここにはかなわないのだった。

船は、ほとんど荷船である。

全国の物資がここに集まり、値段をつけられた上でまた散じる。その間に手が加えられることもある。一例が銅の精錬で、各地から送られて来た粗銅はこの大坂でいったん荷揚げされ、船場銅座で品位を高められた上でふたたび船積みされ、まとめて長崎へ送り出される。

そうして長崎から外国へ輸出される。徳川時代も後半になると日本の銅の輸出量は世界有数の地位にあったが、それを支えるのは、じつは大坂の繊細な冶金技術だったのである。

ほかにも油や織物、家具などの生活必需品において同様の加工貿易をおこなっている。すなわち大坂が「天下の台所」と言われるのは単に物資が集まるからではなく、それが巧みに料理されるからだった。江戸という日本一の大消費地も、大坂がなければ、そもそもの消費活動ができないのである。

もっとも房五郎は、実際のところ、大坂に長く滞在したことはない。せいぜい四、五日くらいだった。昆布などの売り買いはさほどの時間を要しないし、名所旧跡が見たいなら京や奈良へ行ってしまう。

案外、用事がないのである。色町に遊べば芸妓たちは江戸や京とはちがう情のこまやかさがあるらしいが、大坂というのは万事が安価にできているくせに、ふしぎと花代だけは高い。とても房五郎などが近づける世界ではなかった。

なのにこのとき何礼之と房五郎は、どうして曽根崎新地へ足を向けたのか。

偶然だった。東海道の終点である高麗橋の東のたもとで、

「あら。房五郎さん」

橋を渡って来た女に呼びとめられた。

房五郎ははじめ、自分のことと思わなかった。女とすれちがい、二、三歩、歩いてから立ちどまり、振り返って、

「え?」

「え? じゃありませんよ。あたしですよ、あたし。虎乃です。箱館の雪屋さんでお世話になった」

自分の鼻を指さした。

陽の下で見るからか、それとも化粧が薄いのか、記憶のなかの彼女より肌がやや浅黒いけれど、

「あ、ああ」

たしかに虎乃である。年増の芸妓。師の武田斐三郎（たけだあやさぶろう）のお気に入りだったが房五郎も自然になじんでしまった。あわてて駆け寄って、

「おどろいたなあ。こんなところで」

「北前船の船持（ふなもち）のお客さんが紹介（なかだち）してくれて、こっちで働くことにしたんです、この秋から。あたし、生まれは広島で。箱館は寒くて」

「そうだったか」

「新しい先生？」

と、虎乃が背後を指さした。そっちへ首を向けてみると、橋のまんなかで何礼之がぽつんと立ってこっちを見ている。

通行の邪魔にならぬようにだろう、愛する人に寄り添うがごとく木の欄干（らんかん）に寄り添っている。房五郎が、

「そうだよ」

虎乃のほうへ向きなおると、虎乃はいたずらっぽく笑って、

「ふつうの色男は女をころころ換えるものだけど、あなたは先生を換えるのね」

「あ、ばか」

「あたし、これから京橋へ用足しに行くけど、夜にはお座敷へ出ますから。ぜひ今晩いらしてください。曽根崎の桐屋（きりや）っていうお店です。桐屋は三軒あるから間違わないでくださいね。永楽町（えいらくちょう）の桐屋ですよ。たしかに申しましたよ」

念を押して、お辞儀をして、行ってしまった。房五郎は何礼之のところへ戻り、かくかくしかじかと説明した。何礼之はみょうに艶（つや）めかしい声で、

「私もいずれ捨てられるのかしら」

「何言ってるんです」

というわけでその晩、房五郎は、何礼之とともに桐屋の酒客となったのである。虎乃はほかの客へ出るはずだったが、理由をつけて断ったそうで、若い妓をつれて来て、ずっと房五郎たちの酌をしてくれた。

酌をしながら、箱館の消息をいろいろ話してくれた。たとえば武田斐三郎は健在だという。例の亀田の五稜郭もひとまず完成に近づいていて、完成したら江戸へ呼び返されると噂されているとか。

悲報もあった。

「竹内さん、亡くなったそうですよ。去年の五月」

竹内さんとは、竹内卯吉郎のことだった。房五郎にとっては最初の海の師である。

早くから房五郎のあこがれだった。ペリー来航以前にもう西洋船の操船技術を習得していて、来航後わずか四年にして軍艦「観光」を長崎から江戸へ回航した。日本人による自力航行で、これは当時としては画期的な仕事だった。

そのまま築地の軍艦教授所の教授となり、房五郎とは先生と生徒の関係になったけれども、房五郎にはむしろ、それ以前の時期、寄寓先である六百石の旗本・江原桂介の屋敷でしばしば桂介が酔いつぶれたあとも、ふたりっきりで延々と飲みながら船の話をした思い出が深く心に残っている。

あれで房五郎は船を理解し、船をとりまく日本社会の情況を理解し、それに対して身を処する方法を理解した。竹内は人生の師でもあったし、夢を語る仲間でもあった。

「亡くなったのは長崎ですが、あたしの耳にも、わりと早く入りましたよ。長崎と箱館はこのごろ船の往来がさかんで」

と虎乃が言う。房五郎は、

「そうか」

胸がふるえた。その船の往来がさかんということ自体がもう竹内のまいた種の咲き花なのだと思うと、ふしぎに高揚した気分になった。

「虎乃、塩豆をたんと持って来てくれ。今夜は飲むぞ」

あんまり飲んだので、泊まる金がなくなった。虎乃も、ほかの芸妓たちも、

「物騒ですよ。お泊まりなさい」

強く忠告したけれど、房五郎は立ちあがり、腰に大小をさしながら、

「なあに。まだ戌の刻（午後八時）じゃ。わしの上戸は知っとるじゃろ。だいじょぶ、だいじょぶ」

何礼之とふたり、桐屋を出た。

南行して堂島川を渡り、土佐堀川を渡ると、船場と呼ばれる地域である。

大坂もこのへんの通りは京とおなじ碁盤の目状で、わかりやすいかわり四つ辻が多い。ふたりはいいかげんに右へまがり左へまがりして、立売堀の旅籠「あかね屋」をめざした。房五郎の定宿である。この時間ならまだ戸を叩けば入れてくれるだろう。

油断。

が、あったかもしれない。

剣呑な時勢である。房五郎はふだん、どこの街でも夜道を歩くことなど絶対にしなかったが、この晩だけは虎乃との偶然の出会いのせいか、あるいは旧師哀惜の情のせいか、心のなかの重石がふわっと浮いた。

何礼之も、だいぶん飲んだらしい。あろうことか、

「早く旅籠へ入りましょう、房五郎さん。夜にも人の目はある。危険です。われらが西洋学びの者と知られてはならぬ」

などと英語で言う始末である。房五郎も英語で、

「ええ、ええ。あしたは昼まで寝ていましょう」

声も、いつしか大きくなっていた。

と。

道の先の天水桶が、分裂した。

いや、ちがう。実際はその奥の四つ辻から、三つ、いや四つ、人影が湧いて、道をふさいだのである。天水桶はそのままだった。大桶の上にいくつかの小さな手桶が伏せて積んで置かれている。

四人のうち、

「貴様ら、毛唐の爪牙じゃな」

声がしたのは、いちばん右の影からか。

ケトウノソウガ、が洋学者を意味すると理解するのに数秒かかった。やはり外国語だとわかったのだろう。ひょっとしたら曽根崎あたりからずっと後をつけていて、にわかに前へまわったのかもしれない。

房五郎は、返事しなかった。

相手の表情を見ようとした。月を背負っていて暗い。また右の影が、土佐なまりで、

「われらは、土佐勤王党の同志である。異国の血を購う穢れ者を成敗して神州日本の清浄をたもつ。わが名は、岡田以蔵」

（岡田）

房五郎は、鳥肌が立った。

岡田の名は、かねて耳にしている。一種の有名人である。土佐の貧家の出身ながら剣の技に秀で、江戸のいわゆる三大道場のひとつ桃井春蔵の鏡新明智流・士学館で頭角をあらわし、いまは京洛およびその周辺に出没して天誅と称して人を斬りに斬っている。

その数、五十人とも百人とも噂されている。彼が襲うのはもっぱら洋学派、開国派、佐幕派および彼がそうと認めた人々で、もちろん誤殺も少なくないだろう。

現今、房五郎のもっとも出会いたくない人間だった。ただし実際には目の前の影がほんとうに岡田かどうかはわからない。夜闇にまぎれて暗殺行為に精を出すような輩の言うことを真に受けることはできない。

ほかの三人も名乗ったらしいが、房五郎は聞かなかった。右はしの岡田――岡田とすれば――が、

「貴様の名は？」

「私の名を知らぬのですか。知らぬのになぜ天誅の対象になるのです」

「名乗りたくない理由があるらしいな」

「名乗ったら斬る気でしょう」

「嫌なら、抜け」

岡田はそう言い、前へ出て、刀の柄に手をかけた。

犬の頭でも撫でるような、じつに自然な動作である。房五郎は、

「抜かぬ」

抜いたら相手に口実ができる。こっちの首は一瞬で飛ぶ。

「臆病者」

そう言われて、房五郎はかっとなった。

（怒るな）

自分へ言い聞かせた。横でどさっと音がした。何礼之が、

（斬られた）

戦慄したが、見おろすと尻もちをつき、左右のひざを内側へまげている。腰を抜かしたのだろう。

岡田の声がまた、

「抜け」

「……私は、あなたの考えるような思想のもちぬしではない。根っから尊王攘夷の徒なのです」

「ふっ」

と、岡田は鼻で息をした。嘲りの念をありありと込めて、

「これまで何十度となく見て来たわ。土壇場で命惜しさに節を曲げる。赦しを乞う」

「真実なのです」

こわばった唇を必死でぱくぱくさせながら、房五郎は内心、

（馬鹿め）

自分を呪っている。どうして時勢を軽んじたか。どうしてこの事態を予想することができなかったか。

考えてみれば、これは必然のなりゆきだった。四年前、大老・井伊直弼が江戸城桜田門外で暗殺されて以降、世の中はますます混迷の度を深めている。

政策において井伊路線を継承した老中・安藤信正もやはり江戸城坂下門外で襲撃されて負傷したし、それやこれやで幕府の権威が落ちたと見るや、薩摩、長州、土佐といったような外様の大藩がここぞ

とばかり政治改革の美名のもと活発な運動を開始した。

その運動の中心は、孝明天皇の抱き込み工作だった。

彼らに有利な勅諚を出させて幕府を追いこみ、勢力の拡大をはかる。これがもっとも効果的なのだ。

そうして天皇を抱き込むにはまず公卿を抱き込まなければならないから、政局の中心は京に移り、各藩は京へ藩士を集めることとなった。

江戸の将軍・徳川家茂（かつての紀州藩主・徳川慶福）十九歳など、はっきりと置いてけぼりだった。ただしその各藩の思惑も一致しないので、昨夏には、薩摩が幕府側について長州藩士を京から追放するというまさかの事態が発生した。

いわゆる八月十八日の政変である。もともと長州はあの吉田松陰を生んだ土地だけあって過激派の最右翼というか、最左翼というか、攘夷は即座に実行されるべきという極端な政治的立場だったから、それを一掃したことで京の人心も落ち着き、治安もよくなり、街のあちこちで頻発する夜討ち強盗のたぐいも減ると思いきや、やっぱり悪いままだった。

長州藩士がいなくなっても、尊王攘夷のかけ声自体がなくなったわけではないのである。他藩の浪士は意気さかんだし、特に土佐系はそうだった。

岡田以蔵も、そのひとりである。こうして大坂までも出張って来るのは、察するところ、京では人々の警戒心がもう頂点に達していて、なかなか獲物に出会えないのだろう。岡田という飢えた狼にとってみれば、いうなれば、京の兎より大坂の兎のほうが狩りやすいのである。

（わしも、兎か）

房五郎は思いつつ、

「私は、まことに尊王攘夷の徒なのです」

繰り返した。岡田はふっふっと笑って、

「しらじらしいわ。もうよい」

　刀を抜きかけたとき、機先を制して、

「だがそれは、貴殿らの尊王攘夷とはちがう」

「何？」

「臆病なのは、貴殿らです。というより、私の目には、世に悲憤する『志士』とやらはたいてい怯懦の徒だ。なぜならその毛唐の顔を見ようとせず、近づこうともしないのですから」

「何だと」

　と別の影が進み出たが、岡田が、

「まあ待て。聞こう」

　房五郎の意見に関心を持った、のではないだろう。兎の最後のあがきを楽しみたいだけ。房五郎は、耳たぶから汗が落ちるのを感じながら、

「貴殿ら志士はみな言います。やつらは人の肉を食う、人の生き血を飲みほすと。しかしながら実際に見てみれば、何のことはない。彼らが食っているのは牛や豚の肉であり、飲んでいるのは葡萄の汁の醸し酒。彼らもおなじ人間なのです」

　そこで短い息を吐いて、

「悲しければ泣くし、おかしければ笑う。酔っ払えばぐうぐう寝る。ただの人間を鬼だの蛇蝎だのと言いなすのは、それこそ枯れ尾花を幽霊じゃと大さわぎするようなもの。これこそ怯懦ではありませんか」

「血に似たものをよろこんで飲む。すでにして畜生じゃ」

「だったら日本人も畜生ですな。和歌山の西瓜をよろこんで食う」

岡田は頬を引き攣らせたが、すぐに、

「結局、毛唐の味方ではないか。どこが攘夷じゃ」

「彼らはやはり、人の生き血を飲むものです」

「わけがわからん」

「わからなければ、国が滅びますぞ。いいですか。イギリス人も、フランス人も、アメリカ人やロシア人も、そもそも日本へ何をしに来ているか。通商うんぬんは足がかりにすぎぬ。それらを通してつきあいを深め、しだいにイギリスならイギリス人を住みつかせて、一大勢力をなし、いずれ日本を手下にするために」

「存じておるわ」

と、相手のひとりが言ったので、房五郎はそっちへ、

「ならばそれに対して、日本がどれほど弱いかはご存じですか。兵力においても工業においても」

「…………」

返事がない。房五郎はいっそう高声になった。たしかに幕府は意気地がない。誰が見ても姑息なまねをいろいろしている。だがそれは、老中以下の頭の停滞もあるにしろ、根本的には、勝つ手段がないからなのだ。

蟷螂の斧、石亀の地団駄。

「すなわち私の攘夷とは、幕府がではない、われらひとりひとりが蟷螂または石亀だとはっきり認めることに始まる。自尊心などは二の次です。外国に勝つには外国に学ぶしかないのです。さながら学生が師を超えんと欲すれば師に学ぶしかないがごとく」

「はっ」

と、息を呑む音が聞こえた。

彼らの肩が、こころなしか撫で肩になったようである。

(よし)

房五郎は勢いづいて、

「私たちは洋学の徒であるにもかかわらず、否、そうであるが故にこそ、真の攘夷の先兵なのです。そうして学問というのは大事業です。いまの百倍も千倍も人材が要る。幕府だの土佐だの薩摩だの長州だのと角突き合うている暇があったら天皇の旗じるしのもと結束して、ひとつの日本人にならなければ。これが私の尊王です！」

相手が顔を寄せ合い、

「……なあ」

「うん」

ささやきだした。

岡田までもが、横を向くしぐさを見せて、

「たしかに」

うなずいている。房五郎は、

(通じた)

夜闇が、にわかに明るんだ。

彼らの声は、だんだん大きくなった。房五郎は片耳を出して傾聴した。

「……これは」

「そうじゃ」

「毛唐を、師じゃと」

「許せぬ」

「大和魂のかけらもない」

「われらを臆病と」

「土佐も、要らぬと」

「傷つけられたわ」

「うむ」

「武士の誇りが。毛唐かぶれに」

(だめだ)

房五郎は、涙が出た。

左右の目が熱く濡(ぬ)れた。どうしてこれしきのことがわからないのか。むつかしいことは何もない。武士の誇りで軍艦を沈めることはできない、ただそれだけの話ではないか。単なる可能か不可能かの話がどうして正邪の話へ飛躍するのか。

正邪。

その概念を、房五郎は、このときほど憎悪したことはなかった。

或(あ)るものを「正しい」と言うのに努力はいらない。経験もいらない。だから子供でも言える。子供は勧善懲悪の物語が大好きである。人間とは結局それをわきまえてはじめて大人になるものだと房五郎は思っていたけれど、どうやらこの世の中の大道(たいどう)は、むしろ子供でありつづけるほうが大きな面(つら)して歩いて行けるらしいのである。岡田は、

「まあまあ、今宵は楽しんだわ」

刀を抜いた。

さらっという音がした。黄金色のきらめきは月光のせいか。刀身は長すぎるほどで、反りが浅く、斬るというより突くほうに向いている感じだった。

案の定、無造作に突きこんで来た。腹のあたりへ。房五郎は、

「わっ」

両手をあげ、左に跳んだ。

刺突は避けたが、着地したら何礼之がいた。尻もちをついたままだったのである。ぐにゃっという感触がしたのは、たぶん肩のあたりを踏んだのだろう。房五郎は体がかたむき、片足が浮き、背中から地に落ちた。

勢いで、両足の裏が天を向いた。われながら、何というぶざまな武士だろうか。

すぐに足をついて立ちあがり、敵に背を向け、何礼之の衿をひっつかんで逃げようとしたけれど、その小さな体はこんなときだけ鉛のように重い。

「房五郎さん。房五郎さん」

と、あえぐように言いつつ、手足をばたつかせているのが、いっそう運搬を困難にした。

せめて自分の足で立たせるべく、両手でぐいっと引っぱり上げたが、だめだった。こんなことをしているあいだに行く手には人の壁ができる。相手が前へまわったのだ。

こんどは月光をまともに受け、顔がわかる。

四つとも、おどろくほど平凡な顔だった。ひとつはあばた面だった。みんな明日の朝には役所へ出勤して帳面を見ながらソロバンをはじいているのではないかと、房五郎は本気で思った。

全員すでに抜いている。ひとりが、

「そりゃっ」

腰を落とし、横ざまに払った。とっさに身をひねったが、

「うっ」

右の腰に、がつんと激しい衝撃を受けた。

棒で殴られたようだった。痛みはない。右のひざが生あたたかくなり、冷たくなり、着物が肌に貼りついた。

(血)

やはり棒ではなかった。自分は、

(死ぬ)

何礼之も。甘い期待は抱かなかった。この連中より百倍も海防にくわしく、外国語にくわしく、したがって真に日本のためになる二つの魂が、いや二つの技能が、ただ腕力がないというだけの理由で土に還る。死後も誰も同情しない。

右ひざが、がくんと落ちた。

力が入らなくなった。片ひざ立ちになったが体のかたむきは止まることがなく、房五郎は、こわれた人形のように肩から地に落ち、バラッとあおむきになった。

息が、にわかに速くなる。

「立てぬぞ」

「もうか。つまらん」

などと声がする。浜の砂を撒きあげたような星空が、沁みるように美しかった。

星空の手前に、ぬっと四本の白刃があらわれた。ほとんど同時に振り下ろされたのと、どこかで、
ぴい
ぴい
鳥の鳴き声がしたのが同時だった。

星空が、消えた。

まわりがまぶしいほど明るくなり、房五郎は目を細めた。あたたかな陽につつまれているようだった。

(そうか)

房五郎は、思いあたった。これがつまり、

(涅槃)

次に耳に入ったのは、涅槃には似つかわしくない野太い声だった。

「おのれらっ」

「何しておる」

「御用であるっ」

岡田がそっちへ首を向け、首を倒して、

「みぶろ、か」

足音からして、十人ほども来たらしい。彼らは次々と名乗りをあげたが、房五郎はそのうち、近藤、沖田、土方というような姓を聞き取った。

行動様式こそ武士だけれど、口調は百姓そのものだった。誰かが、

「おう、岡田じゃな」

確信的に問う。

「いかにも」

岡田はぴちゃっと舌なめずりをして、

「諸君。ここは一番、汗をかこうか」

四人はそっちへ体を向け、うれしそうに——と房五郎には見えた——体を躍らせて行った。

がっ、がっという金属のぶつかる音がして、橙色の火花が散った。房五郎はあおむきのまま顔を横へころがし、それを見た。

暗殺者も、捕方も、一種の運動美がある。何かうらやましいほど生き生きしている。壬生浪なら房五郎もその名だけは知っていた。幕府が組織したまったく新しい警察組織、新選組の別称または蔑称。その隊士はもっぱら旗本や御家人ではなく田舎の出の百姓であり、たぶんそうであるからこそ、剣の腕がすさまじく立った。いまは政局の移動に合わせて京の西郊・壬生村に駐屯し、諸国の浪士を取り締まっている。

浪士が浪士を取り締まるのである。彼らが来てくれたのなら、

(助かった)

房五郎は、じわじわと感動した。さっきのぴい、ぴいは鳥ではない、呼子の笛の音だった。明るいのは龕灯の光線だったのだ。

人数から言っても味方に有利である。もっとも、さすがの新選組といえども相手が岡田だと慎重になるのだろう、なかなか距離をつめず、遠まきにするような恰好になる。

自然、人垣に隙間ができる。岡田はじゅうぶん楽しんだと見たのか、

「諸君。去ぬぞ」

その隙間へ突きこんで、二、三度、左右へ刀を大きく回転させ、あっけなく包囲を突破してしまった。

残りの三人も同様にしたが、最後のひとりは突破しようとして胴を割られ、

「ぎゃあっ」

のけぞって空高く浮いた。

満月に近い月を背景にして、ゆっくり、ゆっくり落下した、と同時に数人に囲まれて滅多斬りに斬られた。新選組が包囲を解いたとき、道の上には、ぴくぴく体を動かす狼の刺身が横たわっていたのである。

闘いは、終わった。房五郎は頭の芯が霞んだ。色の浅黒い、まだ十代かと思われるような若者が血刀をさげて駆けて来て、

「だいじょぶですか?」

舌っ足らずに言い、手をさしのべた。房五郎はその手をつかんで立ちあがり、

「ありがとうございます」

「沖田総司」

と、その若者はにこにこと自分の名を告げてから、

「いや、あなた、運がよかった。近ごろは悪いやつらも京では尻尾を出さないんで、ときどきこうして下坂するんです。ときどきですよ。だいじょぶですか?」

と、これは何礼之へ手をさしのべたのである。何礼之はいったん立ちあがったが、足がもつれ、また尻が落ちた。

落ちたまま、夢からさめぬような丸い目で沖田を見あげている。房五郎は、

「おぬし」

　背後から声をかけられた。振り返るとそこには房五郎と同年代の、しかし房五郎よりも百倍は筋肉量がありそうな背の低い男がいて、

「拙者は新選組隊長・近藤勇（いさみ）と申す。役目によって聞く。このたびの賊はみな土佐者じゃったが、おぬし、何か因縁が？」

　房五郎は、

「ありません。顔も知らない。私は越後（えちご）生まれにて、江戸に用があり、いまは居住（すまい）している長崎へ帰る途上にあるのです」

「だろうな。やつらは見さかいなしに手を出すのだ。尊王攘夷に藉口（しゃこう）した単なる無頼の徒にすぎぬ。けっ」

　と近藤は横を向き、痰（たん）を吐くような奇声を発した。このへんの小さな嫌悪感の表現も、いかにも百姓のものである。

（わしと、おなじ身の上じゃ）

　武士にあらざる武士。にわかに親しみを感じて、

「そうです、そうなのです。彼らはまったく聞く耳を持たず、偏狭凡愚の観念をもって」

「いや」

　近藤は手で制して、一歩詰め寄り、胸から真上へにらみつけて、

「様子をうかがいつつ聞いていたが、おぬしの論は不快きわまる。おぬしらごとき毛唐かぶれが世にあるかぎり神州日本に陽はささぬ。われらはあくまでも世の平安を乱す者を狩るのであって、真の憂国の志士を狩るものではない」

刀の鍔で、トンと房五郎の肩を押した。

それだけで房五郎はうしろへ吹っ飛びそうになる。ぞっとした。結局この近藤も、

（おなじ穴の、むじな）

まともな人間の生きて行ける世の中ではない。房五郎はこの刹那、

（時局を、避ける）

その決心をした。

これまでは、ときに進んで触れようとした。黒船が来たと聞けば人足に化けて久里浜まで行って見たりもしたし、幕府が欧米へ使節を派遣すると知ればその一行に加えてもらおうとしたりもした。だが今後はちがう。今後は自分の涵養に努める。よそ見はしない。どうせ尊王攘夷など髪型の流行のようなもので、いずれみんな飽きるに決まっているのである。

もしも自分に力があれば、ほんとうに人の役に立つ器量があれば、しかるべき機に時局のほうで助けを求めて来る。そう思ったとき、

「ぐっ」

房五郎は体をまげ、顔をゆがめた。腰の傷が猛烈に痛みだした。命の危険が去って安心したのかもしれない。近藤は近くの剣術道場の戸を叩いて開けさせ、治療の指図をしてくれた。

治療といっても、医者などは呼ばない。隊士のひとりが蠟燭の炎で針を熱して十針ほど縫っただけ。房五郎は絶叫しそうになったけれども、同様の処置を受けている他の隊士が顔色ひとつ変えないので、唇をかんで耐えた。

その晩は、道場に泊まることになった。これも近藤が口をきいてくれた。公私の区別はつく男なのだ。近藤は裏口から道へ出て、

「夜歩きは、二度とせぬよう」

「反省しています」

房五郎は頭を下げ、心から言った。それにしても疑問なのは、

「貴殿らは、泊まらぬのですか」

「京へ帰ります」

「いまから?」

「八軒家浜で夜船に乗れば、明日の早朝には伏見へ着く。京を留守にはできぬ」

あとで知ったことだが、この時期の新選組は、じつは隊勢が衰微していた。例の八月十八日の政変によって長州藩士が京を追われてからというもの、隊内でも脱走者がふえ、ときには近藤みずから粛清しなければならなかった。新選組の隊士といえどもやはり長州への同情者、過激な尊王攘夷論の信奉者は多かったのである。

近藤勇、土方歳三、沖田総司というような主力中の主力がそろって大坂へ出張ったのも要するに人手が足りなかったからで、この点、たしかに房五郎は好運だった。

なお新選組が一躍有名になるのは半年後の大討込み、いわゆる池田屋事件がきっかけであり、これ以降、隊士の数もふくれあがる。もっともこれは新選組の活動方針に共鳴したというより、ただ単に、給金が出たためと思われる。ここでは尊王攘夷は食う必要に負けたのである。

傷が癒えて、房五郎は大坂を出た。何礼之はまるで何ごともなかったかのように、

「英語の塾ですが」

と、その構想を蒸し返した。房五郎はよろこんでその話に乗った。

結果的に、この塾づくりは、時局を避けることになったかどうか。

房五郎は長崎に着くと、さっそく何礼之とともに「培社(ばいしゃ)」という名の英語塾をひらいた。はじめてこの構想を明かされたとき、房五郎が、

「私が塾頭になるなら、ひとつ条件が」

という意味の申し出をしたことは前に述べたが、その条件とは合宿制だった。

「私はこれまで各地で勉強しましたが、どの場合でも、いちばん苦労したのは住居でした。居候なら宿主(やどぬし)の仕事で時間を取られる。居候でなければ金がかかる。これがために学問をあきらめて故郷へ帰る者もたくさん見たのです。その住居を用意してやりたい。もちろん一日二度の食事も。そうすれば身分を問わず、生地を問わず、金がなくても勉強ができる」

逆にいえば、この時勢下では、それくらいしないと英語に人は集まらぬ。そう判断したのである。

塾舎の新築は無理なので、禅寺の一堂を借り、下男をひとり雇い入れて生徒を募集した。募集といっても単純である。噂を流して待つだけ。

待つだけで、生徒の数は意外にふえた。

なかには勉強の意欲がなく、ただ食事にありつくのが目的のやつもいたので追い出したが、それでも十人ほどが残った。何礼之は本業の長崎奉行の仕事が多忙になり、

「頼みます、房五郎さん」

ほとんど顔を出さぬようになった。

教師は房五郎のみになった。さすがに心もとない。房五郎はフルベッキの家を訪れ、かくかくしかじかと事情を話して協力を要請したところ、フルベッキはこころよく、アメリカふうに片目をつぶって、

「オーケー」

これで生徒が激増した。生徒はやはりと言うべきか、佐賀藩、薩摩藩の藩士が多かった。

特に佐賀藩からは副島種臣（そえじまたねおみ）、大隈重信（おおくましげのぶ）といったような身分的にも能力的にも第一級の人物が来た。

フルベッキの教授法はアメリカ人らしく実際的で、聖書や詩などは教えない。いきなり合衆国憲法を読ませる。

生徒たちは単語や文法でふうふう言いつつ、共和制の何たるかも理解できる。

（なるほど）

自身も講義の席につらなって話を聞きながら、房五郎の場合は、もうひとつ英語の教授法まで得ることができた。一石二鳥どころか三鳥。まことに語学とは環境である。環境がいちばんの教科書なのである。

もっとも、誤算も大きかった。

最大のそれは、塾の会計だった。いつも火の車。何しろ束脩（そくしゅう）なり寄付なりの収入がなく、食費で支出はふくらむいっぽう。それを埋めるべく、なけなしの貯金を吐き出していたら房五郎個人もすっか

り銭なしになってしまった。福井藩主・松平茂昭より拝領の短刀までも売ってしまった。

培社は事実上、房五郎の義社になった。米櫃もからっぽになり、生徒たちから、

「腹がへった、腹がへった。これじゃあ勉強になりませんよ、上野先生」

給付というのは、もらうほうは呑気なものである。房五郎は、

(何とか、せねば)

ちょうどそのころ、房五郎は、和歌山藩から仕事の依頼を受けている。語学ではなく、船の乗り組み。

「当藩は最近、イギリスより蒸気船『明光』を購入したところであるが、運転の技に熟する者がない。そこで同船を長崎から和歌山へ回航するにあたり、片道のみ乗り組んでほしい。乗り組みつつ機関長としてわが藩士を指導してほしい」

依頼自体も不見識である。たかだかその程度の実地指導でどうして身につくと思うのか。だがこの場合、それ以上に腹が立ったのは、担当の藩士の態度だった。

尊大きわまる。仕事させてやるという不遜の念がありありと顔に出ていた。現将軍・徳川家茂を送り出したという矜持の故にちがいなく、よっぽど拒絶してやろうかと思ったが、しかし大藩だけに報酬はいい。

房五郎は、

「かたじけなく、ありがたくお受けさせていただきます」

低頭しながら、

(人は、金だ)

つくづくと思った。金がないということは、要するに自尊心がないということなのである。

房五郎は、ひとり「明光」に乗りこんで、所与の業務を果たして和歌山に着いた。いちおう教えることは教えたが、

（だいじょうぶかな）

余談だが、この房五郎の懸念は現実と化した。三年後の慶応（けいおう）三年（一八六七）四月、「明光」は瀬戸内海を航行中に伊予大洲（いよおおず）藩所有の蒸気船「いろは」と衝突し、「いろは」を沈没させたのである。

このとき「明光」は衝突直後にいったん後退し、また前進して衝突するという不可解な行動を見せている。「いろは」を運転していたのは大洲藩より委託を受けた土佐藩の外郭団体・海援隊で、その隊長である坂本龍馬（りょうま）は激昂（げきこう）した。

国際法を持ち出して賠償を求め、あまっさえ「大量の武器を積んでいた」と言い張って、その被害額まで要求した。証拠の認めようのない話であるが、和歌山藩は翻弄され、結局のところ八万余両という巨額の金を支払う約束をさせられたのである。

日本最初の海難審判事故、いわゆるいろは丸事件である。もしもこのとき房五郎が「明光」に乗り組んでいたら——あり得ないことだが——どうだったか。

国際法くらいでは動じなかったろう、そもそも事故を起こしていなかったろう。まことに歴史の綾（あや）ではある。徳川御三家のひとつ和歌山藩はこのことで天下にまざまざと幕威凋落（ちょうらく）のさまを示し、ひいては幕府瓦解の遠因までも作ってしまった。

ともあれ房五郎は「明光」と別れ、徒歩で長崎に帰った。

不在のあいだの培社の授業は、瓜生寅（うりゅうはじめ）が担当した。前もって房五郎が呼び寄せたのである。瓜生はその後も培社にとどまったので、房五郎は教師の義務を離れて、ぞんぶんに金策に走ることができた。あるいは走らざるを得なかった。和歌山藩にもらった金は減るいっぽうだった。

そのうちに、こんどは福岡藩から声がかかった。

「藩で翻訳役を雇いたい。紹介してくれぬか」

「承知しました」

房五郎は、この話を瓜生に持ちこんだ。瓜生は、

「黒田さんのご家中か。石取り(こくど)かね」

「ちがいます。一年ごとの報酬制です」

と、房五郎がその報酬の額を告げると、瓜生は笑って、

「なかなか豪儀だな。よろしい、行こう」

「口をきいたのは私です。最初の年は折半としたい」

「うん、いいよ」

瓜生があっさりうなずいたので、房五郎は胸をなでおろした。これで塾の当面の運転資金は確保できる。

ところが瓜生は、福岡へ行っても、金どころか手紙の一通もよこして来ない。

(どうした)

首をひねっていると、培社の生徒で、薩摩藩士・鮫島誠蔵(さめしませいぞう)(本名尚信(なおのぶ))というのが来て、

「上野先生。この鮫島、所用あって帰省しておりましたが、つつがなく戻りました」

「うん」

「帰省のさい、仕事をひとつ申し付けられました。上野先生を鹿児島へお連れするようにと」

「えっ」

「じつは」

鮫島の話は、想像外のものだった。

いわく、薩摩藩は近ごろ開成所（かいせいじょ）という洋学校をひらいていて、オランダ語や英語はもちろんのこと、海軍学や陸軍学、それに数学や物理や化学や天文学といったような幅広い分野の研究教育をおこなっている。

生徒は身分に関係なく入学でき、能力別に一等、二等、三等にわけられ、場合によっては無償の奨学金のようなものもあたえられる。

「特別に優秀な学生は、近い将来、薩摩藩の名においてイギリスへ留学させるつもりです」

一種の理科大学である。規模が大きい。それだけに教師の数が足りないので、房五郎には、ぜひとも英語の教授陣に加わってほしい、うんぬん。

房五郎は眉をひそめて、

「私に、培社を捨てろと言うのですか」

「はい」

鮫島はあっさり首肯して、

「藩主・島津忠義（ただよし）公の賛同も得ております。最大限の待遇を約束します」

嘘（うそ）ではない、と房五郎は見た。鮫島の父は島津家の典医をつとめていて、おそらく家ぐるみ藩首脳とのつきあいが深い。事によるとこの推薦の話自体、鮫島自身の発案によるかもしれない。房五郎は、

「私は、それほど学識ある者ではありません」

固辞した。鮫島はあきらめず、二、三日に一度は話を蒸し返した。もともとあまり健康ではなく、痩せていて、まわりの者から、

「鮫島のくせに、何も食わん」

と揶揄されるほど食が細いこの男のどこにこんな精力があるのかと首をかしげるほどの粘り腰。或る日には、

「何も死ぬまで教えてくれと申すのではないのです、上野先生。人が育つまでのお仕事です。その後は長崎に戻るもよし、わが藩士となってイギリスに留学するもよし。繰り返すがこれは私の言ではない、藩の要路が口をそろえて申すのであります」

「うーん」

ほかの藩士も、加勢した。

特に印象的なのは、大久保一蔵という者だった。大久保はかねて顔なじみである。ふだんは鹿児島と京を往復しつつ政事に奔走しているが、暇を盗んでは培社に顔を出し、五歳年下の房五郎へ、

「上野先生。こんにちは」

と挨拶したり、フルベッキの授業を受けたりしている。根が政治好きなだけに、語学よりも欧米諸国の国家体制とか、民衆操作のやりかたとかのほうへ明確に興味を示していた。その大久保が、

「ぜひ来てくださいよ、上野先生。私の家には泡盛がある。琉球からの密輸で得た、まあ焼酎のようなものです。たんと飲ませてあげますから」

大久保は、いつも人の目を見つめて話す。強い視線である。だから冗談を言ってもおもしろくないかわり、何でも衷心の言に聞こえる。房五郎はさすがに、

(どうかな)

その気になった。

個人的な理由がある。房五郎はこれまでの人生において、箱館から長崎までを旅して来たし、とりわけ海ぞいの街はほとんど見たが、南九州だけは足を踏み入れたことがない。

この話には、いうなれば、白地図を埋めるよろこびがある。

それにもうひとつ、開成所では、やはり英語の教授として中浜万次郎（まんじろう）が就任したというのも房五郎には魅力的だった。中浜万次郎はもともと土佐の漁師だったが、出漁中に天気の急変に遭い、漂流してアメリカ船に救われ、そのままアメリカに連れられて十年ほどもすごしたという稀有（けう）な経歴を持つ。英語力も抜群だろうし、そのほかいろいろな体験談を聞かせてもらえるのはたしかに大きな役得である。ただ薩摩は何と言っても人の出入りの制限が厳しく、秘密主義が徹底していて、いったん入ったら出られないという懸念が消えない。

（うーん）

決断のきっかけは、瓜生寅だった。

相変わらず送金して来ないので房五郎は業を煮やし、みずから福岡へ行って会ったところ、瓜生は手を合わせて、

「すまん、房五郎。まことにすまん。じつはわし、長崎に、なじみの妓（おんな）がおってのう。かわいいやつで、わしにすっかり惚（ほ）れてのう。ついつい足しげく通うばかりでなく、簪（かんざし）や櫛（くし）なぞを」

「……全額？」

「全額。来年の報酬をもらうまで、わしは只働きじゃ」

眉を八の字にして、まるで被害者のような面をした。

房五郎は、あいた口がふさがらなかった。約束がちがう。立って難詰してやろうかと思ったけれど、そんなことをしても金がころがり出て来るわけではない。

実際、房五郎にも負い目があった。これまで培社は瓜生に一文（もん）も報酬を支払うことをしなかったのだ。

一日二度のめしだけが感謝のしるし。房五郎は笑顔をつくって、

「わかりました、瓜生さん。また何かあったら助けてください」

「おう、すまんな。来年はきっと払う」

この「来年」は、結局、来ることはなかった。培社の金が尽きたためである。房五郎は生徒を集めて閉塾を宣言し、最後の金でフルベッキに鯛一匹を贈ってから、旅装をととのえ、たったひとり薩摩に向かった。

後年、房五郎は、このことを振り返って、

「培社の経営はいい勉強になった。個人の貧乏と法人の貧乏はぜんぜんちがう」

という意味のことを言っている。経営者として、よほどこたえたのにちがいない。

ちなみに瓜生寅は、維新後、新政府に出仕している。

文部省、大蔵省などを渡り歩きつつ著作の執筆をおこなうなどして、退官後は日本鉄道会社幹事、馬関商業会議所副頭取などを歴任した。大正二年（一九一三）死去、七十二歳。

何礼之もまた維新政府の官僚となった。こちらは明治四年（一八七一）に、岩倉具視、木戸孝允、大久保利通（一蔵）、伊藤博文ら政府首脳が国書の奉呈等のためみずから欧米回覧の旅に出た、いわゆる岩倉使節団に書記官として同行し、通訳はもちろん政事調査や書類の翻訳など、あらゆる実務にたずさわった。

書籍のほうでも日本ではじめてモンテスキューの主著『法の精神』の完訳を刊行したことは、つとによく知られている（何礼之の訳題は『万法精理』）。元老院議官、貴族院勅選議員等に任じられたあげく、大正十二年（一九二三）、八十四歳をもって世を去った。

どちらもその長命といい、社会的地位といい、まずは成功者の人生を送ったといえる。当時の英語

とは「一生保つ」最先端の手職だったのである。

†

房五郎は、薩摩へは船で向かった。

船にはたまたま藩の側役・西郷吉之助というのが乗っていて、房五郎の船室へ来た。見あげるほど背が高く、力士のような固太りで、体全体から筋肉の霧を噴射しているような圧迫感がある。その西郷が、

「上野先生、どうぞ弊藩の若者をよろしく頼みます。いざというとき怯懦のふるまいをせぬようきびしくご指導ください」

深々と体を折った。房五郎は、

「大した能力もない者ですが、せいいっぱいつとめます」

などと当たりさわりのない受け答えに終始しつつ、

(はて)

違和感をおぼえた。英語と怯懦のいましめと、どんな関係があるのだろう。

この疑問は、薩摩入りして氷解した。開成所はなかなか大きく、百人くらいの生徒がいて、培社ごときとは比べるべくもないが、これがたとえば英語の時間に化学の本を読もうとすると、

「先生、われらは作戦術を学びとうござる」

「兵站術はいかがです」

実際、開成所には、そういう本も蔵されていた。房五郎もはじめて見るものだからおもしろく、そ

れを使って英語を教えたが、そうすると彼らは、こんどは所内の空地へごろごろ臼砲をころがして来て、ノートを見い見い配置して、

「この順番で撃ったら、ここの兵はどっちへ逃げるか」

とか、

「それは、こっちの地形が山かどうかで変わるじゃろう」

「この臼砲は、実際にはすべてアームストロング砲じゃな」

「むろん」

などと、地面に図を描きながら議論する。開成所は海に面した場所にあり、桜島が目の前で、風向きによっては前が見えぬほど灰が降るのだが、それでも生徒は夢中である。何度でも図を描き直す。

医者の息子の鮫島誠蔵も話に加わって、

「この角度なら」

と着弾距離を計算したりする。これではまるで、英語というより、

「英語を通して、戦争そのものを学んでいるような」

房五郎は大久保一蔵の屋敷へ行ったとき、そう言って首をかしげた。約束どおり招いてくれたのである。

大久保はふふっと笑って、

「ような、ではありません」

「は?」

「その者らは、たしかに戦争の研究をしているのです」

「相手は?　やはり外国……」

「徳川」

大久保は、さらっと言った。房五郎は目を剝いて、

「どういうことです、大久保君」

「泡盛をどうぞ」

と、大久保は素焼きの土瓶を取り、木の香の立つような酒をなみなみと房五郎の茶碗へついでから、自分の茶碗へも注ぎ、

「もうそろそろ、上野先生にも申し上げるべき時期でしょうな」

土瓶をかたわらの床へ置いた。そうして房五郎へ向きなおって、

「わが薩摩は、ひょっとしたら、幕府という大屋をばったり引き倒すことができるかもしれぬ」

「まさか」

「わが藩は、イギリスのうしろだてがある」

三年前、薩摩藩は、イギリス人を殺害した。対外的な代表者というべき藩主の父・島津久光が江戸から京へと向かう途中、武蔵国生麦村に入ったところ、その行列の前に商人C・リチャードソンはじめ計四名が騎馬のまま躍りこんだため、藩士が無礼討ちにした。リチャードソンは死亡、ほか二名重傷。

イギリスは、これを奇貨とした。犯人引き渡しと賠償金の支払いを要求したが薩摩藩は応じず、このため翌年、軍艦七隻が鹿児島湾へ侵入した。

海陸のあいだで砲撃戦が開始された。いわゆる薩英戦争である。翌日には軍艦は退散して、イギリス側の死傷者六十名余、薩摩側のそれは二十名程度。

これだけ見ると薩摩側の勝利のようだけれども、実際には藩船三隻および琉球船三隻を焼却された

り、砲台のすべてを破壊されたり、城下町の一割を焼失したりと物的損害がいちじるしかった。もしも雨が降っていなかったら、焦土はもっと広がったのではないか。

結局、薩摩藩は大久保一蔵、重野安繹らを派遣して和議を結んだが、

「これを機に、わが藩は、攘夷などというものが愚かな夢にすぎぬことを理解しました。異人には勝てぬのです。その後はかえってイギリスから軍艦はもちろん、大砲や小銃、弾薬をさかんに買い入れて武備を充実させています。イギリス側も一目置いているのでしょう、たとえば開成所に英語の書物を寄贈してくれたりも」

大久保のこの説明に、房五郎は、

「なるほど。私はかねがね貴藩の藩士が——大久保君もそうですが——大勢長崎へ来てフルベッキ氏なり、私なりから英語を学ぶのは一体なぜだろうと思っていたのですが、ようやく腑に落ちました」

泡盛をごくっと飲んでから、語を継いで、

「ただそれは、あくまでも貴藩とイギリスの話です。幕府を倒す理由にはならない」

「ふむ」

「まあ私の見るところでは、その倒幕とやらの旗ふり役は、さしずめ西郷吉之助殿あたりなのでしょうが」

大久保が片方の眉を上げて、

「さすがは上野先生。そこまでわが藩情を」

と言ったので、房五郎はあわてて、

「いや、たまたま。まあ西郷殿はともかくとして、大久保君、君は理非がわかる人だから。あまり事態を剣呑なほうへは……」

「理非ではない」

大久保はとつぜん強く言うと、目を見ひらいて、

「関ヶ原で敗れて以来、わが藩は、二百六十年間も辱めに耐えて来ました。江戸の柳営（幕府）の命じるまま全国各地で城普請をやり、石垣普請をやり、川普請をやり、そのための費用を全額出し、ときに藩士の命さえ失ったばかりか、参勤交代と称して江戸までの長い道のりを意味なく往復しつづけた。それでも日本そのものの政務に関しては一言をだに差し挟むことが許されなかった」

「………」

「わが藩は、いわば八十六万石の下男なのです。この一事のみにても、倒幕の理由はあらねばならぬ。ましてや幕府が黒船以降、因循姑息の徒となりはて、日本という船の舵取りをすっかり誤っているとあっては」

「そんな」

房五郎は、ことばが出なかった。私情ではないか。

が、考えてみれば、それを言うのに房五郎ほど不相応な者もなかった。なぜなら越後生まれである。上杉謙信なきあとはどんな梟雄も生み出すことをせず、ただ天下の大勢に諾々と従って来た土地の、それも農家の子弟である。

徳川よりもはるかに長い大名家としての歴史を持ち、いっときは九州のほぼ全域を掌握しながら関ヶ原後はほぼ薩摩、大隅二国に押しこめられて心も体制も屈折した島津氏とその家臣たちの感情を安易に評価できる立場にはない。が、それでも、

（それでも）

房五郎は、大久保の顔を見て、

「まちがっている」

大久保は、みるみる瞳のなかに赤い血管を浮き上がらせて、

「私が？」

「ええ」

「薩摩の武士が、まちがっている？」

房五郎は目をそらさず、

「ええ」

ゆっくり首肯して見せてから、

「たしかに幕府は因循であり姑息であり、威令をもって国論をまとめることもできず、庶民のため諸色(しょしき)（物価）を安んじることもできぬ。さながら手負いの虎ですが、しかしとにかく虎なのです。好む好まぬにかかわらず、いまの日本にたったひとつの政権なのです」

それを戦争で倒すとなれば、厖大(ぼうだい)な量の血が流れるだろう。幕府や薩摩はもちろんのこと、日本そのものが衰耗する。それにつけこんで自国の軍人や政治家や商人たちを跳梁跋扈(ちょうりょうばっこ)させることこそイギリスが薩摩を援助する真の目的なのではないか。

「貴藩はみずからの意志で動いているようで、イギリスの糸に操られている」

大久保はわずかに眉を動かして、

「上野先生、あなたは英語の教授です。異人は師ではないのですか」

「師です」

「ならば……」

「私は師を尊敬します。だが師に支配されるつもりはない」

大久保は、目をそらした。

この男には珍しいしぐさだった。思いあたるふしがあるのだろうか。うつむいて膳に手をのばし、肴の仕事をやりだした。

肴は、銀色に光る小魚だった。

きびなご、というらしい。笊の上に十匹ほども、丸のまま、つまり海を泳いでいた姿のまま盛り上げられている。大久保はその一匹をつかみ取るや、魚の腹へ親指を入れ、左右にひらいて内臓を掻き出した。

赤黒いものが糸を引いて魚の山の上に落ちる。それから頭と骨を取り、布でぬぐい、小皿の醤油へチョンとつけて、口のなかへ放りこんだ。

刺身といえば刺身である。房五郎もおなじようにやってみたが、よほど新鮮なのだろう、あまり生ぐさくもなく、身の肉はふわっとして美味だった。

ただ手が血だらけ、脂だらけになるのは如何ともしがたい。房五郎は二匹目に手を出す気になれず、席を立って、廊下の奥の、庭に面したところの手水場で手を洗って戻った。

大久保は、まだ食っている。

めりめりと音が立つほど荒っぽく魚類の死体を抉じ開けている。房五郎は理も非もなく、

(負けた)

そんな気にさせられた。いくら何でも小魚のこんな乱暴な食いかたが薩摩の日常食とは思えないから、おそらくは、大久保ひとりの気まぐれなのだろう。大久保一蔵というこの本来的に冷静な人間ですら、沸騰する政情の坩堝のなかに身を置くと、こうも神経が異常になるわけか。

房五郎は、

「大久保君」

声をかけた。

「何です」

「いま聞いた話は、さだめし他国では他言無用なのでしょうな」

「そんなことはない」

大久保は肴の仕事の手を止め、血の飛んだ顔でにっこりして、

「何の窮屈もござりませぬよ、上野先生。このまま鹿児島にあるかぎり」

房五郎は、ぞっとした。いま大久保は、明瞭に、貴様は籠の鳥だと言ったのである。

「そうですか」

房五郎はあぐらをかき、わざと喉音を立てて泡盛を飲んだ。大久保はおだやかに、

「わが藩は、先生を厚く遇します」

きっと心から言っているのだと房五郎は思った。

†

房五郎は、その後も英語の先生でありつづけた。教えれば教えるほど薩摩は英語の力がつき、イギリスとの濃厚複雑な交際が可能になる。すなわち、

(倒幕に、近づく)

時局を避けるつもりで、気がつけば時局のまんなかにいる。或る日、鮫島誠蔵に、

「体調が悪い。しばらく長崎で静養したい」

と申し出てみたが、鮫島は平然と、

「この鹿児島にも、名医はおります」

暮夜ひそかに脱出することも考えたけれど、街道には木戸があるし、裏道や山道はよく知らない。無理に行っても討手（うって）に追いつかれ、斬り捨てられておしまいだろう。文字どおりの八方ふさがり。

唯一、気が晴れるのは、中浜万次郎との雑談だった。

中浜は八つ上の三十九歳。さすがにアメリカの空気を知っているだけあって話がおもしろく、たとえば、

「アメリカに行きたてのころ、教会の日曜学校へ行こうとしたら、執事（ディーカン）に『黒人まがいを白人の子弟といっしょに教育するわけには参らぬ』と拒絶されてな。黄色人種はそう言われるのだ。私の世話をしてくれたホイットフィールド船長夫妻は憤激して、脱会して、別の宗派に入って日曜学校へ通わせてくれた。これがかの国のもっとも悪いところと良いところだ」

しかしながら開成所では、なかなか会う機会がなかった。どうやら藩は中浜を英語教授というより海軍建設の指導者として見ているらしく、しばしば藩士をつけて船の買いつけのため長崎へ出張させたからである。

房五郎を行かせなかったのは、あるいは長崎を熟知しているので警戒したのか。房五郎はむなしく月日をすごした。ここに来たときは正月気分が抜けなかったのに、いまは十月。さすがの温暖な鹿児島でも山の樹々が色づきはじめている。

（山川草木だけが、むかしと変わらぬ）

この十か月のあいだに、国内の政情は激変した。

まずは三月、長州藩が幕府に対して反抗の意を明らかにした。これには少し説明がいる。

もともとこの藩は例の八月十八日の政変に遭っても攘夷思想を捨てることをせず、一部の藩士らがこっそり京に入って志士活動をおこなっていたが、この地下活動家が翌年六月の池田屋事件で新選組に殲滅されると激昂し、大挙して上洛した。

約二千の兵を山崎、嵯峨、伏見に分駐させて京の街を取り囲み、御所へ押し入ろうとして幕府の守備兵と激突した。

守備側の主力は薩摩、会津、および桑名藩兵だった。戦闘は一日で決着がつき、双方に多数の死傷者を出し、さらには京の市街の大部分にあたる約三万戸が戦火で灰になった。

いわゆる蛤御門の変である。長州兵は敗退して藩に帰り、恭順に転じ、戦闘の責任者である三家老に自刃を命じるなどしたけれども、藩内には高杉晋作、伊藤俊輔（のちの博文）、山県狂介（のちの有朋）ら、恭順に不満な過激派があり、これが蜂起して勝利した。

要するに長州藩ではクーデターが成功し、過激派が実権を握ったのである。これにより藩論は再転して、幕府への反抗を旨とするようになった。

幕府は、もちろん黙ってはいない。五月十二日に和歌山藩主・徳川茂承を征長総督に任命して、

「これ以上やると、征伐ぞ」

その姿勢を鮮明にした。

こうなると薩摩の開成所も活気づく。学生たちは授業そっちのけで、

「われらも、長州につづくべきだ」

とか、

「長州の連中も、やはり関ヶ原で苦汁をなめている。もう遅疑せぬであろう。先を越されてはならぬ」

房五郎はそのつど、

「静かにしなさい。学問に集中しなさい」

六月になると、情況はさらに悪化した。第三勢力があらわれたのである。土佐脱藩の志士である坂本龍馬と中岡慎太郎がしきりに薩摩と長州を仲なおりさせようと動いているらしく、開成所の学生たちも、はじめは、

「いくら何でも、それは無理だ。何しろ薩摩は八月十八日の政変で長州を京から追い出し、蛤御門の変で長州に血を流させている。あっちが手を組みたがるまい」

などと半信半疑だったものの、そのうち長州がまた軍艦を買っただの、小銃何百挺を買っただのという情報が入って来ると、

「これはこれは、ひょっとして」

「同盟が成れば」

「まことに、幕府に立ち向かえる」

「まずは両藩で京をおさえて……」

「よし。みんな外へ出よう」

またぞろ空地へごろごろと臼砲をひっぱり出して模擬戦をやる。政論にふける。開成所はもはや倒幕研究所の様相を呈していた。

房五郎は、地団駄踏みたい気持ちだった。

(このままでは、日本は内戦になる。何とかせねば)

かといって、何ができよう。集団ヒステリーという大津波が白い波頭を立てて押し寄せて来ようとしているとき、人間ひとりの理性など、砂浜の一本松ほどの抵抗体にもならない。

（何とか、せねば）

鹿児島の山は、よりいっそう色づきを深くした。十一月になると、とうとう、

「幕府が長州への軍事侵攻を決定し、彦根以下三十一藩に出兵を命じた」

その一報が入って来た。開戦は時間の問題である。こうなるとむしろ一刻も早く薩摩を出て、幕府の要路に、

「薩摩藩内は、これこれこういう情況です」

と教えてやるほうがいいのではないか。房五郎はそう思った。三十一藩のなかには薩摩も入っている。命じれば従うと幕府は思いこんでいるのにちがいないのだ。

けれどももしほんとうに侵攻を実行したとしたら、薩摩は従うどころではない。出兵を拒むかもしれないし、場合によっては長州側につくかもしれない。そうなったら残りの三十藩が、はたして、

（役に、立つか）

早い話が、今回、改めて征長先鋒総督に任じられたのは和歌山藩主・徳川茂承だけれども、その和歌山藩兵がさほど軍艦操練において優秀でないことは、房五郎自身、かの「明光」の回航時につぶさに見ている。

彼らを戦場に送ったところで、長州を征伐するより前に、むしろ返り討ちに遭いかねない。そのへんの危険を説きに説いて、

（進発を、やめさせる）

幕府の要路なら知人が多い。取り合ってもらえるかもしれない。

もっとも、房五郎には、その「薩摩を出て」が不可能なのである。最近もそれとなく鮫島誠蔵に聞いたところ、鮫島もさすがに気の毒に思ったのか、

「正直に申して、いまの時勢では、上野先生のような能力ある方を手放すことは考えられんのです。それでなくても弊藩は、ご存じのとおり、他国人の出入りに対してはきわめて厳格に臨んでおりますし。まあ上野先生も侍のご身分ですので、お家に大事があれば、あるいは」

「そうですか」

房五郎は、肩を落とした。侍といっても浪人みたいなものである。お家の大事などあるはずもない。

左遷

だがこの月、すなわち慶応元年（一八六五）十一月の下旬、房五郎のもとに、一通の手紙が来たのである。

故郷・下池部(しもいけべ)村の母からだった。内容は簡潔に、

「又右衛門(またえもん)殿が亡くなりました。万事こちらで済ませますので、気がねなく学問に打ちこむように」

房五郎は、

「兄様(あにさま)」

その日は、上の空だった。授業中にさえ、

（やはり、酒の飲みすぎか）

などと考えてしまった。もっとも、又右衛門は房五郎より二十ほども年上で、五十歳をこえたはず。何が起きてもおかしくない年まわりではあった。

房五郎は、いまさらながら、自分はこの腹ちがいの兄が好きだったのだと気づいた。みずから陶々斎(とうとうさい)と号して昼間から酔っ払い、三百年つづく身代をかたむけた心持ちもわかる気がする。何しろ又右衛門は頭がよかった。和漢の本を読んでいたし、好奇心も強かった。

それが上野家を継いだのだ。ただ長男だというだけで。もしも血のしがらみがなかったとしたら、あるいは彼もまた房五郎のように師を訪ね、旅を重ね、ぞんぶんに知識欲の翼をひろげたかもしれず、その意味では、晩年、母といっしょに家を寺子屋にしたのは、ほんのちょっぴり人生の借りを返すことができたのかもしれない。彼は近所の子供の習字を見つつ、賢い子には、

「読め読め。俺といっしょに」

などと声をかけて、『論語』や『孟子（もうし）』『史記』などを無料で教えたという。

と、手紙を折り畳もうとして、

（あっ）

脳裡（のうり）に、ひとすじの光がさした。

希望の光、と言ったら不謹慎だろうか。授業後に家へ帰り、鮫島誠蔵を呼んで、

「故郷の兄が死んだ」

「えっ」

「このとおり」

手紙を見せた。鮫島が二度、三度と目を走らせるのへ、

「母は『気がねなく』と申しておるが、跡取りは私しかいない。農家とはいえ土地（ところ）では知られた家、つぶすわけには参りません」

実際には、房五郎はそこまで強いこだわりはない。何しろ上野家は実家といっても、そこで育ったわけではないし、親戚の顔もほとんど知らない。

だがこの時代の日本では、家は社会の基本単位である。他人のそれを尊重することは、ほとんど生命を尊重するに等しい国民の義務である。ましてや家督がからむとなれば。鮫島はようやく手紙から

目を上げ、青い顔をして、

「……わかりました」

出国許可は、すぐに下りた。開成所の生徒たちは別れの宴をひらいてくれたが、翌日、房五郎が旅姿で出立すると、みんなぞろぞろついて来た。その日は三里（約十二キロ）ほど歩いて田舎の村でわらじを脱いだが、彼らも陽気に上がりこんで、

「上野先生、名残り惜しや」

また宴会になった。

房五郎は江戸へ行き、それから風雪を冒して下池部の実家へ行った。座敷のなかはがらんとしていて、母がひとり、仏壇の前で、うっそりと火鉢に向かっていた。

「母上」

呼びかけると、

「ああ。ああ」

躙（にじ）り寄って来た。房五郎は左右のひざをついて、

「母上。母上」

抱き合った。母の体は冷たかった。母の言うところによれば、葬儀や野辺送り、四十九日の法要は、親戚の手を借りてとどこおりなく済ませたという。

「そうですか。お世話をおかけしました」

「じゃが、そのかわり、今後の跡目のあつかいも……」

「親戚の合議にゆだねるのですね。それでいい。それでいい」

言ってから、はっと気づいて、

「そうなると、母上はこれから……」

母はうつむいて、

「さあ」

房五郎は、鳥肌が立った。自分が家を継がなければ、親戚の誰かが継ぐことになり、母は当然、この家を出なければならない。ひとりで暮らさなければならない。生計はどうするのか。かつて房五郎が幼かったころのように、糸車をまわし、機（はた）を織り、針仕事をして……。

(無理じゃ)

無理に決まっている。もう七十をこえているのだ。

仕送りというのも現実的ではない。商家はともかく一般には遠隔地への送金など不可能である。送金行為そのものに金がかかる。

房五郎は母から体を離し、ちらっと部屋のすみを見た。文机（ふづくえ）が五台ずつ、二列になって、まるで二基の五重塔のように積みあがっている。

寺子屋で使ったもの。もう使われることはないだろう。母は正座し直して、背すじをのばし、

「房五郎。私はもう、じゅうぶん生きました」

「は、母上……」

「死ねば土に還るのみ、何の悔いもありません。あなたは江戸に帰りなさい。私のことは気にかけるに及びません」

(いやだ)

房五郎は、激しく思った。どこへも行かない。死ぬまで母のそばを離れない。母のために火鉢の炭をつぎ、めしを炊き、夜には夜具をならべて寝るのだ。

が、つとめて低い声で、

「わかりました」

頭を下げた。いまの日本は、みな血まなこになっている。戦争という単純な結論めがけて突き進んでいる。回避させられるのは自分しかいない。もっとも、それを言うと心配をかけるので、

「わかりました、母上。房五郎は落ち着いて学問をします」

「………」

「母上？」

「そうですか」

母は、急に猫背になった。声までもが小さくなって、

「江戸での住まいは、決まったのですか」

「いえ、まだ」

「手紙を」

「え？」

体をかたむけ、右手をそっと畳について、

「決まったら、きっと手紙をおくれ」

「……はい」

房五郎は号泣しそうになり、鳥の雛（ひな）を抱くようにして母を抱いた。

†

房五郎は江戸に帰り、ひとまず日本橋の旅籠に宿を取って、旧知の幕臣の屋敷をまわった。挨拶もそこそこに持論をぶつけた。そうしたら過半の人が、

「ならば、目付の平岡凞一殿を訪ねるといい」

紹介状が三通も四通もたまった。聞けば平岡は江戸生まれ、江戸育ちの幕臣ながら、他国者に対して面倒見がよく、また好んで些事雑用を引き受けるので要路の受けもいい。謡もうまい。

つまり、内外に顔がきく。近ごろは幕府の人材登用のいわば窓口役も担っているのだそうで、房五郎は、

(ありがたい)

一日、平岡の屋敷を訪ねた。

紹介状をぜんぶ出し、ひととおり履歴を述べてから、

「薩摩藩内の空気は、ご公儀が考えておられる以上に険悪です。一日も早く長州征伐は中止されるよう献策いたしたく」

平岡は身をのりだして、

「ほう」

「これは一見、ご公儀の名折れのようですが、長い目で見れば、むしろ権威を高めましょう。衆庶はもともと、そこまで深く考えて徳川批判を口にしているのではない」

「ほう、ほう」

平岡は、勿体顔をしない人だった。茶をすすり、菓子をむしゃむしゃ食いながら話を聞く。おなじ江戸っ子だからだろうか、房五郎には、どこかしら長崎で会った勝麟太郎と似たような感じもするのだった。

「これは貴重な意見を賜った。賢人の意見じゃ。ただ、ちと難儀でのう」

「どういうことです」

「わしらが薩摩を知らぬように、貴殿もまた、江戸城内の空気を知らぬ。出兵にみな賛成かと言うと……まあこれは、つぶさに明かすのは憚られるのじゃが」

「はあ」

「とにかく、熱意はよくわかった。貴殿の身柄はこの平岡があずかり申す。かならずこちらから沙汰する故、静かに機を待ち、そちらからの談判は手控えられよ。よいな」

「はい」

「かならず沙汰する」

その顔、嘘や誇張の影はない。房五郎はお辞儀をして、

「お願いします」

平岡屋敷を辞したときには、まだ陽が高かった。会談時間は長いようで、ほんの四半刻（約三十分）ほどだったらしい。何だか拍子抜けというか、空足を踏んだ感じがして、宿へ帰る気になれなかった。

江戸の街は、人が多い。

棒手振の魚屋がすたすた道を去って行く。立ちどまって切絵図を広げ、左右をきょろきょろ見ているのは、参勤交代で赴任して来たばかりの田舎の藩士か。

金物屋の店先ではおかみさんが笑顔で客と接している。みんな明日にも戦争が起きるとは考えていないのだ。ましてやその硝煙のにおいが、事によったら、この江戸までをも覆うなどとは。

房五郎は神田須田町から小川町にさしかかったあたりで一軒のそば屋を見つけて、なかに入った。

座敷に上がり、川えびの佃煮を口へ入れる。お銚子を六、七本かたむける。と、

「そうか!」

立ちあがった。

左右の頬が熱くなったのは、これは酒のせいではなかった。足をどんと踏み鳴らして、

「あいつめ!」

あわてて太った主人が来て、両手を腹の前で組んで、

「あの、何か不調法が」

「あ」

まわりの客がこっちを見ている。房五郎は、

「すまんすまん。いや、その、思い出したことがあって」

座り直し、詫びのかわりに酒肴をさらに注文した。運ばれて来た豆腐田楽の木の芽みそはたいそう旨かったけれども、それで腹立ちがおさまるものではない。あの平岡とやら、要するにこの自分を、

(猟官の徒と)

俸禄がほしい。役に就きたい。そのため自分を売りこみに来たと、房五郎をそう値ぶみしたのだ。平岡だけではない。紹介状をくれた江原桂介も、その他の人々も。

「馬鹿な。馬鹿な」

つぶやいた。何ということか。聞いてわからなかったのか。自分は自分を守る気はない。幕府も守る気はない。ただ日本を守りたいだけなのだと。

(とはいえ)

思い返した。いまから引き返して酒のにおいをさせながら「猟官ではない」と言ったところで、言

えば言うほど猟官くさくなる。

それに平岡は、あの話の感じからして、自分を薩摩の間者だと疑っている部分もあるのではないか。うまうまと幕府内部にもぐりこんで情報をつかみ、こっそり知らせる日陰者の特殊技術者。だからこそ、機を待てと言ったのだ。平岡としてはその間に身元をたしかめ、素行を調査する気なのかもしれない。あやしい人間との接触の有無は特に重要で、場合によっては、房五郎は、

(罪人あつかい、されかねん)

この一刻をあらそう機に、これはまた何という不毛なことだろう。とにかくこうなれば房五郎はまず外出をつつしみ、人と会うのも極力避けて、もって身の潔白を証明しなければならない。

「よし。待つ」

そば屋を出て、旅籠に帰り、そのまま逗留しつづけた。

何もしないのも馬鹿ばかしいので、漢書を取り寄せて読んだ。いったいに漢語の知識は英語の翻訳に必須なのだが、房五郎は何しろ、人生最初の教科書が錦絵、字尽、国尽のたぐいである。漢語は頭では理解できるが、どうしても肌身につかないところがある。それをこのさい少しでも補おうとしたのである。

この強いられた休息は、二か月に及んだ。或る日、平岡から使いがあって屋敷へ行くと、平岡は、

「御家人にならんか」

房五郎はつい、

「間者の嫌疑は、晴れましたか」

口に出してしまったが、平岡はあっさり、

「うん」

好人物は好人物なのだ。それから平岡の言うところによれば、京都守護職・松平容保（会津藩主）支配下に京都見廻組という組織があり、前島錠次郎という人がいた。

七十俵一人半扶持の微禄ながら、表台所人、賄頭支配などを歴任し、役料も少しもらっていた。この前島という人が男子がなく、母ひとりを残して死んだのだという。

「つまりは、末期養子ですか」

と房五郎が問うと、平岡はちょっと嫌な顔をして、

「まあ、そうなるな。本来ならば血統継承の努力を怠ったということだから、お家断絶に値するが、そんなのを厳密にやりだした日には浪人があふれ、街の治安が悪くなる。前島殿の場合には生前の病弱も知られていたし、よくあることと心得られよ」

「京都見廻組とは、どんなお役目なのですか」

「知らんのか」

「すみません」

「浪士取り締まりのため、ご公儀みずからが新設したものじゃ。旗本、御家人の次男や三男から腕の立つ者を選んで」

すらすらと言う。房五郎がよく考えず、

「ああ、つまり新選組もどきですな。あっちは別口の浪人だそうですが」

と言ったのは、自分がかつて大坂で岡田以蔵その他の凶刃から救われたことを思い出したからだった。近藤勇、土方歳三、沖田総司……池田屋事件を経た現在では、この江戸でも、その名を聞くだけで子供がふるえあがるほどである。平岡は憮然として、

「みんなそう言う」

「私もその見廻組に？」

「貴殿、剣は？」

「不得意です」

「ならば御免（免除）になるだろう。もっとも、さほど仕事の実績もない組じゃが」

「……………」

房五郎は一晩よく考えて、次の日また平岡を訪れ、

「お受けします」

「おお、おお、よくわきまえた」

平岡は、そんなことばで賞賛した。房五郎としては何をわきまえたわけでもなく、純粋に合理的に考えた結果だった。幕府内部へものを言うには身分はあるほうがいい。

それにもうひとつ、意外と重要なのは住居の問題だった。前島家のそれは牛込赤城下町の長屋である。

つまり自分の家が持てるのである。他人のところへ仮寓すれば他人の用で時間を取られ、読書も思考もさまたげられる。生き残った前島錠次郎の母は親戚に引き取られるとのことなので、房五郎はひとり暮らし。大げさに言えば、ひとつの城のあるじになるのだ。

房五郎はまた故郷へ行き、自分の母の——まだ上野家にいた——許しを得て、江戸に帰って養子縁組みをした。

正式に幕臣となったのである。武士待遇ではなく真の武士。姓も前島となったわけだが、このとき名のほうも改めて、来輔とした。前島来輔。ただし本稿ではなおしばらく上野房五郎で通すことにする。いずれまた改められて密となり、前島密となる日が来るので、そこで本稿も路線を変えることに

しよう。

†

縁組みが終わると、幕府は、房五郎を登用した。

開成所の翻訳筆記方に任命した。開成所というのは薩摩の洋学校と同名だが、ここでは幕府が一橋門外、護持院原に設立した研究教育機関。

のちの東京大学の前身のひとつである。オランダ語、英語、フランス語、ドイツ語のほか化学、機械学、数学などの研究をやり、あわせてそれらを学生へ教えた。

学生には幕臣もいるし、諸藩の藩士もいる。房五郎の地位は、まあ教授の下の助教といったところで、教授の翻訳した英語の文章の校閲をする。あるいはみずから翻訳する。

仕事そのものは楽しいが、のんびりしていられない。房五郎は幕閣の説得を開始した。むろん直接会うどころか、お城へ上がることもできないので、

(これしか)

飛び道具を使った。

上書である。意見を書いて手紙に仕立て、しかるべき人に届ける。

具体的にはまず、老中、若年寄、大目付といったような人々の屋敷をじかに訪ねる。役職および姓名を名乗れば、どこでも用人級が出て来るので、しかじかと事情を述べ、

「ぜひとも、お取り次ぎ願いたい」

手紙を渡すのである。

相手は、

「たしかに」

受け取らざるを得ない。ただし屋敷へひっこんで開いて見れば、内容はもっぱら「長州征伐を実行すれば天下万民が迷惑し、将軍の沽券（こけん）にもかかわる。ただちに中止すべきである」うんぬん、ほんとうに主人へ取り次ぐかどうかはわからない。その場で握りつぶすかもしれない。

房五郎も、その可能性は承知している。というより十中八九握りつぶすと思っている。彼らにしてみれば上書というのは紙一枚で上下の秩序をひっくり返す行為であり、いちいち相手をしてやることはないというより、すべきではないのにちがいない。

それでもほんのわずかの可能性に賭けて、房五郎は、次々と手紙を書いては持って行った。末尾にはつねに役職と姓名を明記している。罪に問われるかもしれなかったが、たとえ科人（とがにん）になったとしても、最悪の事態を目の前にしながら手をこまねいて本を読むよりは、

（ましじゃ）

返事をよこした者はなかった。幕府の方針も変わらなかった。

世の中はますます、きなくさくなった。まずは薩摩藩の大久保一蔵が大坂へ行った。大坂城内には老中・板倉勝静（かつきよ）がいるので、それを訪ねて、

「このたびの長州へのお討ち入り、弊藩はご加勢申すこと能（あた）わず」

あの出兵を命じられた三十一藩のうち最大最強の勢力が、出兵を拒否したのである。

房五郎はあとで知ったのだが、この事件の背後には、やはり第三勢力があった。土佐脱藩の坂本龍馬と中岡慎太郎がとうとう薩摩と長州を仲なおりさせ、軍事同盟を結ばせることに成功したのだ。

いわゆる薩長（さつちょう）同盟である。これで薩摩は明確に倒幕を打ち出すことはしないものの、倒幕を打ち出

す長州の明確な支援者となった。

幕府はいわば、寝返りを打たれた格好になった。それでもというべきか、あるいはそれ故にというべきか、態度をいっそう硬化させ、長州侵攻を開始した。関ヶ原以来の大討ち入りが始まったのである。

攻め口は、四つ。

石州口、安芸口、大島口、小倉口。

長州側はこれを「四境戦争」と呼んだ。祖国防衛戦争である。兵力は幕府側十五万人、長州側一万人、圧倒的な差があったけれども、しかし戦況は長州のほうの有利になった。

何しろ彼らは蛤御門の変、藩内クーデターなどで実戦経験が豊富な上、西洋式の銃砲を大量にそろえているし、それに合わせて指揮系統も再編している。歩兵と大砲の連携もうまく行っている。

いっぽうの幕府兵は、まあ団体観光客みたいなものだった。実戦経験がない。ついこのあいだまで経験するとも思わなかったから武装はよそゆきの骨董品で、隊長ならば馬に乗り、陣笠をかぶって陣羽織をまとう。兵卒ならば先祖伝来の鎧兜に火縄銃。近代兵器もないわけではないが、指揮者がその使いかたを知らない。

そもそも戦争の大義がわからない。彼らはほんとうに、戦場へのみちみち、

「わからん」

「わからん」

言い言いしたものである。長州の何が悪いのか。蛤御門の変で禁裏に大砲をぶちこんだのが悪いのなら、その処分はすでにして三家老の自刃などで終わっている。この上なんで兵を出すのか。出すならなんで二年も経ってからなのか。

長州側は、繰り返すが祖国防衛の緊迫がある。士気には天地の差があったのである。開戦の総責任者というべき将軍・徳川家茂は大坂城にいたけれども、しだいに敗報が相次ぐと、よほど心身にこたえたのだろう、あっさり床について死んでしまった。

享年二十一。もともと病持ちではあったにしろ、それにしても……城内がしんとしたところへ最悪の知らせが到着した。今回の出兵の最大の拠点である豊前国小倉城が攻め落とされ、指揮を執っていた老中・小笠原長行は軍艦で長崎に脱出。城下は長州の手に落ちた、うんぬん。

征伐どころか、逆に侵略されたわけだ。幕府はあわてて将軍の死を理由にして、

「よろしい。休戦してやる」

と主人顔をして見せたが、これが実質上、敗北宣言であることは、天下万民の目に明らかだった。

幕府の権威は、地に落ちた。

†

この間、房五郎は飼い殺しにされた。

仕事が淡々とあたえられ、すべての上書は無視された。休戦が成立して房五郎の見通しの正しさが証明されて以降もなお江戸は泰平でありつづけ、江戸城は美しくありつづけた。

櫓や白塀が夕日をあび、翌朝にはまた何ごともなかったかのように吏員たちが登城した。その人の列も美しかった。

休戦の翌年。

房五郎は開成所頭取・松本寿太夫に呼び出された。助教が学長に呼ばれたのである。房五郎は、

（罷免(ひめん)、だな）

なかば期待しつつ出頭した。松本は笑顔で、

「貴殿を、教授に任命する。科目は数学」

「数学？」

「ゆくゆく海軍の将官士官をつとめる人材のため、測量術やそれに必要な三角関数、度数法、座標法等を教えてほしい。教授となれば責任は重い故、くれぐれも身をつつしむように」

身をつつしめとは、上書をやめろということだろう。科目が数学というのも何か唐突な感じである。房五郎は、

「わかりました」

辞令を受け、長屋に帰り、もう上書をしたためることはしなかった。

したためる必要がなかった。すでにして長州征伐がおこなわれたからでもあるけれど、それよりも勝麟太郎と再会したことが大きかった。

きっかけは、勝が開成所に来たことだった。本を読みに来たらしい。勝はかつて開成所の前身である蕃書調所(ばんしょしらべしょ)に出仕したことがあり、その縁で、いまも出入りは自由なのだと言った。

はじめは、

「長崎のおそのは、元気かね」

「夫婦(めおと)になりましたよ、浜名津屋(はまなつや)の跡継ぎと。いまじゃ立派な若女将(わかおかみ)だ」

「へえ、あれがねえ」

「弟御(おとうとご)も万屋町(よろずやまち)で一人前の鍛冶屋(かじ)になったらしいですな」

などと他愛(たあい)ない話をしていたのだが、それもつかのま。房五郎が、

「いずれぜひ、軍艦『咸臨』でアメリカに行かれたときのお話を聞かせてください」

と言うと、勝は顔を曇らせて、

「一晩ゆっくり酒杯をかたむけながら、か。そんな気分じゃやねえや」

「ああ、よほどお忙しいのですか。何しろ軍艦奉行の重職にあっては……」

「逆だよ。暇なんだ」

チョチョチョチョチョッと小鳥のように舌打ちした。それから説明した。勝はなるほど軍艦奉行、幕府海軍の総責任者になったけれども、江戸城内の空気はきわめて殺伐としていて、

「長州相手にこうも苦戦したからには、当方もただちに陸海軍の洋式化を進めねばならぬ。幸いフランスが資金や武器、軍艦などを提供してくれると申している故、ぜひとも手を結び、長州を討って、いっきに薩摩をも討つべし」

そんな議論が支配している。

勘定奉行・小栗上野介忠順などはその最右翼だった。勝はこれに対して、

「馬鹿か、お前ら」

とまでは言わなかったものの、そう言わんばかりの激しい口調で、

「そんなことして何になります。フランス一国とのみ関係を築くのは植民地化の第一歩だと言いたいところだが、その植民地化の力すらフランスにはありません。七つの海を支配するイギリスの前では、しょせん虎の前の猫みたいなもの。洋式と洋式で真っ正面からぶつかったら、それこそイギリスの援助を受けている薩長には絶対に勝てっこありませんぜ。今度こそ将軍様は満天下にぶざまな負けっ面をさらすことになる」

「ならば、どうしろと」

「もはや徳川は、おのが身を削ることを考えるべきです。西洋の君主国のごとく天皇をいただき、みずからは島津、毛利、前田、鍋島、伊達等と同列の一大名の位置へ下りて、その位置から国政を主導する。引きぎわは潔くなくっちゃいけねえ」

この説は、幕閣のよろこぶところとはならなかった。当然だろう。元老中・小笠原長行など、小倉城を落とされた張本人であるにもかかわらず、

「今回はたまたま運がなかっただけ、本気で総力戦をやれば結局は兵力がものを言う。軍艦の数もこっちが上じゃ。勝の説は怯懦の説じゃ」

もっとも、こんな激越な反対論でさえ、

——勝めは、じつは薩長に内通しているのだ。

そんな陰険なささやきに比べれば、まだましかもしれなかった。

実際、勝は、叩けばいくらでも埃の出そうな人物だった。前から西郷吉之助とも大久保一蔵とも顔なじみである。薩長同盟の仲介をした坂本龍馬にいたっては弟子同然である。

何より勝は、長州征伐にさいしては最初から反対の論を張っていた。

——勝さんは、あっち側だ。

その先入観はいまも城内に根づよく、また勝自身もそのあまのじゃくな性格からか、それを否定しなかった。そんなこんなで、

「城内には、俺の言うことを聞くやつはいねえ。だから暇なのさ。房五郎さん、あんたも俺なんかと話してるとこを見られたら……」

「聞きます」

房五郎は勝の手を取り、熱を込めて、

「わが意を得たり、とはこのことです。私もずっと反対だったのです。そのために身を剝がすようにして薩摩を脱し、江戸へ帰り、上書をつづけた」

「上書か。僭越だな」

と言ったときの勝の顔は、目を見ひらきつつも、口もとがゆるんでいる。味方を得たことがうれしいのだろう。房五郎はつづけて、

「長州征伐のさなかに将軍が亡くなったのは、不謹慎ですが好運でした。休戦の口実ができた。しかしながら次に将軍位に就かれたのは心身壮健な慶喜公。もしも薩摩、長州と全面戦争になったら、今度はだめです。国中が焦土と化すまで終わらない」

「そこだ、そこだよ。こいつはいい」

以後、ときどき勝と話すことがあった。房五郎としてはこの腐っても鯛というか、まがりなりにも軍艦奉行である人物に直接ものを言うことができるのだから、もう上書の必要はないのである。もっとも、幕府の方針は変わらなかった。

或る日、軍服を着たフランス人が四、五名、開成所に来て、房五郎に操船術を教えようとした。頭領の名はジュール・ブリュネ、陸軍大尉だという。彼らの知識は通りいっぺんの域を出ず、特に教わることもなかったが、それでもブリュネは、去りぎわに房五郎の肩を叩いて、

「これから、ともにトクガワの軍を守り立てよう」

という意味のことを言った。房五郎は、

(愚かな)

暗然とした。

結局、房五郎は、降格に処せられた。

奉行・柴田日向守剛中の手付（直属の役人）として神戸へ行け、という命令を受けた。こんにちで言うなら東大教授まで務めたほどの知識人が、一地方の事務職員になったので、まあ左遷である。やはりと言うべきか、かねての上書癖に加えて、勝麟太郎と交誼を深めたことが仇になったのにちがいなかった。おりしも神戸は開港をまぢかに控えていて、煩瑣な仕事が無限にある。目の前に次々と書類仕事やら、会議やら、外国人の接待やらが来る。房五郎はほどなく柴田の直属から切り離され、運上所（税関）の定役となったが、これが多忙に拍車をかけた。

毎日が、飛ぶようにすぎて行った。役人の多忙そのものだった。国家の政局はほんのすぐそこ、京師のなかで激しく動揺しているというのに、房五郎はそれをみな人づてに、一種の物語として聞いたのである。これほど歯がゆいことはなかった。

そのうちに、信じられぬ話が来た。

「慶喜公が将軍職を辞し、大政を朝廷に返上した」

いわゆる大政奉還である。これによって徳川家はただの大名になり、旗本、御家人はその私臣にすぎなくなった。

房五郎も、そうなった。

「やった」

房五郎はその日、役宅へ帰ると、戸を開け放って痛飲した。

虫のよく鳴く晩だった。酔って庭へ出て月に手を合わせ、星々にお辞儀をし、それから京へ拝跪した。

拝跪の相手は天皇だったのか、それとも二条城にいるはずの徳川慶喜だったのか。

「これで、いくさは避けられる。いくさは避けられる」

涙が出そうだった。幕府そのものが霧のごとく消えたからには、薩長とはぶつかりようがない。薩長も、熱がさめるだろう。房五郎は立ちあがり、こんどは西のほうへ向かって、

「わかったか、大久保君」

吼えに吼えた。

が、見通しは甘かった。朝廷はこの政権という塀の外から飛んで来た大荷物をもてあまし、慶喜に助けを乞うかと思いきや、かえって居丈高に、

「大政奉還と将軍退職の件、よろしく許可してやる。ついては徳川家はみずからの立場に思いを致し、官職と領地も返上せよ」

形式的には、勅令である。

実際のところ、このときの天皇は孝明帝ではなかった。孝明帝はすでにして疱瘡のために死去していて、その子である睦仁親王の即位したのが九か月前（明治天皇）。

わずか十六歳である。その新帝の紅い口が発したというつくりだった。

背後には、もちろん薩長の倒幕派があるのだろう。まことに挑発的というか、ほとんど喧嘩腰の命令にほかならなかった。大久保は熱がさめてなどいなかったのである。

幕府側は、激昂した。

いや、いまや旧幕側というべきか。とりわけ兵卒が激昂した。官職と領地を返上せよとは何ごとか。百歩ゆずって官職（内大臣）のほうはわかるにしても、領地は朝廷にもらったものではない。はるか元亀天正のころ三河から出た先祖がみずから命をかけて切り取った、あるいはその後みずから鋤鍬を取って開墾した、私有財産ではないか。

——薩長、許すまじ。

京師は、一触即発の状態になった。慶喜は戦争回避のため兵を率いて大坂へ退いたものの、彼らの怒りはやまず、ふたたび大挙して京へ押し入ろうとした。

薩長側はこれを京の南郊、鳥羽および伏見の地でむかえ撃った。戊辰戦争の始まりである。房五郎はこの第一報を、やはり神戸の役宅で聞いた。慶応四年（一八六八）があけたばかり、一月三日のことだったが、房五郎はひとりで書類に目を通したり、事務的な手紙を書いたりしていた。

そこへ奉行所の鉄一という小者が来て、肩で息をしながら、

「京師でかくかくの騒擾があり、お奉行様におかれては、とにかく定役の者は平服でいいから集まるようにと」

房五郎は、

「そうか」

静かに返事して、奉行所に行った。

奉行所内の広間では、同僚たちが激語していた。

「薩長め、増上慢にもほどがある。わしは前から気に入らなかったのじゃ」

「おう、おう」

「われらは朝廷に逆らうのではない。そこに巣くう奸臣どもを誅戮するのじゃ」

なかには屠蘇でも飲みすぎたか、ろれつの回らぬやつもいる。そのうち小さな敗報がひとつ、またひとつと届きだして、彼らはいよいよ、

「なーに、いくさはこれからじゃ。こっちはフランス式の兵制がある」

「会津、桑名の藩兵は、柳営最強じゃ。じき兵の数で押すであろう」

まるでもう勝ったかのように、うなずき合った。彼らの表情は明るかった。明るくしなければ不安

を塗りつぶせないのだろう。

　房五郎は、部屋のすみで、

「…………」

　腕を組んで目をつぶり、誰かに声をかけられても、

「…………」

　内心では、

（最悪じゃ）

　かねて思い描いていた最悪の筋書きが現実になる、そう思った。鳥羽伏見の衝突がどちらの勝利に終わるにしろ、戦争そのものは終わらない。

　土地(ところ)を変え、人を変え、陣形を変えて、国が滅びるまでつづく。

（勝さん）

　翌日から情報がどんどん入って来た。ほとんどが旧幕側の不利を伝えるものだった。

　いわく、敵方が戦場に錦の御旗をひるがえした。錦の御旗とは天皇が官軍と認めた者にあたえるものである。

　いわく、朝廷が慶喜追討令を発した。慶喜は正式に賊徒となった。

　いわく、敵兵は次々と勝利したあげく大坂城へ押し寄せたが、大坂城には慶喜はいなかった。同伴者若干とともに城をこっそり脱け出して、軍艦で江戸へ帰ったのだ。大坂は平和裡に敵の手に落ちた。

　いわく、慶喜は江戸城に入った。などなど。

　最後の慶喜謹慎の報が入ったのは、二月中旬ごろ。戦争勃発から一か月半後である。これを受けて新任の兵庫奉行・岡崎藤左衛門(とうざえもん)は、配下の定役を集めて、

「このぶんだと、この神戸も、じきに薩長の者どもに乗っ取られるであろう。われらも江戸に帰ろうぞ。そうして上様のご指示を仰ごうぞ」

定役は、みな江戸から来ている。妻帯者なら単身赴任である。反対する者はなく、すぐさま港に一隻の軍艦が用意された。

このとき、多くの者が醜態をさらした。われさきに私物を積んだのである。それもお灸（きゅう）に使う艾（もぐさ）とか、芝居の番付とか、銅の雁首の煙管（キセル）とか、名僧の書いた巨大な扁額（へんがく）とか、どうでもいいものばかりで、なかには正月の食い残しの餅まで積む者もいた。

（末世じゃ）

房五郎は、何も手配しなかった。

運上所にこもり、書類の整理に没頭した。この時点ではもう神戸は正式に開港している。これから薩長主導の新政府がどんな人間をよこして来るか知らないが、誰が来ようとも、

（その日から、仕事ができるように）

運上所は、こんにちの税関である。関税を徴収したり、貨物の輸出入にともなう事務手続きを処理したり、違法行為を監視したり、保税倉庫（手続きの済んでいない外国貨物を一時的に置く倉庫）の在庫管理をしたりと、いわば国家の勝手口の番人である。その業務が滞ることは外国の侮りを招き寄せ、無用の軋轢（あつれき）の原因になるにちがいないのだ。

具体的には、まず書類を部門ごとにまとめた。

関税の帳簿。外国船舶からの提出書類。問い合わせの手紙。それへの回答の写し。会議の議事録。保税倉庫の保管物一覧。

業務日誌も、むろんまとめた。ところどころ汚損等で読みにくい箇所があったので、部下に命じて

清書させた。そのさいには、

「あくまで清書と心得よ。絶対に語句を改めるな」

強く言い添えた。

それともうひとつ、各種の翻訳文もひとまとめにした。いったいに兵庫奉行所はこれまで各国公使と合意の上、さまざまな規則を決定したが、それらの正本は英語で記されることが多く、房五郎はその翻訳をほとんどひとりで担当したのである。その規則ごとに封筒を用意して、原文と日本語訳をいっしょに入れた。

封筒はぜんぶで十数枚になったので、重ねて帯紙を巻いて糊（のり）でとめた。ほかの書類もそれぞれそうした。こうした分類作業がすんだら、ひとつひとつ、木の経櫃（きょうびつ）へそっと収めた。経櫃は部下がどこかの寺でもらって来たもので、どういうわけか火のように赤く塗られていた。

最後に、実務上の注意を手紙に書き、それを折りたたんで載せて、蓋（ふた）を閉めた。

蓋も、やはりまっ赤だった。房五郎は部下を呼んで、経櫃をコトンと奥の座敷の床の間へ置かせた。

蓋の上面に直接、

奉

たった一字、大書した。引き継ぎは完了したのである。房五郎は部下とともに運上所を出て、軍艦に乗り、神戸を去った。

船中で、ほかの役人と話をした。かくかくしかじかと自分のしたことを述べると、複数の者が舌打ちをして、

「ばか」

なかには重要書類を焼いたと胸を張る者もあって、

「ざまあみろ、薩長の田舎っぽう」

(やれやれ)

われながら、損な性分ではあった。ただ薩摩脱出以来のこの約二年間の自分の行動を振り返って、一抹の満足があるのは、他人が騒がぬときに騒ぎ、騒ぐときに騒がなかったことだった。世の中を少しでも前へ進めるのは、たしかにこういう人間なのだ。ただしその満足も、結局のところ内戦回避という目標は遂げられなかったのだから自己陶酔にすぎない。引き継ぎがうまく行ったなどというのは、畢竟(ひっきょう)、

(小役人の、円満か)

なおこの神戸退去のさい、房五郎が持ち出した私物はただ一点、英英辞書だけだった。

いや、もう一点あった。厳密には私物とは呼べないが、運上所の役人の名簿だった。薄い冊子になっている。これは後任のためには必要ない上、いまの政治情況では、そこに名の載った者が朝敵視される恐れがある。

房五郎は夜になると、ひとり上甲板に上がって、その冊子をふところから出した。

満天の星に向かって放り投げた。冊子は空中でばさっと広がり、強風で綴(と)じ糸が切れて、紙吹雪(ふぶき)のように海面に落ちて浮いた。幕臣としての事実上、最後の仕事だった。

維新

江戸は、無政府である。

幕府が消滅したのだから、文字どおりである。ただしいわゆる無政府状態ではなかった。人々はあいかわらず朝の挨拶をし、草履を売り、湯屋へ入り、長屋の裏で立ち小便をし、そうして万事につけ町奉行の同心や岡っ引きの目を気にしている。

采女ヶ原や高田の馬場へ武士が集まって、血まなこになって剣術の稽古をするなどといった光景もあるにはあったが、それは一種の例外というか、最新流行の風俗にすぎぬ。二百六十年つづいた社会というのは大したものだと房五郎は思った。社会の惰性というべきかもしれない。

牛込赤城下町の長屋も、前とおなじだった。戸を叩いて、

「房五郎、帰った」

戸の向こうで、音がした。

さっさっという衣ずれの音、コトコトと木の箱をあけるような音。しばらくして戸がひらいて、

「お帰りなさいませ、旦那様。ご無事で何よりでございました」

女がひとり、立ったまま、美しいお辞儀をした。

その顔に、白粉の気がある。いま急いでつけたのだろう。房五郎はみょうに照れてしまって、

「留守居、ご苦労。なか」

呼びかけると頬がますます火を発する。足を出し、大またで歩いてわが家へ入った。房五郎は、じつは結婚していたのである。

妻の名は、なか。

仲子ともいう。夫より十四も年下で、ことし二十になったばかりだった。二年前、房五郎が前島の家を継いだとき、御家人仲間が、

「武家っていうのは、一家をかまえて武家なんだ」

と言いだして、どこかから仲人をつれて来た。仲人は年老いた武士で、房五郎にはやはり御家人である清水与一郎という人の長女がぴったりだと得意顔で主張した。

（面倒な）

そう思いつつも、見合いをした。

この時代の武家の見合いは、文字どおり見合いである。若い男女それぞれが小者や親戚などとともに神社や寺へ参詣し、境内を歩き、他人のふりをして、すれちがいざま相手の顔を確かめる。それだけである。

近くの赤城神社で見合いをやった。すれちがった瞬間、

（若い）

そのことが、まず意外だった。

たった一瞥でもわかるほど。だがさらにおどろいたのは、おたがい離れたと思ったとき、背後にざつざっと足音がして、

「前島様」

呼びかけられたことである（この時点での房五郎の本名は前島来輔）。

房五郎は、

「はい」

振り返り、視線を下げた。

江戸生まれ、江戸育ちの少女によくある小作りな顔がそこにあった。それでいて瞳は大きく、くっきりと二重まぶたをいただいていて、まばたきするたびまつ毛がいちいち天を刷く。これだけでもう房五郎の故郷にはあり得ない、都会の花のいままさに咲こうとする弾むような香りがあふれていた。紅で濡れた唇が、

「あなた様は、気短な方とうかがっております。私は気長にお打ち添い申します。どうぞよろしくお願いします」

お辞儀をした。

女のほうから結婚の意思を表明したのだ。あとで聞いたところでは、なかは子供のころから気が強く、ときに口喧嘩で年上の男の子を泣かすこともあったそうで、その生来の性格がこの人生の瀬戸際にさいして強く大きく発光したのかもしれなかった。

もっとも、房五郎のほうも、あの母に育てられた身である。これくらいでは眉も動かさず、しかし滑稽にも、

「打ち添うとは、どういう意味ですか。一日中、私の帰りを家で待つということですか」

大まじめに聞いた。なかは、

「いいえ」

うつむいて、少し考えて、また房五郎を見あげて、

「それは、退屈のような気がします。近所の子供らに読み書きでも教えようかしら」

結果的に、これが房五郎の心を固めた。

（母上）

母は、かつてそれをしていた。存命だったころの兄・又右衛門といっしょに。さらに遡るならば、母はそもそも房五郎の物心ついたころから糸繰り、機織り、裁縫……房五郎は、働く姿ばかり見て来たのだ。

ほどなくかんたんな祝言をあげ、房五郎となかは夫婦になった。

牛込赤城下町の長屋での、ふたりでの暮らしが始まった。時期が悪かった。幕府は長州征伐に失敗し、房五郎は幕府の開成所の翻訳筆記方に任じられ、日々業務と講義に忙殺されながらも各方面へしきりと上書を繰り返していた。

要するに、家にいる時間がほとんどなかった。長屋は四畳半と六畳の二間から成る標準的なものだったが、なかはその六畳のほうを寺子屋の教室としたので、房五郎が夜帰ると、そこにはいつも文机がならんでいて、夜具を延べる隙間がなかった。

房五郎は、それを好ましく思った。下池部の実家の風景を思い出したりもした。が、或る日とつぜん、それらが姿を消したのである。

がらんとした部屋を見て、

「どうしたのだ」

房五郎が聞くと、なかは、

「売り払いました」

「売り払った？　寺子屋はよしたのか？」

「いいえ」

なかは頰ひとつ動かさず、

「町人には、読み書きの大事さを知らぬ者があります。きょうは家の仕事があるなどと言って休ませる親の多いこと、多いこと。なので」

「なので？」

「私のほうから、出向くことにしました」

房五郎は、つい笑ってしまった。どうやらこの女も気長ではないらしい。

「似た者どうし、か」

「え？」

「何でもない」

房五郎はその後、神戸へ行くことになった。単身赴任である。赴任中は一度も兵庫奉行を離れなかったので、このたびの帰宅は、約半年ぶりである。

長い長い半年だった。房五郎はその晩、ひさしぶりに、なかの手料理を食べ、なかの酌で酒を飲んだ。

ひさしぶりに、なかを抱いた。

抱いてはまどろみ、めざめては抱いてを四度繰り返した。四度目は、さすがに窓の外が白んでいる。

窓の空は、たちまち旭(あさひ)色になる。房五郎がそれをぼんやり見ながら、

「きょうは、教えに行くのか」

と聞くと、なかは懶(ものう)げに首をころがして、

「休みます」

「それがいい。しばらくは寺子屋どころではないかもしれん」

「……なぜ」

「官軍が、来る」

房五郎は、ぽつりぽつり語りだした。薩摩、長州連合軍は鳥羽伏見で幕府軍に勝ち、その余勢を駆って大坂城へせまった。

幕府軍の総大将である徳川慶喜はひそかに城を脱け出したため、大坂占領はあっさり完了、関西首都圏は平定された。

その後は、いよいよ東征である。

東征というのはこの場合、直接的には、京から東のすべての佐幕藩を鎮撫（ちんぶ）するという意味だけれども、核になるのは江戸城攻めであり、ということは要するに江戸城に帰った慶喜の首取りだった。わずか一年半前には長州征伐が日本中の人々の話題と不安の対象になっていたというのに、このたびは、その長州による江戸征伐が始まったのだ。

東征軍の大総督は、皇族の有栖川宮熾仁親王（ありすがわのみやたるひと）。その主力はもちろん薩摩、長州の兵であるが、これに土佐など外様大藩のそれが加わり、さらには尾張や和歌山などというつい先日まで徳川御三家の威を天下に示していた藩の兵までもが加わった。

尾張や和歌山は、どういう理屈で自分を納得させることができたのか。とにかく有栖川宮は、東海道を行っている。沿道の諸藩諸宿はことごとく無抵抗というから、江戸に着く日も遠くないだろう。

「私はたまたま神戸から軍艦に乗ったので、官軍を追い越し、ひとあし早く江戸へ入ったのだ」

「………」

「……官軍が神戸を襲わなかったのは、おそらく外国人を憚ったのだろうな。これからは万事、彼らの助力をあおがねばならぬ以上、うっかり運上所（税関）などを焼き払って不興を買っては元も子もない。新しい政府が立ちゆかなくなる」

「新しい、政府」

「ああ」

「それは、どこに」

「むろん、京だ。とにかく東征軍が江戸に着けば、いくさが始まり、街は火の海になる。私もひょっとしたら刀を取って牛込門か市ヶ谷門あたりの守りをするよう命じられるかもしれぬ」

暗い見通しを話しながら、房五郎は、

（睦言には、ふさわしくないような）

その自覚はいちおうあった。なかに申し訳ない気もしたが、自分が不器用なのではない、それだけ時局が切迫しているのだと思うことにした。

もっとも、なかも、しゃがれ声で、

「江戸は、灰になりますか」

「なるだろう。ただし一縷の望みはある。慶喜公だ。ここへ来るまでに聞いた話では、公には戦意がまったくなく、どんな処分も甘んじて受ける意志もおありという。分別ある人なのだ。だが私に言わせれば、そこまでお考えなら……」

房五郎は、そこで口を閉じた。

そこまでやるのなら官軍に江戸城はもとより、全国に八百万石あるといわれる徳川家の直轄地をも明け渡すべき。そう言おうとしたのだ。

つまりは朝廷の最初に出した官職と領地の返上命令、あれをすべて受け入れろということ。そうしなければ新政府は財政基盤がしっかりしないし、全国にまだまだ多い——ことに東北地方に多い——佐幕的な藩も、いつまでたっても朝威に服することをしないだろう。日本が真にひとつになるには、まず徳川家が範を垂れるべきなのだ。

日本が、植民地化する。

その機が、着々と近づいている。房五郎にはその実感があった。夜道で背後にひたひたと四足獣の足音を聞くような恐怖だった。

このごろはインドの例を思い出すことが多い。十年ほど前、ということは房五郎が船手頭・江原桂介の屋敷に厄介になって、竹内卯吉郎とさかんに酒を飲みつつ語り合っていたころ、インドではセポイが大反乱を起こした。

セポイというのはイギリスの植民地化請負会社というべき東インド会社に雇われたインド人傭兵だが、彼らのしたのは王政復古だった。古都デリーを占領して、鬨の声をあげ、形骸化した王朝であるムガル朝の皇帝バハードゥル・シャー二世をいただいたのだ。

その結果はどうだったか。二年後には完全に鎮圧されたのである。インド人はひとつになっていた。旧王族も旧地主も農民も、一丸となってイギリス兵と戦った。それでもあえなく敗れ去り、以降はかえって支配が強化されたのである。

もちろん、セポイの反乱と、日本のこの内戦（戊辰戦争）はちがう。何より前者がイギリスに抵抗したのに対し、日本では、薩長も旧幕府も外国を敵とはしていない。

この差は、たしかに大きいだろう。がしかし薩長という反乱軍——もともと反乱軍だった——が古都を占領し、伝統的王朝の復活を掲げ、しかもすべてを武力で解決しようとしている点は似ているというより瓜ふたつで、このまま内戦が激しくなれば薩長がイギリスに助けを求め、旧幕府がフランスへの依存度を高めることはわかりきっている。

薩長はフランスを、旧幕府はイギリスを、それぞれ敵とすることになる。英仏側にしてみれば日本で自国民の血を流すわけで、終戦後は、代償を求める理由ができる。

よほど強硬に要求できる。それを足がかりにして支配を強化するわけだ。

セポイの反乱ののちのインドはムガル朝が滅亡し、事実上、イギリスの直接支配するところとなった。

（日本も、おなじに）

房五郎は、それを深く懸念している。こんなことをしていたら天皇は廃され、むろん徳川家の復活もなく、国民ははるか地球の裏側の宮殿の奥のビクトリア女王を神と崇め、イギリスの下級国民にならなければならない。そうならぬためにこそ、

（徳川は、いま身を引け）

すなわち徳川が身を引くのは、薩長に負けたからではない。薩長が正しいからでもない。世論の支持を失ったからでもない。それしか方法がないのだ。イギリスという――ひいては欧米列強という――大国インドの人民が一丸となっても抵抗できなかった強大きわまる相手に対して、どうして日本人がふたつに割れて抵抗できるか。ひとつになるしかないではないか。ひとつになって日本はようやく独立国になる目が出るのだ。

房五郎は、思い出す。兵庫奉行の役人として神戸にいたとき、英語ができるので、何度もイギリスの役人や商人との交渉の席についた。

交渉の内容は書類の書式とか、居留外国人の日常生活の規則とか、細かいことばかりだったけれど、

彼らの態度はいちいち強硬だった。

ときには、

「どうしてこんなかんたんなことができないのか」

などと大声あげてテーブルを叩いたりした。まあ実際、幕府には、能力的に不可能なことが多々あったのも事実だけれど、それにしても好戦的というか、聞かん坊というか。

どんな小さな案件においてもイギリス流を絶対視し、日本流の改変を認めず、それで当然という顔をするのは、房五郎の目には、あきれを通り越して、いっそすがすがしい光景と映ったのである。

ただ問題はここからである。房五郎が接したイギリス人は、たいてい悪人ではなかった。傲岸尊大（ごうがんそんだい）な性格でもなかった。たとえば日本人の子供を見ると頭を抱き、猫なで声を出し、めずらしい人形をプレゼントし……それこそ日本人もしないほど大甘やかしに甘やかした。彼らはまぎれもなく好人物だった。ただ支配慣れしているだけだった。

彼らの日本人——大人の——への態度は、およそ人間の飼い犬に対するそれに等しかった。傲岸とか尊大とかなら結局は個人の問題にすぎず、大したことはないけれども、これはいわば集団的無意識の発露であり、その無意識には国家どうしの優劣が冷酷なほど反映されている。だからこそ深刻なのである。

（われらは、犬か）

房五郎にとっては、そんなわけで、外国の脅威というのは抽象的な知識ではない。背中にぴたっと吸いついて離れぬ冷たい刃（やいば）にほかならなかった。

なかは、黙っている。

夜具の下で体を動かし、あおむきになった。

窓の外はすっかり明るく、陽がさしこんで来たので、なかの鼻先が、鼻先だけが、まるで山のてっぺんのように乳白色になった。

房五郎はその妻の鼻を見ながら、

(つらいだろう)

思いやった。この江戸生まれ、江戸育ちの女にとって、故郷が灰になるというのは耐えがたい想像にちがいないが、それを避けるには江戸が薩長の所有物になるしかないと認めることも、同様に、あるいはそれ以上に、耐えがたいのではないか。

が、なかは、ふたたび口をひらいて、

「だいじょうぶですよ」

少し身を起こし、頭をこっちへ向けた。

意外に朗らかな顔だった。ちょっと息を吐いてから、

「薩長の者どもは、江戸に長くとどまりはしません。用が済んだら西へ引き上げる。千代田のお城は徳川さんのもの」

気がふれたか、と一瞬思った。そんなことあるはずがない。なかは目に隈(くま)ができ、唇がかさかさになっていた。その唇をひらいて、

「だって、そうでしょう。彼らは首都(みやこ)を大坂に移すと」

「えっ」

「いやですね、そんな顔して。私は正気ですよ。薩長(あっち)でいちばん偉い大久保なんとかって人が、そう言い張ってるって」

「大久保? それは大久保一蔵君のことか」

「ご存じなので?」

「私の生徒だ」

それ以上は、いま説明の暇がない。房五郎は、

「その話、どこで聞いた」

「江戸中の噂ですよ」

「……日本の首都が、大坂へ」

だとしたら、

(たいへんだ)

ひたひた。ひたひた。植民地化の足音。日本国の消滅。房五郎は夜具を出て、立ちあがり、

「とにかく、調べる」

†

房五郎は長屋を出て、まずは古巣の開成所に行った。かつての教師仲間は、くちぐちに、

「そりゃ、たしかだ」

言いきった。房五郎が、

「まことに、まことに?」

何度も念を押すと、彼らは首をかしげて、

「恐(こわ)い顔をして、何がそんなに心配なのじゃ」

房五郎はそれから、事情に詳しいと思われる二、三の旗本の屋敷をまわったが、みな主人は留守だ

った。

江戸城へつめきりで今後の対策を考えているらしい。もっとも、この場合、主人に会う必要はなかった。

かわりに用人を呼び出して聞くと、やはりおなじ情報を持っていたのだ。新政府はほどなく京から大坂へ遷る。その案は薩摩の大久保一蔵の口から出ている。公家衆は大いに反対しているけれども、結局大久保には逆らえぬだろう、うんぬん。

情報の源は、どうやら間者のようだった。幕府はこれまで京の情勢をさぐるため、たくさんのそれを派遣して表裏の活動をさせて来たが、そのうち相当数の者がいまも現地にとどまって報告を送って来ているらしい。

いったいに、徳川時代というのは間者時代のおもむきがある。幕府だけでなく、諸藩もさかんに他国へそれをばらまいては要人の動静、人民の実情などをつかむ手段としたものだけれども、そういう国民的な習慣にもとづくだけに、この情報も、確度が高いとすべきだった。

わかってみると、

（さすがは、大久保君）

房五郎は、そう思わざるを得なかった。まずは発想の規模が大きい。天皇を京から引っ剝がすなどというのは桓武帝による平安奠都このかた誰もやろうとしなかったことで――政権末期の平家一門が安徳天皇を擁して壇ノ浦に逃げるといったような個人的、刹那的な事件はあるにせよ――、これだけでも大久保という人物の非凡さが知れる。

実用面から見ても、京は使い道がとぼしかった。海港を持たず外国人との応接に不便な上、公家という新時代の政治のためにはどう見ても必要ない牢固たる伝統主義者がうようよしていて、これが街の空気までをも湿らせている。心理的に換気が悪い。

これに対して大坂は茅渟の海（大阪湾）という良港をかかえ、全国の物産が集まり、米の値段すらここで決まる。まさしく日本最大の経済都市であるだけに、人心も万事ひらけている。が、しかし、

「だめだ」

房五郎は長屋に帰り、

「なか、なか。お前の言うのは正しかった。上書のときだ」

妻に墨を磨らせ、紙を用意して、さらさらと筆を走らせた。この意見は通さねばならない。百年、千年ののちの世に禍根を残してはならない。

大久保一蔵君座下
頃日、貴君におかれては遷都のご奏議ありと聞きました。見識の卓越、まことによろこばしいかぎりです。

ですが行き先を浪華（大坂）とすることについては、はなはだ感服できません。願わくばなお一段のご英断をもって江戸とせんことを。

江戸こそが首都にふさわしいのです。以下にその得失を列記します。

慶応四年三月　　江戸寒士　前島来輔
一、今後の日本国においては、ロシアに対する防備のため、特に蝦夷地（北海道）の開拓が急務になる。その事業を管理するには浪華は遠すぎる。
一、浪華は運輸至便の地ではあるが、あくまでも小型の和船が泊められるのみである。これから西

洋式の大艦船を停泊させるなら人工的な港湾施設や修繕施設をつくらねばならず、この点、江戸湾にはすでにしてペリー来航をきっかけに築造された台場（海上砲台）がある。これを改造するだけでいい。近くには横須賀という良港もあり、これは船の修繕に便利だろう。

一、浪華の街は面積が小さく、道路が狭く、巨大都市には不向きである。

一、もしも浪華に首都を置いたら皇居、諸官庁、学校等みな新築しなければならないが、江戸ならばすでに備わっている。皇居は江戸城を少し改築すれば足りる。大いに国費が節約できる。

一、浪華はもし首都にならなかったとしても衰退の心配はないが、江戸は単なる東海の寒村になってしまう。せっかく世界有数の大都市になったのに、勿体ない。

以上

厳密には、上書ではないのかもしれない。上書とは書ヲ上（のぼ）ス、つまり目上の人への行為だからだ。大久保一蔵は年長ではあるが、房五郎にとっては長崎や薩摩での英語の授業の生徒である。ここは建言というべきか……いや、そんなことはどうでもよかった。

大坂よりも江戸のほうが首都にふさわしい理由を書きならべつつ、房五郎は、

（あれを、書くべきか）

迷いに迷った。じつはいちばん大きな理由。港がどうの、面積がどうのよりも現今はるかに重要かつ本質的なもの。

それは、

「占領してくれ」

要するに、房五郎はこれが言いたいのだった。

大久保よ、どうか江戸を占領してくれ。そのまま薩長のみやことし、天皇を江戸城へ安置して、居抜きで君主業を始めてもらってくれ。

大坂なんぞを首都にしたら江戸がからっぽになり、「東海の寒村」になるだけならいいけれども、実際には旧幕兵がたむろして、ふたたび徳川の旗を立てる。

江戸城は、抗戦のよりどころとなる。日本が大坂国と江戸国とに分かれるのだ。

そうしてそれぞれ背後にイギリスとフランスがつくとなれば、日本はこの世界の二強国の代理戦争の戦場となるわけで、陸路での旅行も、海路での日本一周も不可能になる。結局いちばん傷つき疲れるのは日本人自身にほかならない。それがどうしてわからないのか。

もちろん薩長が天皇を奉じて江戸に入れば、当初は混乱もあろうが、およそ出来あがった街というのは、誰が支配者であろうとも、或る程度はひとりでに前へ進む。社会の惰性運動である。そうして江戸ほどの街ならその惰性のエネルギーも厖大なので、多少の混乱など糊塗してしまう。庶民というのはこれで意外に頼もしいというか、面の皮が厚いのだ。

そんなわけで房五郎は、

(大久保君、どうか遠慮せず江戸を獲ってくれ。事の本末を見誤らんでくれ)

だが結局、房五郎は、「江戸を獲ってくれ」と書くことはしなかった。書かぬまま筆を置いた。万が一、人の目にふれたりしたら書いたほうも受け取ったほうも立場が悪くなる。それは避けるべきだったし、何より、

「通じるさ。彼なら」

房五郎は、つぶやいた。大久保は英語の才能はさほどでもないが、日本語の授受においては察しが早い。さだめし「前島来輔」の署名を見れば房五郎の顔を思い出すだろう、房五郎が言うならと、文

意の裏に思いを馳せて、

（わが真意を、汲んでくれる）

もっとも、これは、確率的にはゼロに近かった。まずはこの手紙がたしかに大久保の手に届かねばならず、届いて大久保が読まねばならず、読んで勘を働かせねばならない。

奇跡の重ね塗りが必要なのだ。だいいち、どうやって届けるのか。大久保自身はいま京にいる。東征軍には扈従せず、太政官（新政府）の組織づくりに奔走しているらしい。

ということは、房五郎のほうから京へ行かねばならないのである。たかだか一通の手紙を運ぶために。もちろん飛脚に託すという手もあることはあるが、彼らは陸路を走るのだから、途中でかならず東征軍にぶつかって御用改めを受けることになる。

彼らが旧幕臣から大久保一蔵への建言なんぞをどう取り扱うか、予想しがたい。その場で没収、焼き捨てられる可能性も高いのである。

（どうする）

思案していると、

「旦那様」

なかが部屋に入って来て、背後に座り、

「お手紙ですか。近くへなら私がお届けに……」

「あ、いや」

房五郎は机の上に伏せ、まるで子供が落書きを隠すように手紙を隠した。良人が薩摩の要人へ「首都は江戸にしてくれ」と陳訴しているなどと知ったら、この身も心も江戸そのものの女はどう思うだろうか。国家のためなら旗本八万騎を裏切るのは何でもないが、妻を裏切るのは胸が痛む。

「いや、いいんだ。私が届ける」

房五郎は急いで紙をたたみ、ふところに押しこんで長屋を出た。

房五郎は、人脈を駆使することにした。築地軍艦操練所のころの知り合いを二、三あたって、横浜港での軍艦の発着に関する情報を仕入れた。

その情報のうちのひとつによれば、近々イギリス軍艦サラミス号が公使ハリー・パークス、書記官フランシス・アダムズ、日本語通訳官アーネスト・サトーらを乗せて大坂へ出航する予定だという。

目的は、外交儀式である。本国の信任状、すなわちビクトリア女王が天皇にあてて「この者を外交官として信用してください」と要請する書状のようなものを提出する。イギリスが正式に天皇を日本の君主と認め、薩長勢を日本の政府と認めたことを内外へ示すものである。

ということは、現在、天皇は一時的に大坂にいるのだろう。他国の公使たちも同様に天皇のもとへ集まるのではないか。房五郎は横浜へ行き、野口富蔵(とみぞう)という人を訪ねた。野口は会津藩出身の武士で、かつて箱館のイギリス領事館にいたこともあり、いまはアーネスト・サトーの秘書のような立場にあるので、この人に口をきいてもらって、サトーと会った。

サトーは姓こそ日本ふうだけれど、青い目をした、いかにも頭のよさそうな若者で、

「軍艦に乗せてくれ」

と英語で頼んだら、深い事情を聞きもせず、

「わかりました。ただし今回の大坂滞在の期間は短い。もしも出航までに戻らなかったら、私たちはあなたを待ちませんよ」

流暢(りゅうちょう)きわまる日本語だった。

「むろん、結構」

大坂へ着いたら、しかしそこから京へ行く手段がなかった。淀の川船は戦後の混乱で乗客が多く、昼船も夜船も満席だったし、徒歩では往復に時間がかかる。サトーの出航に間に合わない。

結局、房五郎は、例の建言の手紙をしっかり油紙でつつんで封緘して、定宿である船場立売堀の旅籠「あかね屋」へ行き、下男を呼び出して、

「これを、京の大久保一蔵君へ渡してくれ。本人が無理なら屋敷の者に」

「大久保はん、どこ住んでおます」

「私も知らない。御所の近くだと思う。そのへんの寺の坊主に聞いてくれ」

下男は、老いていた。洟をすすり、目を大げさにぱちぱちさせて、

「はあ」

心もとない話だった。房五郎は「あかね屋」を出て港へ戻り、江戸に帰った。手紙を出すためだけの旅だった。

東京

江戸では、結局、城攻めは起こらなかった。

薩長側と旧幕側が協議の末、明け渡しを決めた。いわゆる無血開城である。いろいろ下相談はあったけれど、最終的には薩長側の西郷吉之助、旧幕側の勝麟太郎が決着をつけた。

薩長に知人の多いことを以てさんざん冷遇されて来た勝が、おなじ理由で幕府代表に押し出され、そうして幕府に引導を渡したのである。

(勝さん)

房五郎には、彼が神様のように思われた。街の町人も、

「安房守様(勝麟太郎)のご弁舌で、江戸が戦火から救われた」

などとほめそやしたが、実際には、その協議の前に徳川慶喜が城を出て、上野の寛永寺に入っていたことも大きかった。

城に城主がいなければ、そもそも城攻めの大義はないのである。もっとも、この慶喜の寛永寺入りも、最初に主張したのは勝だったらしいが。

ともあれ無血開城の結果、東征軍が江戸に入城。太政官は次々と手を打った。江戸を東京と改称し、

慶応を明治と改元した。

天皇をして京を去らせ、江戸城に入らせた。

(江戸が、首都となった)

房五郎は、よろこんだ。

一晩大酒しようと思ったが、金がなく、かわりに海苔の佃煮をたらふく食ったほどうれしかった。

これで日本は泣き別れにならずにすむ。大坂国と江戸国が相争うことはなく、人々はまた東へ西へ行き交うことができる。

しかも京からの情報によれば、きっかけはどうやら大久保一蔵が持論の大坂遷都論を撤回し、江戸にしようと言いだしたことだとか。大久保はあの建言を読んだのだろうか。読んで翻意したのだろうか。

房五郎は、過大な期待をする性格ではない。むしろ自己に関しては評価をなるべく小さくしようと心がけている。この場合も、

「まさか」

鼻の下へついた海苔を、舌をのばしてなめながら、

「まさか、そんな神業は起こらぬだろう。彼自身が賢察したのだ」

「よしてください。意地きたない」

と妻のなかが言ったのは、これは海苔のことだった。房五郎は、

「うむ」

つとめて笑顔にならぬようにした。なかは案の定、このところ機嫌がよくなかった。

もっとも、内戦そのものは終わらなかった。むしろ激化した。江戸開城を不服とする旧幕臣ら約八

百名は、浪士・天野八郎の呼びかけのもと彰義隊を結成して上野寛永寺に立てこもり（この時点で慶喜は寛永寺から水戸へ去っている）、徹底抗戦を宣言したときには三千名にふくれあがっていた。

江戸生まれ、江戸育ちの妻のなかなど、

「彰義隊の旦那方、いい男っぷりじゃありませんか。きっと薩長の田舎っぽうの鼻をあかしてやりますよ」

しきりに肩を持ったので、旧御家人でありながら馳せ参じることをしなかった房五郎は複雑な感じがしたけれども、結局のところ、その「旦那方」はわずか半日で粉砕された。

官軍には西国一の科学技術先進国というべき佐賀藩も加わったからである。同藩の誇る世界最新の後装式施条砲アームストロング砲が轟然と火を噴き、寛永寺は、江戸っ子の感傷とともに全焼した。

東日本諸藩も、抵抗した。なかでも会津藩はもっとも屈強で、官軍を大いに手こずらせたが、最後には「鶴ヶ城」と称される会津城の美しい天守を砲弾でもって蜂の巣にされ、落城した。いわゆる会津戦争である。官軍、会津軍、双方あわせて数千人の死傷者が出た、戊辰戦争最大の攻防戦のひとつにほかならなかった。

さらには、榎本釜次郎（のち武揚）である。この貧乏旗本出身にして幕臣随一の海軍軍人は、旧幕府の軍艦をかきあつめ、彰義隊や会津戦争の敗兵をかきあつめて箱館へ奔り、五稜郭を占領した。

或る種、彰義隊の海軍版のおもむきがある。ただし榎本は彰義隊の天野八郎などとは違って約三年半にわたるオランダ留学の経験があるし、その間、海軍学はもとより自然科学や法律学をも体系的に学んでいる。

一流の国際派知識人である。単なる立てこもりで満足せず、新政府の樹立を宣言し、その総裁を選ぶために近代的な選挙の原型になるものを実施したりした。

この新政府の名は、こんにちでは箱館共和国と呼ばれている。江戸っ子の幕臣が最後に打ち上げた大花火のような夢だったが、結局はこれも最大最強の軍艦「開陽（かいよう）」を座礁で失ったことが大きく、翌年（明治二年）春からの官軍の総攻撃を受けて降伏した。

戊辰戦争は、終結した。

†

五稜郭の敗報を耳にして、房五郎は、

「そうか」

ふしぎな感慨があった。

房五郎は、かつてそこへ行ったことがある。亀田という地名だった。師である武田斐三郎（たけだあやさぶろう）と会って話すためだったが、何かの拍子に烈火のごとく叱られたのは、たぶん武田も気が立っていたのだろう。

何しろ武田は、たったひとりだった。箱館奉行の新しい庁舎も、それを囲繞（いにょう）する星形の土塁も、その設計から施工管理まで、たったひとりで面倒みなければならなかった。予算も人手も不足して、責任だけが過剰だった。

あれから十年、いや十一年か。結果から見れば、武田はあれで幕府の墓をこしらえたことになる。武田はその後、江戸へ帰り、幕府開成所（かいせいじょ）の教授並となったから房五郎とは同僚になったわけだが、房五郎は、顔を合わせても、あまり話しかけることをしなかった。

話しかけたら、

（迷惑だろう）

そう思ったのだ。房五郎はしばしば身分をわきまえぬ上書をしたり、反主流派の勝麟太郎と親しくしたりと異分子そのものだったからである。

実際、武田のほうも、いくらか房五郎を避けていた。武田は元来、どの地にあろうとも、幕府という大組織の秩序を愛することは変わりなく、その意味では終生、従業員気質が抜けなかった。

ともかく、箱館は、幕府にとって平家の壇ノ浦になった。なかは悲しんだ。房五郎が遠慮しいしい、

「日本が滅んだわけではないぞ、なか。これからますますがんばろう」

と励ましたときには、じつのところ、この夫婦はもう江戸にいない。

駿府藩。

という藩の領内にいた。

最近まで影もかたちもなかった藩である。江戸開城の直後に新設された（のち静岡藩と改称）。駿河国、遠江国、および三河国の一部を領地とし、表高は七十万石。

その中心である駿府城は、現在の静岡市にあり、かつて幕府開祖・家康が大御所政治をおこなったことで知られる。徳川ゆかりの地である。

藩主は、徳川慶喜。

ではむろんない。慶喜は開城の二か月前に江戸城を出て寛永寺へ退いていたが、それ以前に、すでにして徳川家当主であることからも身を引いている。

このため徳川家は、空席を埋めるべく、御三卿のひとつ田安家より田安亀之助をむかえることを新政府に申請し、認可された。

亀之助は家督を継ぎ、徳川家達となった。わずか六歳である。世が世ならば江戸幕府第十六代将軍となっていたはずのこの男の子は、天皇に挨拶すべく皇居に上ったが、そのさい二重橋外で駕籠を下

り、しばらく歩んで、あどけない顔で、

「ここは、どなたのおうちか」

ついこのあいだまで江戸城だった場所である。家臣たちはことばにつまり、涙を落とした。房五郎もそのなかにいて、

（おいたわしや）

ふしぎにも、いっしょに泣いてしまった。

ところで、徳川家の困難は、家督のみにあるのではない。土地にもあった。大政奉還時に朝廷より命じられた例の官職と領地の返上についても、結局、応じることとなったため、領地については全国に散らばる徳川家直轄領、いわゆる天領をそっくり天皇に差し出したのである。

徳川家は、無領になった。

すなわち無収入になった。いくら何でもこれでは家そのものが立ち行かないので、あらためて天領の集中する駿河国、遠江国、および三河国の一部を下賜されることとなり、駿府藩を立藩したわけである。

石高で言うと、八百万石を供出して七十万石を得たことになる。十分の一以下である。徳川家は名実ともに一大名にすぎなくなり、これにともなって、旗本、御家人もまた東京を離れて駿府藩に集まった。房五郎もそのひとりだった。

集まれば、まず、藩の組織をつくらなければならない。

行政機構と言いかえてもいい。駿府藩のそれは基本的に幕府の縮小版だった。駿府城に住む藩主・徳川家達を頂点に置き、そのまわりを家老その他の重職が占める。

いわば旧来の中央省庁である。と同時に、広い藩領の要所要所へも人を配して、地方（ちほう）行政にあたら

せる。

これはさしずめ、旧幕府における地方支配のようなものだろうか。そのうちのひとつ、中泉奉行というのに房五郎は就いた。

就任は、明治二年（一八六九）三月である。房五郎は、

（俺が、奉行か）

苦笑した。われながら違和感があった。

中泉奉行の本拠は、中泉陣屋である。

現在の磐田市中心部にある。房五郎はここにおいて遠江国を中心とする約六万石の行政長官となったわけで、最大の仕事は、年貢の徴収にほかならなかった。

幕府が滅びて、かえって旧幕時代らしい仕事に就いた恰好である。さっそく黒漆塗りの陣笠をかぶり、馬に乗って近隣の田畑へ視察に出ると、この地方らしく春の陽ざしがもう強い。房五郎は行く先々で、農民たちに、

「お奉行様」

「お奉行様」

と呼びかけられた。

なかには畦で土下座して、手を合わせるやつもいる。仏壇が馬に乗っているわけでもなし、

（馬鹿馬鹿しい）

とは思うものの、叱るわけにもいかない。逃げるようにして帰り、陣屋内を見てまわると、こんどは空気が殺伐としていた。

役人たちが、とにかく仲が悪いのである。あるいは御用部屋で帳簿をめくりながら、あるいは米蔵

で俵の数をかぞえながら、ちょっとしたことで目を三角にして口論を始める。ののしり合う。

房五郎は翌日、

「奉行の命令である。見苦しいまねはよせ」

と通達を出したけれども、効果はなかった。

（無理もないな）

みな生活が苦しいのだ。本人も家族もじゅうぶん食べていない上、食べられるようになる見込みがない。

たとえ秋になって米が大豊作だったとしても、しょせん駿府藩は七十万石、旧幕臣のすべての――すべてが来たわけではないにしても――胃袋をみたすなど不可能である。彼らはそれを知っているのだ。人の心を荒ませるのは世の苦労ではない。苦労に終わりがないことなのである。

房五郎は、

（どうしたものか）

名案が浮かぶはずもなかった。

ところで、中泉奉行の役人のなかに、島東惣五郎という者がいた。

年は五十六、性格は温厚、字がうまいので主として書記官の業務をやらせていたが、これが或る日のこと、陣屋から半里（約二キロ）ほど西へ行ったところの天竜川の河原で誰かと言い合いになり、斬る斬らぬの騒ぎになっているという。

「お奉行様。お奉行様」

と小者が注進に来たので、房五郎は、

「またか」

舌打ちして立ちあがり、門へ出た。このころ房五郎の仕事でもっとも多いのは部下の喧嘩の仲裁だった。

河原には、すでにして野次馬が集まっている。なかには濡れた網をたたんで右肩へ背負っている者もいるが、これはあるいは、鱒漁を終えたばかりの漁師だろうか。島東は刀に手をかけ、ふだんとは似ても似つかぬ高調子で、

「貴様、先日、街道すじの茶屋の小女に色目を使うたであろう。わしは聞いたぞ。妻ある身にして何たることか」

相手も、やはり房五郎の部下である。栗原健という手付の若者だが、これがまた負けず劣らず調子っ外れに、

「何を申すか。あれはたまたま饅頭を一個多くもらった故、親身に礼を述べただけじゃ。あらかじめ悪心を以てするから何でも悪事に見えるのじゃ。誰が小女の気を引くか。年甲斐もなく色ぼけしおって」

言うや否や、地を蹴った。島東の顔へ砂まじりの礫が飛ぶ。島東はそれを手で防いで、

「ふつう饅頭を多くもらうか？　よっぽどの契りがあったのじゃろう。おぬしの妻はわしが娘じゃ。娘のしくしく泣く声が聞こえたと、この前も長屋の連中が……」

「それは台所にねずみが出たからじゃ。ねずみ一匹であの狼狽えよう、親はどんな育てかたをしたのか知りたいわい」

「何じゃと」

「不満なら、いますぐ離縁してやろう。出戻り娘に死に水取らせるとは、さだめし色ぼけ爺ぃには大往生ではないか」

まことに、どうでもいい話である。こんな薄みっともない口論が、小者によれば、かれこれ一刻（二時間）もつづいているらしい。

（やれやれ）

房五郎はため息をつき、割って入ろうとしたけれども、そのとき栗原が、空に向かって、

「悪いのは、薩長じゃい！」

いかにも唐突な行為だったが、島東も、

「おお、そうじゃ」

刀から手を離して、

「そのとおりじゃ、婿殿。よう申した。そもそも薩長があんな作法も何もない山賊兵法で伸し上がることがなかったら、わしらはこんな田舎には来なかったのじゃ。おぬしも街道すじで安饅頭なぞ食うこともなかった」

「やつらが藩領に足を踏み入れたら」

「うむ。斬る。こんどこそ」

「そのときは手を貸せ、舅殿」

「貸す、貸す。台所では猫を飼え」

「そうする」

「そうせい」

ふたりは歩み寄り、諸手をあげて抱き合った。野次馬たちが拍手した。房五郎は手で顔を覆い、

（だめだ）

暗然とした。仲なおりは大いに結構だけれども、そのきっかけが共通の誰かへの憎しみというのは

不毛すぎる。

つまるところ、この藩では、それほど薩長憎しは強固な世論なのだった。世論というより信仰かもしれない。火が出るほどの後遺症、病的なまでの心理的遁走。

旧幕臣にしてこれである。ましてや戦争で大量の血を流した当事者である東北諸藩の人々はよほど恨みが深いだろうし、反対に、官軍の連中も、勝ったとはいえ死傷者をたくさん出したからには旧「賊軍」に対して気が晴れたとは決して言えまい。戊辰戦争が終わっても、日本は、ひとつになどなっていないのである。

房五郎は、

（疲れた）

考えるのをやめた。まだ陽は高かったが、

「もう、帰る」

小者に告げ、馬を置いて、とぼとぼ歩いて役宅へ向かった。

歩きながら、房五郎は、

（わが人生、これまで）

そう思うほかなかった。日本が今後どうなろうと、どうなるまいと、たかだか中泉奉行などという田舎役人の立場では何にもできない。

かつて開成所教授という一国の教育機構の頂点にいたときでさえ、要路への建言は無視されたのである。自分はこれから小仕事にまみれる。敗残者たちの萎れ顔とともに余生を送る。そうこうするうち失意の念さえなくなって、

「駿府というのも、悪くないのう。何しろ冬に雪が降らぬ」

などと自分で自分をなぐさめるようになるのだ。完成形の欺瞞ではないか。

次の日、中泉奉行では、また部下の誰かが喧嘩した。

その次の日も、次の日も。そのつど房五郎は仲裁に入った。だんだん仲裁も上手になって、夫婦喧嘩にまで呼ばれるようになった。

†

その年の、秋のはじめ。

田んぼの稲がふくふくと実りの頭を垂れるころ、予告もなく、

「ごめんよ」

役宅に、ひとりの男が訪ねて来た。

房五郎は、家にいた。座敷へ通して、弾かれたように腰を浮かし、

「勝さん」

「久しぶりだね」

と言って、その背の低い男はにやっとした。

勝麟太郎。江戸城を無血のうちに官軍へ明け渡すという大仕事を果たしたのちは、ほかの多くの旧幕臣と同様、駿府へ退いているけれども、新旧政権間の事務の引き継ぎのためしばしば東京へ行っているとかで、均してみれば、ひょっとしたら東京のほうが滞在が長いかもしれない。

その勝が、わざわざ駿府から約三十里（約百二十キロ）離れたこの中泉まで来た。

（何の用か）

と思う前にうれしくなって、なかが茶菓を出そうとするのへ、

「茶はいい。酒だ。ついでに干物でも」

戸外は、まだ陽が高いのである。

なかが台所へ引っ込んでしまうと、勝は正座したまま、

「まったく、いやンなっちゃうよ。駿府にいれば東京の手先だって目で見られる。東京へ出りゃあ駿府の間者かって疑われる」

愚痴をこぼした。ただし語調はカラリとしていた。もともとそんな話しかたの人だけれども、この場合はやはり、旧時代よりはましさ、というような心の張りがあるのにちがいない。房五郎はうなずいて、

「橋渡し役、ご苦労様です」

「それでさ、前島さん」

と、勝はそう房五郎を呼んでから、ひざをくずし、まるで野遊山にでも誘うように、

「東京へ出ねえか」

「東京?」

「新政府に出仕するんだ」

「出仕」

房五郎はおどろき、ゆっくりと唇をひらいて、

「出仕とは、その……国家の官吏になるということで?」

「当たり前じゃねえか。このごろは戊辰のいくさも落ち着いて、ようやく政府も本腰を入れて仕事ができるようになったわけだが、そうなると人材が足りねえ。薩長その他でちまちま集めた歯車だけじ

やあ、日本っていう大機械（おおからくり）は、とてもじゃねえが動かせねえのさ」

「…………」

「政府のほうへは、俺がすでに下話（したばなし）してある。何しろ現今もっとも威勢を張ってるのは薩摩（さつま）の大久保一蔵だからな、その大久保の師匠だって言やあ、あんたを『呼ぶな』って言うやつはいなかったよ」

「私は……」

「え？」

「私は、一藩士で」

　と、房五郎はやっと口にした。勝は平然と、

「俺もそうさ」

「だが……」

「これからの世は、徳川も島津も毛利もない。前田も伊達（だて）も鍋島（なべしま）も山内（やまのうち）も蜂須賀（はちすか）も黒田も浅野もない。みんな天子様の直臣（じきしん）なんだ。そりゃあ、まあ、負け組から勝ち組のなかへ飛びこんで行くわけだから気苦労がないとは言わねえが、それを言うなら、天下の前島来輔（らいすけ）がこんなところで米俵の世話してるのも、それはそれで気苦労なんじゃねえのかい？」

「…………」

　房五郎は、沈黙した。心の裡を見透かされている。勝が、

「なーに、そんなに堅く考えなさんな。奥方といっしょに身ひとつで東京へ来てくれりゃあいい」

「……娘も」

　となお快活に言うのへ、房五郎は、

「えっ」

「娘も、おりまして」

「そうかい。そりゃあおめでとう。東京は駿府より寒いからな、ねんねこにはしっかり綿入れてやらなきゃな。あっ、そうだ。ひとつ条件がある」

「条件？」

「あんたの名前だ。前島来輔っていう、その来輔のほう」

勝は、つづけた。新政府はもともと王政復古を標榜して発足しただけあって、組織の名前も古くさい。神祇官および太政官のもとに大蔵省、兵部省、宮内省などなど、律令期のそれを生き返らせている。

省内の職名もやはり復古調で、たとえば民部省の頂点に立つのは民部卿だし、その次の次官のうち上位が大輔、下位が少輔である。辞令や書類は「輔」の字だらけになる。

「つまりはまあ、まぎらわしいんだな。だが理由はそれだけじゃねえ。いま政府内の連中はやたらと諱、または諱ふうの漢語の名乗りで突っ張ってる。大久保一蔵は大久保利通になっちまったし、西郷吉之助は西郷隆盛。長州の桂小五郎に至っては姓まで変えて木戸孝允。そりゃそうだ。早い話が、大名あがりの前田慶寧公、伊達宗敦公の処遇を決定するのが大久保の一蔵ドン、桂の小五郎サンじゃあ位負けもはなはだしいや。まずは名前から大名なみになろうってわけだ。俺ももう麟太郎じゃない、勝安芳さ」

「はあ、やすよし」

「もっとも、人はなかなかそう呼んでくれないがね。むしろ海舟さんなんて号のほうで呼ばれたりする。人の口はむつかしいや。とにかくまあ、そんなわけで、あんたも来輔サンじゃあ差し障りがある。ひとつ新しい名前を考えてくれ。百官ことごとく地にひれ伏すような、押し出しのいい、ぴかぴか輝くような名前をさ。それだけが条件だ。あとは住まいも、酒屋も、ねんねこの綿入れ屋も、みんな俺が面倒みてやる。心配いらねえ。じゃあな」

と、勝がいきなり立ったので、

「えっ」

房五郎は袴の裾をとらんばかりに、

「もうお帰りに？」

「うん。帰る」

「いま酒の用意を……」

「あんたのためだ」

と、勝はにわかに目つきを鋭くして、

「俺がこの家に長くいたら、近所の連中はどう思う？ きっと引っこ抜きに来たと思うだろう。あんたっていう色つやのいい緑の苗を引っこ抜いて、東京の田んぼへ植えかえる気だってな。はたしてそのとおりだ。植えかえられたら、あんたはどうなる。いい俸給をもらって、いい芸者を抱いて、ふんぞり返って街を歩いて……」

「そんな気はない」

「連中はそう思わねえよ。あんたを呪いに呪うだろう。生まれ故郷でも何でもねえ土地で一生冴えない暮らしをすると決まった人間が、そこから脱け出して陽の当たるところへ行く者の背中に向かって心の底から『おめでとう』って言うもンかね」

「………」

「俺はもう、顔を出さないほうがいい。すまねえが返事は駿府で聞こう。返事が『否』なら来ることはねえが、俺は待ってる。きっと来てくれ。この国はあんたが必要なんだ。じゃあな」

体の向きを変え、足早に去った。

†

その晩。

房五郎はふとんの上で腹ばいになり、酒を飲んでいる。

枕もとに盆を置いて、土瓶と、湯呑みと、さくらえびの素干しをのせた皿をならべて、考えに耽りつつ湯呑みへ手をのばしている。

行灯の灯も、つけている。なかの声が、

「お行儀が悪い」

房五郎は横を向いて、

「すまん。起こしたか」

「寝てませんよ。眠れやしない。さっきから、ため息ばかり」

「お前も、飲まぬか」

湯呑みを持ち上げてみせたが、なかは枕の上で首をふり、

「いいえ。それより、お昼の勝さん」

「ああ、そうか。まだ話してなかったな」

房五郎は、大すじのところを打ち明けた。なかが即座に、

「出仕なさいませ」

「そう言うだろうと思ったよ。お前は江戸がふるさとだ。帰りたいに決まってる」

なかは、黙ってしまった。房五郎は、

「私は、徳川を選んだ」

また息を吐いて、

「鹿児島にとどまって島津へ奉公する手もあったが、結局は江戸に戻り、徳川の麾下に入った。そうして徳川もまた代々の臣でも何でもない私を開成所の教授にして、いまも中泉奉行という一応の要職につけてくれている。私がそれで安んじて暮らしを立てたのはたしかなのだ。いまさら新政府の仲間入りなど、裏切りではないか」

さくらえびを指でつまんでパリッと嚙んで、

「……お名前は」

「え?」

「お名前は、どうします」

なかも腹ばいになり、頭をもたげた。

目が、射るようである。房五郎はうなずいて、

「そのことは、じつは前から考えていた。新しい世になったのだ。心機一転、それにふさわしい名にしなければならぬ」

「その名は、何です」

「ひそか」

「ひそか?」

「こう書く」

人さし指を出し、ふとんの上へただ一字、さらさらと記した。

「どうだね」

と聞くと、なかは眉をひそめて、

「いやらしい」

「はあ？」

「まさかそんなのとは。ずいぶんと色っぽいじゃありませんか。そうだ、お昼にも勝さん言ってましたね、芸者がどうとか。ちゃんと聞こえてたんですよ」

「おいおい、ちょっと待て。お前いったい何の話を……」

「知りません」

寝返りを打ち、ぷいと向こうを向いてしまった。その白いうなじを見て、房五郎はようやく、

（ははあ）

この頭の回転が速いというか、少々速すぎて独り合点の癖（へき）がある女は、さだめし密夫とか、密通とか、密会とかを連想したのにちがいない。

房五郎はくすっとして、

「そうではない。前から考えていたと言ったではないか。私はただ、私が『ひそか』な存在だと思うだけなのだ、文字どおりにな」

振り返れば、自分の人生は失敗だった。ほかの誰でもない自分自身によって失敗に終わった。故郷の母に無限の愛をそそがれながら「学問がしたい」と江戸へ出て、しかしその学問は蘭学だの操船術

だの英語だのと一定せず、住まいも一定しなかった。江戸、箱館、長崎、鹿児島、そして神戸。旅人のようだといえば聞こえがいいが、要するにふらふらしているだけ。江戸で前島家の養子となり、幕臣になってからは救国の英雄であろうとして上書建言を繰り返したが、いま思えば、あれも無駄と知っていて止めることをしなかったのだから一種の怠慢ではなかったか。

神戸を去るとき引き継ぎを円滑にすべく書類をまとめたというのは、一見、美談のようでいて、これほど自分の正体をよく示すものもない。小役人の自己満足。維新をむかえ、駿府藩の中泉奉行となり、取るに足りぬ喧嘩の仲裁にあけくれることとなったのは、実際まったく身のたけに合った結末というほかない。

「すなわち私は、英雄ではなかった。今後もないだろう。歴史の表通りに出ることのない、知る人だけが知る、縁の下の礎石のごとき……まことに密の名がぴったりではないか、なか。勝さんは『押し出しのいい、ぴかぴか輝くような』名前をつけろと言ったけれども、とてもとても、私は正反対の人間なのだ」

房五郎はそう言うと、腹ばいのまま土瓶へ手をのばし、湯呑みへ酒をつぎ、ぐっと飲んだ。湯呑みをコトリと盆に置いた。謙遜でもなく、自嘲でもなく、ただただ公平な自己評価のつもりだった。

いつのまにか、なかは寝返りを打っている。

ふたたびこっちへ体を向けている。じっと房五郎を見て、

「それだけですか」

「え？」

「あなたは、ほんとうは強情っ張りな人です。その『みそか』とやら……」

「『ひそか』だ」

「すみません、まだ慣れなくて。その『ひそか』とやら、地味な柄の着物と見えて、それこそ裏地はぴかぴかの金巾が縫いつけてあるのでは？」

「…………」

房五郎が黙ってしまうと、なかは真剣な顔のまま、

「私は、あなたに出仕してほしい」

「だろうな」

「ですがそれは、私が東京に戻りたいからじゃない。別に理由があるんです」

「それは、何だ」

「寝床で夫のため息を聞きたくないから」

「…………」

「今夜だけじゃありませんよ。あなた自身はお気づきかどうか知りませんが、最近はほとんど毎晩」

「すまん」

と房五郎はため息をついて、

「ほら、また」

「ああ」

「子供の心の育ちにも、よくありません」

なかはそう言い、ふたりのあいだへ目を落とした。

ふとんの上では、赤ん坊がすやすや寝息を立てている。生まれたばかりの長女、ふじだった。どんな夢を見ているのか、桜色の唇をぷくぷく開閉させていて、その唇のはしっこから透明なよだれが垂

れている。

よだれも、香ばしい。親子が川の字で寝るというのは、

(こういうことか)

房五郎は、生後七か月で父をなくしている。ものごころついたときには母とふたりっきりだったので、何かしら、いまこうして生きて寝そべっているだけで人類に対する無限の貢献をしている気がする。

ふしぎな感覚、としか言いようがなかった。親馬鹿というのはもしかしたら、子よりも親自身を甘やかすものなのかもしれない。

なかは、枕もとへ白い腕をのばした。手ぬぐいを取って折りたたんで、その角でよだれを拭いてやった。

それから、小さな上掛けを掛け直した。房五郎は、

「上掛けは、いらんのじゃないか。今夜は暑い」

「汗をかいていいんですよ、赤ん坊は。そのぶんおっぱいを飲んでくれます」

なかは、乳の出がいい。飲んでもらわないと胸が張って仕方がないらしい。

「そんなものか」

「そんなものです」

なかはおなじ手ぬぐいで、こんどは赤ん坊のひたいを拭いはじめた。その慣れた手つきを眺めながら、房五郎は、

「……そのとおりだ」

「え?」

「さっきの話だ。お前が着物の裏地と言った、私の名前のもうひとつの意味。密という字は『表に出ない』という意味もあるが、『詳しい』という意味もある」

すなわち緻密の密、緊密の密、細密の密。そこにはたしかに自負があった。どうやら自分は人よりも少し、ほんの少し、ものごとを精しく見る力があるらしい。

人の見すごすものを見すごさず、聞き逃すものを聞き逃さず、そうして得た情報を適切に組み立てる力、とでも呼ぶことができるか。「適切に」というのも曖昧なことばだけれども、ここでは常識的というか、合理的というか。人間本来の心理や行動に照らして無理のないように、くらいのことだろう。

「私は英雄にはなれなかったが、まったく無能なわけでもなかった。そういう名だ。ほんとうに無能だったら、いまごろは何の役もない一介の小者で終わっていたはずだ」

われながら、ややこしい自尊心である。控え目なのか尊大なのか。なかは笑って、

「無能だったら、勝さんにも目をかけられなかった」

「ちがいない」

「やっぱり、あなた、強情っ張りですよ」

そう言われて、房五郎、にわかに照れた。このときばかりはふとんに鼻を埋めて、

「認める」

「それで、その勝さんのことは？」

「え？」

「出仕の件ですよ。もうお心は決まっているのでしょう」

「さて」

房五郎は顔を上げ、盆へ手をのばした。土瓶を取り、酒をつごうとしたけれども、もうなかった。土瓶の口から透き通ったしずくが、行灯の灯を映しつつ、ぴたっ、ぴたっと音を立てて湯呑みへ落ちるだけ。房五郎は立ちあがり、

「もう一合」

「飲みすぎですよ」

「人生も、酒とおなじだ。誰もがおかわりを欲していい」

めずらしく気障なことを言って、また照れて、走るようにして台所へ行った。

房五郎は数日後、駿府へ行き、勝海舟に内意を伝えた。海舟は手を打ってよろこんで、東京へ行ったとき種々の手続きをしたらしい。政府から房五郎のもとへ、正式に、

「前島密、出仕すべし」

という命令のあったのは、この年の十二月二十八日のことだった。

本稿も、ここからは房五郎をやめて密と呼ぶことにする。もっとも、待遇は、

「民部省九等出仕改正掛勤務」

だという。

(九等官か)

現今の職制では、あらゆる官吏は一から十六までの等級に区分され、それに応じて地位や俸給が決まる。

そのうち上から九番目というのはまあ厚遇でも冷遇でもないのだろうが、しかしこの場合、問題は「改正掛」のほうだった。いったい何をする組織なのか。

わかるようで、わからなかった。なぜなら政府はまだ発足後二年も経っていない。建前としては民

部省にかぎらず全省全局において毎日のように旧制度の刷新をしているのだから、言いかえれば何らかの改正をおこなっているのだから、その改正をわざわざ部局の名に謳(うた)うのは無意味であるという以上に、かえって業務の不透明さを感じさせる。

（俺に、何をさせる気か）

ともあれ密は、急いで役宅の掃除をした。

部下のひとり、例の手付の栗原健に手伝わせた。栗原はあれからはもう舅と喧嘩することなく、静かに日々を送っていたが、このときは座敷の畳をばたばた裏返しながら、

「前島さんも、石取(こくど)りですか」

その石取りというところに当てこすりの気配があった。心のやり場がなかったのだろう。

明治三年（一八七〇）一月一日、密は駿府城へ上がった。

他の藩吏とともに徳川家達の前へ出て、年賀の挨拶をした。それが終わると密ひとりだけ目通りを願い出て許され、別室で出仕のことを告げた。

家達は、八歳になっている。表情を変えず、

「これまでご苦労であった。行くからには邦家(ほうか)のために奮励努力せよ。かまえて駿府一藩のことは顧みるべからず」

まるで何かを読みあげるかのような抑揚のなさ。もうすでに何度も言っているのだと密は思った。

梁山泊（りょうざんぱく）

徳川家達への挨拶をすませて駿府城を出ると、密は、そのまま馬を乗り継いで東京入りした。
一月五日、大手門から江戸城に入った。
江戸城、もとい皇宮である。
民部省の庁舎は城内にあるのだ。急いで建てたらしい洋風の建物。手すりのついた階段をのぼり、改正掛にあてられた一室へ入ると、そこもいちおう椅子と机の置かれた洋風だった。
暖房装置は、丸火鉢ひとつきり。まだ誰もいなかった。若い小使いが、
「駿府のですよ」
と言って出してくれた茶を飲みつつ待っていると、次々と掛員（かかりいん）が入って来た。
入って来た順に、おもだった者の名を、出身藩と年齢を添えて挙げるなら、
伊藤博文（ひろぶみ）（長州、三十歳）
井上馨（かおる）（長州、三十六歳）
山口尚芳（ますか）（佐賀、三十二歳）
五代友厚（ごだいともあつ）（薩摩、三十六歳）

古沢滋（土佐、二十四歳）

密はそのつど、

「どうも」

初対面の挨拶をした。いずれも次世代の日本を支えることが確実視されている、または現在すでに支えつつある人々である。ただしこのうち五代友厚は旧官員というべきで、いまは大阪の実業界で活躍しているという。この日はわざわざ年賀の挨拶のために東京へ来たのである。

結局、十名ほどが集まった。

正月気分の名残りでもあろうか、めいめい椅子に腰かけて雑談した。密のとなりには伊藤博文、のちに初代内閣総理大臣になる者が着席したが、伊藤は明朗を絵に描いたような男で、いかにも如才ない口ぶりで、

「前島さん、まあお気楽に。いずれ私のなじみの茶屋へお連れしましょう。築地にいい店がある。芸者も呼びましょう。大いに騒ぎましょう」

「はあ、まあ、お手やわらかに」

と当たりさわりのない受け答えをしながら、密は内心、

（薩長土肥）

その新語を、おのずから意識している。

薩長土肥とはこの場合、要するに主流派ということである。政府内の重要な官職を占めているのが主として薩摩、長州、土佐（高知）、肥前（佐賀）という四藩の出身者であることから一字ずつ取って熟語にした。

薩摩、長州は当然として、これにさらに鳥羽伏見の戦い以前より薩長支持を明確にした土佐、肥前

を加えて優遇したわけで、これに比べると越後国下池部などという無名の村の出で、しかも幕臣あがりの密など、海老の鯛まじりもいいところ。

あんまり場ちがいでありすぎて、かえって、

（まず、遠慮なくやるさ）

雑談はなおつづいたが、ほどなくして扉がひらいて、

「失礼」

ふたりの男が入って来ると、全員、ぴたっと話をやめて起立した。声をそろえて、

「おはようございます」

密だけが浮き腰になって、

「あっ」

ふたりのうち、右のほうに見おぼえがあった。眼光が鋭く、唇がへの字になっていて、その唇の下に鑿で抉ったような深いくぼみが……。

「大隈さん。大隈さんじゃありませんか」

「やあやあ、巻先生。いまのお名前は……」

「前島密です」

「まえじま、ひそか。いい名ですな」

大隈重信、佐賀藩出身。密の三つ下だから、ことし三十三歳になったはずである。

六年前、密が長崎で、長崎奉行英語稽古所学頭・何礼之とともに英語塾「培社」をひらいたとき、ちょいちょい顔を出しに来ていた。

培社のまねいたアメリカ人宣教師フルベッキに教わりに来たのである。なので厳密には密の弟子で

はないわけだが、それでも大隈はもういちど、

「巻先生、いや前島先生」

と密を呼んで、たいへんな早口で、

「あの培社には、我輩、大いに触発されましてな。我輩自身あれから佐賀藩に金を出させて、致遠館という英学塾をつくって、フルベッキ先生もおむかえして。いやあ、学校の運営とはじつに難儀なものですなあ。前島先生のご苦労がよくわかった。よーくわかった」

まんざらでもなさそうな口ぶりだった。大隈は、のちに東京専門学校、こんにちの早稲田大学を創設することになる。春秋の筆法を以てすれば、大隈は、いわば密の培社を種として早稲田大学の大輪の花を咲かせることになるわけだが、しかし密はそんな遠い将来のことなど知るよしもないから、

「それはそれは。どうぞよろしく」

あっさり受け流した上、

「先生はよしてください。前島さんで結構」

と、やや方角ちがいの要求をした。大隈はなお、唾を飛ばして、

「わかりました。いや、とにかく、前島さんのご高名はかねてほうぼうで聞いておりまして、正直に言って現政府に旧幕臣を参加させることには反対意見もあるんだが、我輩ぜひ力を借りようと決意して。それでこのたび勝海舟氏に紹介の労を取ってもらいました。さて諸君」

と、ここからは全員に対する訓示である。室内の空気がぴりっとする。

「年頭であるので、ひとこと申し上げる。知ってのとおり、この改正掛は、みなのような新進気鋭の面々がそれぞれの立場をこえて世の中の進歩に貢献すべく設置された」

「旧物破壊、百事の改革、それが我らの合言葉である」

「遺憾ながら最近は政府内にも保守主義が瀰漫して、前例がどうの、既得の利権がどうのと言う輩もあらわれる始末。みなにはぜひとも安を偸むことなく臆病風に吹かれることなく進歩主義に徹してもらいたい」

大隈の態度は、あのころよりも堂々としていた。

弁舌も立て板に水、というより、これはあんまり雄弁でありすぎて逆に上すべりの印象もあるほどだったが、とにかく聞くほうは全員、直立不動のままで、山口尚芳など感泣の一歩手前という顔をしている。おなじ佐賀藩出身の後輩だからか。

もっとも、ただひとり、密のとなりの伊藤博文だけは、ときどき唇を耳へ寄せて来ては、

「大隈さんは進歩主義どころか、急進主義ですよ。猪突猛進だな」

とか、

「大隈さんは民部大輔だから民部省でいちばん偉いんだが、大蔵大輔も兼ねてますからね。いまや政府の大立者ですよ」

などとささやく。いかにも授業中のやんちゃっ子である。むろん大隈の目にも入っているにちがいないが、よほど叱られぬ自信があるのだろう。

どうやらこの改正掛という組織、

(風通しが、いい)

密は、だんだん気分が乗って来たが、しかし驚きはもうひとつあった。大隈がとつぜん演説を打ち切り、

「それじゃあ我輩は、大蔵省に用があるから。あとは掛長、頼む」

もうひとりの肩をぽんと叩いて、踵を返して行ってしまったのはいいとしても、その掛長が苦笑い

して、

「頼むと言われても、もう話すことは残ってませんが」

つぶやいてから、密のほうを向いて、

「この改正掛の掛長を仰せつかっております、渋沢栄一と申します。どうぞよろしく」

頭を下げたことだった。密は、

「え」

駿府藩士だったころ、その名はときどき聞いていた。渋沢栄一。武蔵国榛沢郡血洗島（現深谷市血洗島）の地の豪農の家に生まれ、長じて一橋家に入り、当主・一橋慶喜の将軍家継承とともに籍が移った。

洋学者ではないものの、慶応三年（一八六七）、幕府がパリ万国博覧会へ慶喜の弟の徳川昭武を派遣したときには渋沢も随行して最先端の産業や経済制度に接したため、洋学派と見なされている。

帰国後、いっとき駿府藩にもいたはずだが、しかし密とは業務のちがいで会うことがなかった。ということはつまり、

「渋沢さん、あなたは旧幕臣じゃありませんか」

密は、思わず口に出した。旧幕臣が掛長ということは、薩長土肥の上に立っているのである。まわりを見たら、薩の五代友厚も、長の井上馨も、みんな当然のようににこにこと正月顔をしている。

いくら何でも、風通しがよすぎる。あとで知ったが渋沢は年も三十一、かなり年少のほうだった。

伊藤が何か悪ふざけに成功したような面をして、

「前島さん、さっき大隈さんが言ったでしょう。『立場をこえて』ってやつですよ」

ここでは、

(日本は、ひとつだ)

密は、感動した。もっとも密は他日、これが過大評価であることを知るのだが、ともあれ、

(ここなら、俺もやっていける)

少し安心して、

「それでは私は、あしたから、毎朝この部屋へ来ればいいのですな」

と言うと、山口尚芳が、きちょうめんな口ぶりで、

「そうですね。ときどき」

「ときどき?」

「ここにいる面々はみんな別の職を持っていて、改正掛へは兼任で来ているのです。この部屋にはいつも誰かがいるとは限らないし、実際仕事もない」

「仕事はどこにあるのです」

この問いには伊藤博文が、

「築地です」

にやっとした。

†

築地には、大隈重信の自邸があった。

西本願寺の向かい、もとは旗本屋敷があったという五千坪。誰の目も届かぬほど広大で、家屋がいくつも建っているので、日ごろから有名無名の青年がぞろぞろ集まって深夜まで政治論をたたかわせ

ている。

青年の数は、日によって差はあるけれども、だいたい四、五十人ほどか。立志の客といえば立志の客だが、なかには議論のあいまに勝手にめしを炊いて食ったり、まっ昼間から酒を飲んで熟睡したりするやつもいるので、まあ居候である。

大隈は、彼らを歓迎しているのだ。開放的というか野放図というか。世の人々がこれを中国明代の小説『水滸伝』に出て来る豪傑の巣になぞらえて、

——築地梁山泊。

などと呼んでいるというのも大隈にはなかなか満足らしかった。そうして密がおどろいたことには、この梁山泊こそが、或る意味では、改正掛のほんとうの仕事場だったのである。

密ははじめて顔を出した日、門近くの一棟の和室に通された。雑用が長びいたため時刻は午後十時をすぎていたが、それでも改正掛の面々は、このときは渋沢栄一、伊藤博文、井上馨、山口尚芳、古沢滋がいて、車座になって話していた。

話に夢中で、誰も密に気づかない。しかもその主題はめまぐるしく変わった。たとえば渋沢が、

「やはり税の徴収は、米納をやめて金納にしなければ」

と言いだすと、みんながいっせいに声をあげて、地価の算出法だの、予想される農民の反乱を未然にふせぐ方法だのを論じ立てる。

たいへんにやかましい。かと思うと、その租税問題の結論も出ぬまに井上馨が、

「不平等条約の件だがな」

などと外交問題を持ち出して、これまた激論熱弁の末にいつのまにか話題が東京府の警察事務に移っている。そんな具合だった。

そうこうするうち、黙って茶碗酒をやっていた伊藤博文が、

「どうです、みなさん。前島さんも来られたし、そろそろきれいなところへ行きませんか」

と、聞きようによっては大隈邸に対して失礼な提案をして、

「おう」

「行こう」

みんな立ちあがって、別室に声をかける。別室には改正掛に属していない豪傑たちがいて、そっちはそっちで議論をしているので、全員いっしょに門を出る。

てくてく通りを歩く。まだ廃刀令の出ていないころだから、みんな髷をゆい、刀をさし、しわだらけの袴をつけて、浪人そのものの恰好である。伊藤なじみの茶屋へ着くと、おかみへ酒や料理の指示を出し、芸者を呼ぶのもやはり伊藤の仕事だった。

こんな日々の出勤を――もしも出勤と呼べるならば――繰り返すうち、密はこの改正掛という組織の真の役割がわかった。

要するに、

(大隈さんへの、助言機関)

何かを策定することではない。議論そのものが目的なのである。議論することで社会の諸分野についての認識を或る程度まで煮つめ、それを大隈の耳に入れる。大隈としては効率的に勉強ができ、それを今度は民部大輔や大蔵大輔としての責任ある仕事のために活かすことができる。

こんにちの政策研究所というか何というか、まあその原始的形態。なるほど「改正掛」などと曖昧な名前になるわけである。密は、

(こいつは、いい)

うれしくなった。助言というのは、別の言いかたをすれば上書ないし建言である。これまでさんざんやって来たことではないか。

密は、進んで発言するようになった。

黙っていては損。そう思ったのだ。もっとも、梁山泊といえども発言のためには事前の取材が不可欠だから、民部省で役人をつかまえて話を聞いたり、洋書を取り寄せて読んだりする。

これが密の見聞を広げた。いままで興味を抱いたこともなかったような分野のことを、学者ではなく当事者として知る。学ぶ。深く考える。

或る話題について五分話すことは、ときに一時間聞くよりも得るものが大きいのである。密は日を追うごとに近代官僚になっていく、そんな自分をたしかに感じた。毎日が飛ぶようにすぎて行った。

改正掛は、人数がふえた。

旧幕臣の杉浦譲（ゆずる）、準幕臣というべき彦根（ひこね）藩出身の橋本重賢（しげかた）、さらには薩摩出身の中井弘（ひろし）というような人も加わって、ますます論戦がやかましくなった。もちろん大隈自身も顔を出した。この時期の大隈は貨幣に関する話を持ち出すことが多かったが、これはやはり、大蔵大輔としての強い関心の対象がそこにあるのにちがいなかった。

が、いいことばかりでもなかった。大隈と渋沢が顔をそろえると、決まって、

「あれは、悪い」

と、特定の人物の悪口を言うのである。

あれとは、大久保利通だった。肩書きは参議。大隈とならぶ政府の巨魁（きょかい）のひとりであるが、密にとっては、かつての英語の生徒なので、或るとき、

「彼の何が悪いのです」

「あれは」

と大隈は、腐肉をぬるっと吐き出すように顔をしかめて、

「権勢欲のかたまりだ」

例によって早口で言った。いまや大久保の率いる薩摩閥は位人臣をきわめたにもかかわらず大久保は満足することをせず、長州閥と手を組んで、土佐、佐賀その他を排除しようとたくらんでいる。

多数派による少数派いじめである。土佐の板垣退助や後藤象二郎、佐賀の副島種臣や江藤新平あたりは昨今その標的にされているようで、廟議での発言がしばしば軽視または無視されている。

「我輩も」

と、大隈は被害者面するのである。自分も佐賀出身だと言いたいのだろう。ただ大隈重信という人のおもしろいのはここからで、苦い顔のまま、

「そういうしだいで、我輩は、何としても仲間をふやさねばならぬ。それで改正掛をこしらえたのだ。むろん能なき者をいくら抱えたところで百害あって一利なしである。今後はあたかも唐箕が米と籾殻を吹き分けるごとく、人材の選り抜きをせねばならん」

こんなことを平気で言う。要するにこれまで人材をかきあつめたのは佐賀閥を太らせるためだと豪語したに等しく、それはそれで権勢欲ではないか。

(どうして、人のことが言えるのか)

とはいえ密は、それほどの悪意は抱かなかった。大隈はわかりやすい人だった。怒るときは怒り顔になり、愉快なときは目がなくなるまで相好をくずす。

ちょっとした話のあいだにも表情がくるくる変わるので、ひどく子供っぽいというか、野心のくさみが脱臭されるのだ。

ひょっとしたら大久保利通という人には、こういう愛嬌が、

（ない、かも）

密は一矢報いたくなって、

「それじゃあ大隈さん、改正掛に井上さんや伊藤さんがいるのはなぜですかね。にっくき長州閥じゃありませんか」

「うっ」

大隈は、のどに餅でもつまらせたように目をひんむいて、

「伊藤のやつは、家が近い」

「はあ」

「この前なんぞ、寝巻きのまま裏木戸から入って来おった。あいつは無精だ」

理屈にも何もなっていないが、何か理解できる気がした。どうも大隈の言う藩閥とやらは、人の好みとは別ものらしい。それが大隈の長所であり、ひょっとしたら、政治家としては最大の欠陥かもしれなかった。

†

改正掛に入って三か月後、密は、大隈に呼び出された。

このときは民部省内、民部大輔の執務室である。大隈は椅子にすわったまま、西洋風のテーブルごしに、

「頼みがある。あんただけに頼むんだ」

「何でしょう」

「国家枢要の案件だ。鉄道」

「鉄道？」

密が小首をかしげると、大隈はつづけた。

いわく、日本にはまだ鉄道がない。これから欧米のごとく日本全土に線路を敷いて汽車を走らせ、それによって貨物や旅客をいっぺんに、大量に、正確に運ぶことを実現するのは経済的にも軍事的にも重要であるが、その敷設に関しては、すでにして廟議によって自分と伊藤博文のふたりが全権を委任されている。

最初の路線はおそらく日本の幹線というべき東京－京都間になるだろうが、

「しかし前島さん、これは何ぶん前例のないこと故、どう工事したらいいか以前にそもそもどう計画したらいいかさえ皆目わからん状態なのだ。そこでひとつ、前島さんには、最初の見込み書を作成してほしい」

「はあ」

「言いかえるなら、計画のための計画を立ててくれ」

密は、

（こいつは）

さすがに、ひるんだ。これは単なる便不便の話ではない。日本という国家そのものの、

（独立に、かかわる）

鉄道事業は絶対に、石にかじりついてでも、日本人が経営すべしというのが政府内の常識というより強迫観念なのである。

なぜと言うに、もしもそれをあきらめたら、たちまち欧米列強が手をのばして来る。経営権を手に入れて、巨利の源としようとする。現に旧幕のころ、アメリカ公使館員A・ポートマンは幕府老中・小笠原長行に対してそれを申請し、敷設免許をあたえられた。

小笠原はまったく不用意だったとしか言いようがないが、しかし無知につけこまれた点は同情できる。王政復古後、新政府は幕府の業務をすべて引き継いだけれど、いくら何でもこれだけは引き継ぎの拒否を申し入れた。

アメリカは承諾した。だがそれとひきかえに別の分野で無理な要求をおこなうなど、態度は一筋縄ではなかったという。ここはぜひとも、

――日本人は、自分の手で鉄道がやれる。

そう証明しなければ、こんどこそ経営権が完璧に奪われ、たとえば小銃一箱を運ぶにしても外国人の許可を得るというような屈辱的でしかも国家の存立を左右する情況になる。まさしく瀬戸際の仕事なのだ。密は思わず、

「伊藤さんが適任では」

と言おうとした。

がしかし、口をつぐんだ。大隈が民部大輔兼大蔵大輔なら伊藤は民部少輔兼大蔵少輔である。本業だけで、

(手いっぱいだろう)

そんな配慮もあったけれど、それ以上に、本来の性格が顔を出した。あれこれ迷う暇があったら、とにかく体を動かしてみよう。

「わかりました」

大隈は表情を明るくして、

「おお、頼む。なるべく早く廟議で話をしたいから、来月の中旬までにな。じゃあな。頼んだぞ」

立ちあがり、両手で密の片手を握ったかと思うと、机をまわって部屋を出てしまった。

ばたんと音を立ててドアが閉まる。別の用事があるのだろう。密は身をひねってそのドアを見つめながら、

（しまった）

背すじが凍った。この日は、三月二十九日だった。

計画のための計画などという雲をつかむような、それでいて国家の独立にかかわる切所（せっしょ）の仕事を、

（たった、半月で）

日延（ひの）べは、たぶん許されない。大隈のせっかちな性格というのもあるにしろ、現実的に、この鉄道という産業革命の象徴が一日も早く実現されないことには農林業、鉱工業、製造業、建設業……他のあらゆる産業が進展しないのだ。

「これが、唐箕か」

密は、つぶやいた。米と籾殻の吹き分け。大隈流の人材の選り抜き。自分ははたしてどちらなのか。国家の栄養たる白米なのか、それとも食えない籾殻なのか。

†

半月後、四月十二日。

密はふたたび民部省の大隈の部屋をおとずれて、

「これを」

一冊の冊子を手渡した。表紙には「鉄道臆測」。大隈は、自分がこの締切を設定したくせに目を見ひらいて、

「もうできたのか」

着席したまま足を組み、頁をめくった。

一頁十行の青い縦罫のなかへ、黒い筆書きの楷書がきちんと整理箱のように収められている。清書したのは役人だが、しかし文章や数字は密がほとんどひとりで考えたのだ。

内容は、大きく三部にわかれる。一、建設費について。一、開業後の収支について。一、資本調達の方法について。

このうち、たとえば建設費は、大略こんな文章である。

> 東京から横浜、京都を経て大阪神戸に至る線路の里数はおおむね百五十里である。その敷設を予定する土地を、かりに傾斜の度の低い順に「平道」「坂道」「険道」と区分するならば、平道が十分の八、坂道が十分の一、険道が十分の一である。
> 工事のさいには平道は地固めをしっかりするだけで事足りるが、坂道は傾斜をゆるやかにし、険道は山や丘を切り開くか坑道を掘るかしなければならない。もとより実測したわけではないけれども、概して費用を算すれば、平道は一里ごとに一万五千両、坂道はこの三倍、険道はこの十倍というところである。

机上の空論である。数字もまさに臆測でしかない。が、

（これで、いいはず）

密はその確信があった。この仕事の最大の目的は実務にはなく、議論にある。議論を方向づけることが何より重要なのである。ということは、

（何だ。これも上書や建言ではないか）

そう気づいた瞬間から、密は気が楽になっていた。

幸いにして旧幕期には西洋船の蒸気機関に親しんでいたから汽車のしくみは知っていたし、だからこそ洋行経験のある渋沢栄一に話を聞いても理解が早かった。なるほど「鉄道臆測」は半月足らずで仕上げたものだが、実際には、密のこれまでの三十六年の生涯がそっくり注ぎこまれているのである。

大隈は冊子を閉じ、顔の横でばさばさと振って、

「そうだ、そうだ。我輩はこれがほしかったのだ。君が挙げた数字には多少異論がないでもないが、そんなもの、あとでいくらでも直せばいい。ありがとう。ありがとう」

前回とおなじく立ちあがり、密の片手を両手で握り、それから机をまわって部屋を出た。

ドアの閉まる音がした。密がほっと息をつくと、またしてもドアのひらく派手な音がする。振り返ったら、大隈が頭だけ部屋のなかへ突っ込んで、

「好きな仕事は？」

「え？」

「このお礼に、何でも好きな役職をさしあげよう。ぞんぶんに腕をふるうがいい」

「外交」

密は、即答した。当然だったろう。蘭学を学び、船乗りになり、英語の教師をつとめた人間の当然の目標。しかし大隈もまた即答で、

「無理だ。外務省は薩長の巣だ。ほかにも宮内省、兵部省など、どこでも陽のあたる場所はみなあの連中が占めている。君は二番手だ」

「………」

「どうしても行きたいと言うならば、我輩はよろこんで外務省へ推挽する。君はきっと能吏になる。だがそれだけだ。凡吏にあごで使われて一生が終わり、仕事が後世に残ることはない」

「………」

「悪いことは言わんから、ほかの分野にしたらどうだね、前島君？ 君にはもっと忌憚なく本領を発揮できる場所があるはずだ。まあゆっくり、二、三日かけて考えたまえ。じゃあ」

ドアが閉まった。たったいま何でも好きな役職をと言ったくせに、

（これか）

密は、苦笑した。

率直は率直なのである。ともあれ密はこれによって、あとたった二、三日で——大隈の感覚では「ゆっくり」と——今後の人生を決めなければならなくなった。

（さて、何をするか）

なお日本の鉄道事業について言えば、「鉄道臆測」提出から約二年半後、明治五年（一八七二）十月十四日、それは正式に開業した。

新橋－横浜間。日本政府は資材の輸入や工事の監督においてこそイギリス人の指導をあおいだけれども、経営そのものは自分でおこなう、いわゆる国有鉄道の方式を採った。

密はつまり、この国家事業を、零から一にしたのである。いったいに軍艦にしろ、蒸気機関車にしろ、重いものが走るには最初の十センチがいちばん燃料を食うものだが、密はその十センチをひとり

でやった。

そうして手柄は、すっかり大隈に持って行かれた。「鉄道臆測」一巻は現在、早稲田大学に所蔵されている。

†

「鉄道臆測」を提出した日、密は、雑用を片づけて民部省を出た。

日暮れが、近い。

まっすぐ家に向かった。家は皇宮の北西、番町にある。自分で門をあけ、玄関までの道を早足で歩く。

早足でも、なかなか着かない。もとは大きな商家か何かだったのを三百円で購入したもので、しかし全額一括は無理だから、現在、四十六か月の月賦の支払い中である。大隈邸ほどではないにしろ、敷地はかなり広かった。

庭は手入れしていないから草茫々（ぼうぼう）である。家は改築していないから和風のままである。玄関を上がり、座敷で着がえて上座（かみざ）に着くと、下座には妻のなかが着いた。

なかは、生後半年ほどになった娘のふじを横抱きにしている。上座下座といっても、女中も雇わぬ小（こ）所帯なので、まあ差し向かいである。それぞれの前には膳があった。膳の上には、めしと、汁と、漬物と、それに湯豆腐の鉢。

密は、健啖（けんたん）である。

湯豆腐は縦横（たてよこ）二丁ずつ積みあがっている。二本の箸（はし）を大きくひらいて突っ込んで、次々と豆腐を割ってはロに入れた。

酒も飲む。ぐいぐい飲む。いっぽう、なかの膳には半丁ぶんの湯豆腐のほかに小鉢がひとつ置いてあり、そこには白い薄い米の粥が入っていた。

なかはそれを箸先ですくって、娘の赤い唇へ少しずつなすりつけてやりながら、

「すみません、つましい献立で……」

「なあに、馳走だ馳走だ。東京も人が減ったからな、われらは酒屋と豆腐屋には感謝されてよいぞ。殖産興業はまず飲み食いからじゃ」

密の口調は、高揚している。なかは少し不安そうに、

「お仕事で、何かありましたか」

「腰をすえよう」

「え？」

「この東京に。われらは共に白髪になるまで、孫曽孫の顔を見るまで、この東京で暮らすのだ」

「えっ。え」

なかが口に手をあて、目をぱちぱちさせるので、密は、

「はっはっは。いや、これはすまない。ちと話が先に行きすぎたか」

順を追って話した。ここのところ寝るのも忘れて取り組んでいた「鉄道臆測」が大隈に嘉納されたこと。その報酬らしきものとして、何でも好きな仕事をやれと言われたこと。

実際には何でもというほどの選択肢もないが、しかしとにかく今後も政府で一定の地位にありつづけられるのはたしかのようで、自分としても、体と頭が元気なかぎり、それに応え得る自信がついたこと。

「ならば私は、決めるべきだろう。もう若くない。残りの一生はこの政府に捧げ、この日本のために使いきると。そうして政府はもう東京を出ることはないのだから、要するにこれは永住の決意だ」

「永住……」

「この東京で、共白髪。それでいいか、なか」

「ああ」

なかはとつぜん、ふじを抱き直し、背すじをのばして、

「ありがとうございます」

お辞儀をした。顔を上げたときには目が涙でぬれている。それを中指の腹でぬぐって、何か申し訳なさそうに、

「はい」

「そこでだ、なか」

「駿府も、いいところでしたが」

とつぶやいたあたり、よほどうれしいのにちがいなかった。密は目を伏せ、

「私から、ひとつ……ひとつ頼みがある。お前には苦労かもしれぬ」

われながら、口調が遠慮がちである。

「私の苦労？　何でしょう」

と、なかが子供っぽく首をかしげる。密は、

「つまり、その、この家は大きい。ほかの人を容(い)れる余地がじゅうぶんある」

「梁山泊ですか」

となかが言ったのは、大隈のあの築地梁山泊、食客どもの大言壮語と車座と雑魚寝(ざこね)の家の話を聞い

ていたからにちがいない。密はあわててかぶりをふり、

「私はあんなことはせん。たったひとりだ。たったひとり、このさい東京へ呼び寄せて、いっしょに暮らせたらと……雪も少ないし」

最後の一句で、察したらしい。なかはうなずいて、

「お母様ですね。越後の」

「わかるか」

「わかりますよ、そりゃあ。よござんす」

胸を手で叩き、あごを小気味よく上へ向け、

「旦那様を女手ひとつで育てられた方なら、私の母も同然です。とことんお世話申し上げます」

「母上は、気が強いぞ」

「私もですよ。いえ、もちろん、喧嘩なんか致しませんけど。ああもう、こんなにうれしい夜はありません！」

と、やにわに腰を浮かし、

「はい」

膳ごしに両手をのばして来た。両手には赤ん坊がのっかっている。反射的に受け取る。なかは立ちあがり、着物の左右の袖をまくって、

「大盤振舞（おおばんぶるまい）してさしあげます。あと三本つけて来ます」

「おいおい」

「豆腐も三丁」

「そんなに食えんよ」

と訴えたときには、なかは体の向きを変え、こっちに背を向けている。まるで兎(うさぎ)が跳ねるようにして台所のほうの暗がりへ行ってしまったので、密はわが子とふたりになった。

密は、抱き慣れていない。

万が一落としたらたいへんなので、あおむきになり、胸の上に赤ん坊を置いた。

赤ん坊は、うつぶせである。胸と胸との貼り合わせ。この世のものとは思われぬほど温かい柔らかい生きものが密の体に片耳をつけて、力強くしゃっくりをしている。

(この子の顔を、母上に見せたい)

とにかく、まずは手紙である。越後へ手紙を出さねばならない。

二番手

結局、豆腐は七丁、胃のなかに入れた。

そのほかに酒を飲み、めしを食い、汁を吸ったのだから腹いっぱいである。風呂に入るのも面倒になったので、盥に湯を取って体をふき、寝巻きに着がえて書斎に入った。

行灯に火をつけ、文机に向かった。

巻紙を広げて筆をとる。文章がむつかしい。どう言えば、

「すんなり……すんなり来てくれるかな」

筆を下ろすまで時間がかかり、下ろしてからもなかなか先へ進まなかった。

決して大げさな話ではないのだ、なるべく気軽に考えてほしいのだと強調しようとしたら、みょうに言い訳がましくなってしまった。自分がいま中央の役人になっていること（しかし高位高官というほどではない）。東京で大きな家を持ったこと（しかし金殿玉楼というほどではない）。今後も東京に住みつづけて国家に貢献したい所存であること（しかし贅沢な生活をするつもりはない）。

その上で、

――そういうわけで、このさい私はぜひとも母を東京にまねき、もって長年の愛育へのお礼と無沙

汰へのお詫びとしたいと思っているのです。苦労はさせません。このことをぜひ母にお伝えいただいた上、いい返事がいただけましたら幸いです。

と、この手紙、じつは宛先が母ではない。

母の新しい夫、井沢治郎右衛門である。

母は再婚したのだった。五年前、頸城郡下池部村の実家では兄で当主の上野又右衛門が病死したが、母はその後も、たったひとりで暮らしつづけた。

だが母は、もともと先代当主・助右衛門の妻である。厳密にいえば助右衛門が死んで家を出た時点でもう上野家とは縁が切れている。案の定、又右衛門の死を受けて親戚の合議がおこなわれ、新たな当主を立てることが決定すると、母はそこで暮らすことができなくなった。

家を出る日が近づいて来る。しかし落ち着く先は見つからない。そんな瀬戸際になって、とつぜん、おなじ頸城郡の医師・井沢治郎右衛門という人から、

——嫁にほしい。

という申し出があったのだ。

七十すぎた母をである。治郎右衛門も、やはり高齢者だった。長年つれそった妻に先立たれて毎日さみしいというのが再婚の申し出の理由というから、あるいはよほど話し好きなのだろうか。

母は、求婚を受け入れた。井沢家の親戚にも反対はなかったという。跡目はすでに息子が継いでいるし、母のほうも形式上は子がなかったため（密は前島家へ養子に出ている）、相続争いの心配がなかったからだろう。こうして治郎右衛門と母は、さすがに祝言は挙げなかったが、正式に夫婦になったのである。

ひょっとしたら母もまた話し相手がほしかったのかもしれないが、とにかくこんな事情によって、

いまや母の身のふりかたを決める権利があるのは母自身ではない。治郎右衛門である。密の手紙も当然そちらを宛先としなければならず、その内容はとどのつまり、

——別れてくれ。

ということになる。

会ったこともない人に対して離縁を要請するのである。なるほど書きづらいわけだった。密は何度も文章を書いては破り、書いては破りして、ようやく筆を置いたときには夜があけていた。遠くで鶏が鳴いたのである。

顔を上げ、雨戸を見た。隙間が白い線になっている。密は立って雨戸をあけた。視界のすべてが白になり、その白のなかで、見なれた庭がゆっくりと色づいた。

生け垣の緑のつややかさが、徹夜した者の目には痛い。まぶたの裏がちりちりする。密は目を細め、振り返ると、さっきまで座っていた座布団のまわりの畳には半円形の土塁(どるい)ができていた。くしゃくしゃに丸めた反故(ほご)の土塁。

「やれやれ」

苦笑いした。一大事業を完成させた気分である。ふたたび文机に向かって座り、手紙を折って、より大きな紙でつつんで折封(おりふう)にしながら、ふと、

(届くか)

手が止まった。

呼吸まで停止した。この手紙、はたしてほんとうに届くのか。

考えだしたら、きりがなかった。飛脚がうっかり運搬用の状箱(じょうばこ)へ入れるのを忘れたりしないか。道に落としたりしないか。誰かに盗まれたりしないか。

向こうの人間がどこに井沢の家があるのか知らず、右往左往した末、めんどくさいとばかり川へ放り投げたりしないか。

「……………」

密はなお考えた。まあ飛脚が手紙を川に捨てるというのは極端にしても、日本では、書簡送達のしくみそのものが旧幕期と変わっていない。

もう明治の世も三年目に入ったにもかかわらず、変えようという政治家も役人もいないらしい。なるほど飛脚問屋というものはある。東京なら東京で人々の書いた手紙を集めて各地へこまめに送ってくれる。しかしながら彼らは高度な責任感をもって業務にあたるわけではなく、基本的には、集めた手紙を、宰領と呼ばれる下請けに丸ごと委ねてしまう。

宰領というのは名前こそ頼もしいが要するに小規模な運送会社であり、従業員の質は高くなく、しかも東海道なら東海道をひたすら宛先の地まで駆けるわけではない。宿駅に着くと荷物をそっくり現地の人足や馬持へ渡してしまう。

渡された人足や馬持は、宛先が自駅管内のものは取り除けた上「よし来た」とばかり草鞋ばきで出発し、やっぱり次の宿駅で次の同業者に渡す。また次の駅で次の者に。その繰り返し。

おまけに彼らは専従ではない。近隣の農家が副業でやるとか、土地の駕籠舁きが本業のついでにやるとかはまだましで、なかには雲助と呼ばれる住所不定のやくざまがいも少なくない。おのずから紛失などの事故も起こりがちだし、起こったときの責任の所在も明確でなくなる。

手紙を出したほうは誰に文句を言うべきかわからず、泣き寝入りである。そのくせ料金はむやみに高い。こんな状態でこれまで世の中の手紙というのはまあよく一定数がちゃんと届いたものだと、考えれば考えるほど密は逆に感心してしまうのだった。

旧弊そのもの、陋習そのもの。世間の誰もが「こんなものだ」と思っているから発達がないのだ。

「困る」

密はつぶやき、折封をした手紙を見た。

紛失など、あってはならない。これだけは、この手紙だけは、絶対に届かなければならないのだ。この世でたった一組の、かけがえのない母子の人生のかかった手紙。

もちろん手紙など、届かなければ書き直せばいい。そう割り切ることも可能である。実際、密も、もしこれが単なる事務的な連絡だったら執着しなかったにちがいない。だがこの場合は、二度目には、きっと文章の力が抜けてしまう。素っ気ない感じになってしまう。

母が読めば——読むにちがいない——首をかしげる。はたして息子は本気で「来てくれ」と言っているのか。本気ですべての面倒を見る気があるのか。

そうしてほんの少しでも疑ったらもう、これまで越後から出たことのない、七十をすぎた年寄りがひとりで東京に出て来るなどというのは不可能だろう。およそ人間関係に一期一会があるように、文章にも一期一会がある。文章だろうが何だろうが、人生は書き直しがきかないのである。

振り返れば。

密の人生は、五歳のとき始まった。

糸魚川の叔父・相沢文仲のところへ手紙を持って行くよう母に言われて、雪のなか十二、三里もとぼとぼ歩いた。

ふところに入れた竹皮つつみのくず米のだんごのあたたかさは、いまでもありありと胸の奥を灯している。もっとも、だんごは道中で悪童どもに奪われて、白鳥ひしめく潟の沖へ放り投げられてしまったが、そうまでして相沢家に届けた手紙の内容が金の無心だと知った瞬間は、子供ながらに衝撃を受けた。手紙には母子の生活の存立そのものが封じこめられていたのである。

いまにして思えば、あのとき母があえて自分を送り出したのは理由があった。俗に「かわいい子には旅をさせよ」というような教育的配慮もあったろうが、それ以上に、飛脚が信用できなかったのだ。なぜ信用できなかったか。精魂こめて書いたからである。実の弟である人に向けて。そう、まさしくいま密自身が母にそうしたのと同様に、一期一会の心をもって。書き直すことを考えずに。

（母上）

と、この一瞬、密の脳裡(のうり)に、

「悪(わり)いのは飛脚じゃねえか」

そんな声も、よみがえった。

威勢のいい江戸っ子ことば。勝海舟のせりふ。それを耳にしたのは江戸ではなく長崎だった。もう十年以上も前になるが、西浜町(にしはまのまち)の旅籠(はたご)・浜名(はまな)津屋(つや)の店先で、密は女中のおそのと言い争いになっていた。大事な本が越後から届いたはずだとか、いや届かぬとか。そこへ割って入ったとき、勝はあの小気味のいいせりふを吐いたのだった。

勝もまた、飛脚を危ぶんでいた。だからこそ本を受け取るというそれだけのためにわざわざ江戸から長崎へ来たのである。逆にいえば勝ほどの人がそんなことに日数(ひかず)を費(つい)やさなければならぬくらい、それくらいこの国における手紙や物品の送達制度は未熟であり、不確実であり、それは御一新後の現在もまったく変わらないのだ。

が、これからはもう「そんなものだ」ではすまされない。手紙や物品の不確実はそのまま誰かの生活の不確実であり、仕事の不確実であり、ひいては国家の不確実である。

国家まで持ち出すのは大げさなようでいて、しかし決してそうではないのだ。密はすでにして鉄道の世界を一瞥（いちべつ）している。西洋では鉄道というものが貨物や旅客を大量に、正確に運ぶことによって国家を強くすることを知っている。

ならば手紙や小荷物もまた大量に、正確に送り届けられることで国家は強くなる。それはまちがいのないことだった。特に手紙はそうだろう。情報の授受はしばしば仕事の効率だけでなく、人間に新鮮な着想や意欲をもたらしてくれるからである。

「……大量に、正確に」

と、密は、なおも自分がいま書きあげたばかりの手紙を見つめながら言う。どろどろの溶岩が冷えて固まり、高い硬度を得るように、心のなかで何かが形になる。

なかの声が、

「どうしたんです」

「えっ」

密は、襖（ふすま）のほうを見た。

なかが正座して、こっちに体を向けている。ひざの上でふじを横抱きにしながら。ふじは夜中に何度か泣いたようだが、いまは機嫌がよく、あおむきでなかを見ている。

「どうしたんです、さっきから恐（こわ）い顔でぶつぶつ。ああ、それ」

と、なかは密の手へ目をとめて、

「ふるさとへのお手紙ですね。お母様、来てくださるといいですね。私、うんと気を配ってさしあげますよ。お暮らしが変わるって一大事ですもの……」

「どうかな」

と密は言い、片頬で笑って、

「変わるのは、私のほうかも」

言ったとたん、ふじが首をこっちへ向けた。

笑うでもなく、むずかるでもなく、赤ん坊に特有の力強い無表情でもって密をまじまじと見ている。瞳の黒い部分が大きい。密もまっすぐ視線を返し、自分の鼻を指さして、

「ふじ、ふじ。私はお父さんになるよ」

「もうなってますよ」

と答えたのは、なかである。密はそっちへ、

「制度の」

「え？」

「制度の父にも、さ」

†

密はその日、民部省に出勤した。

一日中微熱のような高揚感があったのは、何かへの期待のせいか、それとも単なる寝不足か。退庁後はそのまま築地へ行った。

例の大隈邸、例の梁山泊。この日は長州出身の伊藤博文、薩摩出身の中井弘ほか三、四人がいて、例によって車座になっていた。伊藤などは勝手に台所へ行って燗をつけ、お銚子をまるで蛸の足のように何本も指の股に挟んで持って来るような図々しさだが、密は茶をすするばかり、

「めずらしいな、前島さんが酒を飲まないなんて。病気ですか」

中井が本気で心配した。

大隈は、わりと早く来た。みんながいっせいに腰を浮かし、何か話しかけようとするので、密は立ちあがり、両手を広げて、

「待ってください。しばし、しばし」

それから大隈を見て、

「決めました」

「決めた？　ああ、役職か」

その瞬間、みんな動きを止めた。固唾（かたず）を呑（の）んだようだった。役人にとって人事の話題は、ときに国家のそれより重要である。大隈が、

「で、何だね、前島君。君は何をする」

「飛脚の事業を、やらせてください」

「飛脚ぅ？」

大隈は、眉をハの字にした。

なんだつまらん、前島密とはその程度の男だったか。大隈の顔はそう言っている。無理もなかった。飛脚とは肉体労働者の集団であり、右のものを左へ移すだけの仕事である。創造性がない。権威がない。英雄の手を出すべきものではない。

それが時代の常識なのだ。しかも情報の伝達ということに関しては、西洋には電信という新技術がある。舶来だけに役人たちの人気が高く、政府の花形になりつつある。大隈は失望顔のまま、

「まあ、あれだな。野心ばかりが人間じゃないしな。おのが身をわきまえて二番手に甘んじるのもまた人生……」

「またか」

「え？」

「この前も大隈さんは言われましたな、『君は二番手だ』と。それならそれでいい。私は、私は」

と、密はそこで首をまわし、みんなを見おろした。それから少し胸を張って、

「日本一の、二番手になる」

翌月、すなわち明治三年（一八七〇）五月十日。密は、民部省改正掛勤務の身分のまま同省駅逓司（えきていし）に配置された。

駅逓司は、街道交通をつかさどる部局である。

宿駅制度をつかさどる、とほぼ同義である。吏員が少ししかいない上、その長官である駅逓正（えきていのかみ）が空位だったところに政府のこの分野に対する評価がよくあらわれている。密はそのひとつ下、駅逓権正（ごんのかみ）の地位についた。

次官だが、事実上の長官である。上司といえばまあ民部大輔・大隈重信および民部少輔・伊藤博文のふたりしかいないに等しく、逆にいえば、ふたりの許可を得れば何でもできる。

（この俺が、何でも）

とはいえ密は、ふたりと同様、飛脚事業には素人である。まずは現状を知らなければならない。日本橋四日市（よっかいち）河岸（がし）、旧幕府の御用屋敷を転用した駅逓司庁舎へ初出勤すると、部下のなかでは駅逓小令史・谷津易（やづやすし）という上野（こうずけ）国安中（あんなか）藩出身の者が仕事ができると聞いたので、さっそく執務室に呼んで、

「谷津君、私は学塾の新（にい）弟子のようなものだ。いきなり全国の仔細（しさい）を知ろうとしても頭が追いつかん。まずは幹線から行こう。現在、日本でいちばん手紙の往来の多いのは、どの道かね」

と密が聞くと、谷津は、

「東海道かと」

「だろうな。特に東京と京都、大阪のあいだ」

「というより」

と、谷津はいきなり意気阻喪させることを言った。

「それ以外の道については、われわれの把握はおよんでいません」

「……そうか。まあいい。とにかく第一歩を踏み出そう。この三都間で一か月のあいだに何通の手紙が送受され、それに対して合計何両の料金がかかったか調べてくれ」

「官の手紙ですか、民の手紙ですか」

「え？」

「官と民とでは、使う業者がちがいます」

谷津は、声の低い人だった。彼のぼそぼそとした説明によれば、市井の飛脚問屋へ持ちこんで発送するのは民間の人々だけであり、官つまり政府の業務には、それとは別の定飛脚というのを使う。

定飛脚とは市井に店をかまえるところまでは通常の飛脚問屋とおなじであるが、こちらは集まった手紙を月に数度ないし十数度、定期的にまとめて送り出すもので、通常よりも到着が早く、確実性が高く、そのかわり送り賃も高い。政府がこれを使うのは深い意図があるわけではなく、ただ単に、旧幕府の習慣を引き継いだにすぎないのだった。

「民の数字につきましては手もまわりかね、われわれの把握は……」

と谷津が言いかけるのへ、

「およんでいないのだな。よし、わかった。官の数字だけでいい」

「承知しました。あの……」

「何だね」

谷津はほんの少し声を高くして、胸に手をあてて、

「私、この駅逓司は発足以来、勤仕して参りました。こんな仕事を命じられたのは閣下がはじめてです」

谷津もまた、胸に光を感じたのだろう。密は横を向いて、

「閣下はよせ。前島さんでいい」

四日後、谷津はまた執務室に来た。はずむような足どりで机の前に来て、

「これを」

和綴じの薄い報告書を出して、

「集計は、ひとまず東京を発するもののみしました。京都発、大阪発の数字もお出しすることはできますが、時間がかかります。いまは手早さが大切と見ました」

「それでいい。どれ」

密は椅子にすわったまま報告書の頁をめくり、頭のなかで計算しながら、

「ふむ、ふむ……これで行くと政府の全部局が一か月のあいだに送り出す手紙の重量は約三十貫目、支払う料金は千五百両というところだな」

「はい」

一貫目とは、四キログラム弱である。一か月で百十から百二十キロ。いまかりに一通あたりの重量を四匁（十五グラム）とすると、

「八千通、か」

これに千五百両かかるのだから、一通あたりの料金は〇・二両弱、おおむね零分三朱ということに

なる。三朱というのは米屋へ行けば白米三、四升が買えるお金である。

いくら何でも、

「高すぎる」

と、密はつぶやいた。飛脚問屋が業務を宰領に下請けさせ、宰領が肉体労働者を追い使い……というような業界全体の複雑さが一因だろう。政府御用ということを差し引いても、効率化の余地はあるのではないか。

（なおこの時期、日本国内ではまだ通貨単位は統一されておらず、一般には旧幕以来の両、分、朱が用いられていた。もっともこれは一両＝四分、一分＝四朱の四進法が基本であるため、新たに十進法の円、銭、厘が考案されている。厳密な交換比率は存在しないので、気分としては一両＝一円である）

「高すぎる」

ともういちど言ったとき、しかし密の顔は笑っていた。谷津がちょっと顔を上げて、

「どうしました、前島さん」

密はなおも笑顔のまま、

「官の飛脚がこれほどならば、民のほうも、なるほど値が張るわけだな。私も故郷へ手紙を送るときなど、正直しばしば『高いな』と思うし、そういえば大隈邸の食客の誰かは『わしは飛脚屋に頼むくらいなら、旅人をさがして託す』などと豪語していた。気持ちはわかる。われわれは競争に勝つことができる」

「競争？」

「こっちも店をつくるのさ、官営飛脚問屋をな」

「はあ、飛脚問屋を……」

「ただし」

と、密は説明した。店自体は官営だけれども、手紙は官のものも民のものも受けつける。受けつけたら宰領に下請けさせず、なるべく自前の店員でもって送達をおこなう。官民共用便というわけである。数をこなせば少々料金を安くおさえても収入はふえるにちがいないし、そのいっぽうで定飛脚への委託はやめるのだから支出が減る。

すなわち、儲けが大きくなる。その儲けを貯めておけばいずれ東海道以外へ路線を拡張する費用もまかなえるのではないか。

「どうだ」

密は、あごを上に向けた。谷津は眉をひそめて、

「どうでしょう」

「何だね」

「それでは官が民の仕事を奪うことになります。彼らにも生活がある。よほどの抵抗を受けるのでは」

「そのことは、あとで考えよう。まずは実験だ。われらがほんとうに飛脚屋のおやじになれるかどうか、ほんとうに東海道で仕事できるかどうか、話はそこからだ」

その日から、密の構想がはじまった。

三日三晩、番町の家へ帰らず、執務室にこもって考えつづけた。

この世にないものを在らしめるには、机上の空論から始めるしかないのである。もっともこの場合、すでにして西洋には進んだ制度があるのだから、これを参照しない手はないだろう。密はときに洋書

を読んだ。四日目には執務室を出た。洋行経験のある渋沢栄一をつかまえて話を聞いて、

（三つだ）

その確信を得たのである。

（実現のための問題は、大きく三つに集約できる）

ひとつめは料金である。

いくら取るかもさることながら、どう取るかも悩みどころだった。市井の人々にしてみれば、手紙を一通出すたび、東京なら東京のなかに数軒しかない飛脚屋へいちいち行って現金を払う、または付け払いするという現行の方式は面倒くさいことはなはだしく、これではいくら料金が安くても、しょっちゅう使う気にはなれないだろう。新しい時代の飛脚便は、価格と徴収方法はともども一新されなければならないのだ。

ふたつめは、発着時間である。新しい時代の飛脚便は、たとえば東京から京都まで五十時間とか、大阪まで六十時間とかいうふうに前もって所要時間を公示しなければならないのではないか。

あるいは公示までしなくても、内規ははっきり設けるべきだ。それが密の結論だった。これをしないと差出人はいつまで経っても「そろそろ相手のもとへ着いただろうか」と危ぶみながら日々をすごさねばならず、もしも返事が来なければ、その原因もわからない。送達中の事故のせいなのか、それとも単なる相手の筆無精のせいなのか。

事実、密は、いままさにそういう不安に身を焦がしていた。越後の井沢治郎右衛門にあてて差し出した、例の母の離縁を乞う手紙に対して、いまだに返事が来ないのである。

出したのは一か月ほど前だから、まあ実際には、

（着いていない）

とは思うのだが、それならそれで遅すぎる。近代にふさわしい体制ではない。やはりまずは発着時

間をしっかり決めなければならず、決めたなら、

（絶対に、これを守らねば）

すなわち定時性の確保。これもまた密の考えでは必須の一事にほかならなかった。雨が降ろうが、雪が降ろうが、洪水で川の橋が流されようが……まあ大災害に遭ってしまったら遅延は致し方ないにしろ、少なくとも制度の不備、店員の不慣れや怠惰、そういった人為的な理由によって遅配欠配が生じることがあってはならない。これは差出人の信頼を得ることのほかに、もうひとつ、

（将来の、発展）

密は、そこまで見すえている。

密の官営飛脚会社は、いまはまだ多少の遅れが許される。東京から京都まで五十時間のつもりが五十一時間かかってしまいました、となっても実害はほぼないだろうし、誰からも文句は言われない。

ところがゆくゆく路線を広げるとなると、たとえば京都へ着いた手紙の袋はさらに小分けにされて奈良へ、敦賀へ、福知山へと放射状に離散することになる。

奈良の先には桜井や飛鳥や吉野がある。敦賀の先には小浜や武生や鯖江がある。ひとつの遅れは次に響き、次の次へもっと響く。すべてのしわ寄せは末端へ行き、それを取り返すすべはない。こんなことでは送達の網目が成り立たないので、いわば制度そのものが着くずれた着物のようになってしまうのだ。

ここは、いまのうち、

（きっちりと、着つけておかなければ）

もっともこのさい、何より大事なのは三番目の問題だった。それは、

（あれだ）

密は五日目に、ようやく帰宅した。

その晩は、部下たちを家へ呼んだ。といっても駅逓司でこの事業に関係する者だけを選んだので、わずか四人である。

密を入れて、五人にすぎぬ。座敷に座らせ、めいめいへ膳を出したけれども、大したものではなかった。煮売り屋で買った煮豆やら、急遽屋台のおやじに持って来させた長芋の天ぷらやら。それに漬物と汁と白いごはん。

まあふつうの晩めしである。そのかわり酒はふんだんに出した。密はごはんと酒を交互にやりながら、これまで考えたことを述べた上、

「しかし料金よりも発着時間よりも、われわれには、さらに大事なものがある。いますぐ決めねばならぬ。わかるか、諸君」

部下たちは全員、箸を止め、密のほうを見て、

「はあ」

目を丸くした。近ごろ若頭のような風格を帯びつつある谷津易が口をひらいて、

「それは何です。前島さん」

「名前だ」

密は箸を置き、いずまいを正して、

「これまでわれわれは、この新事業に明確な一語をあたえることをしなかった。何となく『飛脚便』とか『飛行便』とか、旧制と区別するときは『官営飛脚』とか。それはだめだ」

それから論じ立てた。「飛脚」というのは、世間ではまず蔑称である。

しょせん肉体労働者の集団にすぎない、ものを運ぶだけの輩にすぎない、頭を使わない、乱暴者だ、

怠け者だ……誤解の部分もあるにしろ、とにかく固定観念になっている以上、くつがえすのは容易ではない。

ならばいっそ近代にふさわしい近代の語、永世の大事業にふさわしい権威的かつ気軽に口にできる語を創設して、それでもって世間の印象を一新しようではないか。

「たとえば岬や島に屹立して海を照らす灯台というもの、あれも『灯台』の名を得たからこそ世の尊敬を受けるに至ったのだ。もしも旧来の高灯籠とか灯明台とかの名のままだったら、人はどう思う？ああ、あの寺男が灯すやつか。盂蘭盆の精霊棚を照らすやつか。それとおなじだ。われわれもその灯台にあたる新しい旗を立てるべきだ」

はからずも一演説になってしまった。谷津がちょっと茫然自失という体で、

「で、その新しい名とは？　前島さんのことだ、もう腹案があるのでしょう」

「うむ」

密はうなずくと、立って書斎へ行き、紙と筆を取って座敷へ帰った。

立ったまま左手で紙をつまんで、顔の前へ下げる。右手の筆でさらさらと漢字ふたつ、ひらがな四つを書きくだして、手首をまわして全員へ示した。

郵便
ゆうびん

部下のなかに、赤家兼次という者がいる。教育熱心で有名な備前岡山藩出身であるせいか、

「なるほど、威厳がありますな」

どじょうひげを指でしごきつつ、得意顔で説明しだした。いわく、「郵」という字には、人の足という含みがある。もともと中国では公文書の伝達手段を意味する語はふたつあり、ひとつは駅逓、ひとつは郵逓。前者は騎馬が、後者は人が、それぞれ駆けて行くのである。

この二語は、しかし日本では混用された。旧幕時代には何でもかんでも駅逓のほうが普及したので、やかましい漢学者のなかには、

「飛脚というのは人の足で運ぶのだから、駅逓とは申さぬ。郵逓と申すべきである」

と主張する者もいたくらいである。そんなわけで「郵」の字を知るのは、ごく一部の知識人である。赤家の得意顔のゆえんだった。密はちょっと笑ってから、

「たしかに」

座り直し、紙をみんなに見えるよう膳の前の畳に置いた。そうして、

「いと。いと」

と、このごろようやく雇い入れた女中の名を呼ぶ。

十八だから飛ぶようにして来る。密はいとに筆を渡して、書斎へ片づけさせてから、また全員へ、

「『郵便』には、たしかに赤家君の言うような威厳づけの意図もあることはある。何しろ国務の用語なのだからな。だが私は、それよりもむしろ、こっちのほうを重視した」

と、紙の上のひらがなの「ゆうびん」の字のほうを指さして、

「これのいちばんいいところは、同音の語がないということだ。たとえば『こうえん』だったら広遠、香煙、講筵、後園、紅炎、猴猿……耳で聞いただけでは何のことだかわからない。だが『ゆうびん』は郵便以外にない。漢字を知る者も、知らぬ者も、いちど聞けばわかるのだ」

「漢字を知らぬ者は、そもそも手紙を書かないのでは？」

と、赤家はやや不満そうである。密はうなずき、

「これまではな」

「これまでは？」

「これからの時代はちがう。ちがわねばならん。ひらがなしか書けずとも気楽に書ける、遠慮なく出せる、そういう日本であるべきなのだ。たどたどしい『しんぱいむよう』（心配無用）の七字といえども、場合によっては受け取るほうに無限の安心をあたえられる」

と、密はつい、ことばに熱がこもってしまう。

きっと生いたちのせいなのだろう。密の受けた最初の教育は、母の物語だった。夜ふけに糸繰りや機織りの仕事が終わったあと、行李から古い錦絵をひっぱり出して豪傑偉人の事績を語る。あるいは往来物で字を教わる。

往来物というのは一種の初等教科書であり、総じて漢語が多くなく、そんなわけで密はのちに正式に師について漢学の勉強をしたとはいえ、肌身にしっくり吸いついているのは大和ことば、ひらがなことばにほかならなかった。

ほかの役人や政治家にはない、言語の上の庶民感覚。あるいはいっそ幼児感覚。漢語には何の音もないけれど、密にとっては、ひらがなには母の声音の響きがあるのだ。

「はあ、でも」

となお赤家は不満そうなので、密は、

「口にしてみろ」

「え？」

「赤家君だけじゃない。みんなで舌の端にのせてみろ。だまされたと思って。さあ。さあ」

密にうながされて、赤家がおずおず、

「……ゆうびん」

つぶやいたのを機に、ほかの者も、

「ゆうびん」

「ゆうびん」

女中のいとも、部屋のすみっこに正座しながら、

「ゆうびん、ゆうびん」

いとは、近在の農家の三女である。それこそ読み書きもままならぬ女の顔がにわかに明るくなったのを見て、

（成功する）

密は、その確信を持った。

やがておのずから、

「ゆうびん、ゆうびん、ゆうびん」

声が和した。

密は、心が躍った。その語の音（おん）そのものが、何かしら、手紙を持って街道を走る人のすこやかな足音のように聞こえはじめた。

その手紙は、ひょっとしたら母のもとへ行くのだろうか。あるいは糸魚川のおさななじみ、桶屋（おけ）の、（柿太（かきた）へ）

もう何年、会っていないだろう。三人目の子供が生まれたことと、全員が女の子であることまでは手紙で聞いたけれども、その後はどうなったのか。いまごろ何をしているのか。密は旧友の、いつま

でもあどけないままの笑顔を思い出しながら、

「ゆうびん！」

この世に生まれたばかりの一語に、早くも郷愁を感じている。

郵便

翌日から、密の実験が本格的に始まった。

まずは上司にあたる民部大輔・大隈重信に話をした。大隈は、ふだんの社会改造好きにも似ず、

「そんなこと、意味あるのかね」

眉をひそめたが、この反応は、

（経費だな）

密のあらかじめ想定するところだった。すらすらと、

「月に千五百両でできます」

「その程度で」

「儲けも出るかも」

大隈は目を剝（む）いて、

「ほんとうかね。ならやりなさい」

大隈は、大蔵大輔も兼ねている。金の出入りには敏感である。千五百両というのは手紙の送料だと思うと巨額だが、国家予算としては何ほどでもないのだ。こうして大隈の許可を取れば、もうひとり

の上司である民部少輔・伊藤博文もまた、

「おもしろい。お願いします」

次は、料金の問題である。一通あたりの価格と徴収方法。価格はあとでも決められるとして、さしあたりの難関は、やはり徴収方法のほうだった。

もっとも密は、この時点でひとつ思い出している。

フルベッキの顔をである。密は旧幕のころ、長崎にいたとき、アメリカ人宣教師G・H・F・フルベッキの自宅に通って英語を教わったことがあるが、或る日、彼の机には、指先ほどの大きさの正方形の紙きれが一枚あった。

紙は全体に赤っぽく、歴史上の偉人なのだろう、西洋の正装のかつらを頭につけた男の顔の絵が刷りこまれている。

その右下および左下には「2」の字が白抜きされているが、何より気を引くのは四周だった。紙がまっすぐ裁たれておらず、鋸（のこぎり）の歯のように縁（ふちど）取られている。何気なく指でつまみあげると、思いのほか薄っぺらだった。

「何です、これは」

ひっくり返して裏を見つつ、密は尋ねた。裏はまっ白。フルベッキは無造作に、

「ポステージ・スタンプです」

「ポステージ・スタンプ？」

密が聞き返すと、フルベッキはうなずいて、

「そう、二セントぶんの。ほかにも一セントとか、五セントとか、アメリカにはいろいろな額面のものがあります。人々はそれらを前もって買っておいて、手紙を出すとき貼りつけるのですよ。手紙の

大きさや重さに応じた送り賃のぶんだけね」

「はあ、つまりお金を貼るわけですか」

「手紙専用のお金ですね」

「金札(きんさつ)ですか」

「とにかくこの方式なら、いちいち取扱所へ現金を支払いに行く必要がなくて便利です」

「はあ」

当時の密には、まったく意味不明の話だった。もっとも、このへんの記憶は曖昧で、ひょっとしたらこの逸話の主人公はフルベッキではなく、おなじ時期に家に通っていたもうひとりのアメリカ人宣教師、C・M・ウィリアムズのほうかもしれないのだが、どちらにせよ、いま考えれば、

（あの珍妙な紙きれに、秘密が）

密は民部省内、租税正(そぜいのかみ)の部屋へ行った。租税正は渋沢栄一である。長いヨーロッパ滞在の経験があるから、

（何か、知っているかも）

渋沢は、いなかった。何かの会議へ出ているらしい。しばらく待っていると帰って来たので、かくかくしかじかと事情を話すと、

「ああ、その紙なら持ってますよ。見せましょうか」

「ぜひ！」

「フランスではタンブレ・ポステっていうんです」

渋沢は小使いに鞄(かばん)を持って来させて、手をつっこみ、西洋ふうの手帳を出してひらいた。

手帳には、あのときフルベッキまたはウィリアムズの家で見たのと似たような紙きれが挟みこまれ

ていた。

指先ほどの正方形。印刷された男の肖像。そうして何より目を引く四周のぎざぎざ、鋸の歯。ただしこちらは全体の色が青っぽく、肖像も別の男の横顔だった。渋沢はそれを指でつまんで、密のほうへ突き出し、

「パリを去るとき、記念にと思って」

密は、手のひらを差し出した。渋沢はその上へまるで遺体でも安置するかのように静かに紙きれを置いてくれた。

密は手を引き、目を近づけた。横顔はナポレオン・ボナパルト、密もよく知るフランス革命の英雄である。渋沢は声をはずませて、

「これは四十サンチームのものですね。パリの市民はこれを封筒に貼って出すんです」

「アメリカとおなじですな」

「ええ、そうですね。だからこの紙きれは現金そのものではなく……」

「金札？」

「金札と呼ぶと、いま想像されるのは、政府（われら）が明治初年に発行した太政官札（だじょうかんさつ）です。あれもまあ粗悪とはいえ現金にはちがいないのだから、この封筒に貼るものは、前納証票とでも申すべきでしょうな」

「ぜんのう、しょうひょう」

密は、おうむ返しに答えた。いったいに渋沢栄一という人は、この世の中におけるお金の流れをあたかも目に見えるがごとく明瞭怜悧（めいりょうれいり）に把握できる特異な感覚のもちぬしなのだが、漢文志向が強く、用語がやや生硬にすぎるのが密の趣味とは正反対だった。

密はちょっと考えてから、

「私のことばでは、まあ郵便切手というところかな」

「きって、ですか」

「ええ」

渋沢は、変な顔をした。威厳がないと思ったのかもしれない。

いったいに切手という語そのものは広く何かを証明する紙面を意味するので、むかしから庶民の暮らしになじんでいた。関所の通行証も切手だし、借金の証文も切手である。場合によっては手形ともいう。

耳で聞いてもすぐわかる。郵便切手の語はのちに行政用語として正式に採用され、それこそ庶民の生活のなかでは単に「切手」というだけで郵便のそれを指し示すまでになるのだが、ともあれ密は、なおも手の上の一枚の切手を見つめながら、

「なるほど、ひとまず送料支払いのしくみは理解しました。ですがこの紙を貼りつけて、いちいち飛脚屋に行かぬのなら、どこで手紙を差し出すのです」

「うーん。手紙の収纏器（しゅうてんき）とでも申しますかなあ」

「収纏器？」

密は聞き返し、目を剝いた。これまた難解な語が飛び出したものである。渋沢はうなずいて、

「ええ、そうです。街のあちこちに人の背丈ほどの高さの、鉄製の、円筒状の容器が置いてあるのですよ。たいていは青いペンキで塗られている。その上部には細い穴があけられていて、人々はこれへ手紙を放りこむのです」

「集め箱（あつばこ）ですな」

「ひらたく言えば、そうですな。で、あとは飛脚問屋――フランスでは官営です――の店員が時間を

決めて街を駆けまわり、その箱をあけて、手紙を集めて店に持ち帰る。そうして切手の額をたしかめて、不足がなければ小さな袋に小分けにして、地方ごとへ送り出すわけです」

「ははあ、袋に小分け……うまくやりましたな」

「まことに、うまくやってます」

「しかし渋沢さん、その方式には大きな問題があるのではないでしょうか」

「どういう問題です」

「なるほど切手を貼って出すというのは便利だけれども、もしも届け先の相手が悪いやつだったらどうします」

「悪いやつ？」

と、渋沢はその細い目をしばたたく。密はしきりと首をひねって、

「もしも悪いやつだったら、その切手を湯気にあてるか何かして、糊（のり）をゆるめて剝（は）がしてしまうでしょう。そうして自分が出す返事にまた貼りつける。送料は無料ということになる」

「あ、たしかに。再貼用（さいてんよう）ですな」

「そうですな」

「困りましたな」

「困りました」

三十六歳と三十一歳、このへんは子供のような問答である。密はなおも切手のナポレオンを見つめながら、

「でも、ここまではわかりました。あとは自分で考えます」

「そうですか。私もまた何か思い出したらお知らせしましょう」

「助かります。ありがとう」

密はお辞儀をして、手を突き出した。切手を返したのである。密の骨っぽい手のひらの上で、小さな紙は、汗を吸って少し丸くなっていた。

渋沢は、その切手をふたたび手帳に挟んで鞄にしまった。密は部屋を出ようとして立ちどまり、何となく、

「この料金徴収法は、フランスで考案されたのですか」

渋沢は、

「イギリスらしいです」

「ほう」

「考案者の名もはっきりしていて、たしかヒル……ローランド・ヒルだったかな」

「ふーん。ありがとう」

密は庁舎を出て、いったん料金に関する思案を打ち切った。ほかにも解決すべきことは山ほどあるのだ。

西の空を見れば、太陽が沈みかけている。きょうは大隈邸には寄らず家へ帰ろうと思い、馬車を呼ばせて乗りこんだ。

日よけは必要ないけれども、まわりの風景に心を乱されぬよう、幌(ほろ)らしきものを下げる。

暗くなった席上で腕を組み、目をつぶり、ごとごとと体をゆさぶられつつ考える。料金とならぶ大きな問題は、発着時間である。東海道でやるのなら、まずは大きく東京－大阪間のそれをきっかり決めて、それをもとにして他区間を分割するのが順当のように思われるけれども、

（さて、どうするか）

送達にあんまり時間がかかりすぎるのは論外である。かといって短くしすぎて遅達が頻発するのでは元も子もない。速くてしかも無理のない絶妙の設定がここでは求められるのだ。

東京－大阪間の距離は、約百五十里（約六百キロ）。

これは徳川幕府の道中奉行という役所がはっきり各宿駅間の里数をさだめているので、それを合計すればよく、ただし誤差はあるだろうから少し多めに見た数字だ。この百五十里をすたすたと人間が走るわけである。

走り手は、足慣れた屈強の男子に決まっている。しかもたったひとりで走破するわけではなく、宿駅ごとに中継ぎ方式で走り手が替わる、いわゆる駅伝制を採るわけだから、体力消耗の気がかりもない。速度はかなり速いと見て、一般の人々の歩行のそれの、

「……三倍だ。三倍としよう」

密は、つぶやいた。一般の人々の歩行速度は一時間に一里（約四キロ）が常識なので、その三倍は、つまり時速十二キロ。

ちなみに言う。この時速十二キロというのは、二十一世紀の感覚でいえば、だいたいフルマラソンを三時間半で走るほどのスピードである。かなり上位の市民ランナーというところか。むろんこのときの密はそんな競技の存在など知るはずもないけれども、ともあれ、

「よし」

目をあけた瞬間、馬車は大きく左へかたむき、また直立した。

直立の瞬間、ぎしっと大きな縦ゆれが来た。大きな石でも踏んだのだろう。ゆれはおさまり、馬車はなお馳駆する。密は我に返り、椅子に座り直して、

「いや、だめだ」

走り手たちが全線を通して時速十二キロを保持できるというのは見かたが甘い。そう思ったのである。

　理由はいくつも考えられた。第一に、彼らは気軽な空身ではない。手紙の荷をかついでいる。どういう容器でかつぐのかは別に考えるとしても、手紙の量は、これまでの飛脚問屋の実績から推測するに、一日あたり官民あわせて三百通というところ。大した重さはないにしても、かさばることはまちがいなく、よほど走りにくくなるだろう。第二に天然の障害がある。道は平坦なものばかりではない。上り下りの坂はあるし、箱根や鈴鹿には峠越えがあるし、富士川や大井川などの大きい川では渡し船なり川越人足なりに頼らなければならない。

　第三に、天気が日によって変わる。雨の日はやはり走りづらいし、水かさが増せば川止めになってしまう。第四に、

(夜攻めは、どうする)

　密はこの時点で、基本的に、運送は昼夜兼行を想定していたのである。本で読んだ西洋の事例にもそういうものがあったし、実際、日が暮れるたび手紙の移動が止まるのでは速達性がたいへんに落ちる。

　ひらたく言えば、時間がもったいない。いったいに日本の街道はなかなかよくできていて、平坦な道はもちろんのこと、峠道であっても路面はしっかりと踏み固められ、道幅があり、松や杉の並木が旅人たちの意図せぬ逸脱を防止している。夜間の走行はそう困難ではないのである。

　陸上交通における土木的要素においては、徳川幕府というのは決して無能な政権ではなかったのだ。月が出ていればなおさら街道の夜間走行は困難ではないし、出ていなくても提灯があれば何とかなる。とはいえ昼間とおなじ速度は望めないので、このへんのところは密のほうで調整しなければならない

わけだった。

それに何より、第五に、

（駅ごとの、受け渡しが）

これが、密はつくづくわからない。

密は当初、じつのところ、東京、京都、および大阪の三都以外では手紙の授受はおこなわないと決めていた。実験なのだから仕事は簡便なほうがいいに決まっているし、新たな問題が出たときの対処もしやすいのだ。

しかしながら現実的には駅伝制度を採用せざるを得ない以上、各宿駅の人々に対して、

「郵便業務を手助けしろ。だがその恩恵は受けさせない」

と通告するのは非道である。

「誰が、助けるか」

とそっぽを向かれても仕方ないことになる。それでなくても予算の都合上、さしあたり郵便業務に関しては各宿駅の担当者に特別の賃金を出してやることはできないのである。

となると、結局はやはり三都のみならず、京都までの五十三次、大阪までの五十七次すべての宿駅はこれを事業の対象としなければならない。おなじ東海道ぞいであれば、たとえば遠州袋井の神社の禰宜が勢州亀山の蠟燭屋へ商品を注文するというような手紙も正しく届けられなければならないし、それに対する蠟燭屋の返事もそうされなければならないのだ。

これは谷津以下、ほかの駅逓司の職員も同意見だった。話はずいぶん複雑かつ大がかりになったわけで、

（実験のつもりが、そのまま実地になりそうな）

ともあれこうして各宿駅でいちいち手紙の受け渡しが生じる以上、その受け渡しの時間も考慮する必要がある。手慣れた者がやるとは限らないのだから、これは案外、馬鹿にならないのではないかと思うのだが、しかし何しろ誰もやったことがないだけに正確な数字の出しようがない。

(どうするか)

これはもう、

「自分で、やるか」

つぶやいたとき、馬車の車体が大きくゆれた。

きしみとともに車輪が地を踏む音が消え、しんとなった。家の門の前に着いたのである。密は馬車を下りて、門をくぐり、玄関に入った。出むかえた妻のなかへ、

「三日後、駅逓司の連中を全員呼ぶぞ。全員泊める」

と宣言した。なかは、

「そうですか」

落ち着いている。これまでも時々あったことだからである。すらすらと、

「それじゃあいつもどおり、晩ごはんのあとは、みなさん座敷でお寝(やす)みいただいて……」

「いや、雑魚寝はしない」

「え?」

「貴賓待遇だ。ひとりずつ別の部屋を用意してやろう」

にやっとした。

†

三日後の晩、密の家に、もくろみどおり駅逓司の部下たちが来た。

今回は、郵便担当者だけではない。駅逓司の全員を呼んだので、他用ある者をのぞいて全部で十三人、なかなかの大宴になった。

このころの密は、決して高給とりではない。膳の上には例によって煮売り屋で買ったものなども置いてあるが、酒はいつも以上に用意していて、なかや女中のいとに燗をつけさせて、

「飲め、飲め」

部下たちへ勧めた。

上戸に対しては、多少、無理強いもした。いちばん近い席を占めている谷津など、密の酒を杯で受けながら、

——何か、あるな。

という目をしている。密は勿体らしく、

「ああ、酔うた、酔うた」

着物の衿をくつろげて、義太夫節まで唸ってみせた。

密はかつて、それに触れたことがある。まだ十四、五のころだったか、江戸鍛冶橋の蘭医・添田玄斎の屋敷に寄寓していたとき、玄斎の母で「北の方」と呼ばれる人に命じられて、彼女とともに竹本堀江太夫とかいう名人に習ったのだ。

北の方は、特にお染久松ものが大好きだった。そのため密もぜんぶ暗記してしまうまでに上達した

けれども、いまはすっかり忘れてしまった。あやしいところは、

「あー、むむむ」

と適当にごまかすと一座が笑い、酒がいっそう進むのである。その後もしばらく飲食がつづいたところで、密はとつぜん、

「疲れた」

目をとろんとさせたかと思うと、座ぶとんを折って枕にして、そのまま寝息を立ててしまった。なかが来て、

「あら、まあ、旦那様ったら。お客様のお相手もせずに。みなさん、申し訳ありません。どうか今夜はお泊まりになってくださいな。たまたま家の掃除をしましたので、おひとり一部屋、遠慮なさらず」

客たちは自分で膳を片づけ、めいめい部屋に引き取った。みな和室である。夜具はあらかじめ延(の)べてあるので、彼らはみな力尽きたように倒れこんで眠ってしまった。

夜が、ふける。

座敷には、密がひとり取り残されている。

寝息が止まった。横臥(おうが)の姿勢からむっくり起きて、立ちあがり、女中部屋へ忍んで行って、なかといとに、

「よし。やろう」

最初から寝てなどいなかったのだ。なかは夜具をはねのけて、

「いよいよですね」

少女のような期待顔である。女中のいとは、これはほんとうに眠りこんでいたのだろう、目をこす

りつつ横の赤ん坊へ顔を近づけて、

「ふじさん、よくお眠りです」

もっとも、ふじも、もう生後七か月だから赤ん坊の域を少し脱したかもしれない。密はちょっと身をかがめ、娘の顔をたしかめてから、

「派手に行こう」

部屋のすみに置いてあった大きな麻の袋を背にかつぎ、女ふたりをしたがえて部屋を出て、のしのしと廊下を闊歩（かっぽ）した。

最初の犠牲者は、谷津だった。密は思いっきり襖をあけ、どたどたと枕もとへ踏みこんで、

「品川！」

夜具を剝いだ。谷津は、

「ぎゃっ」

川に落ちた馬のように見苦しく手足をばたばたさせて、

「か、か、火事ですか」

横座りになり、半眼で左右へ首をふった。

密は、谷津の目の前に袋をぽいと投げ下ろして、

「火事なものか。お国の仕事だ。起きろ起きろ。貴様は東海道第一宿、品川宿の郵便取扱人である。俺は脚夫（きゃくふ）だ。ほら、早くその袋をあけろ。この宿で下ろす荷と、次へ持って行く荷の仕分けをするんだ」

室内は、暗い。なかが丸提灯（まるぢょうちん）を差し出した。内部の蝋燭の火が夜具や袋に燃え移らぬよう、目の高さより上にしている。

いとが横で、指を折って、

「いち、にい、さん」

声を出した。谷津はようやく事態を理解したらしく、正座して、袋を両手でさかさにした。がさがさと手紙が落ちて山になった。この三日のあいだに密となかが用意したもので、ぜんぶで三百通あまり。状袋（一種の封筒）には宛先と宛名が記してある。

その字は漢字の楷書もあるし、草書もある。わざと平仮名でたどたどしく書いたものもある。谷津はそれらを一通一通とりあげて、宛名が品川宿とその近郊の村であるものは右へ、それ以外のものは左へ置いた。

すべての手紙についてそれを終えると、右には六通、左にはほぼ元通りの山ができあがった。谷津はその六通のほうを揃えて胸に抱き、

「こちらを受領いたします。責任をもって宛所まで届けます」

密は、

「そこまで」

と、これはいとのほうを向いて言う。いとは、

「はい」

指を折るのをやめ、その指をかぞえて、

「四百十二です」

「ということは四百十二秒……六分五十二秒」

密は矢立をとりだし、紙に書きとめた。

筆紙をしまい、しゃがみこんだ。両腕をのばし、子供が浜の砂をそうするようにして腕全体で手紙

の山をすくいあげ、もとどおり袋へどさっと入れる。入れたら立って、背にかつぎ、

「お役目ご苦労！」

「ご苦労さんです」

谷津は、大きなあくびをした。密は谷津を見おろして、

「貴様はもう寝てもよろしい。私は次の宿駅をめざす。実際には脚夫もここで替わるわけだが、今夜は私が大阪まで行く。あすもやるぞ。覚悟しておけ」

捨てぜりふを吐くや、体の向きを変え、跳ねるようにして次の間（ま）へつづく襖をあけた。そうして、

「川崎！」

寝ている部下の夜具を剝いだ。これは高市寅太郎（たかいちとらたろう）といい、街道筋の風紀取り締まりが担当で、郵便のことはよく知らないので、

「お国の仕事だ。起きろ起きろ」

谷津と同様にむりやり目をさまさせてから、かくかくしかじかと事情を説明して、

「そんなわけで、君はいま東海道第二宿、川崎宿の郵便取扱人である。仕分けをしたまえ」

「ぼ、僕は、まったく不慣れで……」

「それでいいのだ。実際の業務でも慣れた者がやる場合もある、そうでない場合もある。それらの遅速をすべて記録して、平均して、もって正式な規則とするのだから。いと」

「はい」

「かぞえ方始め」

「いち、にい、さん」

いとは、また指を折りはじめた。じつのところ日本では、この時点では太陽時による二十四時間制

の定時法は採用されていない。

人々はもっぱら旧来の「明け六つ」「暮れ六つ」式の不定時法で生活していて、したがってこの若い女中にも時、分、秒の概念はなかったのだが、密は前もって、

「なーに、いと、むつかしく考える必要はない。静かに座って、左の胸に手をあててみろ。心ノ臓が拍子を取っているだろう。その拍子の一拍が一秒だ」

そう言い聞かせ、リズムをおぼえこませていたのである。ゆくゆく郵便関係者すべてが時間厳守の概念を獲得するには旧式では足りぬというのが密の出した結論だった。

高市寅太郎は、ようやく仕分け作業を終えた。密はふたたび袋をかついだ。それから藤沢、箱根、丸子、浜松、二川……適当に選抜した十駅、十人の寝室を経巡ったあげく、最後の十三人目のそれへ飛びこんで、

「大阪！」

密と妻と女中の一行は、東海道を完走した。

†

翌晩も、翌々日の晩も、密はおなじことをやった。

三日目にはみんな上手になった。四日目以降は作業時間の合計がほとんど一定の数字となったので、六日目で打ち切って、七日目の朝には、

「みんな、ありがとう。きょうから膝栗毛はやらん。安心して自分の家で寝るがいい」

密が言うと、部下はいちように安堵の息をもらしたのである。さぞかし疲れたのにちがいないが、

密もじつは内心、

（よかった）

何しろ毎晩、食事代だの、酒代だの、夜具の借り賃だのがかさんで仕方なかった。当分は塩で酒を飲む生活になるのではないか。

ともあれ、これで平均値が出た。一駅あたりの手紙の受け渡しの時間は五百八十秒、まあ切りのいいところで六百秒と見て、これを東京－大阪間なら五十七回繰り返すので全体で三万四千二百秒。すなわち九時間三十分。何となく予想はしていたが、

（ここまで、手がかかるとは）

密は民部省へ行き、執務室へこもり、あらためて発着時間の問題を考えた。

密があのとき、幌をかけた暗い馬車のなかで出した走り手の平均速度は一時間に三里、時速十二キロだった。

そう、フルマラソンを三時間半で走るほどのスピード。しかしながら実際にはそれが楽天的すぎる数字であることも、あのとき密は予見していた。荷物の重量、地形、天気、夜間の暗さなどの条件が足枷（あしかせ）になるからで、それに今回の九時間三十分の手間を合わせれば、全体として彼らの走力は、

（まず、三分の二にまで落ちるか）

すなわち、時速八キロ。密は立ちあがり、鈴を鳴らして谷津を呼んだ。

谷津が来た。密は立ったまま机ごしに話をして、

「どうだ」

谷津はちょっと考えてから、

「時速八キロということは、一時間で二里……だいたい人間の歩く速さの二倍ですね。無理のない数

字かと」

「ここまで来れば、もう一息だ」

密は両頰をぴしゃぴしゃ叩いた。つづけて、

「そもそも私たちが決めねばならないのは、谷津君、東京と大阪の発着時間だったな」

「はい」

「そもそも両市間の距離は百五十里、ということは、時速八キロの道捗(みちはか)なら七十五時間もかかってしまう。七十五時間ということは……」

「三日と三時間」

「それでも、かなり便利だな。少なくとも従来の飛脚にくらべれば月とすっぽん、いや兎と亀か。あとは具体的な出発の時刻」

密はそう言い、語を継いだ。要するに最初の走り手は東京を、大阪を、それぞれ何時に走りだすのか。

「まあ、それは、何時でもいいようなものだが……」

密がつぶやくと、谷津は、これに関しては前もって意見があったようで、

「考えるべきは、客にとってのわかりやすさかと」

「わかりやすさ?」

「はい」

谷津は机に両手を突き、身をのりだして説明した。彼らはめいめい集め箱に手紙を投入するわけだが、その集め箱からの取集時刻がたとえば午後二時だと、客にとっては、つまり差出人にとっては、自分の出した手紙が東京を出るのが当日なのか翌日なのか、わかりづらいことになる。

現在にいたってもなお「明け六つ」「暮れ六つ」式の旧時法で生きている彼らにとって、何時以前、何時以降という区別をするのは存外むつかしいからである。ならば取集および出発の時刻は一日の終わり、日没の直前に設けるほうが世間の呑みこみは早いのではないか。

「なるほど。それもそうだな。よし、それでは午後四時はどうだ。午後四時に、東京、大阪それぞれで脚夫が同時に足を踏み出す」

と、密はこういうとき話が早い。谷津が満足そうに、

「結構かと」

三度うなずいたとき、横から、

「待ってください」

と異議をとなえたのは、河原崎矗（かわらさきのぶ）という部下だった。

二十一歳、越中井波（えっちゅういなみ）の浄土真宗の寺の三男坊という変わり種で、そのせいもあって現在の業務でも各宿駅の寺社の監督を担当している。

その本業のほうで密に用事があるのだろう。少し前から部屋へ来て話を聞いていたのだが、

「前島さん、谷津さん、それはあんまり意味がないんじゃあ」

「ほう。なぜだね」

と、密がそっちへ顔を向けると、河原崎は、

「それだとおたがい相手の街に着くのは七十五時間後、つまり三日後の午後七時になります」

「何が悪い」

と、谷津はみるみる不機嫌面である。よそ者が口を出すなと言わんばかり。河原崎は舌を出し、顔の前で手を合わせて谷津への配慮を示してから、

「午後七時までに絶対に到着しろって脚夫に言っても、脚夫にすれば、着いても手紙は放りっぱなしだ。そんな時間じゃあ手紙をさらに——大阪なら大阪市内のあちこちへ——配るのは翌日になっちまいますからね。なら八時でも九時でもおなじじゃないかって思っちまったら、時間厳守をやる気がなくなる」

「当日内に配れるだろう」

「配れませんよ、谷津さん。宛所は夜目(よめ)じゃわかりません。坊主だって通夜へ行くときは線香のにおいを頼りにするんだ」

「ふーむ」

密はあごに手をあて、しばし考えて、

「そういう考えかたもあるか。よし、到着時刻は午後十時としよう。三時間延びるが『遅滞はならぬ』という切迫感はよく駆り立てることができる。すなわち東京－大阪間の所要時間は七十八時間、これで決まりだ」

「前島さん！」

「いやいや、谷津君、これで行こう。君はここからさかのぼって勘定して、各宿駅間の時切り(ときぎ)（制限時間）を定めてくれ。あとは実際にやることだ。不都合な点が出たら調整しよう。いいな」

「わかりました」

谷津は唇を強く嚙むと、きびすを返し、河原崎へ鋭い一瞥をくれてから部屋を出た。密はくすっとして、

「気にするな、河原崎君。さて、君の本職の話を聞こう」

イギリスへの旅

こうして密は次々と郵便制度の骨格を決め、数字を決めた。

制度そのものが、密の脳裡で明確な絵になりはじめた。しかしながら現段階では、それはあくまでも密ひとりの絵にすぎない。

極端にいえば白昼夢に等しく、それは政策という具体的な行動の指針に変換されなければならないのだ。

もっとも、密はその変換の方法を熟知している。

鉄道に関して白昼夢さえ抱くことのできなかった大隈ら政府首脳のために半月足らずで「鉄道臆測」を書きあげたのは、まだ一か月半前のことにすぎないのである。密は要するに今回も郵便版の「臆測」をつくればよかったし、現に、あの夜ごと部下の眠りを破りつづけた手紙の受け渡し演習の日々のあいだにも、少しずつ草稿を書き綴っていた。

できあがったのを清書して、「郵便創業に関する建議」と名づけた上、民部省の会議へ提出したのは明治三年（一八七〇）六月二日。

厳密にはこの時期、民部省は大蔵省と一体化しているので、民部大蔵両省会議ということになる。

題を「郵便臆測」としなかったのは、

（もはや臆測ではない。このまま実現に移すことができる）

その自信があるからだった。

世にあらわれたかぎりでは、日本の郵便制度はここに第一歩を印したのである。会議には大蔵大輔兼民部大輔・大隈重信も出席していて、

「よかろう」

のひとこと。ただしその後に、同兼任少輔・伊藤博文が、ぱらぱら冊子をめくりつつ、わずかに陰のある口調で、

「ここまで綿密に記すからには、前島さん。これは試し斬りではない、そのまま真剣勝負と受け取っていいのかな」

さすがに本質を衝いて来た。密はうなずき、

「結構です」

この瞬間、白昼夢は政策となった。もう後戻りはできないのだ。

もっとも、この当時の政府の機構では、これでただちに事業化となるわけではない。密はあとハンコをふたつもらわなければならなかった。省のてっぺんには民部卿兼大蔵卿で旧宇和島藩主の伊達宗城がいるし、そのさらに上には各省を統べる太政官が置かれている。

事実上の最高行政庁である。この太政官が厄介だった。稟議しても決裁が下りない。どうでもいいような些細な語句をとりあげて「やり直せ」とばかり差し戻すことが日常茶飯事。万機公論に決することを旨として発足したはずの維新政府も、三年も経つと、こうして上から形式臭にまみれるのである。

密は、

（やれやれ）

会議が終わって部屋を出ると、大隈と伊藤が追いかけて来た。伊藤がうしろから、

「前島さん、前島さん」

肩を叩（たた）く。密は振り返って、

「何です」

「ここじゃ、その、何だから。えー、私の部屋でいいですかね」

と、これは大隈へ問うたのである。大隈も、

「うん……そうだな」

このふたりの口調が、こんなに歯ぎれが悪いのもめずらしい。密は、

「はあ」

三人して階段を下り、伊藤の部屋に入った。入るや否や、大隈が、うしろ手にドアを閉めながら、

「前島君、ちょっと使いに出てくれんかな」

「いいですよ」

とあっさり返事して、

「京都ですか、大阪ですか」

と言ったのは、たったいま話をしたばかりの郵便制度に関することだと思ったのである。大隈は目をそらして、

「いや、ちがう」

「どこへ」

「イギリスだ。君はかねて洋行を望んでいた」

投げ出すように言うと、熊の胆でもなめたような顔になった。

よほど不愉快な話らしい。伊藤が横から、

「あとは私から言いましょう。じつはいま、鉄道のほうで銭金がらみの大問題がありまして」

おどろくべきことを明かした。

伊藤いわく、そもそもの諸悪の根源はイギリス人商人ホレイショ・ネルソン・レイである。レイは日本政府が鉄道敷設を計画していると耳にするや、イギリス公使ハリー・パークスを通じて大隈重信に接近して、

「線路を敷くと言っても、費用はどうするんです。私と契約しませんか」

そう持ちかけた。鉄道というのは将来絶対に儲かるので、イギリスの資本家は金を貸したがる。私がそれを集めてさしあげよう、と言うのである。

大隈というのは根が磊落な人物だけに、しばしばあっさり人を信じてしまう。このときも、

「わかった。じゃあよろしく」

大隈の印象では、この申し出は、日本政府とレイ一個人との契約だったのである。レイはあくまでも彼の責任において知り合いの金持ちに声をかけ、資金をつくり、それを日本政府は借り受けるのだから、いうなれば民間の金貸しに借りるにすぎない。そんなわけでレイが、

「借金ですから、万が一のときの抵当は設定しておかねば。これには貴国の関税収入と、開業後の鉄道の収益をあてておきましょう」

と言っても、

「わかった、わかった」

大隈は、レイと契約を結んだ。あとで伊藤が大隈に、

「だいじょうぶですかね、あれ」

と言ったけれども、大隈は平然と、

「だいじょうぶだろう」

ところがレイは何をしたか。さっそく帰国して、ロンドンで、日本政府の名で公債を募集したのである。

民間の金貸しどころではない。日本の代理人そのものである。募集総額も百万ポンドと、そうとう大規模である上に、出資者へ年に一割二分の利息を約束していることも、数字自体は非常識ではないにしろ大隈はまったく知らなかった。

公告は、ロンドンの新聞に載った。募集開始から一か月後ようやく日本の関係者が気づいて大隈に注進したことで、

「レイ！」

大隈は、はじめて事の重大さを認識したのである。信頼できる部下たちに、

「我輩はレイにだまされた。ことばたくみに欺かれた。日本の鉄道事業は日本人の手でやるべきであるのに、これではもしも利息が払えぬとか、満期に額面を償還できぬとかの事態になった場合、鉄道事業が乗っ取られる。いやいや、日本そのものが乗っ取られる」

このときの大隈は、さすがに顔面蒼白（そうはく）だったという。そもそも公債を起こすつもりなら抵当の設定など必要ないはずなので、レイが真に欲しいのは、つまりこの抵当権のほうなのではないか。

「というわけで、前島さん」

と、伊藤はこの経緯の説明を終え、大隈のほうへ意味ありげな視線を送ってから、

「前島さんには、この対処をお願いしたい。具体的には一日も早くロンドンに行き、公債の募集を停止させ、レイとの契約を破棄していただきたい」

「………」

「事と次第によっちゃあ、大隈さんは、いやこの私も、七たび切腹しても足りぬことになる。前島さんは英語ができるし、度胸がある。そうでしょう」

「ええ、まあ」

密は、大隈のほうを見た。大隈はまだそっぽを向いている。耳の先まで赤くなっている。

「要するに、大隈さんの尻ぬぐいですか」

と密が言うと、伊藤は、

「はい、そうです」

あっけらかんとした口調だった。大隈の耳がさらに赤くなり、彼岸花みたいになる。密はつい、

「ふっ」

息をもらしてしまった。大隈は急に密のほうを向き、顔を近づけて、

「何だね。何がそんなにおもしろいのかね。鉄道なら君にも関係あるじゃないか。行くのか、行かんのか」

「えっ、その」

「行くのか、行かんのか、いますぐ返事したまえ。さあ。さあ」

体をぐいぐい近づけて来て、ほとんど胸と胸がぶつかりそうになった。ことわる理由は、

（ある）

密は、そう考えた。

鉄道に関係あるといっても、密はあの「鉄道臆測」を出したっきり、その後はいっさい手をふれていない。大隈からも誰からも、何ひとつ報告ももらっていないのだ。よしんばそれは気にしないにしても、この仕事自体、どこをどう見ても密の保身のためにならなかった。上司の尻ぬぐいは成功して当たり前、何の報酬も得られないけれど、失敗したら全責任を負わされるというのは役人仕事の常識なのである。

何より、

（郵便）

われながら、おどろくほどの執着だった。洋行となれば半年や一年は日本を留守にすることになる。息子よ娘よとここまで育てた郵便制度という「作品」を、どうでも手ばなさなければならない。

だが結局、

「わかりました」

大隈はやや表情を和らげ、

「頼むぞ」

洋行は、密の長年の夢なのである。旧幕のころには実現の寸前まで行った。徳川幕府が使節をヨーロッパに派遣するという話を聞いて通訳である英語稽古所学頭・何礼之の従者となったけれども、当時滞在していた長崎から横浜へ向かうべく何礼之とともに福岡藩の蒸気帆船「大鵬」に乗りこんだところ、機関のボイラーの故障で先に進まず、とうとう使節の出航に間に合わなかったのだ。

あのときの心残りは、いまにいたるも、密の胸の灰の下でひっそり燠火のように沈んでいる。その燠火がふたたび発熱したのである。しかも行き先がイギリスとなれば、

（ヒル氏の、国だ）

渋沢栄一に聞いた名前。ローランド・ヒル。手紙に送料前納の証明としての切手を貼りつけるとか、街のあちこちに集め箱を置くとかの近代的な郵便制度を創案した人。

密はこれまで、日本のそれの創設について、それこそ脳が汗をかくほど悩んでいる。その過程でこの会ったこともない、顔も知らない紳士が――紳士にちがいない――親しい友人のように思われている。その友人に、

（会いに、行ける）

実際にはヒルがまだ生きているかどうかもわからないのだが、どちらにしても、その偉業がみずみずしく人々の暮らしを彩っていることはまちがいなかった。密はそれを見ることができる。いや、全身でもって体験することができるのだ。

「前島さん」

と、横から伊藤が呼びかけたので、密は我に返った。伊藤はからかう口調で、

「あなた、いま、郵便に思いを馳せていたでしょう」

「あ、いや」

「もちろん手あきの時間があれば、ぜひとも調査してください。でも手あきの時間ですからね。本妻を忘れて妾に夢中になってもらっちゃ困ります」

と、この女好きの男らしく下品な言いかたで激励した。大隈がまだ仏頂面のまま、

「洋行の目的は、決して他言せんでくれ」

と念を押したのは、これはもちろん本妻のほうの話だろう。密はうなずき、

「日本を発つまで？」

「発ってからも」

さあ、こうなると身辺にわかに多忙となった。密の乗るのは半月後、六月二十四日に横浜を出港するアメリカの蒸気船と決まったので、あわてて大隈邸へ行って、例の梁山泊の食客どもを何人も家に連れて来て、

「洋行の支度は、君たちに頼む」

彼らに旅行鞄やら、携行用の文房具やら、身のまわりの品やらを調達させた。新品はなかなか買えないので、たいていは渋沢栄一など滞在経験のある者のところへ借りに行かせたが、洋服だけは体の寸法の問題がある。

結局、密と似た背格好の男を横浜に出向かせ、西洋人の経営する洋服屋に行かせた。彼は店のあるじに言った。

「俺に合うもの一式をくれ。何？　仕立てに時間がかかる？　なら客から借りてくれ。三年経ったら返せると思う」

こうして外遊の準備をやらせておいて、密自身は、郵便の仕事に集中した。正直これはもう無理だ、いったん中止して帰国後に再開しようと思ったこともあったけれども、

（それは、だめだ。強行の一手だ）

気を変えた。この機をのがしたら今度いつ実現できるか知れたものではないのだ。なぜなら創業に関する建議はすでにして両省会議を通ったとはいえ、政局というのは信用ならない。

早い話、もしもこの鉄道公債の不祥事が世間にもれて大隈と伊藤が失脚したら、密はたちまち理解者を失うのだ。新たな上司が郵便のような二流の事業――実現まではそう見られるだろう――をどう評価するか。そんなの放っておけと言わないかどうか。

郵便計画の中止という最悪の事態を避けるには、密がいま、ぎりぎりまで、

（話を、進めねば）

実際、決めることは山ほどあった。密は谷津たちと相談の上、手紙を集める集め箱の意匠を決めた（手紙以外のものは入らないよう設計しなければならなかった）。脚夫が手紙を運ぶための器物の形状を決めた（さすがに麻袋というわけにはいかないので）。

脚夫の賃金を決めた。客の払う送料を決めた。何より切手の絵を決めた。絵はむろん一枚ずつ手で描くのは不可能だし、木版刷りでは粗々にすぎて容易に偽造できてしまう。

密はいろいろ調べさせたあげく、銅版刷りで行くことにした。この分野においては京都から来た松田玄々堂（号緑山）という上手がいて、西洋人には及ばないものの、日本人ではまず随一の技術のもちぬしだという。

密は人をやり、下絵の指示をして急いで四種つくらせた。四種の切手は和唐紙をもちい、それぞれ中央に、

銭四十八文

銭百文

銭二百文

銭五百文

の黒い字を縦に記し、左右に縦長の竜を置き、それらのまわりを雷文という四角い渦巻紋様で囲む。竜と雷文はそれぞれ茶、青、赤、緑の色をつけるので、切手全体がその色の印象になり、一瞥して額面の見わけができるのだ。もっとも、時間の都合で実現できなかったのは鋸の歯、あの紙のふちのぎざぎざだった。

ぎざぎざの正体それ自体は、密はもうわかっている。あれは小さな穴の列、いわゆる目打ちの跡だ

った。無意味な装飾などではなく、具体的な便利の結果なのである。というのも実際の工程では、切手というのは、あの指先にちょこんと載っかるような小さな紙を一枚ずつ印刷するわけではない。

大きな紙へ縦に何枚、横に何枚とならぶよう前もって銅版をこしらえておいて、いっぺんに印刷する。そのほうが万事効率がいいからである。西洋ではその大紙（おおがみ）ごと客へまとめ売りすることもあるそうで、どっちにしても使用にあたっては誰かが一枚ずつ切り離さなければならないが、その切り離しを、刃物やハサミを使わず、ぱりぱりと手先だけでできるようにするため点線状に穴をあけておくのが目打ちにほかならないのである。

結局、密の郵便切手は、目打ちまで手がまわらなかった。だから刃物やハサミで切り離され、紙のふちが直線状になったのである。これには密は落胆したが、見本を持って来た部下に対しては、

「仕方がないさ。日本最初のこころみなのだ。足りないものを嘆くより、成し得たものを愛（め）でようじゃないか」

立ったまま、大げさに肩を叩いてやった。

部下は、安堵（あんど）したようだった。彼が退出して、ひとりになると、密はため息をついて椅子にすわった。

机の上に残された一枚ずつ四種の切手をかわるがわる指でつまんで目の高さで見つめて、

「…………」

本心では、ほかにも不満な点が多かった。たとえば主題の図は竜や雷文などではなく、偽造防止のためにも西洋流に偉人の肖像にしたかったのだが、そこまで精緻な技術が玄々堂になかったため実現しなかった。

一国の郵便制度とは、こうして小さな切手ひとつ取っても、まことに国力そのものを映し出す鏡な

のだ。何よりこの切手は、

「……薄いな」

密は、つぶやいた。たまたま手にしていた銭二百文のそれの表を見たり裏を見たりするうち、指の汗がにじみ、紙にしみとおり、紙がとけそうになる。これほど薄い和唐紙を使うよう指示したのは密自身だが、苦渋の決断にほかならなかった。

決断の原因は、例の再貼用の問題だった。或る客が手紙を一通送るとして、受け取った側はその切手を湯気にあてるか何かして剝がしてしまえば返信が無料でできてしまう。政府はこんな手軽な不正行為によって、あるべき収入を失うのだ。密はそれを防ぐ方法をどうしても思いつくことができず、かたっぱしから洋書をひっくり返しても有用な記述を見つけられず、結局のところ、渋沢栄一との短時間の面談の上、

「すべての額面のものについて、つとめて紙を薄くしましょう。剝がそうとしても破れるように」

われながら根本的な解決になっていない。渋沢もまた、

「こういう手わざ指わざは、うまいやつは滅茶にうまいものですが……仕方ありません。また何か思い出したらお知らせしましょう」

「頼みます」

そんなこんなで、出航の日はもう目の前になった。あとはこの制度の実行を誰に託すか。

あたかも丹精して卵から孵した飼い鳥の雛をゆだねるようなもので、うまく行けば大空へ飛び立たせることができるが、へたをしたら殺されてしまう。この点については密はかねて、ひとりの同役の顔を思い浮かべていて、或る晩、その人物の家へひとりで行った。

座敷へ通されるや、正座して、

「頼む」

頭を下げた。下げたまま、

「私のかわりに、郵便創業の実務を執ってくれ。ただし君の創見は持ちこまんでくれ。私の決定をいっさい変更せず、機械的に事を運び、もし悪評や不都合が生じた場合にも耐えぬいて、帰国時には出国時のまま事業を私の手に返してくれ」

「虫がいいな」

相手が、苦笑いしたようだった。密は、

「承知している」

「こころざし、だな」

「え？」

密が顔を上げると、相手はちょっと泣きそうな目で笑って、

「ふだんは万事ものわかりのいい君が、ここまで言う。よほどの大志だ」

密は首をひねって、

「私はもともと分別ある人間ではない。ただの執着だと思う」

「僕を選ぶ理由は？」

「君は実直な男だ。ものを頼まれたら、いやとは言えぬ」

「たしかに、そうだ」

にこりともせず首肯したあたり、なるほど実直さは比類がない。律儀に手を打って、

「わかった。その仕事引き受けよう。君のため槍とも盾ともなり通そう」

密はその手を取り、

「ありがとう。杉浦君」

「恩は着せるぞ」

照れくさそうに横を向いたのは、駅逓権正・杉浦譲にほかならなかった。

杉浦は、その経歴がやや渋沢栄一に似ている。旧幕期に二度、幕臣として洋行を経験した。一度目は文久三年（一八六三）十二月、横浜鎖港の談判をおこなう使節団にしたがってパリの土を踏んだもので、密が通訳の何礼之とともに加わろうとして加わることができなかった一行である。

二度目の洋行は三年後、慶応三年（一八六七）一月。幕府が将軍・慶喜の弟である徳川昭武をパリ万国博覧会へ派遣したのに随行し、諸国を歴訪した。

このときの随行仲間に渋沢栄一がいたわけだ。帰国後は密と同様、徳川家にしたがって駿府藩七十万石に逼塞したが、密が新政府に出仕したのち、ほどなく杉浦も改正掛の一員となり、同僚となったのである。

密にとってはおなじ旧幕臣であるばかりか、おない年であり、しかも現在はおなじ駅逓権正の職にあるということで、安心して話すことができる数少ない相手のひとりだった。それはほとんど、

（好きだ）

という感情だったろう。もっとも、性格が実直ということは、裏を返せば才器のきらめきに乏しいということで、杉浦には渋沢のような理財の才はなく、密のような没頭癖もなく、そのかわりどんな小さな仕事でも依頼されれば鳴るような赤心をもってこれをおこなう従属の美徳があった。その証拠にというのも何だけれども、現在の杉浦は特定の担当分野はなく、しばしば年下の渋沢栄一に呼び出されては大小いろいろの業務を用命されている。何でも近ごろは上野国富岡の地に日本初の官営模範製糸場をつくるべく嬉々として奔走しているとか。

その杉浦に、すなわち密は、

――自分の仕事も、やってくれ。

と言ったのであり、杉浦はこれを引き受けたのである。

「ありがとう」

と密がもういちど言うと、杉浦はまた密のほうへ顔を向けて、

「だが前島君、いまから勉強は追いつかん。いい参謀がいなければ」

「もちろんだ。谷津易(やすし)君をつけよう」

「谷津君か……あれはどうかな」

「なぜ?」

「彼はちょっと、下役(したやく)根性が身につきすぎている」

憂い顔をしたのが密にはおかしかった。人のことが言えるのか。どうやら人間とは、自分では自分のことがわからないものらしい。つとめて笑わぬようにしながら、

「ま、勘弁してくれ」

その後も、密の日々は多忙だった。

創業

明治三年（一八七〇）六月二十四日、密は横浜でアメリカの飛脚船「ジャパン」に乗りこみ、サンフランシスコに向けて出発した。

厳密には、日本政府代表ではない。

代表は薩摩出身の大蔵大丞・上野景範なので、密はその部下または助手のごときものである。上野自身は英語もできるし、外国事情にも明るいから決してお飾りではないのだが、しかしこの洋行の主目的である鉄道の仕事には触れたことがない。やはり旧幕臣は一段下の待遇なのだ。サンフランシスコに着いたら短期間の滞在の上、こんどは大陸横断鉄道に乗ってニューヨークまで走って行って、そこでまた船に乗ってイギリスをめざすことになるだろう。北半球を半周以上もする旅である。

「ジャパン」船内で、密はたちまち退屈した。

出港直後こそ激しい感傷にみまわれもしたけれど、二、三日も経てば、まわりは変わらぬ太平洋の水平線なのである。鯨どころか飛び魚の一匹も姿をあらわさず、雨も降らず、密は船旅には慣れすぎるほど慣れているにもかかわらず、

「海というのは、無風流ですな」

と上野へ言ったりした。

もっとも同時に、密は或る意味、ひどい貧乏性である。つねに脳裡に主題があって、無目的に時間をすごすことに耐えられない。このときの主題は、

（飛脚船、とは何だ）

このことだった。

乗る前から西洋人たちが、

「メール・シップだ」

とか何とか言っていたので、密のことばで言うなら郵便船になるのだろうが、その郵便船とは何なのか、乗りこむ前も、乗りこんでからも、かいもく見当もつかなかった。

たかだか手紙の運送のためにこんな大きな蒸気船がなぜ必要なのか。なぜ旅客を乗せるのか。それを知るため、密はひとりで船内を散歩した。だぶだぶのフロックコートで体を覆って、ステッキをついて。

つんと上を向きつつも頭から山高帽を落とさないよう注意していると、たちまち首が痛くなった。結局、何ひとつわからぬまま十日が経つと、乗客向けの掲示板に一枚の張り紙が出て、英語で以下のように記されている。


　本船は四日後、サンフランシスコより中国および日本に向かう当社パシフィック・メール蒸気船会社の船と洋上で行き会う予定であるので、同国へ出したい郵便物がある人は、それまでに船内の郵便取扱所（ポスタル・エージェント）へ持参するか、または郵便箱（メール・ボックス）に入れてください。

時刻は、午前七時ごろだった。密は上甲板へ出て、水平線に浮かぶ朝日をじっと見ながら考えた。考えれば考えるほど、

（わからぬ）

この船は、乗客は二、三百人である。もちろんこれはざっとした見当で、実際はもっと多いか少ないかするのだろうが、どっちにしてもその程度の客の手紙のためにこんな大きな船、こんな大がかりな仕掛けをこしらえるのは、やっぱり、

（なぜ）

振り返ると、白い制服を着た外国人。

階段をのぼって、こちらへ来る。背の高い数人の船員をひきつれているところを見ると、たぶん船長の巡視なのだろう。密は唾（つば）を呑（の）み、勇気を出して駆け寄って、

「船長」

「何です」

かくかくしかじかと事情を告げた。密が授業や日常会話ではなく、国家のために英語をもちいたのはこれが最初である。船長はにこにことにやにやを足して二で割ったような、いかにもアメリカ人らしい顔で聞いていたが、ひとつ大きくうなずくと、硬い石を砕くような声で、以下のように解説した。

「この船は、旅客の郵便をあつかうのが本来の目的ではない。それは事のついでであり、本来の目的はわが国政府の書簡や文書を東洋諸国へ送達することで、そのため政府から巨額の補助金を受けている。船が大きいのは長距離を安全確実に航海するため。そこで生じた余剰の空間を旅客の運輸に使うわけだ。イギリス、フランス等にも同様の船がある」

「おお」

密は胸が熱くなり、涙がにじんだ。

自分のすべてが肯定された気がした。制度の合理的なことにも驚いたけれども、それ以上に、そもそも文明国というものが遠隔地間の文字のやりとりにこれほど国力をつぎこんでいる事実そのものに感動したのである。

（そうだ）

密の頭脳が高速で回転しはじめた。出航の直前まで気になっていた、いや、いまでも気になっている例の一件。まだ間に合うか。

「船長」

「何です」

「ひとつ質問したいのです。切手の再貼用の問題がありますね、貴国はあれをどう防ぐのですか。使用する紙や印刷が上質であるほど容易に剝ぐことができて……」

船長はにやっとして、

「四日後、郵便取扱所（ポスタル・エージェント）に来てみなさい」

四日後、行ってみた。旅客用の船室のならぶ区画の一隅（いちぐう）にそれはあった。ドアのない小さな部屋。なかへ入ると対面台というのか、受付台というのか、英語ではカウンターというらしい大きい机が置いてある。

その向こうに、若い男の所員がふたりいる。密のうしろから別の船員が来て、

「失礼」

密へちょっと目くばせすると、米俵ほどの大きさの黒い袋をたかだかと持ち上げ、机の上に手紙をあけた。

手紙はどさどさと山をなした。船内に何個か置いてある郵便箱から回収して来たものなのだろう。カウンターの向こうの所員ふたりは無表情のまま左手をのばし、一通さっと引き寄せて、右手に持った木製の、短刀のようなものを振り下ろした。

ぱん

と火薬を鳴らすような音が立ち、切手の上が黒く汚れた。ふたりはまた左手を動かして手紙を自分のほうへすべらせ、そのまま机のはしから落下させる。それを受ける箱か袋かが足もとにあるのにちがいなかった。

この間も、ふたりの左手は動いている。ふたたび山から一通引き寄せ、ぱんと音を立てて手紙を落とす。その繰り返し。短刀はまるで蒸気機関のピストンのように高速で上下して、

ぱん

ぱんぱん

ぱんぱんぱんぱん

要するに柄の長いハンコだった。よく見ると黒い汚れは円い線でふちどられていて、その内部にこまごまと字が書いてある。日本の或る種の書類における割判よろしく、その半分は切手の上に、もう半分は封筒の面にかかっていた。

密は、

「そうか。そうか」

世界の鍵を手に入れた気がして、目の前がにわかに明るくなった。そういうことか。もしもここに手先の器用なやつがいて、切手に湯気をあてて剥がしたとしても、切手にはもう無効のしるしが文字どおり捺されてしまっている。

再貼用は不可能である。わかってしまえば腰が抜けるほどかんたんな話。これまでどうして気づかなかったか、どうして紙を薄くするなどという昆布の生煮えみたいな方法しか、

(思いつかなかったか)

これまで読んだどの洋書にも記述がなかったのは、西洋人にとってはあんまり当たり前のことでありすぎて書くに値しなかったからなのだろう。密は足を踏み出した。カウンターに近づき、身をかがめ、目の高さで彼らの机上の作業を見た。

子供のように飽きず眺めた。ときどき入って来る紳士淑女がふしぎそうに密を見たけれども、気にならなかった。さらに細かく見たところ、割判は五、六度押したら黒いインクがかすれてしまう。そうなったらふたりは横にある、小さな皿の上の、インクを含ませた布のようなものにハンコをちょっと食いこませる。それでまた五、六度捺せるようになる。

日本でいえば筆に墨をつける要領か。ときにはハンコを捺そうとして寸前で停止し、手紙を横へはじき出したけれども、これは送料不足への対処にちがいなかった。経験ゆたかな彼らには、手紙の重さに対して切手の額面が小さいことも体で感じられるのだ。

もっとも、なかにはそもそも切手を貼っていないのもあって、密はつい笑ってしまった。どうやらアメリカ人にも日本人と同様のうっかり屋がいるらしい。と、背後から、

「君。君」

英語で声をかけられた。

硬い石を砕くような声。聞いたことがある。密が上体を起こし、振り返ると、そこには白い制服を着た外国人がやっぱりにこにことにやにやを足して二で割ったような顔で立っていて、

「そんなに楽しいかね?」

「あ、船長」

「君の目的とするものは、どうやらここにあったようだね。残念ながら船の規則でカウンターの奥まで立ち入ることは許可できないが、私は君の役に立てたことをうれしく……」

と船長が言い終わるのを待たず、密は、

「サンキュー！」

その右手を取って両手でかたく握りしめると、手をはなし、お供の船員たちの列を割って部屋を飛び出した。

船室に帰り、上野景範が、

「何だ。どうした」

と目を白黒させるのもかまわず机に向かい、万年筆を取り、猛烈な速さで手紙を書いた。

いま見たばかりの業務の模様をつぶさに記した。封筒へ入れて糊づけし、東京府下民部省、

杉浦譲様

と宛名を大きくしたため、切手をしっかり貼って、また船室を出た。

さっきの取扱所へ走って行った。船長一行はもういなかったし、所員ふたりもあの手紙の山をすっかり処理し終わっていたので、カウンターの上は清々としていた。そのカウンターにしがみつくようにして、ふたりのうちのひとり、肌のかすかに陽に焼けているほうへ、

「頼む」

手紙を差し出す。相手は白い歯を見せて、例の短刀のようなハンコを取り、ちょいと皿の黒い布に

ふれさせてから、

ぱん

密自身がのちに日本語で「消印(けしいん)」と名づけるものを濃く捺した。この手紙もほどなく洋上で行き会う船へ移され、横浜に着き、そこから杉浦のもとへ運ばれるだろう。

杉浦は一読するや否や、谷津易と相談して、実現へ向けて動きだすだろう。ハンコならば東京には上手な彫り師がいくらでもいるのである。

†

密からの手紙を受け取ったとき、杉浦譲は、多忙の頂点にあった。

連日、民部省の庁舎から一歩も出ることができなかった。それまで事実上の同一組織だった大蔵省と民部省がふたたび分立することになり、その事務に翻弄されたせいだった。

それが一段落すると、こんどは本業の製糸場づくりの準備のため富岡へ出張して、何日も帰京できなかった。帰京したらしたで、密の妻である前島なかから、

「このたび越後(えちご)より、夫の母をむかえることになりました。ついてはご来訪の上、ご助言ありたく」

という主旨の伝言を受け取った。直接、前島家をおとずれて、

「いや、奥様、お留守居(るすい)たいへんでござりますな。私もかねがね前島君には聞かされていたものです、『母はもともと武家の生まれだ。家に来られるなら武家としての礼をもって遇したい』とね。よほど気がかりなのでしょう。よろしい、おまかせください。お家入(いえい)りの日が決まったら、四人舁(か)き、網代張(あじろば)りの最高の駕籠(かご)をご用意つかまつりましょう」

力強く約束した翌日、民部省の自室で仕事をしていると渋沢栄一が来た。またもや富岡製糸場がらみかと思いきや、

「思い出したぞ、杉浦さん。思い出しました」

製糸場の話のときにはついぞ見せない浮かれ顔で、

「前島さんに聞かれてたんだ。スタンプですよスタンプ。印鑑のようなもの。フランス人はあれを捺して無効化してた。わが国もおなじ方式を採用すべきだ」

言いながら青い小さな紙を指でつまんで、耳の横でひらひらさせた。ナポレオンの横顔を刷りこんだ四十サンチームのもの。杉浦ははじめて見たにもかかわらず、たちどころに理解して、

「切手の話なのですな？　それが切手なのですな？」

（待てよ）

息をはずませたのは、これはもちろん前もって密から聞いていたのである。と同時に、
飛脚が急に走るのをやめて棒立ちになるがごとく、心の熱に水をあびせた。声をおさえて、

「ほかならぬ渋沢さんの提案だが、賛成しかねる」

「なぜ」

「前島君と約束した。私は彼の決定を変更しない」

「馬鹿な」

渋沢は切手のひらひらの手を止め、表情を消した。

――杓子定規な。

と思ったことは明らかだった。杉浦もまた眉をひそめ、渋沢の目を見返して、内心、

（前島君）

じつを言うと杉浦は、ただの実直な人間ではない。実直は実直だけれども、このたび密の虫のいい頼みをこころよく引き受けたのは、それだけが理由ではなかった。

個人的に深い共感がある。その共感のもととなったのは、旧幕末期、あの大混乱時における密の行状だった。

密はそのとき兵庫奉行支配下、運上所（税関）の定役として神戸に赴任していたけれども、鳥羽伏見の敗報、および将軍慶喜謹慎の報を受けて江戸へ引き上げることになり、そのさい書類を整理したのである。

今後この役所を支配するであろう薩長の連中のため、いや、何よりも外交事務そのものの円滑のため、関税の帳簿、業務日誌、翻訳文書などを部門ごとにそろえ、場合によっては清書させ、ありあわせの経櫃におさめてから脱出用の軍艦に乗りこんだ。そうして杉浦も、おなじ時期に、おなじようなことを江戸でしていたのである。杉浦の場合には江戸城において、いわゆる無血開城のあと、京都から新政府の外国官副知事、東久世通禧、寺島宗則、大隈重信の三人をむかえたさい、やはり書類を整理して提出した。

その整理っぷりのまめまめしさ、現状説明の明快さがあんまり水際立っていたので、その場で新政府側から、

「出仕しないか」

と言われたほどだった。杉浦はこれは謝絶したため徳川家とともに駿府に向かうことになったけれども、とにかくそんなわけで、杉浦と密のふたりは東日本と西日本でおなじ公人としての——役人としてのという意味ではなく——進退をまっとうしたのである。

もっとも、杉浦の場合にはまだしも福地源一郎（幕臣、のち「東京日日新聞」主筆）という理解ある上司がいた。杉浦はその指示で動いたという面があるのに対して、密のほうは、たったひとりで判断し行動している。

（たいへんなことだ）

そのたいへんさをこの世でいちばん理解できるのは自分だという強い自負があるだけに、杉浦はいま、ひとしお密を尊敬している。

のち杉浦は、改正掛に出仕して、伊藤博文と親しくなったが、伊藤もまたこの密の引き継ぎの手際に関しては、

「私は鳥羽伏見の戦いのあと、兵庫県知事になりましてね。神戸の外交方を担当しましたが、あの経櫃には大いに助けられましたよ。蓋の上に大きく『奉』って書いてあってね。いま考えると前島さんの仕事だったんだな。それにしてもあの経櫃、なんであんなにまっ赤だったのかな」

とよく言っていた。伊藤はこののち政府の最重要人物となり、いわゆる明治十四年（一八八一）の政変によって、かつての上司である大隈重信や密らを追い出すかたちになる。しかしそれでも密に対する敬意は終生変わることがなかった。

ときにはこっそり、ときにははっきり密の事業を援助した。その好意の大本はけだし神戸時代のこの事務引き継ぎにあったわけである。もっとも、杉浦も伊藤も、そのくせ密へは直接そういう尊敬ないし好意の表明をしたことがほとんどなかった。

ともあれ渋沢栄一である。渋沢はやっぱり無表情のまま、

「ばかな」

またつぶやいた。

この日の渋沢は、和服だった。よほどスタンプの提案を一蹴されたのが不本意だったのか、青い切手をつまんだ手をふところへ隠すまでしたけれども、杉浦は、

「そうだ」

急いで机の奥へまわり、引き出しを引いた。密から手紙を受け取ったことを思い出したのである。

引き出しに手をつっこんで、

「あれ？　ない」

何度もかきまわしてから、

「そうだ、谷津君だ。おーい。おーい！」

「何です」

ドアから顔をのぞかせて来た谷津易へ、

「二、三日前だったか、君に手紙をあずけたね。そうだ、前島さんからのだ。渋沢さんに読ませてくれ」

谷津は去り、すぐに戻って来て、言われたとおりにした。渋沢は手紙を一読するや、

「おなじだ。おなじだ」

破顔して、ぬっと手をふところから出して、

「この切手は使い古しじゃない。新しいのを買ったんだ。だからこれまで思い出さなかった」

切手を杉浦の胸の前に突き出した。杉浦は身をかがめ、それへ目を近づけて、

「なるほど、これに割判を捺すわけですな。ただちにそのスタ、スタン……」

「スタンプ」

「それ、つくりましょう。谷津君、至急東京中のハンコ屋にあたってくれ。一か月、いや半月で納入

できるかどうか聞くんだ」

「はい」

谷津が出て行くと、杉浦と渋沢は笑顔になり、子供のように抱き合った。

†

パシフィック・メール蒸気汽船会社の郵便船「ジャパン」はサンフランシスコに着き、密ははじめて外国の土を踏んだ。

上野景範とともに街を歩いて、大いにおどろいた。いや、道の広さ、馬車の立派さ、いならぶ建物の大きさ高さ、駅で客を待つ蒸気機関車の重量感、そういったものに目を白黒させたわけではなかった。そういういわば基礎情報についてはこれまでも渋沢栄一や杉浦譲から、さらにさかのぼれば長崎時代の英語の先生であるフルベッキやウィリアムズというアメリカ人から、いろいろ話を聞いていたし、また密自身、福沢諭吉（ゆきち）『西洋事情』などの現地紹介本を愛読してもいたからである。

密がここでおどろいたのはむしろ、それらがみな郵便につながっていることだった。道を走る馬車のなかには四頭だて、六頭だての郵便馬車があった。いならぶ建物のなかにはひときわ目を引く石づくり、数階建てのものがあって、これが丸ごと郵便取扱所（ポスタル・エージェント）だった。

駅へ行けば郵便物を運ぶためだけに仕立てられた長大な貨物列車があって、シューッと蒸気音の低い唸（うな）りを立てていた。法律も完備しているらしく、下宿のおかみに聞いたところでは、アメリカの行政制度では日本の民部省や外務省のような一省をそっくり郵便業務にあてているという。

郵便省とか、郵政省とかいう名前なのだろうか。ひるがえって日本では法律どころか創業を告げる太政官布告すらまだ出ていない。

「杉浦君」

と、密はときに、下宿の窓をあけはなって叫びたくなった。

杉浦の手紙の来るのが待ち遠しくてならなかった。前島君、とうとう日本で布告が出ましたぞ、郵便が開業しましたぞ、うんぬん。はたしてほんとうに、

（来るか）

もっとも、それはそれとして、異国の日々はわくわくの連続だった。たとえ大隈のしでかした不始末の尻ぬぐいでも、洋行は洋行である。長年の望みが実現したことはまちがいないのだ。密は或る日の昼さがり、買いものの帰りに、停留所で路面電車を待っている老夫婦に声をかけた。

「すみません。どう行ったらいいのでしょう」

そう言って下宿の住所を告げ、困り顔をしてみせた。

ほんとは道など尋ねなくても帰れるのだが、英語を試したかったのである。密の英語は存外通じた。密はサンフランシスコに短期間滞在したのち、予定どおり上野とともに大陸横断鉄道に乗った。オグデン、オマハ、シカゴを経由してニューヨークに着き、そこから船で大西洋に出た。

†

翌年すなわち明治四年（一八七一）一月二十四日、太政官布告。

密の出航から約半年後である。太政官会議で決裁を得た全文をそのまま木版刷りにして、全国各地に貼り出した。その大意は、

郵便というのは大切であるが、これまでは民間業者にまかせきりだったので、とかく不便になりがちだった。貧しい者や僻地(へきち)の者など、そもそも利用することもできなかった。

こういう状態を改めるべく、来る(きたる)三月一日より新制度を導入する。まずは東海道筋限定とし、東京から京都まで七十二時間、大阪まで七十八時間、どんなに天気が悪くても毎日かならず飛脚を仕立てて往復させる。

彼らの運ぶ手紙は、これら三都はもちろん、途中の各宿駅とその近隣の村々へも確実に届けられるであろう。

郵便総論、郵便宣言にほかならなかった。

総論につづいて、各論がふたつ掲げられた。ひとつは東京から宿駅ごとに送料および所要時間を示した表。もうひとつは手引きというか、よりいっそう具体的に手紙の出しかたを指南する一文だった。この手引きの文章も、やはり案じたのは密である。密の態度は念入りだった。まずは題名。ふつうなら「郵便便覧」や「郵便仕法」などとするところ、あえて、

書状ヲ出ス人ノ心得

とざっくばらんな言いかたにして、誰でもわかりやすくした。

内容も、きわめて具体的だった。手紙はどのようにして出せばいいか? 街のあちこちに置かれた「書状集箱(あつめばこ)」のなかへ入れればいい。送料はどのようにして支払えばいいか? 前もって切手を買っ

て貼ればいい。

　切手はどこで買えばいいか？　郵便役所や切手売捌所（後述）で。どのようにして貼ればいいか？　剝がれないよう糊づけすべし。そもそも送料はいくらなのか？　距離によって変わるので別表を見るべし、または郵便役所や切手売捌所で尋ねるべし。その他その他。あんまり重いものを託されても郵便夫（飛脚）が困るので、密はわざわざ、

「手紙はなるべく薄い紙を使って、字を小さく書くほうがいい」

　そんなことまで気をまわした。そうして最後にもういちど、国民に向けて指切りげんまんするようにして、

「書状集箱のなかへ入れさえすれば、切手の金額が足りているかぎり、かならず、まちがいなく先方の家まで届く」

　そのことを明記したのである。

　布告の晩、杉浦は、密の家に行った。

　谷津ほか十四名の部下たちを連れて、なかに酒肴を用意させて、

「みんなのおかげで、ここまで来られた。開業の日まではもう一ふんばり、二ふんばりせねばならぬが、とにかく今夜は中仕切りだ。前島君にもぜひ家で英気を養ってもらいたいと言われているし、大いに飲んでくれ。乾杯！」

「乾杯！」

　夜がふけ、宴が酣となった。杉浦はそっと席を立ち、台所へ行って、

「奥様。奥様」

　と、なかへ声をかけた。

なかはそのとき、杉浦に背を向けていた。流しに立って洗いものをしていたが、振り返って、

「あら、杉浦さん。どうしました」

杉浦は、多少酔っている。なぜか軍人式に敬礼してみせて、

「奥様にも、お礼を申し上げなければ」

「どうして？」

「前島君がこのたび雄大な構想を築くに際しては、かねて家の方々の尽力もあったとか。奥様も国家の功労者です」

「いえいえ。私なんか」

となかは肩をすくめ、恐縮したふうの顔をした。そうして前かけを揉むようにして両手をふいて、七輪のそばへ行き、鍋から次々と白いお銚子を引っこ抜いては半月形の黒いお盆へのせて、杉浦へ笑顔で、

「はい」

そのお盆を差し出した。

燗酒の湯気が、ふわりと香った。杉浦は左右の手でお盆をつかんで、

「勿体なや、あな勿体なや。これは私が座敷へ持って行きます。あなかしこ、あなかしこ」

体の向きを変え、雲を踏むような足どりで歩きだした。その背中を見送ってしまうと、なかは立ったままため息をついて、女中のいとに、

「あの人、また来るかしら」

いとは真剣な顔で、

「来るでしょうね」

「何度も？」

「ええ、何度も。奥様のお料理をだいぶ気に入っておられるご様子ですから」

「子分をつれて？」

「もちろん」

「ふう」

なかは首をふり、また流しへ体を向けて、

「これじゃあ旦那様がいなくても、酒屋への支払いがいっこう減りやしない。子供も大きくなるってのに」

杉浦譲、三十七歳、密に負けず劣らずの上戸なのである。

†

三月一日。

郵便創業の日が来た。

まことに、まことに記念すべき日である。

日本は、いまだ旧式の太陰太陽暦を採用している。三月一日というのは新暦に直せば四月二十日となるので、現在では四月二十日が郵政記念日となっている。ただしもちろん杉浦たちは、それ以前から、息も絶えるような急ぎ足であらゆる準備を進めていた。

たとえば書状集箱である。現在のいわゆる郵便ポストにあたるこの箱は、開業時には東京に十二か所、京都に五か所、大阪に八か所、設置された。

もちろん東海道の各駅にも。たいていは木材で人の腰ほどの高さの台を組んで、そこへ白木の、四角い箱をひとつ置く。

箱の上面には細長い穴をあけて、そこから手紙を入れられるようにする。正面には墨痕淋漓、

駅逓司
書状集箱
毎日〇時開函

と縦に記されていて（出発時間は街によって違うわけだ）、そのさらに上には雨よけの屋根が設けられ、台の下、ひざの高さのところには一枚の紙が張り出された。例の太政官布告、送料および所要時間を記した表、および「書状ヲ出ス人ノ心得」の三つをまとめて刷り出した紙だった。

手紙を出しなれぬ者への配慮は、これでいちおう尽くした恰好である。それでも密は満足せず、これはまだ日本にいるころだが、

「遠くからでもわかるよう、旗を立てたらどうか」

という提案をしていたので、これも実行に移された。

すなわち書状集箱のうしろには長さ六、七間（約十二メートル）もある竹竿が一本立てられ、そのてっぺんに「郵便」の二文字を大書した旗が掲げられたのである。

六、七間というのは当時の日本のたいていの建物よりも高いので、風を受け、ばたばたと派手な音を立てた。のちには都会の名物となり、錦絵に描かれ、こうした書状集箱のある場所自体が、

——箱場。

などとしゃれた呼ばれかたをするようになった。郵便に用がある者はもちろん、ない者もしばしば人との待ち合わせ等のためにここに来たのである。

箱場の近くには、ほとんどの場合、切手売捌所が置かれた。切手売捌所というのは要するに販売店で、世間普通の小間物屋やら、筆屋やら、宿屋やらに「切手売捌所」の看板を掲げさせ、店先で郵便切手をも扱わせたのである。

つまりは民間人への業務委託である、といえば聞こえはいいけれども、実質的にはほぼ無償でお上(かみ)の御用をつとめさせたわけだった。

もっともこれは、どの店もひじょうに協力的だった。もともと密たちのほうで協力してくれそうな、働きぶりのいい店を選んだからでもあるけれど、それにしても「御用」の二文字には強力無比の魔力があった。

この時代、市井の人々にとって、

「お上の御用をつとめてまして」

と世間に向かって言えることの価値は、無上のものだった。

店の主人や家族はもちろん、全従業員、その知人友人にいたるまで自慢のたねだった。もちろんいわゆる御用商人は、徳川幕府のころからあった。将軍家なり大名家なりと取引することの名誉はやはり大きいものとされていたが、しかし明治の世のそれは、そんな将軍家や大名家よりもはるかに古く、はるかに血が貴いとされる天皇家との取引なのである。

武家ごときとは格がちがう。このたびの郵便御用というやつも、直接的には駅逓司の業務委託だが、原理的には天皇そのものの代理者なのであって、しかもその御用をただの小店(こみせ)がつとめるのである。天下にその名とどろく大店(おおだな)でもなく、元禄(げんろく)以来の老舗でもない、街のかたすみの個人商店が。これはまさしく新時代でなければあり得ない天長地久の栄光にほかならなかった。

もちろん「御用」の威光によって社会的信用を獲得し、小間物屋やら筆屋やらの本業の売上が増すことへの期待もあっただろう。実際、多少は増しただろう。だがそれは事の本質ではなかった。文明開化という官民あげての国家運動へもっとも具体的なかたちで参加できるよろこびは、ほとんど人生のよろこびに等しかった。彼らのひとり、東京麴町の書状集箱そばの荒物屋のあるじ横山義兵衛は、のちにこう述懐している。

「御用をおおせつかってから、何ッて言うか、おのれの体に人魂がポッと入ったような気がしましたな。報酬なんか考えませんでしたな」

およそ人間というもの、この世に生まれて、何をいちばん欲するか。

金銭、ではない。

名誉、でもない。

目的なのである。自分はこのために生まれて来たのだと実感し、他人へも胸を張って言えるような揺るぎない何か。

ほとんど「生きがい」と同義である。それのない人生はどんなに金や名誉にまみれていようと単なる時間の流れにすぎず、人はみな、じつはそのことを知っているからこそそれを得ることに躍起となり、拘泥し、ときには命すらも投げ捨てる。そういう大切な上にも大切な人生の目的というやつを、少なくともそれに近いものを「御用」はもたらしてくれるのである。

こういう庶民のけなげな心理を利用したという点で、密は冷静な現実主義者だった。或る意味、奸策といえるかもしれない。しかしながら密は予算もなく、人手もなく、それでいて郵便事業の創始というこの枯れ枝に花を咲かせるような構想にどうでも実体をあたえなければならない以上、こういう策もときには使う必要があったし、それに何より、人生の目的ということに関しては、密自身、強い共感を抱いていた。

なぜなら密も、その前半生においては人生の無目的に苦しんでいる。全国各地を旅したり、船乗りになったり、英語を学んだり、幕閣へさかんに建言したりしていたのは、人生の目的を渇望して発見できなかった軌跡といえる。

もがくようにして、ころがるようにして、自分そのものを探していたのだ。それがようやく郵便創始という目的を得て、ほんとうの生を得て、そういう充実を市井の人にも分けてやりたいと思ったときに密がひらめいたのがこの「御用」という仕掛けだった。

報酬はゼロに近いけれども、それに見合う何かはあたえてやれる。そう思っていた。もちろんこれが国家権力による一種の欺瞞、ないし収奪であることも密はじゅうぶん承知しているので、いずれ制度が波に乗ったら、そのときはきちんと金銭をもって報いられるよう体制をあらためるつもりなのである。そうしなければ、結局、制度も長つづきしないのだ。

さて、いよいよ第一便である。

東京、京都、大阪の三都には、それぞれひとつずつ郵便役所がある。

その都市における中核的な事務をになう、いまでいう中央郵便局である。東京のそれは日本橋の南、四日市河岸の駅逓司の建物のとなりにあって、当日の夕方四時少し前、そこに脚夫たちが集合した。

脚夫たちは、のちに郵便夫と呼ばれることになる。ここでもそう呼ぶ。郵便夫のなかには若いのもいるし、若くないのもいるけれど、みな俊足自慢の男子であることでは共通していた。

特に自慢げというか、これみよがしに腰に手をあてて立っているのは、たぶん飛脚あがりなのだろう。杉浦譲駅逓権正が彼らの前に立ち、短い訓示のあと、

「さあ諸君、そろそろ収集時刻の午後四時だ。いざ行きたまえ、行きたまえ、新時代の第一歩をその足で印せよ」

火をつけて煽るように言うと、彼らは、

「おう！」

役所を出て、蜘蛛の子を散らすようにして府内十二か所の書状集箱へすっとんで行った。

各所の書状集箱には、もう手紙が入っている。近隣ないし遠方の人々が書いて、状袋に入れて、切手を貼って入れたもの。郵便夫たちは箱をあけ、それらを袋へ入れて、箱の蓋を閉め、箱の正面の折れ釘に「出発済」と書いた木札を下げてから、来た道をたどり、郵便役所に帰り着いた。

郵便役所では、駅逓司の職員たちが待っていた。郵便夫が次々と来ては机の上にあけていく手紙の山へ手をのばし、一通取って、まじまじと切手を見る。

そうして机の少し離れたところに置いた料金表へ目をやって、宛先と額面に問題のないことをたしかめてから、木製の柄の長いハンコを手でつかんで、

ぺたっ

ハンコは、つまり消印だった。縦長の四角い枠に囲まれた「検査済」の黒い三文字が、インクを少しにじませつつ、切手と状袋へ半分ずつかかるよう捺されたのである。

この消印捺しの現場にもしも密が立ち会っていたら、密はたぶん、あのアメリカ蒸気船内の郵便取扱所の所員たちの急流を駆けくだるような仕事ぶりとくらべて、

（手ぎわが、悪い）

と思っただろう。ただし失望はしなかっただろう。誰でも最初はそんなものだ。日が経つうちに速くなり正確になる、それが事務というものなのだ。

この作業がすべて終わると、彼ら、慣れない日本人たちは、手紙を大山（おおやま）と小山（こやま）にわけた。
大山は消印を捺したもの、小山は捺さなかったもの。捺さなかったのは切手の額が足りなかったり、切手を貼っていなかったり、そもそも手紙でも何でもないただの紙きれだったりしたためであるから、別の机へ取り除（の）けて、彼らはあらためて大山のほうへ向かって、こんどは宛先ごとの区分けを始めた。「浜松」「草津」などと東海道の全宿駅の名前を書いた白い小袋を持って来て、それらへ分けて押しこんだのだ。

いちばん袋のふくらむのが「京都」と「大阪」であることはいうまでもなく、この二枚だけは前もって大きくつくられていた。ぜんぶで百三十四通、すっかり作業がすんでしまうと、最後に誰かが一抱えほどもある黒い木の箱を持って来て、机の上にゴトリと据えた。

箱は、蓋がなかった。職員たちはそのなかへ宿駅の順番どおりに袋をならべて安置したのだが、ただしここでも「京都」「大阪」は例外だった。順番どおりにすると最後のすみっこに目方が片寄ってしまうので、このふたつだけは中央に収めたのである。このような荷重バランスに関する細かすぎるほど細かいところまで密はあらかじめ決めていた。旅立つ者の執念だった。

箱の名も、密が名づけた。郵便行李（こうり）という。正面に大きく赤字で縦に「御用」の二文字を書いて、その右に「郵」、左に「便」の一文字ずつ。

袋がぜんぶ収められると、

「どけどけ。どけい」

誇らしげな声とともに、ひとりの郵便夫が、がにまたで歩いて来た。

その韋駄天（いだてん）の名を、後世は知らない。

知られることなど本人も夢にも思わなかったにちがいないその男、日本の近代郵便における文字どおりの第一走者は、さっき浅草の書状集箱へ手紙を取り集めに行って来て、少し休んでいたのである。

職員たちは、左右に割れて道をつくった。その道のまんなかを、のっしのっしと郵便夫は進んだ。小脇に箱の蓋をかかえている。箱の前へ達すると、上から蓋をかぶせて、

カチン

カチン

と澄んだ音を立てて左右の留め金をしっかりと留めた。

これで運搬中に蓋が落ちることはないだろう。箱の――これは蓋ではなく本体のほうの――上部には、前後に鉄製の大きな鐶がつけられていて、彼は職員のひとりから長い木の棒を受け取ると、それで鐶をつらぬいて、左の肩にひょいとかついだ。

箱は、棒にぶらさがるかたちになる。旧幕時代、武家が衣類等を持ち運ぶのに使った挟み箱のようなものといえる。もちろんこっちは挟み箱よりもはるかに大きく、はるかに無骨で、つややかな漆を塗られたりもしていないけれども。杉浦が、

「道中、無事で」

やや沈んだ顔で声をかけると、郵便夫は、

「行って来るよ」

近所の湯屋へでも行くように言って役所を飛び出し、日本橋の欄干めがけて走りだした。日本橋は五街道の出発点、東海道のそれでもある。

あたりはもう夕闇が濃くなっていたけれど、それでも、

「おっ」

「あれ、飛脚だよ」

などという声がほうぼうでする。

「ちがうよ。飛脚じゃないよ」

「じゃあ何だ」

「ほら、あれだ、飛脚の新しいやつ」

「おんなじじゃねえか」

「ちがう、ちがうよ。ゆうびんってもんさ。あそこに『御用』って書いてあるじゃねえか」

郵便夫のかつぐ郵便行李は、「御用」と記した面をうしろに向けていたのである。なかには酔っ払っているのか、

「しっかりやれぃ！」

などと上役気取りで叱咤する者までいたけれども、郵便夫は相手にせず、前を向いて走りつづけた。走る速さは、おなじくらいをたもちつづけた。時速八キロ、一時間で二里が目安である。遅すぎるのは論外、ただし血気にまかせて速すぎるのもいけないと彼はあらかじめ言いふくめられていた。この日の荷の重さは箱をふくめて三貫目足らず（約十キロ）。路面の具合もよく、郵便夫はタッタッタッと軽やかに砂を蹴って日本橋から東海道へ入った。

めざすは、品川である。南へ南へと駆けながら、胸のなかに、

（飛脚とは、ちがわぁ）

毬のはずむような誇りがあった。

彼だけではない。ほかの郵便夫もおなじだったろう。なぜならこれは私営の店の手間仕事ではない、国家の「御用」だからである、という意識ももちろん大きかったけれども、それと同様に、いや、もしかしたらそれ以上に大きいのは、その国家から規定の賃金がもらえることだった。

一里につき六百文。夜間走行は割増しあり。決して高額とはいえないが、しかし何しろ雇い主が国家なら――ここでも原理的には天皇である――信用できる。

旧来の飛脚のように問屋の主人から物価が高いだの何だのと理由をかまえて一方的に減額や遅配を言い渡される心配はなく、ましてや仕事を奪われる心配はない。いちおう身分が安定している。彼らは仕事に忠実であるかぎり、とにかく食うことはできるのである。この一事をもってしても社会制度の万事未熟な明治初期にあっては稀有な境遇といえるだろう。彼らには自分を「選ばれた人」と思えるだけの客観的な材料があったのである。

いっぽう、国家の側から見ても、彼らへ賃金を支払うことは一利あった。それは彼らを郵便専業にできることだった。旧来の制度では手紙の荷物はしばしば近隣の農家やら、土地の駕籠舁きやら、やくざまがいの雲助やらに託されて、紛失などの事故の原因となっていたことは前述したけれども、これは要するに副業の弊害である。

副業だから責任感がなく、いつまで経っても習熟せず、習熟のための訓練をほどこすのもままならないので、これを専業の郵便夫に切り替えるというのは密の計画の急所だった。郵便事業を官営にするのは、つづめて言えば、

「この一点。この一点のためなのだ」

と、密は噛んで含めるようにして、前もって杉浦に言い聞かせていた。

もっとも、この創業の日、東京を出た手紙の数は百三十四通。杉浦の予想より少なかった。そうして京都のそれは二十一通、大阪のそれは十九通、途中の宿駅を発したのは合わせて百三十四通(たまたま東京と同数)にすぎず、いくら何でもこの程度では送料収入があんまり僅少でありすぎて採算が取れない。

やればやるほど損になり、事業そのものが立ち行かなくなる。杉浦は後日、この数字を聞いて、

「だいじょうぶかな。谷津君」

不安な顔になった。谷津もまた、口では、

「なーに、これからふえますよ」

と言いつつも、目が泳いでいたという。ふたりとも、あとはもう日本の文明化の度合いを信じるよりなかった。人々が遠隔地の情報を欲するほど高度な商業活動をしているかどうか、精神活動をしているかどうか。


郵便夫は、なおも東海道を南へ駆ける。

右手の山へ陽が沈もうとして、あたりがさらに暗くなった。

道から旅人の姿が消えた。日本橋より二里（約八キロ）ほど走ると道がまっすぐになり、にわかに左右に建物がひしめいて、米を炊くにおいがただよいはじめる。

品川の宿に入ったのである。彼はきょろきょろ首を動かして、「郵便取扱所」と書かれた看板をさがした。

あるいは「御用」の二文字を入れて「郵便御用取扱所」か。看板はほどなく左側に見つかった。政府公認を意味する印鑑がぬれぬれと赤く捺してあって、その横に、あの書状集箱を置いた屋根つきの台もぽつんと案山子（かかし）のように立っていた。

玄関へ飛びこむや否や、

「着きました」

「着いたか」

八人の男がどやどやと出て来た。

そこに待機している職員全員だった。本来ならばふたり来れば足りるのだが、はじめてのこと故、やはり立ち会いたかったのだろう。郵便夫は顔を上気させつつ、肩から担ぎ棒をおろし、郵便行李をゴトリと上がり框(かまち)へ置いて棒を抜いた。

留め金をはずして蓋をあけた。なかから「品川」と書かれた袋を出して、

「ほい。当宿あて」

八人のなかのひとりに手渡す。

手渡されたのは、鼻の穴が上を向いた、それ以外は美男といえないこともない色白の男だった。袋から手紙を出し、すべて消印が捺されていること、および宛先が正しく記されていることを確かめると、

「たしかに」

低く言って、奥へひっこんだ。これらの手紙はこれから品川宿のなか、または宿のまわり四、五里の村へ配られるのである。

その家まで直接届ける、いわゆる宛所配達である。家々(いえいえ)にはこんにちのような住居番号は振られていないけれども、この時代は人口が少なく、人と人との付き合いが濃く、また手紙をやりとりするような社会的階層も限られている。宛先に何丁目の何様、何村の何様と書いてあればわかるのである。

ひっこむと同時に、別のひとりが横から出た。どじょうひげを生やしている。郵便行李のかたわらへ正座して、

「こちらは、当宿発」

手紙の束を、持っている。両手で頭上へ掲げるようにして、

「消印はすべて捺してあります。さあ、皆の衆、行李へおさめますぞ」

神主みたいな顔で左右を見ると、手紙の束をそろそろと下ろし、郵便行李のなかへ入れはじめた。保土ケ谷（ほどがや）あてのは保土ケ谷の袋へ、京都あてのは京都の袋へ、まちがいなく分類した。それから蓋を閉め、留め金を留め、前後の鐶に担ぎ棒を通して、

「それっ」

立ちあがり、肩にかついで土間へ飛びおりた。ここからは彼がいわば第二走者なので、次の川崎宿までの区間を担当するのである。

もっとも、玄関を出ようとしたら、誰かが、

「おいおい、待てい。記録（ひかえ）せねば」

「あっ、そうか」

「うっかりするなよ。ゆめゆめ忘れるべからずと、杉浦駅逓権正様からも重々（じゅうじゅう）おおせつかっている故に」

むやみと格式張った言いかたをしながら、和服のふところに手を入れ、薄い和綴（わと）じの本のようなものを出した。

本は、帳面である。表紙には、

品川宿
継送帳（つぎおくりちょう）

と書かれている。彼はたぶん、この郵便取扱所の所長というか、責任者なのだろう。継送帳の表紙をひらき、筆をとって、最初の頁（ページ）の最初の行へすらすらと、日付、現在時刻、受け渡しの郵便夫たち

の名前、それに彼自身の姓名を記した。

彼の姓名の下に、立ったままハンコを捺した。業務の確認印というところだろう。

「まちがいないな?」

と横の者に見せて、

「うん」

返事を得ると、

「じゃあ、行け」

「行くよ。じゃあな」

第二走者であるどじょうひげの男が、こんどこそ勢いよく玄関を飛び出したのである。

すなわちこの郵便取扱所とは、各宿駅における一種の営業所だった。東京、京都、大阪にある郵便役所と似たようなもので、しかし郵便役所よりも簡便なもの。

近隣住民にとってみれば、郵便に関する総合窓口である。ここへ来れば四十八文、百文、二百文、五百文、すべての種類の切手が買えるし、職員に聞けば送料もわかる。書いた手紙は店先の書状集箱に入れてもいいし、じかに人の手へ託してもいい。ゆくゆく郵便役所とあわせて、

——郵便局。

と呼ばれることになる施設にほかならなかった。郵便制度とは要するに全国にちらばる郵便局という点と、それを結ぶ線とで構成される広大な幾何学模様なのである。

こうして運び手を替えながら、中身も少しずつ替えながら、郵便行李は、東海道を西へ西へと進んで行く。

ゴトゴトゆれながら。鐶のきしみを高鳴らせながら。第三区間からは時刻が午後八時以降にかかる

ため、規定により、ふたりで走った。ひとりはかつぐものがなく、提灯を手にしているだけなのだけれども、防犯上の配慮だった。翌日の午前五時まではどんな屈強な男でも単独走行は絶対にしないこと、これもまた最初から密が構想し杉浦が厳命するところだったのである。

夜間には駿府も通ったし、かつて密が奉行をしていた中泉の近くも通過した。こうして一個の木の箱は東京を出てから七十八時間後、すなわち明治四年（一八七一）三月四日午後十時ごろ、大阪の郵便役所へ到着した。

約百五十里（約六百キロ）の道のりを、おおむね定刻どおりに走破したのだ。

三日前に大阪から出た郵便夫も、道中で同様の手数を踏んで、いまごろ東京に着いているだろう。あの日本橋の南、四日市河岸の駅逓司の建物のとなりの郵便役所へ得意満面で飛びこんだだろう。かくして下り線、上り線、ともに創業の挙は成った。

郵便制度が誕生した。この日以降この制度は、雨が降ろうが風が吹こうが、地震があろうが戦争があろうが、テロが起きようが天皇が崩御しようが、ただの一日も休むことなく日本という人体の血管でありつづけている。

手紙という血液を経巡らせ、さらには——もう少しあとの時代になるが——新聞や雑誌、書籍、商品見本の小冊子などといったような高度な情報の栄養液をも経巡らせることで、国民の精神を向上させた。

近代的市民としての日本人も、おそらくは、そのかなり重要な一部分がこのとき誕生したのである。それを創ったのは前島密だった。前半生を旅の空に費した人間が、いうなれば、情報に旅をさせたのである。

ただし密自身がこの壮挙を知ったのは、その二か月もあとだった。

ロンドンで、杉浦譲からの手紙を受け取ったのである。杉浦は筆まめな人間だったので、それ以前から太政官布告の全文だの、「三月一日に開業と決まった」だのいう報告は受けていて、密も楽しみにしていたのだが、無事創業の報に接したときには、

「そうか」

手紙をもとどおり折りたたむ暇もなく机の上へ放り投げ、慣れぬ背広に袖を通しつつ、急いで自分の部屋を出た。

密は、下宿にいる。

下宿先はラドブローク通り三十三番地、個人教師エドワード・マルトビー氏の家だった。階段を下りて、ダイニングルームで氏の妻のアンに、

「こんにちは」

と挨拶(あいさつ)して、玄関を出た。

石畳の上を靴で走った。人と会う時間がせまっていたのである。密には喫緊(きっきん)の仕事があった。郵便とは何の関係もない金融の任務、国家の救出。

そう、大隈重信の尻ぬぐい。

再会

　密がこの日会うのは、例のイギリス商人レイだった。日本政府に無断で日本国債を発行した張本人。今回の密の洋行の主目的。もっとも、レイは会うなり、

「貴君の話には、応じられぬ」

の一点張りだった。

以後、二度、三度と交渉の席を持っても同様の反応。これは密は予想していたので、次に、おなじロンドンにあるオリエンタル・バンク・コーポレーションの本社に駆けこんだ。

　これは通称をオリエンタル・バンクといい、インド、香港、日本などアジア諸国を商圏とする銀行で、インドや香港では本国による植民地化を金融面から補佐する機能を請け負っていた。

　日本にとって敵にも味方にもなる勢力であるが、密はあらかじめ日本から駐日イギリス公使パークスの紹介状を持参していたので、その重役たちと会うことができた。密はうったえた。

「皆さん、いまわれわれは困り果てています。レイ氏との契約は契約である。わが政府要人が署名したことは動かしようもない事実。だが破棄したいのです。どうしたらいいか教えてほしい。なおわが政府は金がないから巨額の違約金の支払いには耐えられない」

これで、重役たちの信用を得た。もちろん密の英語力ということもあるけれど、この場合はたぶん、それ以上に、ものの言いかたの率直さが効いた。洋の東西を問わず、人間というのは、特に金銭の話においてみずからを鎧(よろ)う。

だまされまいと思って知ったかぶりをしたり、態度が横柄になったりする。このときの密にはそれがなかった。もっとも密にしてみれば、ことさら戦略的にそうしたわけではなく、ただ単に困ったから困ったと言っただけの話なのだが。

重役たちは、

「わかった」

と笑い、金融専門の弁護士を紹介してくれた。密はこの弁護士の事務所をおとずれて、おなじことを言うと、

「わかった。今後は私がレイ氏との交渉を受け持とう。貴君は私を信用して、しばらく下宿で紅茶でも飲んでいたまえ」

密は、ようやく時間ができた。もちろん紅茶など飲んでいる気はさらさらないので、このすきに、

(さあ、郵便だ)

密はじつは郵便に関しては、ひとつ大きな目標があった。ロンドンに来たらぜひ、

(ヒル氏に、会ってみたい)

ローランド・ヒル。イギリスにおける郵便制度の創始者。切手の貼付による送料前納も、街のあちこちへの郵便ポストの設置も、もとはと言えばこの人の考案になるもので、現在はイギリスはおろかヨーロッパ各国、アメリカ合衆国にいたるまで彼の方式を採用している。密にとっては大先輩なのである。

もっとも、来てみてわかったが、会うのはどうやら不可能のようだった。存命は存命なのだけれども、八十近い高齢で、公の場には姿を見せないとか。

(残念だ)

とは、しかし密はさほど思わなかった。かりに会って話を聞くことができたとしてももう遅いというか、日本の制度は走りだしてしまっている。

今後はヒルの教えが直接役に立つことは少ないのではないか。これから密がしなければならないのはむしろ日本固有の風土を見ること、日本人独特の心情に添うことではないか。

いつまでもお手本頼みでは真の発展はあり得ない。郵便制度というのは外国産の木ではあるけれども、ほんとうに日本で花実(はなみ)を咲かそうと思えば、ただ植えるだけではだめ。日本の庭師が日本の水をやり、日本の土にしっかりと根を張らせなければならないのだ。

(俺は『日本のヒル』ではない。前島密だ)

とはいえ正直なところ、この決意は、街を歩くたび動揺した。とにかくロンドンは桁(けた)ちがいである。街そのものの大黒柱というべきセント・ポール大聖堂のそばには国家機関である郵政省が壮麗な庁舎をかまえているし、金融街の中心であるロンバード通りにはロンドン中央郵便局がある。

一般普通の郵便局はいたるところに置かれているし、金属製の、背の高い、まっ赤なペンキで塗りつぶされた郵便ポストはその数十倍もの多さでもって路上や店先にたたずんでいた。多いといえば郵便配達人も多かった。決まった制服を着て、黒い鞄を肩がけにして、家から家へきびきび馳駆(ちく)している。ときには女性の配達夫――配達人と呼ぶべきか――もいたけれども、市民がそれを異端視している様子はなかった。

「すごい」

と、密は歩道のまんなかに立って、何度口に出したことか。何度ため息をついたことか。考えてみれば、イギリスは密の仮想敵である。少なくとも長年そうだった。旧幕期にあれほど密が蘭学だの、船乗りだの、幕閣への建言だのと血気のままに奔走したのは要するに出世したかったのであり、なぜ出世したかったかといえば、日本を西洋の支配から救い出したいのだった。

いまでも郵便というこの人工的な秩序の発展にかける情熱の裏には、「あれば便利だ」よりも、むしろ、

――それがなければ、日本は滅びる。

という首を絞められるような圧迫感がある。制度を発展させなければと口で言うのはかんたんだが、自分はほんとうにやれるのか。日本はほんとうに生きて行けるのか。

だが密は、数日後には、

（いける）

そう思うようになった。

心にあたたかな灯（あか）りが明滅しはじめた。単にロンドンに慣れたからではない。冷静になったのである。冷静になればロンドンの街はたしかに万事豪勢だけれども、こと郵便に関するかぎり、基本的な要素はもう、

（日本に、ある）

なるほど日本には郵政省はない、だが駅逓司ならある。中央郵便局はないが郵便役所はある。街に郵便局はないが各宿駅には郵便取扱所がある。郵便配達夫の数も確保してある。日本はいまや規模において甚だしく劣るだけであって、道具立てそのものはそろったのだ。

質の問題ではなく物量の問題。日本の郵便はここまでしか来ていないが、ここまでは来た。われな

がら、気分の上下が激しいことではある。もっとも、そうなると、

「今後は、どうだ」

それが密の口癖になった。

「どうだ。どうだ」

こんにち東海道の便は成った。杉浦譲からの手紙によれば、その後も業務は順調で、遅配や誤配がほとんどなく、利用者の数もふえているとか。

さだめし送料収入もふえたにちがいない。この調子で行けば大阪から足をのばして広島へも、長崎へも達することは比較的容易だろう。いわゆる山陽道である。ほかにも東京から信濃（しなの）や美濃（みの）を経由する中山道（なかせんどう）、東北方面へ向かう奥州街道……さらにはそういう大幹線から枝わかれした中規模程度の街道も、制度下に置くのはむつかしくないと予想される。

みんな東海道の方式が適用できるので、画期的なアイディアは必要ないのだ。

だが結局、それだけならば、しょせん点と線でしかない。

国土というのは点でもなく線でもなく、面の世界なのである。街道をはるかに離れたところにも村や集落があって、そこにもやっぱり通信を欲する人がいることは、ほかの誰よりも密がよく知っている。

密自身、越後国下池部（しもいけべ）村という雪深い田舎の生まれなのである。彼らに手紙を届けるには、あるいは都会の情報を届けるには、今後どういう手を打ったらいいか。どういう発明をすればいいか。

欧米の例は、もはや何の参考にもならなかった。ここからはそれこそローランド・ヒルなどの思いもよらぬ日本固有の風土、日本人独特の心情に添うような独自のしくみを、密自身が、

（考えねば。考えねば）

密の頭は、気がつけば、その一事でいっぱいになっていた。

むろん現実的に見れば、これは難題中の難題である。繰り返すようだが日本政府には金がないのだ。日本全国津々浦々、全村全里にいたるまで郵便局を置くには一体どれほどの予算が必要になるか、どれほどの人手が必要になるか、想像するのも億劫である。

イギリスやアメリカのように制度そのものが巨大化を遂げ、巨額の収入を得ているのなら話は別だけれども、日本の郵便がそういう身上持ちになるのを待っていたら、三十年、いや五十年はかかるだろう。

あんまり悠長でありすぎる。郵便の発展はそっくりそのまま日本の発展だというのに……密はどうでも少ない予算で、いっぺんに、確実に、何千何万という郵便局を新設しなければならないのだ。

「無理だ」

下宿の机で頭をかかえた。そんな虫のいい話、あるはずがないではないか。

「無理だ。無理だ」

密は、まま声が大きくなった。家主マルトビー氏の妻アンが階段を上って来て、

「だいじょうぶ？　ミスター・マエジマ」

心配そうにドアから顔をのぞかせるほど。そんなとき密は我に返って、立ちあがり、

「あ、いや、申し訳ない」

「祖国が恋しくなる病気にかかったのかしら？」

「そんなことはありません。私はイギリスが大好きです」

あわてて弁解する。つまりそれほどロンドンの密は、そう、まことに気分の上下が激しかった。先駆者の孤独にほかならなかった。

†

　そうこうするうちに、レイへの借金問題のほうに進展があった。密は弁護士に呼び出され、事務所に出向いた。弁護士は、

「レイ氏は最初、容易に話に応じなかったが」

　と青い目を何度もしばたたいてから、控え目な笑顔になって、

「しかし彼は、素人だった」

　目の前がとつぜん華やぐような話をした。

　話のかなめは、抵当だった。万が一、日本政府が返済不能におちいったら日本の関税収入と、開業後の鉄道の収益がそっくりレイ個人のものになるという設定。弁護士はこれに違和感をおぼえた。レイを例のオリエンタル・バンクに連れて行って、銀行の重役に、

「そんな大それたものを所有して、どう使う気なのですか？　わが国の外務大臣にどう説明する気なのですか？」

　そう質問させたのだ。レイは、

「それは、えー……」

　ことばにつまったという。

「これでこの交渉は、こちらへ有利になったのですよ、ミスター・マエジマ」

　と、弁護士はなおも少し笑いながら、

「要するにレイは、債券の発行と、単なる借金との区別がついていなかった。借金なら抵当を取って

おこうかと、その程度の知識しかなかったのですよ。まったく生半可（なまはんか）なことですが、その生半可がここまで図に当たってしまったのは貴国のために少し残念なことと言わざるを得ませんな」

密は同情されたと思って、つい、

「感謝します」

お辞儀をしてしまったが、あとで考えたら、これは日本人の未熟に対するイギリス流の遠まわしな皮肉だったのかもしれない。ともあれ弁護士は話をつづけて、

「最終的には、レイは契約破棄に応じました。こんな粗忽（そこつ）が世に知られては将来の信用に支障をきたすと判断したのでしょう」

「違約金の支払いは？」

と、そこが密の懸念である。弁護士は首をふって、

「ありません」

「ありがとう。ありがとう」

密は、手を取って何度も点頭した。弁護士はまじめ顔になって、

「私の報酬は、頂戴しなければなりませんよ」

こうして密はロンドンに用がなくなった。マルトビー氏の下宿を引き払い、ドーバー海峡を船で渡り、フランスやドイツをおとずれた。

この大陸歴遊は、それはそれで目的があった。紙幣である。現在のところ、日本国内において政府が頭を悩ませている金融上の問題はもうひとつあって、それは政府発行の紙幣（太政官札）の質の悪さだった。

早い話が、贋造（がんぞう）しやすいのである。実際かなりの量の偽札（にせさつ）が出まわっていることもわかっていて、

社会は混乱し、政府は不信をまねいていた。

原因は、印刷技術にあった。木版にしても銅版にしても日本のそれがあまりに未熟であることは、本稿でも以前に郵便切手のくだりで述べたとおりである。偽造をふせぐには絵柄をうんと精緻にして、それを正確に印刷するほかなく、密たちはこの点の調査もおこなうよう内命を受けたのが出航の数日前。


行きがけの駄賃というにはあまりにも重すぎる宿題で、しかもまことにあわただしかった。

もっともこちらは、主として上野景範があたった。上野はロンドン滞在時から熱心で、あちこちの印刷工場をめぐったり、工場長に話を聞いたりした。

自然、密とは別行動であることが多く、下宿も別々だったわけだが、結局、上野が密に言ったのは、

「イギリスの印刷工場は、どこもかしこも偉いものだ。そうとう細かい絵も刷れるし、何十万枚刷っても版が減らない。ばかりか絵の上に一枚ずつ異なる番号を印することだってできるんだから、紙幣をやれば偽造は絶対に不可能だろう。だが高すぎるよ、前島君。高すぎるんだ。やはりイギリスは諸事馬鹿値（ばかね）だ」

それが大陸に来てみると、ドイツに朗報があった。フランクフルトのドンドルフ・ナウマンという会社の工場がイギリスなみの技術を持ちつつ、費用が安く、かつ経営者のドンドルフ氏も親切だったのである。

上野は工場見学を終えるや否や、ドンドルフ氏に、

「わが国は自前の印刷工場を持つまでのあいだ、貴社の産する紙幣を使いたい。私はそれを帰国後ただちに政府へ強く推薦するであろう」

正式に申し入れた。ドンドルフ氏が、

「わかった」

と言ったので、この事業は実現にいたった。この後、この工場で生まれた紙幣はまとめて船に積みこまれ、翌年の二月にはもう日本で発行されるのである。

正式名称は「明治通宝(つうほう)」、通称ゲルマン紙幣、拙速すれすれの早業だった。かくして上野もまた洋行の主目的を完遂し、密と上野は帰国の途に就いた。ふたりの乗った船が——行きとおなじ飛脚船「ジャパン」だった——横浜港に着いたのは、明治四年（一八七一）八月十一日だった。

†

船は、港の沖合に泊まった。まずは貨物や荷物を運び出して、それから乗客を下船させるという船長の告示があったので、密はしばらく上野とともに船室で待つことになった。

一度きりとはいえ、ロンドンの涼しい夏を知ってしまったふたりである。

「暑いな、前島君」

と、上野がうんざり顔をした。密は、

「南国薩摩のご出身でも？」

「暑いよ、暑い。いやむしろ、温度よりも、この蒸し風呂みたいな粘っこい空気で舌が出そうだ。薩摩だろうがどこだろうが、日本は天気まで未開化じゃないか」

「そうですな」

「未開化だよ。未開化」

どうでもいい話をしていると、船室のドアがいきなりあいて、

「前島君！」

杉浦譲だった。密は椅子から立ちあがり、

「杉浦君」

男どうし、西洋流に抱き合った。

抱き合ったまま、杉浦は密の背中に向かって語りかけるように、

「君の下船を待ちきれず、こっちから小舟を雇って乗りこんで来た。よく戻った。よーく戻った。郵便は返すぞ。そっくり返す。これで私も肩の荷がおりる」

戻ったと言っても、密はまだ故国の土を踏んでいないのである。それに船室には上野もいる。

密がそっと身を離すと、杉浦は上野へ、ばつが悪そうに、

「……やあ」

「やあ、杉浦君」

上野もまた、立ちあがった。手を差し出し、杉浦と握手しながら、

「なかなか美しい光景だったな。どちらも駅逓権正どうし、海をへだてて、よほど心が通じ合っていたらしい」

「ちがいます」

「え？」

「私はもう、駅逓権正ではありません」

と杉浦は言うと、手を離し、密のほうに向きなおり、罪の告白でもするかのように目を伏せて、

「私は、その……駅逓正(えきていのかみ)に昇格した」

つまり、密の上司になった。密は自然に顔がほころんで、

「そうか」

うれしいというより、胸をなでおろす気分だった。杉浦が昇格したということは、開始から五か月あまり、郵便の実務は順調なのにちがいない。

もっとも、杉浦は急いで語を継いで、

「いや、じつはそれだけじゃないんだ。その昇格のあとに私は駅逓を離れてな、いまは制度取調御用掛（せいどとりしらべごようがかり）という別の仕事をしている。なかなか複雑な話なのだ。君たちが留守にしているあいだ、民部省がなくなって……」

「なくなった？　民部省が？」

と口を挟んだのは上野である。杉浦はそっちへ、

「ええ。だから駅逓も大蔵省の管轄に。それで」

と言いかけて我に返り、ふたたび密へ、

「いやいや、失敬、この話は後日でもいい。君が日本で最初にやるべきは、前島君、ちまちまと官制の変化に心をわずらわせることではなかった」

「郵便の仕事かね」

「それより大事だ」

「何かな」

首をかしげたら、杉浦は、得意そうな笑顔になって、

「挨拶したまえ。ご母堂に」

「えっ」

杉浦はつづけて、

「前島君、君のご母堂は、すでにして東京の君の家で暮らしておられる。越後での離縁の手続きは、ずいぶん時間がかかったが、正式にすんだそうだ」

「……母上が」

「残念ながら四人舁きの駕籠は見つからなかったが、そのかわり馬車を用意した。お内儀もよろこんでおられたよ」

「母上が。母上が」

と、密はもう杉浦の声が耳に入っていない。内股になり、ひざを摺り合わせるようにして、

「そうか。そうか」

ちょうど廊下に足音がした。密はドアをあけ、いそがしそうに駆け去ろうとしていた船員の制服の背中を手でつかまえて、英語でまくしたてたのである。

「乗客の下船は？　まだか。早くしてくれ。早く。すぐにも上陸したいのだ」

ほどなく上陸。密は馬車を飛ばさせ、役所に顔を出すことなく番町の家へ直行した。

家では、誰ひとり密を出むかえなかった。

門の前でも、玄関でも。こんなに早く帰るとは思わなかったのにちがいない。密はまるで夜逃げして帰って来たかのごとく音を立てずに玄関の戸をあけ、なかへ入って、たまたまそこにいた書生らしい若い男へ、

「私だが」

「……はい？」

「この家のあるじ、前島密だ。君は誰だ？　見たところ新しい書生のようだが、築地梁山泊の誰かに紹介されて来たのか」

「わわっ」

と、そいつは両足が浮くほど体をのけぞらして、

「よ、よ、ようこそ。遠路はるばる」

体の向きを変え、どたどたと奥へひっこんだ。ほどなく奥で、男女の入りまじった、

――わっ。

という歓声があがる。

女中や書生がたくさん出て来る。彼らに囲まれつつ密は座敷へ上がり、床柱を背にしてあぐらをかき、彼らの顔を見渡して、

「ずいぶん、ふえたな」

それが最初の感想だった。特に書生がふえていた。さだめし渋沢栄一やら、伊藤博文やら、大隈重信やらいう世話好きな連中が密の不在を気づかって人をよこしてくれたのにちがいない。

ほどなく、女中と書生の人波(ひとなみ)が左右に割れた。

そのあいだを、なかが静かに歩いて来た。舞台の上の役者のように正座して、三つ指をついて、

「お帰りなさいませ、旦那様」

「留守番ご苦労であった。なか」

なかの横には、ひとりの女児が座っている。うなだれるように下を向いて、しかしその大きな瞳だけはこっちの様子をうかがっている。密は、

「お前は……ふじか?」

「はい」

「大きくなったなあ。見ちがえたぞ。いや、うん、見ちがえた。ささ、こっちへ来い。私のひざの上

にお座り」

大きく手を広げて見せたけれども、ふじは、

「………」

不審そうに目を泳がせるのみ。密はひざを何度も平手で叩いて、

「はっはっは。いいさ、いいさ。じき慣れる。これからお前は嫌でも毎日この父の顔を見るんだ。親子とはそういうものだ」

何か涙が出そうだった。書生の誰かが、これは梁山泊で知った声だったが、

「奥様、旦那様がご無事でようございましたね。これでふじさんに弟か妹ができる」

「馬鹿」

と、なかは、そっちへ向かって手でぶつまねをした。こんな他愛(たあい)ないやりとりひとつでも、密はもう、この若い妻がしっかり彼らを取り仕切っていることを感じた。が、それだけに、

「なか」

「はい」

「何だ、その……」

口に出すのがためらわれた。なかはくすっとして、

「お母様でしょう?」

「うん」

「さぞかしお憂いだったでしょうね、旦那様。三、四か月前からお暮らしいただいて、とても元気でいらっしゃいますが、ただ足腰が、何しろあのお年ですから」

「そうか。母上ももう六十……」

「喜の字ですよ」

「え？」

「七十七。喜寿のお祝いのお年です」

（そんなに）

密が何も言い返せないでいると、横の襖のひらく音がした。

密は、そっちへ顔を向けた。

また人波がわかれる。そこに立っているのは、なつかしい、愛おしい、そうして前に会ったときよりもさらに一まわり小さくなった老婆だった。

手足も全身も細くなって、しかし頭だけは昔どおりの大きさだから、何か枯れ枝に梨の実を刺したような危うさがある。密は惑乱した。心臓の早鐘を打つ音を聞いた。自分が毎日この母の顔を見なくなって何年経つだろうと思ったり、とにかく自分はもう母に手紙を出す必要はないのだと安心したり。あるいは、わが身を見おろして、この洋装姿はどう見えるかと恐怖したり。母の目には異装というより妖怪変化のたぐいなのではないだろうか。母は、

「ああ」

うめくようにして、その場に正座した。油のきれた人形のようにのろくさい、ぎこちない体の動きだった。

母の横には、これもなつかしい女中のいとの姿がある。母の腰に手を添えて、正座の姿勢が安定すると、身を引いて周囲の人々のなかへ溶けた。

母は、こちらへ躙り寄って来た。

体重がよほど軽いのか、畳のこすれる音も立たぬ。その目は膿んだように濁っている。もっとも視

線は微動だにせず、まっすぐこっちへ定まっていた。

密は背すじをのばし、深々と体を折って、

「前島密、ただいま戻りました」

言った瞬間、

(あっ)

親不孝をした。

そう思った。前島という姓も、密という名も、この母とは元来何の縁(ゆかり)もないのである。いくら改姓改名のめずらしくない時代とはいえ、われながら何もいきなりぶつけることはないではないか。

頭を上げると、母の表情は変わっていない。近くまで来て膝行(しっこう)をやめ、ぴんとした声で、

「お上の御用、大儀でした。ひそか」

「母上……」

母と密のあいだへ、なかとふじが寄り添って来て、

「よかったですね、おふたりとも。これからは私たちも入れて、みんな仲よく……」

と、この刹那(せつな)、

「うわっ」

密は、腰を浮かした。

「どうしました?」

と、なかが怪訝(けげん)そうに密を見る。おさないふじも、ほかの女中や書生たちも、みな不審の念を抱いたことが空気でわかった。

密は、上へ首を向けた。

相も変わらぬ天井の木目を凝視して、

「…………」

密の脳裡では、すでにして思考の蒸気機関が猛烈な運動を開始している。主題はあの一事だった。今後の郵便の発展のさせかた。東海道その他の街道沿線のみならず、日本全国津々浦々、全村全里にいたるまで制度の網の下に置く方法。

洋行中は、特にその後半の時期においては毎晩眠れないほど考えたものが、そうしてとうとう何も思いつかなかったものが、いま母の顔を見て、母の声を聞いて、たちどころに密の頭をつらぬいた。たちどころにかたちになった。わかってみれば、かんたんだった。

「旅だ」

と、密は、天井に向かってつぶやいた。

それからまた母のほうへ顔を向け、じりじりと密のほうから躙り寄って、

「旅です。旅です」

両手を母の背にまわし、静かに抱いた。そうだ。そうだった。自分はこの母の命(めい)によって僅々(きんきん)五歳にして糸魚川(いといがわ)の相沢文仲(あいざわぶんちゅう)の家をおとずれ、その後はみずからの意志によって江戸へ出た。そうして全国を旅したのだ。或るときは幼なじみの柿太(かきた)とともに長崎へ行き、或るときは箱館(はこだて)に学(まな)び舎(や)を得るべくひとり陸奥の地で草鞋(わらじ)をすりへらした。

そのたびに、土地の庄屋に世話になった。地方によって名主(なぬし)とか肝煎(きもいり)とか村長(むらおさ)とか地主とか、いろいろ呼び名があるけれど、内実はみな同様だった。たとえば柿太とともに長崎へ向かう途次、たしか北陸道ぞいの大桐(おおぎり)村でだったか、庄屋の松兵衛(まつべえ)という者に毎晩、話をせがまれたっけ。

話の中身はいろいろだった。各地の物産。都会の風聞。異人たちを見た目撃談。何日もかけてすっ

かり話してしまうと、

「明日からは客を呼ぶので、また一から話してください」

田舎の知識人とはそういうものだった。彼らには財力があり、教養があり、理解力があり、向上心があり、しかしそれを刺激してくれる情報がなかった。精神的には暗箱（あんばこ）のなかにいるようなもので、だからこそ密のような旅人をつかまえて、酒食や寝所を提供してでも外部のかぼそい光線をむさぼるように浴びようとしたのである。

逆にいえば、自分は彼らのおかげで飢え死にせず、旅を重ね、人物をつくりあげることができた。心も体も成長できた。まさしく世界のどこにもない日本の風土、日本固有の人々。密は母を抱きつつなお、お伽話（とぎばなし）でもするみたいに、

「つまりは、彼らに仕事を頼むのです。手紙の集配、切手の売りさばき、その他いろいろ……彼らに郵便局になってもらう」

のちの三等郵便局、さらに後世、

——特定郵便局。

と呼ばれるものは、この瞬間に誕生した。

先走って言うと、密はこの数日後、駅逓に復帰して、ふたたび郵便事業を指揮することとなった。

そうしてこの年のうちに東海道とおなじようにして山陽道と九州の西海道（さいかいどう）に制度を敷き、翌年（明治五年）には中山道（なかせんどう）、東山道、山陰道などにも敷いたほか、街道を離れた関東一円、四国一円、北陸一円へいっきに版図を広げた。

ここで日本の郵便制度は、線から面になったのである。全国の郵便局の数は千百六十局と激増したが、さらに二年後の明治七年には三千二百局となり、全国をほぼ網羅するにいたった。

そもそもの東海道での天地開闢からわずか三年である。他の分野の官僚や政治家が、
「神業。神業」
と感嘆したり、あるいは、
「ふん。拙速じゃ」
嫉妬したりするほどの勢いだった。

逆にいえば、全国で、それほどの数の庄屋や名主が密の呼びかけに応えたのである。さだめしあの大桐村の松兵衛など、まっ先に手をあげた口ではないか。彼らはみな強い責任感があった。切手を売ったり、手紙を集めたり、消印を押したり、継送帳に書きこんだり、家々の戸口へ配達したりの業務をみずから人を雇って遂行した。

時間厳守の徹底のため、わざわざ高価な外国製の柱時計を買って掲げた者もいたほどである。ここでも「御用」の二文字は彼らに人生の張りをあたえたのだ。二十一世紀の現在では郵便局は約二万局、これはたとえば鉄道の駅がJR、私鉄その他を合わせても一万に満たないことを考えると圧倒的で、しかもその大きな特徴は、いわゆる都市部よりもむしろ地方において数が多いことだった。

郵便局というのは街中の郵便局であると同時に、いや、たぶんそれ以上の重みでもって、村の、里の、字の、島のそれなのである。

山あいの、川べりの、海にのぞむ丘のそれ。森の下の、丸太橋の向こうの、蓮池のそばの、神社の裏の、田んぼっ端の、かやぶき屋根の家なみの、城跡の、漁港のそれ。雪景色のなかのそれ。陽炎のなかのそれ。

密は、
（これだ）

脳裡に、鮮烈な風光を予感した。

その予感にみずから酔った。感情がたかぶり、母を抱く腕に力がこもった。母が耳もとで、

「こ、こほ」

かぼそい咳をしたので、密は、

「あっ」

あわてて体を離し、猫背になり、母の目の高さに目を合わせて、

「母上、申し訳ありません。おけがはありませんか。その、私、ついうっかり」

気づかいつつも、構想を打ち明けずにいられなかった。母はなかば夢うつつといったような顔で聞いていたが、いくばくかは理解したのだろう、唇をへの字にして、

「お前の……」

「はい」

「お前の父の、助右衛門さんも」

「ああ」

密は嘆声をあげ、身をそらした。

上野助右衛門、下池部の豪農の家の当主。読書を好み、雅号を持ち、やはり旅人たちを足止めするのが生きる楽しみだったという。

そうだ。そうだった。密は父の顔を知らないけれども、母はそんな一時の客のために米を炊き、酒をつぎ、布団を敷くことが何度もあったにちがいない。そうしてこれは父だけでなく、

（兄様も）

兄の又右衛門もまた。田舎の知識人。寺子屋の先生。密は、

「母上」

口に出した。まるで子供が家の外での出来事を夢中で話すかのごとく、

「母上、母上、私はようやくわかりましたぞ。自分がなぜこれほど郵便制度にこだわるのか。そのためなら身命を賭してもなぜ悔いぬのか。私は、いえ、私たちは、みんなそこにいたのです。最初から。生まれたときから」

「そうかい」

母ははじめてにっこりして、何か安心したように、

「お帰り。房五郎」

そのひとことで、心が破れた。

密は母のひざに顔を埋め、声を放って泣いた。旅は終わった、終わったのだ。そう心のなかで繰り返した。女中だろうか、書生だろうか、洟をすする声がしたけれども気にならなかった。母の腿はむかしより少し冷たかった。

いつまでも、泣いてはいられない。密が身を起こすと、なかがかすれ声で割って入って、

「さあさ、ごはんにしましょう。お祝いの膳が、まだ支度の最中ですけど」

密は顔を上げ、背広の袖で真一文字に両目をぬぐって、

「おお、そうだ。今夜は飲むぞ。大酔してやる。酒は……」

「取り寄せてますよ。越後のお酒」

「そいつはいい。人肌より少し熱く燗をつけて……」

「生姜をたっぷり入れて、でしょう?」

「そうそう」

ただし宴が始まると、密は、母の目を憚った。母は兄の又右衛門が酒で家財を失う様子をつぶさに見ている。東京の密がおなじ轍を踏むと思わせるのは、

（まずい）

書生たちは、のきなみ酔いつぶれた。

密の官吏生活がふたたび始まった。初仕事は洋行の復命で、これはもちろん上司に対してするわけだが、この時点で、密の所属は変わっている。

民部省がなくなったからである。上陸前の船内で杉浦譲が言ったとおりだった。書生たちに聞いたところでは、民部省はまず大蔵省から切り離された上、新設の工部省に鉄道などの重要な仕事をごっそり奪い取られたあげく廃止されたという。

政権初期にありがちな官制改革の激しさである。これにともない、駅逓司は大蔵省の所属となったため、密の復命先も大蔵卿ということになった。

現在、大蔵卿は、薩摩出身の大久保利通（おおくぼとしみち）。旧名一蔵（いちぞう）。前任者が旧宇和島藩主・伊達宗城という一種のお飾りだったのとはまったくちがう、一介の藩士より成り上がった骨の髄までの政治家である。

（大久保君か）

彼にはひとつ、どうしても聞きたいことがあるのだが、

（聞けるか）

密は、大蔵卿の部屋へ行った。

あらかじめ日時を決めていたので、ドアをあけると、大きな机の向こうに大久保その人がいたのは当然だったけれども、意外だったのは、密から見て左側に、大蔵大輔・井上馨をはじめとする新任の面々がずらっと立ち姿をならべていたことだった。

いちばん手前には大隈重信、伊藤博文の顔もある。このふたりは免官されたと聞いたけれども、おそらく以前の経緯をかんがみて呼び出されたのだろう。密はよく考えもせず、

「やあ、みなさん」

大隈がじろっと密を見て、

「前島君、ご苦労さん、このたびは……」

と言いかけたのへ声をかぶせるようにして、大久保がやはり立ったまま、

「ご苦労様です。巻先生」

と、これはまたなつかしい呼びかたである。密は苦笑いして、

「先生はよしてください。それに私は姓名が変わった。いまは巻退蔵ではなく、前島密です」

「失礼」

大久保はふっと息を吐き、しかし笑うまではせず、

「お顔を拝見したとたん、つい。もっとも『先生』のほうは誤りではないつもりです。何しろ旧幕のころ、あなたが長崎で培社を主宰しておられたとき、私はその生徒だったのですから。ただ私は国事に奔走してばかりで、授業に顔を出さず、いい生徒ではなかったが」

「今後は『前島君』と呼んでください」

「そうしましょう」

大久保は力強く首肯したが、それは同意というよりも、むしろ密がそう申し出るのは当然だという

上下関係の確認のしぐさであるような感じだった。

そういえば、大久保はひげを誇示している。密はやや違和感があった。黒い扇をさかさに広げて、あごの下へぶらさげたような……これも上下関係の確認というか、自分を自分以上に見せなければならない立場がそうさせるのかもしれない。

(これがつまり、薩閥の長か)

密はそんな気がすると同時に、何かしら、運命というもののふしぎさへも思いを馳せざるを得なかった。大久保はあの培社のころ、おなじ薩摩藩士の鮫島誠蔵(さめしませいぞう)という者とともに、熱心に、

――巻先生、ぜひ鹿児島へ来て藩士に英語を教えてください。

と勧誘してくれたし、実際、密はそれに乗った。

結局、密は、鹿児島の水が合わず、逃げるようにして江戸へ帰ってしまったが、もしも鹿児島にとどまっていれば、そうして倒幕の動きに形ばかりでも参加していれば、いまごろは薩閥の一員として出世の花が咲き、大久保の威光を笠に着て、外務卿あたりの椅子でふんぞり返っていたかもしれない。

年下の大隈重信をあごで使っていたかもしれない。もっとも密は、それを後悔する気はなかった。もしもそんな栄達をしていたら、郵便とは出会うことはなかっただろう。

大久保は着席し、顔の前で手を組んで、

「それでは前島君、復命を」

有能さを絵に描いたようなしぐさ。密もまた直立不動の姿勢になり、

「承知しました」

西洋各国での活動を簡明に報告した上、

「以上であります」

型通りには型通りで応じた恰好である。大久保はうなずいて、

「ご苦労様でした。鉄道公債の件に関して、貴下からは？」

大隈へ目を向けた。大隈は蛇でも握らされたような苦い顔になって、

「特にありません。前島君の功績、まことに顕著でありました。本件に関しては以後工部省が引き取るので、前島君の任はこれを解くことを提案します」

「結構です」

「郵便のほうは？」

と密があわてて大隈に聞くと、大久保が、

「私が答えます。杉浦譲君の転出を受けて、現在、駅逓正の職位には別の人をあてているが、これは仮の人事です。すぐさま前島君に就いてもらう。君の仕事は現行の制度を点検しつつ、すみやかに東海道以外へも対象の地を広げること。できますか？」

「もちろん」

「大蔵省としても可能なかぎり予算を増額し、人員を拡充し、駅逓司は駅逓寮に昇格させましょう」

司も寮ももともとは律令制度にもとづく組織名だが、現代ふうに言えば、まず駅逓課が駅逓部になるようなもの。まことに大久保とは判断の速い人だった。なお組織の拡大はこの後もつづき、駅逓寮は駅逓局になり、郵便局になり、明治十八年（一八八五）の内閣制度発足時には電信や灯台と合わせて逓信省という一省をかまえるまでになった。事業開始から十年余しか経たぬうちに、日本の郵便は、組織図の上ではイギリスなみの待遇を得たのである。

密は頭を下げて、

「感謝します」

「退いて結構」

「はい」

密は体の向きを変え、ドアに向かった。

足の下ではコツコツと靴音が進んでいるのに、背中の皮だけ大久保の机に貼りついている。そんな感覚があった。

要するに、心残りである。どうしても聞きたいこと。密はドアのところで立ちどまり、振り返って、

「大久保卿。いや、大久保君」

大久保の姿勢は、さっきと変わらぬ。顔の前で手を組んだまま、

「何です」

「………」

密はちょっと迷ったが、自分の足もとを指さして、

「ここは、東京です」

「ん？」

「維新のときここを首都と定めるに際しては、大久保君、君の意見がものを言ったと聞きました」

「ああ、それ」

大久保は、やや顔が明るくなった。椅子を引き、あごひげを指でいじりながら、

「あのときは正直、日本の首都など、京でなければどこでもいいと思ってましたからなあ。京だけは嫌だった。あの公家などという歴史の亡霊どもの巣窟から――御所のことですが――何とか天子をひっぱり出したくて、それで焦って、大坂に行こうと言ったこともある。まあその時点では江戸城が開城になっていなかったからでもありますが、その誤りを、たまたま家に来た一通の手紙が正してくれ

たのです」

「そ、その手紙」

密は唾を呑んで、あえぐようにして、

「その手紙、誰が書いたかは？」

「知りませんよ。くだらん匿名だ。『江戸寒士　前島来輔』とか何とか……」

と、大久保はそこで片目のまぶたを動かして、

「……前島？」

密は体の向きを変え、ふたたび靴音を立てて大久保のほうへ歩み寄りながら、

「匿名ではない」

「正真正銘、それが当時の私の名でした。あなたは巻退蔵の名しか知らなかったが……」

「そうでしたか」

大久保が立ちあがり、手をさしのべたので、密はそれをしっかりと握った。

ふたりで手と手を大きく上下させた。密は、

（馬鹿め）

過去の自分を叱責した。あれほど意気込んでいながら、あれほど国家の将来のためには身の危難はかえりみぬと思いつめていながら、たかだか名前ひとつ出すのも上手にすることができなかった。おかげで身の危難どころか、卑怯な匿名の使い手と思われた。世の立ちまわりが下手なのだ。

（まあ、私は、そんなものだ）

横から大隈が、さっきの渋面のまま、

「執務に戻りたまえ。前島君」

「あ、はい」

翌日。

密は正式に駅逓正の辞令をもらったので、四日市河岸の役所へ行き、杉浦譲と会った。

杉浦は、あらためて密の不在時のいろいろについて報告した。杉浦はこの一年二か月のあいだ、ほんとうに、密ですら驚嘆するくらい密の方針に忠実だった。

日本史の一奇観というべき誠意である。密は本心から、

「ありがとう、杉浦君。この恩はきっと返す」

「いや、じつは」

と、杉浦はまるで預かった子を悪所にでも連れて行ったようにばつの悪い顔をして、

「ただひとつ、ひとつだけ私の判断で変えた。消印だ」

弁解した。開業まもなく或る手紙が京都に着いたが、宛先の字があんまり達筆にすぎて誰も読めず、差し戻そうにも差出人の住所が書いていないので戻し先がわからない。せめてどこで投函されたかわかれば手がかりになるのだがと、似たような問題が頻発したので、全役所、全取扱所の消印をつくりかえ、地名を入れることにしたのだ。

これにより、たとえば四日市の取扱所で受け付けた手紙には「四日市」の字が入るようになって、追跡が可能になった、うんぬん。密は笑って、

「なるほど、よくわかった」

その他こまごまとした話をして、

「じゃあ、また」

密がこの無二の友と中身ある話をしたのは、結果的に、これが最後となった。杉浦がわずか六年後、

四十三歳で病死したからである。大蔵省は国民の租税の納入方法を旧幕以来の米納より金納にあらためる、いわゆる地租改正をおこなったが、そのさい杉浦に全国の耕地の測量を急がせ、激務を強(し)いた。杉浦は、それによく応えたことで過労で倒れた。誠意が命とりになった恰好である。密は仏壇の前で手を合わせたとき、

「申し訳ない」

それっきり口をきくことができなかった。

話を、戻す。杉浦が去ると、入れかわりに二、三人の男が来て、そのうちのひとりが、

「お久しぶりです、前島さん！」

密もつい勢いよく、

「おう、谷津君、元気だったか」

「はい」

「ゆっくり労をねぎらいたいが、そうもいかん。さっそく改善すべきと思う点を挙げてほしい」

「郵便制度の？」

「もちろん」

谷津は跳びあがらんばかりに、

「そうこなくっちゃ。じゃあまず、服装」

「服装？」

「はい、そうです。いまのところ郵便夫たちは着るものの定めがありませんので、あるいは法被(はっぴ)に袖を通し、あるいはそれすらも身につけず、すっぱだかに褌(ふんどし)ひとつで街道を駆けちがうありさまです。これじゃ従来の飛脚と変わりません。『御用』の名が泣く」

すらすらと言った。よほど密と会う日を待っていたのだろう。密は即座に、

「制服を着せよう。当面は背中に大きく駅逓の『駅』の字を染めぬいたお仕着せの法被をあてることにして、ゆくゆくは洋装に統一したい。意匠の研究を始めてくれ」

「承知しました」

こんな調子で、この日から、郵便の父としての密の多忙がふたたび始まった。密は次々と小さな改変をほどこした。

大蔵省内の上役や部下はもちろん、省外の有力者に対しても自説をうったえ、協力を求めた。その態度がわれながら以前よりも堂々としているのは、もちろん洋行帰りという箔がついたからでもあるが、それ以上に、

(東京かな)

そんなふうに密は思った。いま日本の首都がここにあるのは、いくばくかは自分の貢献による。そんな意識が密に胸を張らせたのである。

小さな改変のいっぽうで、大きな前進、すなわち版図の拡大にも着手した。四か月後の十二月までには山陽道と西海道にまで制度を延伸させたのに加えて、翌年には関東一円や四国一円などへも進出して、線を面にした。

各地の郵便局の責任者には、各地の素封家をもって充てた。これがのちの特定郵便局の萌芽であることは前述したが、密はこのさい、彼らへの辞令を、密の肩書きと姓名において下付した。国家的任務であることの客観的な証拠としたのである。

素封家たちは、よろこんだ。なかには辞令を表装して床の間にかけたり、額に入れて長押に掲げたりする者もいたし、あるいは死の床でつくづくと辞令を見て、

「子々孫々に伝えよ」

と遺言する者もいた。それほどの名誉だったのである。

もっとも、彼らのそんな士気の高さに、密はあとあとまで甘えた。つね日ごろ、

「本来ならば、政府は彼らの出資や勤務に対して適正な報酬を支払うべきである。自腹を切らせてはいかん」

と言い言いしていたのだが、予算不足はどうにもならなかった。密はとうとう死ぬまでこの問題を解決することができず、彼らに自腹を切らせたのである。

逆にいえば、彼ら素封家たち、ないし地方の郵便局長たちは、それでも職務を放棄しなかった。この点では日本の郵便制度は、密のような中央の役人よりも、むしろ彼らによって支えられたと言うことができる。その仕事ぶりもまた大体において謹直かつ正確だった。密自身、或るとき、ためしに糸魚川のあの幼なじみの柿太へ手紙を出してみたところ、数日を経ずして、東京の家へ返事が届いたのである。

「おぬしの名は、故郷で知らぬ者はない。凱旋将軍なみの歓迎をしてやるから、いつでも帰って来い」

字はあまり上手ではなかった。密はこの手紙をなかに見せて、

「郵便は、ちゃんと機能しておるぞ」

と自慢したり、あるいはまた母に見せて、

「柿太めにしては、書いただけ上等です」

憎まれ口を叩いたりした。

こうして制度が急速に普及して行くと、各地には、新たな人気者が誕生した。

郵便夫である。雨の日も風の日も、日照りの日も雪の日も、休むことなく遠くから便りをもたらしてくれるこの寄り神のごとき存在は、しばしば郵便夫などという四角四面な呼ばれかたはせず、

「ゆうびん屋さん」

と呼ばれた。彼らのほうも宛先の人へじかに手紙を渡すときには、「ハイ手紙」ではなく、

「ハイゆうびん」

と言った。「ゆうびん」の一語がみんなの普段着になったのである。単なる政府事業の名称であることをはるかに超えて、文明の象徴、暮らしのいろどり、肉親の声、見知らぬ風景、鮮度の高い情報……総じて新たな日本的情緒を指し示す語となった。

或る意味、大和ことばになったといえる。のちのち、この事業では逓信の「テ」の字を図案化した「〒」という記号を制定し、郵便局や郵便夫らの掲げる徽章としたほか、官製はがきなどにも掲示したけれども、この記号もまた子供でも書けるくらい認知された。ひらがなや片仮名に近いものになったのである。

郵便制度の普及によって、制度自身にも変化があった。

何より変わったのは、料金体系だった。発足時のそれは距離に応じて決まるものだったので、対象地域が広がるにつれ複雑の度がふえた。手紙を出そうとする者は、そのつど何銭の切手を貼ればいいのか知るため細かい料金表を見なければならなくなったのである。

「諸君。距離制には限界がある」

密がそう部下たちに提案したのは、帰国の翌年だった。

「全面的にあらためて重量制にしよう。手紙の重さで料金を決めるのだ。東京から神奈川へ出そうが、長崎へ出そうが、目方がおなじなら料金もおなじ。そのほうが誰の目にもわかりやすく、使いやすく、

末永く保つ制度になる」
「末永く、ですか」
「そうだ。人というのは目と手があるかぎり、どうでも人に文を出すことを欲する。人の文をもらうことを欲する。未来永劫な。われらはそのための足になるのだ」

さらに翌年、この提案を実行した。書状一通につき二匁（七・五グラム）までごとに二銭とした。五匁ならば六銭である。じつに安いものだった。ただし最初のうちは郵便夫が確保できなかったため、同市内なら一銭、僻地なら三銭と、距離的な区分をかんたんに残した。

同市内、僻地の区別をなくして完全な均一を実現するのは明治十六年（一八八三）を待たなければならないが、それでも料金をかなり安価に設定したことで、実質的に全国統一料金に近いものを実現したのである。

この全国統一料金の実現は、長い目で見て思わぬ効果をあげた。それは日本の人心の統一だった。戊辰戦争という巨大な内戦が生じたことで深く分断されてしまった国民感情をふたたびひとつにしたいというのは、かねて密の悲願のひとつだったが、結果としてこの新しい料金制度は政府のなまなかな思想操作、なまなかな社会的改革などよりもはるかに大きな貢献度をもってそれを実現した。

薩摩や長州に住む人と、たとえば会津に住む人がいかに深く憎み合おうと、いかに恩讐を持ち合おうと、気軽な手紙のやりとりは可能なのである。実際にやりとりをするかどうかは別としても、少なくとも一年間三百六十五日その鎧戸がつねに開け放たれていることは、これは人心に微妙に作用した。

理解しようと思えばいつでもできることの落ち着き。雪どけを促すあたたかな陽光。郵便は、この意味で、日本を真に統一させる空気をつくった。密は悲願を果たしたのである。

†

私生活では、憂いが増した。

憂いの原因は、母だった。母はしばしば妻のなかと衝突した。とりわけ長女のふじの教育方針をめぐっては譲歩しなかった。

——これからの時代は、女子といえども男子なみの教養が必要である。

と、そこまでは認識が一致するのだが、そこから先の話で、

「ふじは士族や僧侶の主宰する、しっかりした学校へ通わせます。英語も学ばせる」

となかが主張するのに対して、母はかたくなに、

「教養なら私がこの家で授けてあげます。わざわざ学校などへ通わせては都会の悪風に染まるだけです。英語も必要ない」

ふたりはしばしば口論になった。口論になると江戸っ子のなかのほうが舌がまわるので、母は劣勢となり、沈黙してしまう。そんなときたまたま密が帰宅すると、

「なか、お前はどうしてそうなのだ。年寄りをいじめてはいかん」

なかの機嫌は、これで悪くなるのだった。とはいえ教育方針そのものについては密はなかに考えが近いので、あとで母の部屋をおとずれて、

「母上、ふじは学校へ通わせます。東京では人との交わりは避けられぬ。家から出さず錦絵など見せていては、かえって生きる害になります」

母は、

「……そうかね」

ありありと肩を落とした。女中や書生はたいてい、なかに雇われているようなものなので、母とは距離を置くようになった。

母は、ひとりで部屋にいることが多くなった。或る日、みずから陽のささぬ西側の四畳間へと移ってしまうと、そこがますます孤島のようになった。

晩になり、密が座敷で夕食を取るときは、さすがに母は部屋から出て来て、家族とともに膳に向かった。席はいつも密にいちばん近いところ、いわば一等席なのだけれども、胸を張ることはなく、むしろ体で膳を覆うようにして箸（はし）を使った。

「母上」

ほかの誰かと声を交わすのを恐れているような姿勢だった。密は酒を飲みながら、
と、つとめて話しかけるのだが、これまた良し悪しというか、密はつねに仕事で頭がいっぱいである。

「母上、このごろは飛脚連中がやかましくてですな」

「………」

「街道すじの雲助には『前島を殺す』などと息巻いているのもいるそうで、まあ気持ちはわかりますが。何ぶん彼らは不完全とはいえ、とにかく徳川の世ではずっと書信の逓送に従事して来たのです。いまになってその仕事をわれらに奪われるのではおもしろくないばかりか、暮らしの不安も大きいでしょう。私も前から心を痛めているのですが、まさか政府には彼らを丸抱えするほど予算もないし」

「どうなさるのです」

と聞き返したのは、これはなかである。母の次に密に近い席。密はそっちへ、

「元締(もとじめ)を呼び出すしかないだろうなあ、飛脚の総元締を。佐々木何とかいうのが東京にいるらしいから、彼に言って……」

「嫌ですよ。何だかやくざの親分に頼んで子分をなだめてもらうみたいな話じゃありませんか。だいいち言うこと聞くかしら」

「聞かんだろう」

「心配です」

「うーん」

と、密は杯を口へ持っていく姿勢のまま考えこんでしまう。長い静寂のあとで、とつぜん、

「これだ！」

乱暴に杯を置き、

「彼らに会社をつくらせればいい」

「会社？」

となかが首をかしげると、密は、

「そうだ、なか。飛脚たちに新たな稼ぎ料(しろ)をあたえるのだ。手紙を運ばせるわけにはいかんが、小荷物ならいいだろう。むろん旧来の飛脚流では仕事にならんから、我らも手を貸して、新式を導入させる。近代的な陸運会社というわけだ。うまく行けば、かつて勝海舟(かつかいしゅう)さんがわざわざ長崎まで本を取りに来たような面倒事ももう……おお、そうだ、こういう問題は勝さんにも助言をあおがねば」

さっさとめしを食って書斎に入り、勝への手紙を書きはじめた。

書き終えて状袋に入れ、宛先と宛名を書き、切手を貼って、ふたたび座敷へ出ると誰もいない。膳も片づいている。ようやく密は、

（しまった）

母を放置したことを思い出すのである。母の来る前あれほど夢のように思い描いていた「親子水入らず」の、これが現実の姿だった。実際にはこの一件などましなほうで、そもそもの話、密は夕食時には家にいないことのほうが多かったのである。なお、「飛脚たちによる陸運会社はこのあと実際に設立され、いまは日本通運株式会社になっている。

†

そのうちに母は、食事のときも座敷へ出ないようになった。

「このごろは腰が痛くて、立って歩くのも億劫になった。お膳は部屋へ運んでおくれ」

と言われれば、強いて引っぱり出すこともできない。なかは心配になって密に相談したが、密も、

「母上がおっしゃるなら、それでいいじゃないか」

「あんまりおさびしいんじゃ」

「いや、母上はそんな弱い人ではない。もともと私が家を離れてから、ずいぶん長いこと、たったひとりで生きて来たのだ」

「どうですかねえ」

「まあ、いとに言って、調子のいいときに散歩にでも……」

「散歩はお好きじゃありませんよ。東京は人が多いって」

「そうか」

座敷へ出ないばかりではない。母はときどき床につくようになった。はじめは一、二日で布団を上

げることができたが、やがて二、三日になり、四、五日になった。

医者を呼んで診せても、

「特にお悪いところはありませんな。老衰です」

或るとき、

「生卵でも摂れば元気になる」

と言われたら、なかが怒って、

「何をおっしゃいます。生まれてこのかたそんなもの口にしたことない年寄りですよ。いまさら生臭ものが食べられるくらいなら豆腐のかけらでも元気になります」

痛罵したあげく医者を変えてしまった。変えても情況は好転しなかった。とうとう布団が上がらなくなったのは、この家へ来て七年後だった。

母は、八十四歳になっていた。

一日中ほとんど寝たきりで、身を起こすことがないので、なかや女中がかわるがわる行って体を拭いてやったり、匙で重湯を口に入れてやったりした。それでも病人独特の体臭は強くなるいっぽうで、顔の肉も、粘土を掻き落とすようにして落ちて行った。

なかは、察するところがあったのだろう。或る晩、密が帰宅すると、

「お母様、このごろは起きるより眠っている時間のほうが多くて。さっき見たら目をあけてて」

「ああ、そうか」

「お話できるのも、いまのうち」

密は、ぎょっとして妻の顔を見た。だが妻のまなざしに耐えられず、横を向いて、

「仕事が」

「どうしても今夜しなければ？」

「母上は気丈な方だ。きっと回復する」

「後悔しますよ」

「………」

われながら、

（逃げている）

何から逃げているのだろう。なかがもういちど強く言うので、密は背中を押されるようにして、背広姿のまま母の部屋に行った。

母は、目を閉じていた。

息の音が小さい。眠ってしまったのか、それともほんとうは起きているのか。密はそっと枕のそばに正座した。畳の上に、竹の柄の長い江戸うちわが置いてあったので、手に取って、ゆっくり風を送ってやる。

何しろ暑いさかりだった。蚊遣り豚が、ほっそりと一本、白いけむりを立ちのぼらせている。あけはなした障子戸の向こうの裏庭ではもう秋の虫が鳴きはじめているのが、密の耳にも、否応なしに来るべき寂寞のときを想像させた。

密は、

「母上」

声をかけた。

「母上は、この……この家に来て、よかったのですか」

ほんとうは越後を出ることなく、井沢家の人でありつづけるほうが幸せだったのではないか。

それはこの七年間、つねに胸中にある迷いだった。自分がこうして母を呼び寄せたのは孝行のつもりの親不孝で、結局はただ母を感傷の犠牲にしただけではないのか。

返事は、ない。

母はなお目を閉じている。鼻の穴のときどき少しふくらむのが密をひどく安心させた。薄い白髪(しらが)につやがあるのは、生気が残っているためか、それとも単なる寝汗なのか。

密はうちわを置き、身をかがめ、

「密です」

反応が生じた。母はまぶたをぴくぴくさせたかと思うと、半眼になり、こっちへ目玉だけを向けて、

「……ああ」

「密です、母上。密がここに控えております」

「わかるよ」

「ごほっ」

と密は横を向き、盛大に咳をした。咳はなぜか止まらず、何度も繰り返してから、

「すみません。蚊遣りのけむりに」

「……ことは」

「え？」

「仕事は、いいのかい」

「はい。きょうは終わりです」

「…………」

「……母上？」

「…………」

「母上？　母上？」

「起きてる」

「はあ」

「お帰り」

それっきり、気まずい沈黙である。母は声を出すことなく、密ももう咳は出ない。ふだんは郵便などという他人の遠隔地間交流の世話ばかりしていながら、こうなると、目の前の母へのことばも思いつかないのである。

やがて密は、

「そうだ」

にわかに立ちあがり、部屋を出た。となりの間(ま)で様子をうかがっていたなかへ、

「子供たちを呼んでくれ。いますぐ、みんな」

「は、はい」

密が帰国してからというもの、なかは、次々と子を産(な)している。次女のきく、長男の弥(わたる)、三女のむつ。

長女のふじを加えて、ぜんぶで四人、ほどなくなかが連れて来た。みんな白い寝巻きを着ている。いちばん小さいむつは四歳で、すでに寝ていたのを叩き起こされたのか、立ったまま体をまるで西洋の音楽家の使うメトロノームのように左右へゆらゆらさせていた。密はことさら優しい顔になり、

「お前たち、お祖母(ばあ)様の枕もとに行きなさい」

全員ぞろぞろと部屋へ入り、言うとおりにした。半円を描くよう正座したのだ。

いちばん奥に位置を占めたのは長女のふじ、十歳になっていた。ほかの子とちがってそわそわせず、みずから江戸うちわを取って病人へ優しい風を送りはじめたのは、最年長の自覚がそうさせるのか、それとも日ごろから熱心に看病役をつとめているせいか。

密も、なかとともに少し離れたところに座った。身をのりだして、

「母上、母上」

「………」

「お願いがあります。この子たちに話をしてください」

母は、ふたたび無反応の人である。意識の具合に疎密があるのか、目を見ひらいたまま天井へ向けて、まつ毛の一本も動かさなかった。密はかまわず、

「越後の、あの下池部村で、私をどう育てたか。どう育てようと思われたか。ひとつ気軽な思い出話のおつもりで……」

と言いかけて、思い直して、

「きびしく教授してください」

ぴくっ、とまつ毛がふるえた。

と思うと、

「あっ」

「お母様」

密となかが同時に叫び、ひざを寄せた。母は左右の手を布団から出し、畳に突いて、ひじを浮かせた。

身を起こそうとしたのである。想像以上の反応だった。二の腕がふるえている。よほど力を込めて

いるのだろう。体のほうは動かないけれども、歯をむきだして、頭がわずかに枕から浮いた。

　密はさすがに、

「母上」

　手をのばし、母の胸をさすった。なかもおなじことをした。寝たままでいいと示したのである。母はまるで「承知した」とでも言うようにして頭を置き、ひじを置いた。

　息が、荒い。それでもはっきりした声で、

「下池部では」

　しゃべりだした。もっともその内容は、密の求めに適（かな）っているような、いないようなものだった。村にはしろだもという木があって黄色い花と赤い実を同時につけたこと。夏は蝙蝠（こうもり）が多くて家のなかにまで入って来たこと。

　糸繰りに使う繭玉（まゆだま）は信濃の農家が持って来たこと。正月の餅つきは二十九日にやると「苦がつく」で縁起が悪いから前か次の日にやったこと。

　密の話は出なかった。子供たちは真剣に聞いた。さっきまで船を漕（こ）いでいた三女のむつでさえ何度もうなずいている。ただ母が、

「雪が」

　とつぶやき、

「村の雪は、背丈より高（たこ）うなる」

　言ったときは、どっと笑い声が起きた。

　ふじまでがうちわを置いて、手をあてもせず口をあけている。密はあわてて、

「馬鹿、お前たち、これは冗談ではないのだ。ほんとうにそれほど……」

介入しようとして、袖を引かれた。

引いたのは、なかだった。なかは小声で、

「旦那様」

母のほうへ視線を送ったので、そちらを見ると、母の頬はうっすら湯あがりの色をしていた。目もとが、ほころんでいる。密は胸をつかれた。母のこんな優しい顔を見るのはいつ以来だろう。ひょっとしたら東京でははじめてではないか。密はなかへ、やはり小声で、

「うん」

これが事実上、最後の会話になった。翌晩から母は息をする肉になり、水も摂らず、ほとんど誰の声にも応答することがなかった。

それだけに容態は安定したとも見えるので、十日あまり後、看病の女中が気を抜いたか、いくぶん長いこと部屋をあけたらしい。

戻って悲鳴をあげ、部屋を飛び出して、

「奥様。お婆様が。お婆様が」

なかが急行したときには息もなく、顔色が土に還（かえ）っていたという。なかは大蔵省へ使いを出し、密は人力車で帰宅した。

密が足を踏み入れたとき、病室はそのまま通夜の間になっていた。母は特別な布団ではなく、いつものそれに寝せられていた。布団の上に一振りの短刀の置かれていたのは、なかが旧武家の作法を意識したものか。

顔には、白い布がかけられている。密はその横に正座して手を合わせ、布を取った。安らかな目をしていた。

「母上」

手の甲でそっと、ひたいに触れた。

湿り気のなさに一瞬おどろいたが、心のうちは思ったより静かだった。覚悟ができていたのだろう。自分はいま誰かの子であることを終えたのだ、これからは一方的に誰かの親でありつづけるのだと、みょうに客観的な思いさえ心に浮かんだ。

密は布をもとどおりにして、また手を合わせた。

枕もとには枕飾りがしつらえられていて、花瓶、水、箸を立てた一膳めし、香炉などが置かれていたが、少し離れた畳の上では、蚊遣り豚がぽつんと四本の足で立っていた。けむりを吐いていないので、何のためかわからない。みんな片づけることへ気がまわらなかったのだろう。母の足のほうを見ると、壁ぎわには四人の子供たちがいならんでいた。

ふじ、きく、弥、むつ。みんなもう泣くだけ泣いたのか、さっぱりとした、適度にしかつめらしい顔をしている。何だか密は急に自分が年を取った気がした。

「なかは？　なかはいないか」

と聞いたら、ふじが、

「お坊さんを呼びに」

そのことばの終わらぬうちに、背後から、なかの声が近づいて来て、

「お坊さんをお連れしましたよ。お座敷に通してありますから、旦那様が戻られたら枕経（まくらぎょう）を……あら」

密がうしろへ首をまげて、

「戻ったぞ」

と言ったら、なかは、

「あらあら。じゃあお坊さんを」

きびすを返して行こうとしたので、密は、

「待ってくれ」

「何です」

「ありがとう」

なかは立ちどまり、首をこっちへ向けて、

「えっ？」

「私の母を。これまで」

なかは、つかのま呆然(ぼうぜん)としたのち、

「いえいえ。あたしのお母さんでもありますし」

「これからも、頼む」

「お母様を？」

「子供たちも」

軽く頭を下げ、ちらっと四人の顔を見てから、

「この子らは、何しろ私の血を引いているからな。これからどんなわがまま娘、放蕩(ほうとう)息子になるやもしれぬ。たとえば旅に出て帰って来ぬというような……」

「待ちますよ。うんと待ちます」

と、なかが即座に返したのは、さすがの察しのよさだったが、密は横を向いて、

「私も」

「え？」

「私もだ。これから」

「そんなお年じゃないでしょう」

「まだ四十四だ」

立ちあがり、なかのほうへ近づきつつ、

「さあ、行こう」

「……どこへ？」

「座敷へだ。お経の前に、坊さんに挨拶しておくのだろう？」

「あ、ええ、そうですね」

「母上も」

密は振り返り、もういちど遺体を視野に入れてから、

「母上もまた、帰らぬ旅だ。ねんごろに送り出してやろう」

足を踏み出した。その足の勢いのよさときたら、われながら、まるで自分のほうが誰かに送り出されているかのようだった。

執筆にあたっては前島記念館館長・利根川文男氏、郵政博物館主席学芸員・井村恵美氏のご教示を仰ぎました。記して感謝申し上げます。

著者

本書は、左記の新聞に連載された作品に加筆、修正したものです。
函館新聞、釧路新聞、岩手日報、北羽新報、山形新聞、福島民報、
茨城新聞、下野新聞、上毛新聞、神奈川新聞、新潟日報、北日本新聞、
福井新聞、静岡新聞、大阪日日新聞、紀伊民報、日本海新聞、山口新聞、
徳島新聞、四国新聞、愛媛新聞、佐賀新聞、夕刊フジ

〈著者紹介〉
門井慶喜(かどい よしのぶ)1971年、群馬県生まれ。同志社大学文学部卒業。2003年、オール讀物推理小説新人賞を「キッドナッパーズ」で受賞しデビュー。15年、『東京帝大叡古教授』、16年、『家康、江戸を建てる』が直木賞候補に。同年、『マジカル・ヒストリー・ツアー ミステリと美術で読む近代』で日本推理作家協会賞受賞(評論その他の部門)。18年、『銀河鉄道の父』で直木賞受賞。他に『東京、はじまる』『地中の星』『信長、鉄砲で君臨する』『文豪、社長になる』『天災ものがたり』など著書多数。

ゆうびんの父
2024年4月20日　第1刷発行
2024年5月10日　第2刷発行

著　者　門井慶喜
発行人　見城 徹
編集人　森下康樹
編集者　長濱 良

発行所　株式会社 幻冬舎
〒151-0051 東京都渋谷区千駄ヶ谷4-9-7
電話:03(5411)6211(編集)
03(5411)6222(営業)
公式HP:https://www.gentosha.co.jp/

印刷・製本所　中央精版印刷株式会社

検印廃止

Printed in Japan
ISBN978-4-344-04257-5 C0093

この本に関するご意見・ご感想は、
下記アンケートフォームからお寄せください。
https://www.gentosha.co.jp/e/